반달

문 학 동 네
한국문학전집

0 1 1

윤대녕
대표중단편선

반달

문학동네

차례

January 9, 1993. 미아리통신

1

이연주의 시집 『매음녀가 있는 밤의 시장』을 며칠째 읽고 있습니다. 이 시집처럼 내 존재도 사위어가고 있습니다. 알코올의 과다한 섭취는 생리적인 의미이든 그것이 또다시 불러오는 반향의 의미이든 간에 존재의 '썩음'을 용납하지 않는군요. 그러나 '썩음' 혹은 '사위어감'의 궁극은 한곳을 향해 열려 있는 게 아닐까요. 이를테면 열반이나 해탈 따위들 말예요. 한때는 스물아홉 살 된(아니, 이제는 서른 살 된) 여자의 노련함으로 아무 곳에도 발 담그지 않고 늘 적당한 중량을 지탱하면서 내면에의 투시를 놓치지 않는 투명한 속을 가진 여자가 되고 싶었습니다. 말하자면 아주 장기가 튼튼한 아마추어로 남아 있고 싶었습니다. 아직도 늦지 않았다고 대꾸하고 싶으시겠죠. 하지만 이제는 너무 닳아버린 느낌입니다. 불가항력적으로 빠져든 연애에서 저는 다시금 예의 그 쓴맛을 보고야 말았습니다. 연애는 피맛 같은 게 아닌가 싶습니다. 이연주가 목매 죽었단 소릴 듣고 며칠 동안 구역질을 해대느라 잠까지 설쳤습니다. 존재감 때문이었습니다. 죽음은 바다와 같은 것이라죠? 오늘 아침엔 불현듯 자고 일어난 피부에서 마른버짐이 피는 소리가 들려오는 것 같아 오래오래 마사지크림을 유령처럼 처바르고 문질러주었습니다. 손가락 끝으로 살이 조금씩 내려앉는 듯한 느낌이 전해져와 급기야는 울고 싶은 심정이 되고 말았지만요. 나는 왜 내가 추해지는 걸 보고 싶어하는 걸까요. 세종 형도 그렇게 생각하죠? 저 늙은 애는 더 외로워져야 한다고요. 사람들은 잔인해요. 토요일에 만나 술이나 한잔해요. 오랜 세월 마셔댄 술 탓인지 마침내 장에 이상이 생긴 것 같아요. 아침마다 변기에 주저앉아 머리를 쥐어뜯으며 아귀처럼 소리를 질러대곤 합니다. 하지만 마셔야 속이 좀 편해져요. 그럼……

어제 이런 내용의 봉함엽서를 내게 보내온 여자가 다리를 꼬고 앉아 벽에 걸려 있는 예이젠시테인의 얼굴을 쳐다보고 있다. 그녀는 장 자크 베네의 영화 〈베티 블루 37. 2〉의 여주인공 베아트리체 달의 얼굴을 훔친 듯 닮아 있다. 그리고 그 영화를 아마 열 번쯤 보았을 것이다. 그녀는 스물여덟 살까지 시를 쓰다 지금은 방송국 스크립터로 일하고 있다. 그 옆에는 서른네 살의 전업작가 '뚜생'이 허리를 곧추세우고 앉아 커피를 마시고 있다. 그는 군에서 얻은 허릿병으로 줄기차게 고생을 하고 있다. 그는 『욕조』라는 소설을 쓴 프랑스의 소설가 장 필리프 투생의 큰 키와 대머리를 닮았으며 그의 문체에 대해 늘 침이 마르도록 떠들어대곤 한다. 나는 그들과 마주앉아 무채색으로 흐려 있는 창밖을 내다보고 있다. 서른세 살의, 역시 장기가 좋지 않은 나는 언제나 양쪽 주머니에 백원짜리 동전을 한 주먹씩 넣고 다닌다. 물건을 살 땐 언제나 지폐를 사용하고, 거스름돈으로 받은 동전을 옷이 축 늘어지도록 넣고 다니는 것이다. 술값이 없을 때 그들은 으레 내 얼굴을 쳐다본다. 그러나 나를 세종이라 부르는 그들은 백원짜리 동전에 양각된 인물이 세종대왕이 아니란 걸 모르고 있다.

밖엔 겨울비가 주름져내리고 있다. 희뿌연 창문 속으로, 미국의 사진작가 스티글리츠가 1893년 2월 22일에 촬영한 〈5번가의 겨울〉을 연상케 하는 거리가 내다보인다. 카페 앞에는 푸른 스타킹을 신은 여자 하나가 까만 우산을 들고 서서 누군가를 기다리고 있다. 벌써 삼십 분 이상을. 우리는 푸른 스타킹의 여자가 기다리는 남자가 오기 전까지, 어디로 자리를 옮길 것인가를 궁리하고 있다. 우리가 앉아 있는 자리는 선실 바닥처럼 춥고 눅눅한 습기가 배어 있다. 우리는 오후반 수업을 빼먹은 초등학생들 같다. 혹은 썰물 진 바닷가 모래언덕에 우두커니 서서 오지 않는 버스를 기다리는 외지인들 같다.

토요일 오후 세시. 충무로. 카페 '전함 포템킨'. 슈베르트의 〈아르페지오네 소나타〉가 질 좋은 마란츠 스피커에서 흘러나오고 있다.

2

불어터진 자장면을 먹었을 때처럼 더부룩한 기분으로 맞이한 1993년 벽두부터 우리가 만났던 것은 무슨 특별한 일이 있어서가 아니었다. 이제나저제나 시답잖은 궁리에 빠져 눈이 벌게져 있던 베티가 비슷한 처지에 있다고 믿는 내게 엽서를 보내온 것이 그날 모임을 갖게 된 동기였다. 그닥 내키진 않았으나 오후 내내 딱히 할 일이 없었으므로. 나는 미뤄두고 있던 세면을 하고 아직 덜 마른 양말을 신은 채 밖으로 나왔다. 뚜생의 전화를 받은 것은 외출하기 한 시간 전쯤이었다.

"세종? 나요. 잡지사에 원고 마감하러 나왔다가 그냥 전화해봤어요. 날씨도 심상찮은데 술이나 한잔할까 싶어서요. 지난 연말에도 못 봤잖아요."

그의 목소리는 우물 밑바닥에서 올라오는 소리 같았다. 뚜생과 베티는 전에 나와 서너 번 자리를 함께한 일이 있었으므로 서먹할 정도의 관계는 아니었다. 나는 뚜생에게 합석하자고 말했다. 밖엔 이틀째 눈 아닌 비가 내리고 있었다. 영화를 보고 나왔을 때처럼 나는 문 앞에서 잠시 허둥거렸다.

정작 그렇게 만나긴 했으나 딱히 나눌 만한 얘기란 없었다. 이미 선거가 끝나 차기 대통령이 결정된 마당이었으며, 황영조가 올림픽에서 금메달을 딴 것도, 휴거의 파문도, 국내 경제가 십이 년 만에 최저성장을 기록한 것도, 역사적인 한중수교가 이뤄진 것도, 김대중씨가 정계에서 은퇴했다는 것도 더이상 관심의 대상이 되지 못했으며, 또한 클린턴이 미국 대통령에 당선되고, 유고 내전이 최악의 인권분쟁으로 번지고, 소말리아에선 삼십만 명이 굶어 죽고, LA 흑인 폭동으로 인한 후유증이 아직도 계속되고 있고, 일본 자위대가 해외파병을 결정한 일조차도 역시 우리에겐 아무런 화젯거리가 되어주지 못했다. 마지막 한 장 남았던 지난해의 달력을 뜯어내버리기가 무섭게 우리는 그 모든 일들을 까맣게 잊어버리고 있었던 것이다. 이미 완료되었거나 확정된 일에 대해서 관심을 가질 여력이 우리에겐 남아 있지 않았다. 검은 뻘밭 같은 날들이 우리 앞에 음험하게 엎드려 있을 뿐이었다.

"세종 형, 우리 어디 교외로 나갔다 올까요?"

이미 식어버린 커피잔을 입으로 가져가며 베티가 먼저 입을 열었다.

"교외 어디? 이 구질구질한 날씨에. 차 가진 사람도 없잖아."

"그럼 한강에 가서 유람선이라도 탈까?"

"우리가 무슨 시골에서 올라온 노인네야. 촌스럽게. 꼼지락거리지 않고 할 만한 일 좀 없나? 우린 벌써 63빌딩의 반을 더 올라온 나이들 아니냐."

"그럼 술이나 처먹든지!"

베티가 느닷없이 얼굴을 붉히며 가래침을 내뱉듯이 쏘아붙였다.

"글쎄, 술을 먹긴 좀 이르지 않아요? 얼굴이 벌게서 대낮에 돌아다니면 흉해 보이더라구요."

분위기가 좀 사나워지는 듯하자 뚜생이 점잖게 끼어들었다. 푸른 스타킹의 여자는 연신 손목시계를 들여다보고 있었다. 그녀가 사라지기 전에 우리도 자리를 옮겨야 하는 것이다. 그러나 꼭이 하고 싶은 일이 우리에겐 남아 있지 않았다. 영화관에 가는 것도, 연극을 보러 가는 것도 이십대에 무던히 해본 일이어서 이젠 궁상맞고 식상한 일쯤으로 생각되는 것이다. 서른 살이 훌쩍 넘다보면 모든 일에 지치고 흥미를 잃게 마련이다. 겉으론 좀 무디고 태연해지는 대신 안으론 불안이 가중되고 으레 사는 일과 관계된 뼈다귀 같은 일들만 남게 되는 법이다. 그러다보면 뚜생처럼 몸이 배배 틀어지며 머리가 벗어지고 얼굴은 흙빛으로 변해가게 마련이다. 말하자면 희망의 밥그릇은 비워진 지 오래고 혁명을 꿈꾸기에는 벌써 나약해져 있는 나이들인 것이다. 하나의 방법이 있다면 나이를 더 먹어버리는 것일 게다. 끔찍한 발상이긴 하지만 불혹, 그쯤 되면 두 손 들고 깨끗이 항복할 수도 있지 않을까.

"집에 무슨 일 있어요? 왜 정초부터 그렇게 심란한 얼굴을 하고 있어요?"

"……일은 무슨 일요, 그냥 먹고사는 일이 고달파서 그렇지."

푸른 스타킹의 여자는 스물두엇쯤 돼 보이는 앳된 모습이다. 무언가를 기다리더라도 아직 넉넉한 시간을 가지고 있을 나이다. 하늘색 스카프에 검은 코트를 입고 있다. 어째서 이런 날씨에 길에서 약속을 했는지 알 수 없다.

암만해도 오늘 뚜생은 여느 날보다 더욱 불안해 보인다. 작년 여름에 불과 서너 달 치의 생활비에 해당하는 퇴직금을 받고 잡지사를 그만둔 후, 그는 손끝에 물집이 잡힐 정도로 컴퓨터 키보드를 두들겨대고 있으나 생활은 조금도 개선될 기미를 보이지 않았다. 게다가 그는 허리 때문에 한 시간 이상은 의자에 앉아 있지도 못한다. 당연한 얘기지만 전업작가에겐 쓰는 것이 곧 생존이다. 한데 전업 후 사 개월 간격으로 낸 두 권의 장편소설이 생활에 그닥 보탬이 되어주질 못했다. 날이 갈수록 뚜생은 잔뜩 겁에 질린 얼굴로 변해가고 있었다.

"집 근처 학교 앞에다 분식집이라도 하나 차릴까 해요. 이제 처자식 얼굴을 보면 공포스러워져요."

아내와 두 딸은, 매일같이 두 평 남짓한 서재에 앉아 있는 그의 뒷모습만 음울하게 바라보고 있는 수밖에 없다. 분위기는 자연 침울하게 가라앉아버렸다. 우리는 한동안 침묵에 빠져 딱 세 개비가 남은 담배를 하나씩 피워물었다. 그때, 건널목을 가로질러 카키색 바바리를 입은 청년이 감색 우산을 받쳐들고 '전함 포템킨'을 향해 곧장 걸어오고 있는 게 보였다. 왔어, 라고 베티가 낮은 목소리로 말했고 우리는 가벼운 절망감에 빠져 서로의 얼굴을 화난 듯한 표정으로 바라본 다음 엉거주춤하고 자리에서 일어났다. 맥없이 졸고 있다 종점까지 와버린 버스에서 내리는 심정으로 말이다. 그런데 그때 베티가 그저 생각 없이 해보는 소리인 것이 분명한 어조로, 우리 점이나 보러 갈까요? 라고 말했고 뚜생과 나는 뭐라고? 하는 표정으로 그녀를 돌아보며 밖으로 나왔다. 카키색 바바리와 푸른 스타킹은 감색 우산을 쓰고 명보극장 쪽으로 내려가고 있었다. 거리는 화장이 잘 받지 않는 서른 살 된 여자의 얼굴을 하고 있었다.

3

점이란, 미망에 빠지기 쉬운 오십대의 아녀자들이나 보러 다니는 것쯤으로 알고 있던 우리에게 베티의 제안은 좀 당혹스런 것이었다. 간혹 결혼을 앞둔 남녀들이 재미 삼아 탑골공원 옆이나 동숭동 마로니에공원에서 낄낄거리며 점을 보고 있는 모습을 본 적은 있으나 그건 어디까지나 재미일 뿐이라고 보아넘긴 터였다. 경직된 얼굴로 점집을 찾아가는 젊은 놈은 푼수쯤으로 경멸받아 마땅하다고 누구든 생각하고 있지 않은가. 제 인생을 남에게 숨김없이 터놓고 묻기까지에는 많은 절망의 경험과 용기가 필요한 법이다. 그리고 우선 수치심부터 없애버려야 한다. 좋게 말하면 삶에 대해 보다 겸허해져야 하고 나쁘게 말하면 완전히 탈진하거나 몰락한 상태여야 한다. 우리는 암암한 표정으로 비 내리는 거리에 나부끼듯 서서 누군가가 먼저 '동의'해주기만을 기다리고 있었다. 표류하듯 매일경제신문사 앞까지 왔을 때 먼저 입을 연 것은 그중 나이가 많은 뚜생이었다.

"뭐 재미 삼아서 한번 가봅시다. 사실 나이가 들어가면서는 그런 것도 무시 못하겠더라구요. 예정된 대로 살아지는 경우란 없잖아요? 그렇게 따지면 뭔가 불가시적인 힘이 사는 일에 깊숙이 개입돼 있잖느냐는 생각이 들 때가 있어요. 뭐 정말 팔자라는 게 있다면 미리 알아두는 것도 괜찮잖아요? 나도 다시 직장을 가져야 할지 원……"

"그래, 그냥 한번 가봐요. 나 노처녀 신세 언제 면할 수 있는지 궁금하다구요. 남의 말 듣는데서 나쁠 것 없잖아요? 어디 우리보다 못난 사람들만 점집 드나드는 것도 아니더라. 한다하는 고관대작들 정치인들도 용하다는 점집은 다 찾아다닌다고 하잖아요. 세종 형도 점 한번 봐야 하는 거 아냐? 언제까지 혼자 살려고 해."

"닥쳐! 여자만 보면 이제 신물이 다 넘어온다. 위화감 때문에…… 둘이 살면서 혼자 아닌 척하는 것도 고역이야."

"위화감?"

뚜생이 내 말을 되받으며 고개를 갸우뚱거렸다.

전철 안에서 우리는 아무 말도 없이 제각기 골똘한 생각에 잠겨 있었다. 더이상 실랑이를 할 사이도 없이 우리는 성신여대입구역으로 가는 전철을 타고 있었던 것이다. 우산 끝에서 줄줄 흘러내리는 빗물로 전철 바닥은 질펀하게 젖어 있었다. 눈앞에 붙어 있는 화장품 광고모델을 빤히 올려다보고 있던 베티가 귀엣말로, 저거 세종 형이 찍은 거 아녜요? 했고 나는 쓴웃음을 지으며 창밖을 스쳐가는 지하의 어두운 콘크리트 벽을 물끄러미 쳐다보았다. 나는 너무 오래 자본주의의 얼굴만 찍으며 살고 있는 것이다.

우리는 전철에서 내려 지하의 매캐한 냄새에 눈살을 찌푸리며 파충류처럼 어기적거리며 계단을 올라갔다. 베티가 앞장섰고 뚜생과 나는 그녀의 뒤를 따라 '고명중상고'라고 씌어 있는 출구를 통해 밖으로 나왔다. 그새 비는 좀 꺼끔해 있었으나 미아리고개로 올라가는 길은 안개가 잔뜩 낀 늪지대처럼 흐려 있었다. 먼빛으로 고가도로에 반쯤 가려진 돈암동 산동네가 눈에 들어왔다. 목탄화가 비에 젖고 있어, 하고 베티가 목이 잠긴 소리로 말했다.

"여기가 그렇게 인구에 회자되고 있는 눈물의 미아리고갠가?"

뚜생은 자못 비감한 표정을 지으며 사방을 휘둘러보았다. 길 건너 돈암극장에서는 〈여배우 엠마누엘〉이라는 영화가 상영되고 있었으며 그 앞에선 교회 합창대 사람들로 보이는 젊은이들이 빗속에서 찬송가를 부르고 있었다. 다시 뚜생이 영화 선전용 간판을 쳐다보며 미아리답군, 미아리다워 하며 혼잣말로 중얼거렸고 이어 내가, 어디로 가지? 하며 주춤주춤 빗속으로 나가려는데 베티가 마뜩잖은 소리로 내 뒤를 잡아끌었다.

"여기가 거긴가? 너무 삭막하고 지저분하지 않아요?"

고가의 콘크리트 회벽에선 먹물 같은 빗물이 토악질을 하듯 울컥울컥 흘러내리고 있었으며 점집이 늘어서 있는 그 좁은 길은 전염병이 창궐하는 마을처럼 괴기스런 빛으로 하나같이 문을 닫아걸고 있었다.

"뭐, 이런 덴 줄 몰랐어?"

내가 먼저 빗속으로 걸어나가자 뚜생과 베티도 마지못한 얼굴로 우산을 좍 펴들었다. 아닌 게 아니라 점집들이 늘어서 있는 고가 밑은 허름한 창가를 연상시켰다. 페인트 껍질이 불쑥불쑥 일어나 있는 녹슨 함석 간판엔 저마다 사주·관상·수상·신수·이사·해몽·재수·궁합·작명·택일이란 말들이 흘림체로 씌어 있었으며 예상외로 그곳을 드나드는 사람은 별반 눈에 띄질 않았다.

"여기 오니까 왠지 몸서리가 쳐져요. 스물세 살 때 생각이 나요, 갑자기."

"스물세 살? 왜지?"

베티가 축축한 목소리로 그렇게 말했고 뚜생이 심문관의 말투를 흉내내어 그녀에게 물었다.

"……그냥, 그때 나는 첫사랑의 남자와 이런 데서 일금 오천원 짜리 사랑을 했던 것 같은 생각이 들어요. 먼지가 하얗게 쌓인 방에서 부적을 써주듯 그에게 처녀를 줬던 것 같은 생각이 든단 말예요."

"왠지 서글퍼지는군. 그게 사실이 아니라 하더라도 말이야."

뚜생이 정말 서글픈 어조로 그렇게 되받았다.

"……그러게. 나도 처음은 이런 음습하고 축축하고 더러운 곳에서였어. 내 동정은 어여쁜 사랑에게 기쁘게 바쳐지는 것이었으면 좋았으련만. 그러지 못한 게 못내 쓰라려. 그땐 왜 그걸 그렇게 버리지 못해 안달이었을까. 굳이 어른이 되고 싶은 생각도 없었는데 말이지."

"어른이 아니라 사막이 되지. 세종, 그것도 하나의 목숨이란 생각이 들지 않아요?"

마구 헤쳐진 꽃밭을 들여다보는 얼굴로 뚜생이 나를 보고 말했다. 그러나 이미 죽어버린 목숨인 것이다.

우리는 왼쪽 아리랑고개로 빠지는 골목길의 입구에서 잠시 발을 멈추고 서로의 얼굴을 물끄러미 쳐다보았다.

"저기 예언의 집 백장미 어때요?"

뚜생이 별 내키지 않는 표정으로 한마디했고 베티와 나는 아무 대꾸도 하지 않았다. 언제나 막힌 물꼬를 트는 일에 익숙한 뚜생도 그리 담담한 얼굴은 아니었다.

"그럼 그 옆에 바로니아 여성침술원에서 침이나 한 대씩 맞을까? 허리도 아픈데 잘됐네."

"……조금 더 올라가봐요. 미아리라 그런가요? 왜 여자가 하는 점집뿐이죠?"

우리는 '흑진주여자운명감정소'를 지나 '상록수여자철학관'을 지나 '홍일점여학사역학점술원'을 지나 '성심여자거북철학원'을 지나 '확실한 희망의 메아리'라는 문구가 붙어 있는 '목련화여자예언의집'을 지나 '천도화여자점성가'를 지나 '백암' '송학' '대산' 운명철학관을 지나 오른쪽 성신여자중학교와 성산포교원으로 빠지는 고가 굴다리 밑에까지 와서 다시 발을 멈췄다. 우리는 마치 난생처음 여관방을 찾아가는 한 쌍의 연인들 같았다. 그것도 대낮에 말이다. 그러니 아무데서나 '목숨'을 버리고 싶지가 않은 것이다. 그러는 사이에 우리는 미아리고개의 중턱까지 와 있었다.

"구두가 새나? 양말이 다 젖었네."

뚜생이 대머리에 묻은 물기를 손수건으로 닦아내며 투덜거렸다.

"……우리 고갯마루까지 계속 올라가봐요. 혹시 알아요? 좀 깔끔한 데가 있을지."

베티가 주눅이 든 목소리로 그렇게 말했으므로 하는 수 없이 우리는 다시 고갯마루를 향해 발걸음을 옮겼다. 위로 올라갈수록 바람이 거세게 불어댔다. 우리는 신경을 잔뜩 곤두세운 채 다시 '체내림—신경성위장병'을 지나 '동심초여학사철학원'을 지나 '이화여성점성가'를 지나 '개나리' '봉선화' 운명철학원을 지나 '지리산처녀도사'를 지나 '가야산신도사'를 지나 육교 밑에 있는 '안도현운명철학관' 앞까지 와서 숨을 몰아쉬었다. 우리는 추위 때문에 부들부들 떨며 저마다 곤혹스런 표정들을 짓고 있었다. 우리는 이른바 미아리 점집의 군락지역을 벗어나고 있었던 것이다. 가장 민망한 표정을 짓고 있는 것은 먼저 점집 얘기를 꺼낸 베티였다. 하지만 탓할 수도 없는 노릇이었다. 그녀는 다 기어들어가는 목소리로 만회라도 하려는 듯 부러 농을 했다.

"안도현은 전주에 사는 시인 아녜요? 언제 올라와서 개업했지?"

"객쩍은 소리 작작하고 좀더 찾아보자구. 어디 그럴싸한 데 없나? 이런 데서 우리의 장래를 논할 수야 없지 않은가."

"무슨 장래를 논해요 논하긴. 그냥 재미 삼아 보자는 거였지."

"재미? 이러다 독감이라도 걸리면 점쟁이가 약이라도 한 첩 지어준다던?"

자칫 말다툼으로 변할 것 같은 험상궂은 분위기가 감돌자 뚜생이 얼른 끼어들었다.

"이러지 말고 아무데나 그냥 들어가요. 나도 발이 시려 더는 못 참겠어요."

우리는 어느덧 참혹한 기분에 빠져 붉은 벽돌집들이 겹겹이 들어차 있는 돈암동 산동네의 잔뜩 흐려 있는 풍경을 망연히 바라보았다. 동네 기슭엔 '벧엘교회'라는 큼지막한 건물이 들어서 있었고 그 옆으론 부처님상이 분명한 조형물이 하얗게 치솟아 있었다. 그곳은 우리가 쫓기다 못해 숨어들어갈 수 있는 최후의 마을인 것처럼 생각됐다. 마치 소도蘇塗 같은 곳 말이다. 우리는 바람에 맥없이 나부끼며 저마다 말문을 닫고 철벅거리며 걸어올라온 길을 돌아다보았다.

"비감하군 비감해. 여기 모든 게 우리의 나이를 닮아 있어. 쓰다 버린 소설을 닮아 있어. 자, 이럴 게 아니라 길음동 쪽으로 내려가봅시다."

우리는 다시 바람이 몰아치고 있는 언덕길을 줄지어 내려가기 시작했다. 축대로 만든 담벼락엔 사납게 찢긴 영화포스터들이 몇 겹으로 붙어 있었고 소변 금지를 뜻하는 가위 그림이 그려져 있었으며, 생선궤짝과 옷걸이, 라면박스, 냉장고 따위들이 비를 맞고 길모퉁이에 아무렇게나 버려져 있었다. 베티는 파출소 앞을 지나며 푸른 비닐우산을 쓰레기통에 던져버렸다. 우리는 이미 어지간히 지쳐 있는 상태였다.

"여기는 연말연시도 명절도 공휴일도 없는 동네가 분명해요. 오늘이 도대체 며칠이죠?"

베티가 잠이 오는 것을 안간힘을 다해 참는 목소리로 나를 보고 물었으나 뚜생과 나는 대답을 하지 않았다. 다만 신년이 되고 여러 날이 지났을 뿐인 것이다.

4

'국화정사숙녀점성가'. 우리는 낡은 기와집의 담벽에 걸려 있는 노란 간판을 올려다보고 서 있었다. 그 집은 가파른 축대 위에 위태롭게 세워져 있었다.

"국화정사? 거 이름 한번 야릇하네. 우리가 지금까지 여기를 찾아다닌 것 같은 기분마저 드네. 안 그래요? 우리 여기로 갑시다."

뚜생이 어딘가 모르게 농기가 섞인 말투로 그렇게 말했고 베티와 나 또한 더이상 점집을 골라다닐 기분이 아니었으므로 뚜생의 뒤를 따라 경사가 급한 계단을 헉헉거리며 올라갔다. 잠시 후 우리는 가로 다섯 뼘쯤 되는 나무대문 앞에서 발을 멈췄다. 대문 앞엔 문패두 배 정도 크기의 판자가 걸려 있었다. '菊花精舍淑女占星家'.

아, 저 정사였구면…… 하며 뚜생이 먼저 마당으로 들어섰다. 베티와 나도 기웃기웃 뚜생의 뒤를 붙잡고 안으로 들어갔다. 아닌게 아니라 검게 얼어붙어 있는 국화 화분 몇 개가 마당가에 놓여 있었다. 어딘가에서 국화 향기가 풍겨와 우리는 코를 킁킁거리며 사위를 둘러보았다. 처마밑에 말라 죽은 국화들이 한 움큼씩 묶여 나란히 매달려 있는 게 보였다.

"어둡고 이상한 집이에요……"

베티가 내 팔을 가만히 붙들며 소곤거렸다. 마당 위에 걸려 있는 주황색 빨랫줄에서 빗방울이 듣고 있었다. 하늘색 플라스틱 차양이 마당을 반쯤 가리고 있어 집안은 어둑했다. 황홀히 고적한 집이었다.

도르래가 달린 유리문을 두드리자 안에서 웬 노란 한복을 입은 여자가 갸웃이 문을 열고 이쪽을 내다보았다. 그러고는 그녀가 입을 벌려 우리에게 무어라 말하는 것 같았으나 우리는 그 소리를 들을 수가 없었다. 아마 들어오라는 말이었을 게다. 우리는 문을 드르륵 열고 초칠을 해 반들거리는 마루를 통해 노란 한복의 여자가 앉아 있는 방으로 들어갔다.

방은 천장이 낮고 바닥엔 전기요가 깔려 있었으나 외풍 때문인지 추웠다. 한쪽 구석에 공단이불이 단정하게 개켜져 있었으며 검은 옻칠을 한 책상 위엔 양은주전자와 물컵 그리고 양초 두 자루와 향이 타고 있었다. 그러나 우리가 으레 점집이라고 생각하던 음습하고 괴기스런 방은 아니었다. 춥지? 앉아, 하고 노란 한복은 대뜸 반말을 하며 전기요의 스위치를 조절했다. 우리는 앉은뱅이책상 앞에 어색하게 쭈그리고 앉았다.

"점 보러 왔어? 젊은것들이 원…… 아무튼 잘 왔어."

노란 한복이 무표정한 얼굴을 가만히 들이대며 우리를 쏘아보았다. 매끈한 이마에 날렵한 눈썹, 그리고 쌍꺼풀진 두 눈 사이로

가는 코가 오뚝 솟아 있었다. 잘 조화를 이룬 얼굴이었다. 마치 조선시대의 국화를 잘 치는 기방 처녀를 떠올리게 했다. 그러나 눈가에는 잔주름이 선명했고 얼굴엔 범접 못할 예의 무당기 같은 게 서려 있었다. 기묘한 분위기를 풍기는 여자였다. 그녀는 주전자의 보리차를 따라주며 밭은기침을 해댔다.

"어디 누구부터 볼까…… 너 용띠 처녀, 공망에 팔풍일이 끼었구먼. 쯧쯧, 작년에도 남자 하나 잡아먹지 않았어? 그래, 너부텀 보자! 사내들은 저 방에 가서 기다리고 있어."

일순 베티의 얼굴이 굳어지는 것을 보며 뚜생과 나는 엉거주춤도로 자리에서 일어났다. 뚜생은 방바닥에 자국을 남기지 않으려고 뒤꿈치를 들고 어기적거리며 노란 한복이 가리킨 방으로 앞질러 들어갔다.

그 방도 춥기는 마찬가지였다. 심지어 전기장판마저 없었다. 꾀죄죄한 담요가 한 장 깔려 있을 뿐이었다.

"아, 이상하게 수감된 느낌이 드네. 그치 않아요?"

"글쎄요, 좀 꺼림칙하긴 하네요."

뚜생과 나는 좁은 방 한가운데 서서 그 누추한 방을 둘러보았다.

"꼭 대학 다닐 때 내 자취방 같네. 여기 무슨 고시원 같지 않아요?"

뚜생이 생뚱한 표정을 지으며 벽에 걸린 판화를 가리키며 말했다. 뚜생의 말대로 그 방은 정말 가난한 학생의 자취방과 조금도 다를 바가 없었다. 싸구려 철제책상 위에 빨간 금성 카세트테이프 플레이어와 먹다 남은 이 홉짜리 소주 한 병이 놓여 있었으며, 해태제과에서 제작한 캘린더가 비뚜름하게 책상 옆에 붙어 있었다. 또한 청바지 등속의 캐주얼한 옷들이 벽에 걸려 있었으며, 창문 옆에 놓인 검은 책꽂이엔 책들이 빽빽이 꽂혀 있었다. 뚜생은 병마개를 따고 소주를 한 모금 들이켠 다음 다시 책상 위에 살그머니 내려놓았다.

"소주맛도 자취할 때 바로 그 맛이야. 아르바이트하는 학생인가? 요즘 대학생들 그런 거 많이 하잖아요? ……되레 잘됐네. 그러나저러나 한참을 걸었더니 허리가 아프네, 좀 누워 있어야겠네."

뚜생은 부상을 당한 병사처럼 끙, 하는 소리를 내며 담요 위에 길게 누워버렸다. 웬 책들이 이렇게 많아? 하고 뚜생은 책장을 올려다보며 낮은 소리로 책 제목들을 읽어나갔다.

"관상대전, 팔자대전, 개운의 신비, 십간십이지 인생비법, 수상대전, 격암유록, 천부경, 계의신결? 명리요강, 명리신해, 사주추명학, 단이대전? 명학정해, 어? 베트남 현대사! 야, 이런 걸 다 읽었단 말이야?"

문 하나 사이, 부러 엿들을 생각이 아니었는데도 옆방에서 주고받는 말소리가 이쪽 방까지 환하게 들려왔다. 물론 신경을 쓰지 않으면 들리지 않았겠지만 말이다.

"자기가 태어난 시를 몰라? 점을 보러 왔다면서?"

돌연, 베티를 나무라는 노란 한복의 쉰 목소리가 들려왔다. 너무 취조하듯 다그치는 것 아닌가. 정말 대학생이라면 말이다. 이어 사이를 두고 있다가 전화를 거는 소리가 들려왔다.

"엄마, 나 태어난 시가 언제야? ……아, 그냥 빨리…… 그래, 점 보러 왔어…… 시외전환데 빨리…… 낮 열두시? ……밤이라고? ……알았어, 끊을게…… 알았어, 내일 전화할게."

"노동기본권 연구, 황토, 레닌주의 연구, 불교문학서설, 러시아 반종파투쟁, 법화경, 화엄경, 마르크스주의 위기와 포스트마르크스주의, ……기가 막히네, 기가 막혀! 핵전쟁과 인류, 새벽노래, 금단의 땅, 새로운 사회학 강의, 카프문학 연구, 해방신학, 이 여자가 그런데…… 노동법 해설, 창작과비평, 사회학의 과제, 유럽의 봉건제도, 마르크스 전기, 철학사 강의, 아메리카 요람, 막심 고리키 전기…… 미치겠구면 이거. 점쟁이가 아니라 도사구먼 도사. 그치 않아요, 세종?"

"……글쎄요, 점쟁이나 도사나 같은 거 아녜요?"

"그런가? 아무튼 이 여자 이거 문화부에 상신해야 되겠네. 인간 문화재로 말이야."

뚜생은 어느새 자리에서 일어나 있었다. 무얼 하는지 옆방에서 한참이나 아무 소리도 들려오지 않았다. 우리는 정말 취조를 받기 위해 대기하고 있는 사람들 같았다. 이윽고.

"사주엔 운명의 네 기둥을 뜻하는 연주 월주 일주 시주가 있지.

내가 지금부터 하는 말을 잘 듣고 그걸 분명히 기억해둬야 해. 사주는 바꿀 수 없는 것이지만 피나는 노력을 하면 어지간히 피해 갈수는 있는 것이니까. 아가씨는 우선 연주에 편관성이 있어…… 무슨 말인고 하니 이런 경우의 여자는 결혼에는 이르지 못할 사랑을 하는 경우가 많다는 거야. 설사 기혼녀가 되더라도 남편 이외의 남자와 깊은 관계를 가질 확률이 아주 많아. 게다가 비인에 도화살까지 껴 있어."

"……그럼 어떡하면 되죠?"

베티는 지금 떨고 있다.

"일지가 편인성인 남자를 만나야 해. 이런 경우를 소길궁합이라고 하지. 이런 남자는 우유부단하고 게으르긴 하지만 늘 받들어주기만 하면 좋은 배우자가 될 수 있어. 쥐띠 음력 가을생을 만나면 임자라고 생각해. 이 남자가 바로 아가씨의 살을 눌러줄 사람이야. 그 남자가 아니고 다른 남자와 결혼하면 서서히 남편을 망쳐놓게 될 팔자야."

"……실은 작년 겨울에 헤어진 남자가 있어요. 그 남자도 쥐띤데 다시 만날 수는 없을까요?"

"생년월일 대봐."

베티는 여전히 떨고 있다. 그녀는 너무 쉽게 자백하고 있다. 또 시간이 꽤 걸린다.

"그 남자와 다시 만나길 원해? 이혼, 별거, 살아서 이별, 죽어서 이별, 이런 악운 중의 하난데도 다시 만나길 원해?"

그다음 베티가 뭐라고 하는지 잘 들리지 않는다.

"……병신 같긴. 그럼, 한 가지 방법이 있는데 그렇게 해보겠어?"

다시 말소리가 들리지 않는다.

"저 여자 지독하군, 지독해. 저러단 베티 다 죽이겠어. 쯧쯧."

뚜생은 팔꿈치를 괴고 누워 강소주를 마시고 있다. 그는 왠지 태연한 얼굴이다.

"그 남자의 속옷을 구해 부적을 써서 서북향의 암자에 가서 태우는 거야. 그 연기가 하늘로 올라가 천신에게 신고를 하면 차후 둘은 싫어도 부부가 되게 마련이지. 하지만 그렇게까지 해야 되겠어?"

"그런 방법밖에 없나요?"

베티는 지금 애원하고 있다. 차라리 형刑을 받고 말리라. 산다는 일은 어차피 금기의 위반이다.

"잊어, 인연이 아니니까 잊으라고! 회자정리, 가는 사람 잡을 수 없는 법 아닌가."

회자정리라면, 떠난 자는 반드시 돌아온다는 거자필반이란 말도 있지 않은가.

"그리고 아가씬 일간이 임, 계의 체질을 타고났으니 수성 관련 질병, 즉 방광염, 신부전, 치질, 성병, 자궁암, 냉증 등 하반신의 질병을 조심해. 주로 파란색 알약을 먹고 옷도 지금 입은 붉은색 계통은 네 몸의 기운을 해치니 흰색이나 노란색을 입도록 해. 그리고 여자가 술자리를 자꾸 만들지 마. 내 말 듣지 않으면 나중에 정육점을 하며 업살을 풀고 살 팔자니 명심하라구. 알았어?"

베티는 말이 없다. 남자 속옷에다, 하반신 질병에다, 정육점이라니!

얼마 후 눈이 붉게 충혈된 베티가 고문을 당한 듯한 모습으로 들어오고 뚜생이 불쾌한 얼굴에 비죽비죽 웃음을 흘리며 취조실로 들어갔다.

"나쁜 년! 그래, 그 정도밖에 못 봐? 지가 뭐라구."

이렇게 씨부렁거리며 베티는 스타킹이 흘러내린 것도 모르는지 두 다리를 쭉 뻗고 방바닥에 풀썩 주저앉았다. 그녀는 두루마리화장지를 뜯어 코를 푼 다음 냉큼 담배부터 피워물었다. 두 눈이 퀭하니 들어가 있었다. 그녀는 담배를 다 피울 때까지 내내 거친 숨소리를 뱉어내며 몹쓸 년! 하고 자꾸 되뇌었다.

"세종 형, 나 어떡하지?"

"어떡하긴 뭘 어떡해. 일찌감치 정육점을 차리든지 해야지 뭐."

"다 들었어?"

"……들긴 뭘 들어. 네 관상을 보면 그렇게 써 있는데."

그녀는 숄더백에서 손수건을 꺼내 눈물을 꼭꼭 찍어낸다. 비에 젖은 머리칼이 마르면서 부드럽게 풀어지고 있다. 속눈썹이 형광빛에 파랗게 떨고 있다. 마치…… 달밤 같다. 언제 보아도 차갑고 고혹적인 모습. 비록 나이를 먹긴 했지만 그녀의 얼굴엔 결코 지울수 없는 아름다움이 존재하고 있다. 손을 대면 그대로 타서 없어져버릴, 백조의 아름다움이 바로 그것이다. 본인은 그걸 모른다. 한때는…… 그녀를…… 사랑했다. 그녀는 그걸 모른다. 그녀는 혼자인 듯 창밖을 내다보고 있다.

"결혼하고 집도 있지?"

"그렇네요."

"자식도 있지?"

"그렇네요."

"부모님 살아 계시지?"

"정정하시죠."

"그럼 뭐 때문에 점은 보러 왔어?"

"……글쎄요, 뭐 침을 하루에 여덟 개씩 꽂아도 허릿병이 낫질 않는데 웬일인가 싶어서."

나는 무슨 코미디방송을 듣고 있는 것 같다. 그러나 베티는 듣고 있지 않다. 그녀는 아까부터 나를 뚫어져라 쳐다보고 있다. 무슨 심상찮은 말을 하려 할 때 그녀는 저렇듯 감당할 수 없는 눈으로 상대를 쳐다보곤 한다. 거역할 수 없는 투명한 눈빛이다. 이럴 때면 그녀와 나 사이에 가로놓인 이 거리가 너무 힘겹고 생소하게 느껴진다. 나는 긴장하고 있다. 왜 백조가 여자의 알몸을 뜻한다는 걸까. 비에 젖은 하양. 그녀의 자줏빛 실크스카프가 방심한 채 풀려 있고 하얀 목덜미가 처녀처럼 드러나 보인다. 그녀는 좀체 몸을 추스르지 않는다. 숨이나 쉬고 있는 걸까. 오래전에 그녀와 묵호바다에 갔던 일이 생각난다. 세차게 퍼붓던 비. 빗속의 염탐. 공복과 취기. 축축한 여관방. 그러나 그녀와 나 사이의 거리는 밤새 지워지지 않았다. 둘 다 사랑에 가난했기 때문이다. 누가 그랬던가. 여자는 하나의 쓰라린 조국, 이라고. 벌써 십 년이 넘게 그녀를 만나오고 있다. 불가해한 일이다. 각기 다른 사랑을 하고 마침내 그 사랑이 끝나기만 하면 어김없이 서로를 찾아 돌아온다. 사랑에 서툰 자 되어.

마침내 그녀가 입을 연다. 메마른 입술에서 번져나오는 저 소리의 소문. 나는 잔뜩 긴장하여 몸을 곧추세운다.

"정섭씨."

그녀가 나를 정섭씨, 라고 부른 건 이번이 처음이다. 팔자에도 없이 나는 그녀의 '형'으로 살아온 것이다.

"교활하다고 할지 모르지만…… 나…… 내가 정섭씨 사랑한 거 알아?"

모른다. 그러나 지금 그녀가 진실을 말하고 있음을 안다. 어디선가 국화 향기가 난다.

"정섭씨, 나하고 재혼해."

재혼……? 아득히 시간이 거꾸로 쏟아져내린다.

그래, 그동안 나는 결혼을 했고 이혼을 했고 지금은 여자 없이 사는 일에 오래 익숙해져 있다. 만 레이 같은 비범한 사진작가가 되고 싶었지만 지금은 아이스크림, 샴푸, 속옷 나부랭이나 찍어대고 있다. 그만둘 수 없는 처지다. 이혼할 때 나는 알몸이 되었고 지금은 빚까지 지고 있다. 너무 늦은 것이다. 팔자다. 나는 사랑하지 않고 사는 일에도 이미 익숙해져 있는지 모른다. 옆방에서 하는 말소리가 들려오지 않는다. 뚜생은 이렇듯 오래 무엇을 하고 있는 걸까. 그리고…… 남들은 지금 무얼 하며 살고 있는 중일까.

정섭씨, 하고 그녀는 다시 무슨 말인가를 하려다 그만 고개를 꺾어버리고 만다.

운다.

손수건만한 창문 속으로, 추억처럼 눈이 내리고 있다.

5

서로의 얼굴을 알아보기 힘들 만큼 캄캄한 어둠이 먹물져내리고 있었다. 점집을 나와 우리는 눈이 내리고 있는 거리에서 어두운 하늘을 쳐다보며 서 있었다. 벌써 여덟시가 다 돼 있었다. 우리는 성신여대입구역보다 길음역 쪽에 가까이 와 있었다. 하지만 어느 쪽이든 족히 십 분은 걸어야 할 거리였다.

"전철역 근처에서 술이나 한잔씩 하고 가죠."

베티를 이대로 돌려보내면 안 될 것 같았다. 아무도 내 말에 대꾸하지 않았으나 우리는 천천히 미아리고개를 내려가고 있었다. 베티는 정릉과 종암동으로 갈라지는 다리까지 올 동안 고개를 푹 숙이고 한마디의 말도 하지 않았다. 우리는 길음역을 조금 지나쳐 삼부아파트 건너편, 병원과 철물점과 찻집과 전자제품 대리점과 학원과 서점 같은 것들이 들어차 있는 건물들 속에서 갈 만한 술집을 찾기 위해 이곳저곳을 기웃거렸다. 눈발이 금세 굵어져 있었다.

"아까 그 점집 여자 뭐하는 여자죠?"

가로등 불빛 속으로 쏟아져내리는 눈발을 훔쳐보며 내가 뚜생에게 물었다.

"그 여자요? 지금은 그냥 점 보는 여자예요. 하지만 좀 역사적인 과거를 가진 여잡니다. 왠지 비감해지더라구요."

"나쁜 년!"

베티가 잊고 있었던 듯 예의 그 거친 소리를 내뱉었다. 그 말은 어쩐지 나를 겨냥해 하는 소리처럼 들렸다. 뚜생은 고즈넉한 얼굴로 거리에 몰아치는 눈발을 바라보았다.

"대학에서 불교문학을 전공했대요. 87년에 시위를 주동하다 쫓겨 산에 들어가 있었는데 그때 거기서 스님한테 사주 보는 법을 배웠다죠."

"누가요?"

"국화 얘기예요."

"국화 좋아하시네."

베티가 다시 비아냥거리는 말투로 뚜생의 말을 가로챘다.

"……무슨 무술영화 같네요. 그래서요? 그렇다고 점쟁이가 됐어요?"

"나이는 서른하나. 이름은 끝내 밝히지 않데요. 애인도 구학련 소속 지하운동권였답니다. 86년에 검거돼 재작년에 출감하고 나서 이틀 만에 교통사고로 죽었대요. 하필이면 새벽 두시에 국화를 만나러 오다 그렇게 됐답니다. 국화가 남자에게 전화를 걸어 그 시간에 와달라고 했다는 거죠. 자기도 모르겠대요. 무엇에 홀렸는지 자다 일어나 그냥 전화를 해서 와달라고 했답니다. 나중에 궁합을 보니 그 남자를 잡아먹을 사주였대요…… 미혹에 빠진 거죠."

"그래서 점집을 해요?"

"세상에 보시공양하는 마음으로 산답니다. 사람이 그런 일을 당하면 미워해지게 마련인가봅니다. 저는 비구니가 되어야 할 사주팔자래요. 속세에서 그렇게 보시하며 업살을 풀어낸 다음엔 다시 운동을 하겠답니다…… 왠지 속이 거북해요. 그 여자 얼굴을 보고 있으니 누군가 그 여자의 피를 다 빨아먹은 것처럼 보여요. 아무튼 그 여잔 지금 점쟁이일 뿐이에요. 미혹에 빠진 중생일 따름예요."

"사주팔자라는 게 있긴 있는 모양이죠?"

"있으나 마나, 그렇다고 사는 게 뭐 달라집니까? 어쨌든 살아야

34

하는 거죠. 다만 저의 경우엔 분식집이 하나의 미혹을 뜻한다는 걸
알았어요."

우리는 미아시장 근처의 허름한 생맥줏집에서 골뱅이무침과 감
자튀김 한 접시를 시켜놓고 빠른 속도로 술을 마셔댔다. 술집은 춥
고 어둡고 습기가 차 있었으며 주방에서 음식 만드는 냄새가 꾸역
꾸역 밀려나오고 있었다. 비틀스와 에릭 클랩튼과 실비 바르탕과
샤데이와 핑크 플로이드와 재니스 조플린의 음악이 없었다면 앉
아 있기 힘든 술집이었다. 나는 동숭동에 있는 '베티 블루'라는 술
집을 떠올렸고, 잊고 있었던 듯 곁에 앉아 있는 베티에게로 눈을
돌렸다. 그녀는 머리칼을 제멋대로 풀어헤친 채 소리없이 술만 마
시고 있었다. 그녀의 앉은키가 조금씩 작아져갔다. 그녀의 풀린 어
깨가 내 어깨로 무너져올 때마다 나는 화닥닥 놀라 나도 모르게 몸
을 외틀곤 했다. 그리고 어느 순간인가 나는 베티가 술에 취해, 개
새끼 지가 뭔데…… 병신 같은 게…… 영수증과 마침표만 있으면
다야…… 하는 소리를 분명히 들었다.

십 년을 만나온 지금 나는 베티를 생각하며 자주 근친상간이란
말을 떠올리곤 했다. 근친처럼 느껴지는 것이다. 그래서 안 되는
것일까.

뚜생은 파스텔톤으로 내려앉고 있는 거리를 초점 없는 눈으로
묵연히 내다보고 있었다. 그 언젠가, 우리 청춘의 날들에 '목숨'을
버리러 왔던 색동의 거리를. 하지만 '목숨' 없이도 이념 없이도 사

랑과 희망이 없이도 우리는 이렇게 살아가고 있는 것이다. 아득해라, 마지막 하나의 목숨이 다할 때까지는.

6

보다 추운 쪽으로 돌아눕고 싶소, 베티. 이 어둡고 적막한 겨울의 한가운데, 우리 밤으로 온 길은 너무도 멀었소. 아무도 없었소, 아무도. 나는 얼마나 완강히 희망을 꿈꿔왔는지. 흰쌀밥 같은 사랑과 시대를 꿈꿔왔는지. 그리하여 나는 차라리 절망을 획책하며 살았소. 가시관을 쓰고 살아야 하는 핏덩이 같은 우리의 삶! 그때, 우리 기댐은 정녕 어여쁠 수 있는 것일까. 기대지 않고 살 수도 있으련만. 그러나 마지막 남은 네가 내게서 멀어지기 전에, 저 박명에 떠는 새벽 숲의 안개가 걷히기 전에 나는 곱다랗게 눈을 뜨고 일어나, 온몸의 비늘을 털고 일어나 네게서 살아야지, 살아야겠다……

온몸에 가득히 술기운이 퍼져 이런 계면조의 방백에 빠져 있을 때 누군가가 내 어깨를 흔들었다. 견딜 수 없을 만큼 온몸이 추웠다. 스피커에서는 낮게 낮게 정태춘의 〈북한강에서〉가 흘러나오고 있었다. 안에 남은 것은 우리 둘뿐인 듯했다.

"그만 가요, 세종."

뚜생의 목소리를 듣고 나서야 나는 고개를 들었다. 베티는 곁에 없었다. 짐작이 갔지만 확인하는 심정으로 나는 뚜생에게 물었다.

"몰라요, 아까 화장실 가는 줄 알았는데 그냥 갔나봐요. 많이 취했더라구요."

우리는 술값을 지불하고 하얗게 변해버린 거리로 나왔다. 눈이 퍼붓는 거리는 소리마저 조용히 죽어 있었다. 먼 곳 이불 속에 누워 여자와 아이를 낳고 싶은 밤이었다.

뚜생과 나는 곱사등을 하고 길음역까지 걸어가 전철을 탔다. 아무도 우리를 쳐다보지 않았고 우리 또한 아무도 쳐다보지 않았다. 2호선으로 갈라지는 동대문운동장역에 와서 뚜생과 나는 헤어졌다. 그가 막 돌아서려고 할 때 나는 뜬금없이 그에게 이렇게 묻고 있었다.

"오늘이 며칠이죠?"

"네……?"

내가 하는 말을 알아듣지 못한 듯 뚜생은 한동안 멍한 얼굴로 나를 바라보더니 빙긋 웃으며, 그래요 잘 가요 하고 손을 흔들며 계단을 올라갔다.

7

나는 삐걱거리는 쇠침대 위에 누워 전화를 건다.

아득히 이어지는 발신음. 받지 않는다.

다시 건다. 받지 않는다.

창밖에 가득히 내리는 눈. 자정.

베티, 그녀는 지금 춥겠다.

다시, 걸려다, 만다. 스탠드의 불을 끈다.

미혹.

(1993)

지나가는 자의 초상

　서른다섯 살인 지금의 나는 일 년에 단 몇 시간도 텔레비전을 시청하지 않지만, 어렸을 적엔 그 괴물상자에 완전히 홀려 있던 아이였다. 방문을 걸어 잠그고 방구석에 우두커니 앉아 텔레비전을 보는 것은 참으로 멋진 일이었지. 겨우 들을 수 있을 만큼만 소리를 죽여놓고 말이야. 나는 초등학교 때 이미 도수 높은 안경을 끼고 있었어.

　그때 내가 가장 좋아했던 프로그램은 〈동물의 왕국〉이었지. 물론 그때는 흑백텔레비전이었지만 말이야. 하지만 실제로 브라운관에서 흘러나오는 빛은 하얗고 까만빛이 아니었어. 파란 분필가루 같은 미묘한 색깔이었지. 오후 다섯시에 시작하는 〈동물의 왕국〉을 보고 있으면 어느 결에 문틈으로 슬슬 어둠이 스며들어와 방안이 온통 물속처럼 변해버리곤 했어. 그래서였을까. 이상하게도 나는 텔레비전을 보다가 곧잘 잠이 들곤 했어. 화면 속에서 왔다갔다하는 야생동물이나 물고기 들을 보고 있다가 스르르 잠이 들어 거기서 메마른 꿈을 꾸곤 했던 거야. 무슨 꿈이었냐구?

텔레비전 수상기 속에 있던 동물들이 슬그머니 방안으로 걸어나와 방구석에 웅크리고 앉아 있는 내 주위를 어슬렁거리곤 하는 꿈이었어. 콧김을 쉭쉭 내뿜기도 하고 털이 북슬북슬한 머리를 내 잠든 얼굴에 비벼대기도 하고 혹은 방귀를 뀌기도 하면서 말이야. 아, 그 꿈은 얼마나 황홀했던지.

깨고 나면 매양 캄캄한 밤이었어. 코뿔소, 호랑이, 표범, 코끼리, 악어, 원숭이, 북극곰, 고래, 상어, 나비…… 들은 도로 브라운관 속으로 들어갔는지, 아니면 어디 다른 곳으로 갔는지 감쪽같이 사라지고 어둑한 방 한구석에서 텔레비전만이 해저의 탐조등처럼 외롭게 푸른빛을 발하고 있었어. 그들은 내가 잠든 동안에만 그렇게 찾아왔다가는, 아무런 흔적도 남기지 않고 사라져버리곤 했던 거야. 그들이 다 어디로 갔는지 누가 얘기해주련?

고등학교에 들어가서부터 나는 텔레비전을 볼 수가 없었어. 시력이 굉장히 나빠져 어머니가 내 방에서 그놈의 전기상자를 치워버렸거든. 사실 그때부턴 공부라는 것도 해야만 했지. 하지만 삼년이란 기나긴 시간을 견뎌 마침내 교복에서 해방됐을 때, 텔레비전은 다시 나의 관심을 끌지 못했어. 난 이미 어렸을 적의 내가 아니었던 거야. 어쨌든 고등학생이 된 이후로 나는 〈동물의 왕국〉이란 텔레비전 프로그램을 볼 기회가 없었던 거지. 그래, 지금까지 단 한 번도 말이야. 솔직히 말하면 내가 지독한 텔레비전 중독자였다는 사실조차 이제는 실감이 나지 않아.

1

1988년? 아니면 1989년?

과거의 흔적들을 뒤적이다보면 내가 지금 떠올리고 있는 기억의 정확한 생성연도를 산출해낼 수도 있을 것이다. 하지만 나는 일기 따위의 연대기를 기록해두는 인간은 아니며 더욱이 삶의 사실에 관계된 것들에 그닥 집착하며 살아가는 타입도 아니다. 사실事實이란 문득 또하나의 환영에 불과한 것이어서 사소한 기억들은 때로 피처럼 생생하면서도 그것을 포함하고 있는 공간은 무너져 있기가 일쑤다. 살아가면서 겪게 되는 일들이란 내게 있어선 대개가 그렇듯 새벽녘의 창에 형체 없이 어른거리는 물상物像처럼 보일 뿐이다. 과거에 있었던 일은 물론이고 지금 일어나고 있는 일도, 앞으로 생길 일도 내겐 모두가 그렇게 생각된다. 때로는 무엇에 집착하고 매달려도 보았지만, 오직 나의 이름을 부르며 내게 다가왔던 것들조차 얼마 후면 한결같이 나를 외면하고 멀어져갔으며 곧이어 또다른 일이 밀어닥치곤 했다. 나는 당장에 내게 일어나는 일을 추스르는 데 급급하며 살아왔다고 해도 과언이 아니다. 바닥이 뚫린

배에서 정신없이 물을 퍼내듯이 말이다. 그리하여 내 가난한 젊은 날의 책상 위에는 매양 밀린 숙제들이 잔뜩 쌓여 있어, 고개를 숙이고 앉아 있으면 아무도 내 모습을 발견할 수가 없었다.

그러다 잠깐의 휴지기처럼, 아무 돌출적인 사건도 없는 그야말로 조용한 내 인생의 짧은 한때가 시작되려 하고 있었다. 그리고 그 적막한 시기의 한가운데서 나는 누군가를 만났던 것이다. 그러나 지금에 와서 그게 정확히 언제였는가를 말하기란 쉽지 않다. 그것은 곧 초등학교를 몇년도에 졸업하고 고등학교를 몇년 몇월 며칠 무슨 요일에 입학했는가 하는 식의 산술적인 계산을 필요로 하는 일이다. 하지만 어째서 그런 짓을 하고 있어야 한단 말인가. 그때그때 생겼던 일들은 세월이 지나다보면 그 생성연대와 함께 소멸하게 마련이다. 다만 그 부스러기들만이 강물 속의 모래처럼 쓸려내려가 기억의 하구에 무덤처럼 쌓일 뿐이다. 고고학자가 아닌 다음에야 거기 모래톱의 연대를 측정하는 식의 번거로운 일을 시도할 필요는 없으리라. 실제로 나는 나 자신이나 누군가의 과거사에 대해 별다른 관심이 없다.

하지만 삶에 있어서의 어떤 일들은 왜 그때마다 우연인 양 내게 다가와, 가슴에 지워지지 않는 자국을 남긴 채 달아나버리고는, 이토록 오랜 시간이 흐른 다음에야 마음속에 걷잡을 수 없는 파문을 불러일으키는 것일까?

어쨌든 1988년이라면 내가 스물여덟 살일 때고 1989년이라면 스물아홉 살 때가 된다. 그러나 아까도 말했지만 그게 그렇게 중요한 문제는 아니다. 그때 나는 시립도서관에서 막 사서 노릇을 시작하고 있었다. 대학을 졸업할 때까지(스물여섯?) 나는 모든 일들이 다만 어리둥절하고 불가해하기만 해서(적어도 서른이 되기 전까지 나는 내가 생각해도 정말 우둔하고 나약한 자였다) 때없이 삶으로부터 뜻하지 아니한 상처를 받고 비틀거리며 한숨을 내쉬곤 했다. 그러다보니 나는 나만의 감방 같은 생활을 원하게 되었고 이삼 년간 무역회사에서 통역업무를 하다가 도서관으로 자리를 옮기게 되었다. 비록 준사서였지만 그 일은 대체적으로 내 적성에 잘 맞았다고 생각한다. 비로소 나는 그때까지 내내 추스르기 힘들어했던 이 정체불명의 '나'라는 존재에 대해 겨우 안도하고 있었다. 그때부터 세상은 내게 있어선 한갓 도서관의 먼지 낀 창밖으로 내다보이는 흐린 풍경화에 불과했다. 나는 거친 바다에서 표류하고 있다가 육지에 발을 내디딘 기분이었다. 항상 고장이라도 난 것처럼 떨고 있던 나침판의 바늘도 이윽고 정확히 동서남북을 가리키며 가만히 멈춰 있었다.

시립도서관엔 쉰다섯 살의 관장 외에 스물세 명의 상근직원이 있었다. 그중 사서는 셋이었는데 남자 직원은 나 하나뿐이었다. 모두가 조용하고 예의바른 사람들이었다. 사서직은 격주로 일요일에도 출근을 해야 했지만, 아침 아홉시에 출근해 오후 다섯시만 되면 어김없이 퇴근을 했기 때문에 일반 기업체보다 근무조건은 물론이고 부대낌도 한결 덜한 편이었다. 출근한 지 일주일 만에 나는 내가 하는 일에 곧 익숙해졌다. 아직 전산화 작업이 마무리되지 않은 상태여서 일이 적은 건 아니었지만, 나는 도서를 분야별로 정리해 카드를 만들고 프로그램을 짜서 전산화시키는 데 금방 솜씨를 발휘했다. 또한 열람자들이 신청한 카드나 신문을 보고 새로 구입할 책의 목록을 작성한다거나 신경이 많이 소모되게 마련인 자료조사표를 만든다거나 심지어는 낡은 책의 장정을 새롭게 하는 일에 조금도 싫증을 느끼지 않았다. 나는 그닥 말이 없는 편이었지만 함께 근무하는 여직원들은 그런 나에게 호의를 가지고 대해주었다. 나는 가끔 그녀들과 함께 점심식사를 하기도 하고 찻집에 앉아 커피를 마시기도 하고 어떤 때는 퇴근 후에 약간의 술을 마시면서 서로를 자극할 리 없는 심상한 대화를 나누기도 했다. 남들이 보면 지루하고 단조롭게만 보였을 이런 생활에 그러나 나는 꽤 만족하고 있었다. 무엇보다도 나는 도서관이라는 공간을 내 집처럼 좋아하고 있었다. 남들이 다 퇴근한 후에 서가 한쪽 구석에 물끄러미 앉아 있노라면 산사의 뒤란에 나와 앉아 혼자 풍경 소리를 듣고 있는 것만 같은 기분이 들었다. 책들은, 아무 조바심도 없이 제 이름표를 등燈처럼 들고 누가 불러주기만을 기다리는 동자승과도 같았다.

나는 도서관을 왕래하는 일말고는 밖에 나가는 일이 거의 없었다. 나에겐 별다른 취미가 없었을뿐더러 그렇다고 술을 즐기는 편도 아니었다. 따라서 아무때나 전화를 걸어올 만한 친구도 없는 편에 속했다. 나는 퇴근하면 곧장 집으로 돌아와서는 식사를 하고 음악을 듣거나 책을 보면서 저녁시간을 보냈고 불면증에 시달리는 일 없이 자정에 잠이 들어 아침 일곱시면 일어나 남들보다 조금 일찍 출근을 했다. 도서관에 나가지 않는 일요일에도 마찬가지였다. 아침엔 자전거로 강변공원을 한 바퀴 돌고 와서는 목욕을 한 다음 밀린 세탁을 하고 시간이 남으면 가까운 극장에 가서 영화를 보거나 찻집에 앉아 책을 읽거나 구경 삼아 남대문시장에 가보는 것이 고작이었다. 대학을 졸업하고 직장생활을 시작하면서 시골에 계신 홀어머니가 몇 달 올라와 있었지만 아무래도 서울생활에 익숙해지지가 않았던 모양이었다. 어느 날 어머니가 도로 시골로 내려가고 싶다는 말을 슬그머니 꺼냈을 때 나는 그동안 어머니에게 무심했던 나를 탓하며 얼른 그 말에 동의했다. 어머니는 외아들 옆에 있기보다는 남편의 무덤 가까이에서 여생을 보내고 싶었던 것이리라. 그렇다고 해서 내가 생활에 불편을 겪게 되었다고 말할 수는 없었다. 결혼을 했다면 모를까, 나이가 들어 어머니(특히 홀어머니)와 함께 산다는 것도 어쩐지 거북한 일이란 생각이 들 때가 종종 있었던 것이다. 결혼이라는 말이 내 귀에 심심찮게 들려오기도 했지만 나는 그것에 대해서는 미숙아처럼 무관심하기만 했다. 아마도 타자를 받아들일 마음의 넓이와 깊이가 부족한 탓이었을 터이고 무엇보다도 여자에 대한 상상력이 부족한 때문이었을 것이다. 이제 와서 고백하건대, 여자와의 사랑이란 도대체 상상력이 없이는 불가능한 일이다.

2

시립도서관으로 자리를 옮긴 지 다섯 달쯤이 지났을 때(무려 오개월 동안이나 나는 그렇게 대기 혹은 지연의 상태를 방심한 채 즐기고 있었다는 말이 된다) 내게 예기치 않은 일이 조심스럽게 발생했다. 삶이란 아무리 낮게 엎드려 있어도 때로 조사관처럼 어떤 응답을 요구해오게 마련인가보다. 비록 내가 원하던 바가 아닐지라도 서둘러 무슨 신호를 보내야만 할 때가 있는 법인가보다. 한데 이런 종류의 일은 대개가 무표정하게, 뒤에서 허를 찌르며 무슨 전조처럼 다가오곤 한다.

토요일이었다. 퇴근 무렵이 되었을 때 함께 근무하는 사서 중의 한 여자가 내게로 다가왔다. 늘 그랬듯이 지극히 일상적이고 사무적인 태도였다. 그녀는 반환해 들어온 책을 정리하고 있던 내 옆에 소리없이 의자를 끌어당겨 앉았다(얼마나 자주 그런 식으로 내 옆에 와 앉았던고). 그녀는 무덤덤한 표정으로 내 일이 끝날 때까지 가만히 앉아 있었다. 아무리 급한 일이 있어도 그녀는 상대방이 일을 하고 있는 동안에는 끝까지 기다리는 여자였다. 얼마 후 내가 일을 정리하고 일어나 옷걸이에서 외투를 집어드는데 그녀가 대수롭지 않은 투로 내게 이런 말을 던져왔다.

"오후에 별일 없으면 저와 데이트 좀 해요."

데이트? 하고 반사적으로 되받으며 나는 그녀를 돌아보았다. 상대의 의향을 묻는 것도, 동의를 구하는 것도, 그렇다고 강요를 하는 것도 아닌 묘한 말투였다. 표정도 시큰둥하기만 했다. 내가 이내 대답을 못하고 있자 그녀의 눈빛이 초점을 잃고 잠시 흔들렸다.

"놀라셨어요?"

놀랐다기보다는 상대방의 진심을 헤아리고 있는 중이었다. 데이트라는 말 자체가 어쩐지 생소하게 들렸던 것이다. 하지만 그녀의 얼굴에서 여자가 먼저 남자에게 데이트를 신청할 때 엿보이는 부끄러움이나 떨림 따위는 찾아보기가 힘들었다. 그렇다고 정말 아무 표정이 없다, 라고 말할 수도 없었다. 나는 얼마간 혼란스러운 상태에서 그러자고 고개를 끄덕였다. 가끔 그랬듯이 함께 식사나 하자는 거겠지.

그녀와 나는 시내로 나가 레스토랑에서 늦은 점심식사를 했다. 둘이서만 만나 시내까지 나온 것은 이번이 처음이었다. 허나 장소만 옮겨졌을 뿐으로 여느 날과 달리 느껴지는 것은 별로 없었다. 적어도 겉으로는 그랬다. 얼마간 곤두서 있던 신경도 한 시간쯤이 지나서는 토요일 오후처럼 느슨하게 풀어져버렸다.

한데 기이하게도 그때의 기억이 아직도 내 뇌리에 생생하게 각인돼 있다. 포크와 나이프를 쓰고 있던 그녀의 손동작 하나하나, 귀고리는 그만두고 이미테이션 목걸이 하나 걸려 있지 않아 사뭇 썰렁해 보이는 목덜미, 화장기조차 없는 밋밋한 얼굴, 담뱃불에 한쪽 모서리가 지져진 붉은 식탁보, 대나무 모양의 커피잔, 접시에 깔끔하게 반쯤 남긴 비프커틀릿, 그녀가·입었던 단색의 회색 재킷, 누가 보거나 말거나 옆자리에서 입을 맞추고 있던 이십대 초반의 남녀, 그들의 소곤거림 혹은 숨죽인 웃음소리…… 왜 이런 먼지 같은 기억들이 내 무의식의 점막에 그토록 완강히 달라붙어 있는지 모르겠다. 그녀의 마음속에 내가 미처 생각지도 못했던 감정이 도사리고 있어 나를 흡인하고 있었던 걸까. 사이사이 나는 등이 가려운 사람처럼 몸을 비틀어대고 있었다. 말로는 미처 설명할 수 없는 기묘한 빛깔의 그림자가 언뜻언뜻 그녀의 얼굴에 드러났다가 사라지곤 하는 것을 나는 조용히 지켜보고 있었다. 그녀는 내게 무언가를 열심히 전달하려 애쓰고 있는 듯했다. 그러나 그게 무엇인지는 뚜렷이 알 수 없었다. 그런 느낌만을 가지고 상대의 마음이 어떻다고 섣불리 판단할 수는 없는 일이었다. 설혹 상대의 마음이 어떻다 하더라도 그다음엔 또 내 마음이라는 게 남아 있었다. 나는 한 번도 그녀에 대해 직장동료 이상의 감정을 가져본 적이 없었다.

김은애金銀愛…… 이렇게 말해놓고 나니 어쩐지 새삼스럽다. 훗날 나는 이 여자에 대해 아주 각별한 감정을 품게 된다. 그때 내 어찌 그런 일을 짐작인들 했으랴. 나보다 한 살이 많은 여자였다. 노처녀라곤 할 수 없었지만 왠지 그녀의 주변엔 사람이 없어 보였다. 쌍둥이로 태어나 다른 한쪽에 자신의 반을 빼앗기고 사는 여자 같았다. 그것이 외아들인 나와 어딘가 모르게 비슷하면서도 한편으론 완전히 다르게 느껴지는 점이었다.

그녀의 눈빛은 얼마간 권태로워 보였고 왠지 지친 듯한 표정을 하고 있었다. 옷차림새는 언제나 깔끔했으나 매일 이것저것 바꿔 입는 스타일은 아니었다. 그것도 남의 눈에 띄기 쉬운 밝은 계통의 단색은 피해 입었다. 안 그래도 식당에 가는 일이 있으면 그녀는 메뉴판을 보는 시늉조차 하지 않고 매번 설렁탕요, 김치찌개요, 하고 귀찮은 듯 내뱉곤 했다. 노숙한 것인지, 그녀는 실제 나이보다 몇 살이나 더 많이 들어 보였다. 어떤 땐 남몰래 애까지 낳고 사는 여자는 아닌가 하는 의구심마저 불러일으켰다. 무슨 일에 싫증을 내거나 직접적으로 불만을 표시하는 경우는 없었으나 그 이면에는 벌써부터 사람에게 흥미를 잃어버린 권태로움이 굳은살처럼 박여 있었다. 그녀를 보고 있으면 벽에 걸려 있는 철 지난 달력이 생각나곤 했다. 하지만 그녀는 그런 자신을 완벽하리만치 철저하게 숨기고 있었다. 나이 때문에 눈가에 어쩔 수 없이 생긴 잔주름(하지만 화장으로 얼마든지 감출 수 있는)을 감안하더라도 잘 뜯어보면 확실히 미인에 속하는 여자라는 걸 무엇보다도 자신이 잘 알고 있었을 텐데 말이다. 여자에게 있어서 외모야말로 나이를 상쇄시킬 수 있는 유일한 무기가 아닌가.

　오후 세시가 되어 그녀와 나는 극장에 가서 영화를 보았다. 시시한 할리우드 영화였다. 그리고 다섯시경에 백화점에 가서 일층부터 십층까지 순례했다. 무얼 사는 줄 알고 따라왔더니 두 시간 동안 구두매장, 숙녀복매장, 액세서리매장, 화장품매장, 심지어는 가구, 그릇매장까지 죄 훑어보고는 빈손으로 도로 아래층으로 내려왔다. 그렇다고 구경 삼아 온 것만도 아닌 듯했다. 참으로 맥빠진 토요일 오후였다. 일층 현관문 쪽으로 걸어가면서 그녀가 넥타이를 하나 선물하고 싶다고 말했으나 아무래도 건성으로 들려 나는 사양하고 말았다. 솔직히 말하면 그만 헤어져 집으로 돌아가고 싶은 생각이 간절했다. 하도 답답하길래, 저녁 대신 생맥주를 한잔하는 게 어떻겠냐고 제의한 것도 분명 나였다.

　그녀와 나는 백화점 지하에 있는 맥줏집으로 내려갔다. 그리고 빈자리를 찾느라고 여기저기를 두리번거리고 있는 사이 저쪽 어딘가에서 누가 우리를 부르는 소리가 들려왔다. 아니, 우리가 아니었다. 공교롭게도 김은애와 안면이 있는 사람들이 거기서 술을 마시고 있었던 것이다. 그러나 그게 우연한 일이 아니었다는 것을 깨달은 것은 그들과 합석해 불과 오 분도 지나지 않아서였다. 그녀는 이미 그들과 거기서 약속이 돼 있었던 것이다. 그들이 김은애를 알아보고 또한 김은애가 그들을 알아보는 순간에, 나는 차라리 잘됐다 싶어 자리를 모면하고 집으로 돌아갈 양이었다. 하지만 그들은 나라는 존재의 출현까지도 아주 당연하게 받아들이고 있었다. 쉽게 말하면 김은애에게 동행이 있다는 사실까지 진작부터 알고 있었다. 자리가 두 개 비어 있었고 빈 맥주잔도 또한 두 개였고 포크와 젓가락도 두 개씩이 냅킨에 싸인 채 탁자 위에 놓여 있었다. 흘끗 김은애를 쳐다보았지만 그녀는 태연한 얼굴로 술잔만 만지작거리고 있었다.

그녀는 왜 나를 여기까지 데려온 것일까. 미리 양해도 구하지 않고.

그들, 이라고 해봐야 셋이 전부였다. 내 앞에는 구레나룻과 턱수염을 까맣게 기른 삼십대 후반의 남자가 앉아 있었는데 건축설계사무소에서 일하는 사람이라고 했다. 그 옆에는 대체 무얼 하는 사람인지 모르겠는 외모와 복장을 한, 역시 비슷한 나이의 야윈 남자가 앉아 있었다. 무뚝뚝한 사람이었다. 악수를 하면서도 제 이름조차 밝히지 않았다. 나중에 알고 보니 귀금속세공사라는 좀 특이한 직업을 가지고 있었다. 하지만 건축가 오른쪽 자리에 싸구려 인형처럼 앉아 있는 이십대 중반의 여자는 귀금속세공사보다 더 독특하고 이질적인 모습을 하고 있었다. 기묘한 느낌을 주는 여자였다. 그녀는 분명 일행 중의 한 사람이었지만 그들과는 전혀 상관이 없는 얼굴을 하고 있었다. 켜놓긴 했으되, 볼륨을 줄여놓고는 누구도 쳐다보지 않는 흑백텔레비전처럼 그녀는 완전히 소외된 채로 앉아 있었다. 누구 하나 그녀에게 주의를 기울이거나 말을 거는 일이 없었으며 그녀 또한 그들의 대화에 애써 끼어들려는 의사조차 없어 보였다. 김은애도 그녀와는 초면인 듯했다.

술잔이 몇 순배 돌게 될 때까지도 나는 그들이 만나 술을 마시는 이유를 모르고 있었다. 종잡을 수 없는 사람들이었다. 서로 겉돌기만 하는 대화를 듣고 있자니 수화를 나누고 있는 벙어리들 틈에 끼여앉아 있는 기분이 들었다. 기껏해야 숙맥인 나까지도 어디서 들은 적이 있는 진부한 음담패설이거나, 시내 극장에서 상영중인 영화(맙소사, 아까 김은애와 본 영화도 있었다) 얘기나, 시시껄렁한 소설과 대중음악에 관한 일반적인 담론, 그리고 얼마 전에 외국 어디를 다녀왔는데 하는 식의 진부한 얘기들이었다. 어째서 토요일 오후에, 그것도 백화점 지하의 비싼 맥줏집에 앉아, 날마다 지하철이나 버스 안에서 들을 수 있는 얘기들을 나누고 있어야 하는 걸까. 사람들은 서로 지루함을 견디기 위해 만나기도 하는가보다.

시간이 지나면서 나는 그들의 표정이나 몸짓, 말투에서 하나의 유사한 점을 발견하고 있었다. 그들은 한결같이 밖으로 뛰쳐나가고 싶은 욕구를 간신히 참고 있는 사람들 같았다. 말하자면 그렇게 겉도는 대화를 통해 각자의 의사를 전달하고 모종의 동의를 구하고 있다는 것을 나는 어렴풋이 눈치챘다. 그들은 차마 입 밖에 꺼내기 힘든 자기 자신에 대한 불만을 거침없이 쏟아내고 있었다. 대각선 방향에 마주앉아 있는 흑백텔레비전과 나는 그저 무의미한 방관자로 이따금씩 술잔만 기울이고 있었다. 김은애와 건축가 그리고 귀금속세공사가 그런저런 분위기의 틀을 형성해나가고 있는 동안에 영락없이 나도 볼륨을 죽인 텔레비전 신세로 전락해 있었던 것이다. 김은애도 그런 나를 수수방관하기는 마찬가지였다. 어쩌다 내가 이런 자리에 끼게 되었는지 한심스럽기조차 했다. 아무려나 그 답답한 술자리는 또 그런대로의 분위기를 형성해가면서 엉뚱한 방향으로 흘러가기 시작했다. 우리 양수리로 자리를 옮겨 마실까? 라고 먼저 툭 내뱉은 것은 수염만 빼놓고는 온통 얼굴이 불그죽죽하게 변한 건축가였다.

"재작년에 거기 무드리라는 데서 한 달간 술 마시며 지냈거든. 배 타고 들어가는 데라 지금 거기까지는 못 가겠지만 근처에 민박을 얻어놓고 마시면 되잖겠어? 술 마시다 새벽에 강으로 안개나 보러 나가자구. 양떼처럼 몰려드는 저 도원의 젖빛 안개!"

이렇게 주절주절 늘어놓으며 그는 여태까지 거들떠보지도 않던 흑백텔레비전의 어깨를 손바닥으로 탁 내리쳤다. 그녀는 몽롱한 얼굴로 목에 스프링이 달린 인형처럼 고개만 두어 번 끄덕였다. 이 밤에 양수리라니. 승용차로 족히 한 시간은 걸릴 텐데. 그런데다 지금은 음주 상태가 아닌가. 아무려면 농담이겠지. 그러나 곧바로 김은애가 장단을 맞추고 들었다.

"그거 괜찮겠네요. 하지만 토요일이라 민박인들 어디 남아 있겠어요? 러브호텔은 평일에도 예약이 아니면 꿈도 못 꾼대요."

내 귀에 수은처럼 흘러들던 그녀의 저 낯설었던 말투. 항상 무미건조하게만 보였던 그녀의 내면 그 어디에 저런 구석이 도사리고 있었던 걸까. 분위기에 휩쓸려 그냥 해본 소리겠지. 나는 짐짓 고개를 외틀고 담배에 불을 붙이는 시늉을 했다. 그런가? 하고 구레나룻이 맥빠진 소리로 되받자 귀금속세공사가 슬쩍 끼어들었다. 그는 꽤 마셨다고 생각되는데도 술기운이 전혀 얼굴에 드러나 있지 않았다. 하지만 발음이 틀니에서 새나오는 소리처럼 어딘가 모르게 굳어 있었다.

"내친김에 경포대로 해서 대포항에서 오징어회나 한 접시 먹고 내설악으로 빠지든지. 아침에 미시령으로 넘어오면 되잖아."

이 말이 끝나기가 무섭게 김은애가 내 얼굴을 쳐다보며 어때요? 라고 충혈된 눈으로 물어왔다. 그 압도적인 분위기 속에서 나는 안 돼, 라는 말을 못하고 글쎄…… 라고 말꼬리를 흐렸다. 그녀가 진심으로 하는 말인지부터 알고 싶었다.

"왜요, 싫으세요?"

그러자 나머지 세 사람의 시선이 한꺼번에 나에게로 몰려들었다.

"싫다기보다는 자리도 비좁을 텐데 초면에 염치가 없다는 거죠. 그렇잖아도 불청객 신세인데."

이렇게 틈을 보인 것이 또 실수라면 실수였다. 당장엔 판이 깨지더라도 내 감정에 솔직해야 결국엔 상대방도 편하게 된다는 것을 알면서도 말이다. 아닌 게 아니라 구레나룻이 걸쭉한 입담으로 나를 몰아세웠다.

"그런 이유라면 접수 못하겠습니다. 왜냐하면 첫째, 남정네끼리가 아니니까 자리는 비좁을수록 화기애애할 것이고 둘째, 여기엔 초면인 사람이 셋이나 있으니 상관없고 셋째, 불청객에게도 트렁크는 임대해주는 게 우리 관례니까 말입니다."

"에브리씽 오케이, 위 해브 투 고우."

"그럼 나가서 뭘 좀 먹어두자구. 강릉까지 운전하고 가려면 듬뿍 먹어놔야지. 휴게소에서 가락국수 먹는 것 가지고는 어림도 없겠어."

그들은 건축가가 가지고 온 승용차를 이용하기로 하고 자리를 훌훌 털고 일어섰다. 귀금속세공사가 교대로 운전을 하기로 했다. 아차 싶었지만 누굴 붙잡고 하소연할 수도 없어 나는 하는 수 없이 그들을 따라 꾸물꾸물 일어섰다. 살다보니 이런 일도 있는 것이로구나 싶었지만 솔직히 말해 나는 그들과 동행하고 싶은 생각이 없었다. 그들이 진심으로 나와 동행하고 싶은지의 여부도 알 수 없으려니와 계획도 없이 강릉까지 가서 술타령을 한다는 것이 왠지 내키지가 않았다. 그런 생각을 하면서도 나는 그들을 따라 음식점에 들어가 삼겹살과 소주 몇 잔을 더 마셨고 그동안에 손목시계를 두어 번 훔쳐보았다. 얼추 열한시가 가까워지고 있었다. 밖에서는 음울한 소리를 내며 가을비가 하염없이 쏟아져내리고 있었다. 한 무리의 도주자들 틈에 끼여 있는 듯한 기분에 사로잡혀 나는 내 바로 맞은편에 앉아 맹한 눈으로 창밖을 내다보고 있는 흑백텔레비전을 바라보았다.

그날 나는 그들 일행과 동행하지 못했다. 강릉까지 가는 일을
추상적으로 받아들이고 있던 탓도 있었으나, 따지고 보면 꼭 그런
것만도 아니었다. 어쩌다보니 중간에 그들 일행을 놓쳐버리고 말
았던 것이다. 그러니까 2차로 간 음식점에서 우르르 몰려나와 주
차장도 아닌 어디 주택가 골목에 세워놓은 승용차를 찾으러 가는
도중에 건축가가 여기들 있어, 내가 찾아서 몰고 나올게 하며 나머
지 일행을 떨어뜨려놓았고 귀금속세공사와 김은애가 카세트테이
프와 음료수라도 사야겠다고 하며 편의점을 찾아 잠깐 사라진 다
음, 흑백텔레비전과 나는 그 돌연한 어둠 속에서 비를 맞으며 멀뚱
하게 서 있다가 머쓱한 기분이 들어 골목 입구로 주춤주춤 걸어나
왔다. 그러고는 남의 집 처마밑에서 그들이 오기를 기다리고 있었
다. 그런데 거의 이십 분을 기다려도 그들은 나타나지 않았다. 차
를 가지러 갔던 사람, 편의점에 갔던 사람들 모두가 훌쩍 증발이
라도 된 것 같았다. 비를 긋기 위해 화강암 건물의 차가운 담벼락
에 몸을 붙이고 도둑처럼 서 있던 흑백텔레비전과 나는 이윽고 서
로의 얼굴을 슬쩍 쳐다보고 나서 아까 그들과 갈라졌던 골목 안으
로 슬금슬금 걸어들어갔다. 그리고 일행이 산개했던 지점으로 돌
아왔을 때 나는 그들이 이미 떠나버렸다는 사실을 알았다. 술자리
의 끝이 대개 이렇다는 것은 나도 알고 있던 터라, 나는 이내 마음
을 추스르고 집으로 돌아갈 요량으로 미련 없이 골목을 돌아나왔

다. 비에 젖은 추레한 몰골로 유흥업소가 즐비하게 늘어서 있는 도로로 나와서 나는 문득 골목에 두고 온 여자가 생각나 뒤를 돌아다보았다.

그녀는 서너 걸음 떨어진 뒤에서 나를 따라오고 있었다. 머리칼이 얼굴에 달라붙어 있었고 어깨까지 부들부들 떨고 있었다. 기하학적 무늬가 수놓인 모직 윗도리가 헐렁하게 둔부 아래까지 내려가 있었다. 어깨에 걸린 것도, 손에 든 것도 없는 단출한 낡은 청바지 차림이었다. 꼭 재수생처럼 보였다. 그녀는 걸음을 멈춘 채 퀭한 눈으로 지나가는 차를 바라보고 있었다. 나를 비껴지나가거나 하는 일도 없이 그저 그렇게. 술자리 동행이긴 했으나 나는 그녀의 이름도 모르고 있는 처지였으므로 선뜻 말을 건넬 형편도 아니었다.

그 흑백텔레비전은 아무도 보아줄 리 없는데, 왜 아직까지 푸른 빛을 발하며 낯선 거리에서 비를 맞고 있었을까.

어떤 말도 없이 나는 발걸음을 조금 늦춰 다시 걷기 시작했고 그녀는 내가 늦춘 속도만큼 걸음을 빨리해 천천히 내 옆으로 다가왔다. 그녀와 나는 우산도 없이 나란히 빗속을 걸어갔다. 단지 헤어지기 위해 만난 연인들처럼. 약 백 미터쯤. 멀리 흐린 빛으로 명멸하고 있는 교외의 불빛들이 약간의 흥분으로 몽롱하게 풀어진 내 눈동자에 비쳐들고 있었다. 내 전에 누구와 이렇게 비 내리는

밤길을 걸어봤던가. 그래, 그런 일은 한 번도 없었지. 어쨌든 조금
은 설레고 조금은 달콤하고 또 조금은 춥고 서글픈 마음……

그녀와 나는 야식집에 앉아 닭볶음탕을 버너에 올려놓고 차디
찬 맥주를 마셨다. 그리고 첫잔에 술을 따르며 그녀의 이름을 듣
는 순간 나는 전혀 생각지도 못했던 기억을 떠올리고 있었다. 누군
가에 의해서 일깨워지지 않았더라면 영원히 내게서 사라져버리고
말았을 아주 엉뚱하고 새삼스런 기억 하나가 그녀의 이름을 듣자
마자 선명하게 눈앞에 나타났던 것이다. 이를테면 비스듬히 내려
앉은 기와지붕, 페인트칠이 벗겨져나간 간판, 삐걱거리는 대문, 마
당의 사철나무 한 그루……

그녀는 서하숙이란 이름을 가지고 있었다. 안 그래도 사람의 성
격이란 제 이름과 외모에 의해 절대적인 영향을 받게 마련이다. 바
꿔 말하면 이름이나 외모가 그 사람의 성격 자체를 규정짓기도 한
다는 얘기다.

"언젠가 버스를 타고 남도 여행을 하는 도중 '기러기 하숙'이란
간판을 본 적이 있었죠. 요즘엔 하숙집 간판을 본다는 게 드문 일
아닙니까."

물론 여기서 말하는 하숙이란 말 그대로 하숙집이 아니라, 여행
객을 위한 싸구려 여인숙을 뜻하는 것이었다. 이름만 가지고는 물
론 이렇게까지 생각하지 않았을 터였다. 안된 얘기지만 그녀의 외
모에서 풍기는 분위기가 나로 하여금 영락없이 낡은 하숙집 풍경

을 떠올리게 했던 것이다. 내 입에서 불쑥 튀어나온 이 말을 그녀는 쉽게 알아듣지 못했다.

"끄덕끄덕 졸다 부지불식간에 깨어 차창 밖을 내다봤는데 그 하숙집 간판이 눈에 들어왔던 겁니다."

그녀는 여전히 맹한 눈으로 나를 바라보았다.

"안 그래 보이는데 응큼하네요."

나도 얼른 그녀의 말을 알아듣지 못했지만 그게 무슨 뜻인지를 깨닫고는 나도 모르게 얼굴이 붉어졌다. 아무리 그래도 숙녀한테 할 소리가 따로 있지. 어쨌든 변명 따위를 못하고 나는 응큼한 사내인 채로 닭볶음탕만 젓가락으로 휘휘 저어대고 있었다. 그녀는 신기할 정도로 뼈를 골라내는 일에만 열중하고 있었다.

"아까 누구와 함께 왔던 겁니까?"

꼭 물어볼 필요는 없는 말이었지만 나는 데면데면한 느낌이 들어 그냥 나오는 대로 내뱉었다. 젓가락으로 닭 모가지의 살을 발라먹고 있던 그녀가 나를 쳐다보지도 않고 냉큼 대꾸했다.

"누구와 함께라뇨? 그냥 묻어서 온 거죠. 술자리라는 게 다 서로 묻어서 오고 그러는 거 아녜요?"

대답을 피하고 싶었던지 그녀는 요리조리 말머리를 돌렸다.

"도서관에 있으면 책은 실컷 읽겠네요?"

"반드시 그런 것도 아니죠. 농부라고 해서, 어부라고 해서 쌀과 고기를 실컷 먹는 것은 아닐 테니까요."

"하긴 술장사를 한다고 해서 술을 실컷 먹는 것도 아니겠죠."

맹랑한 것인지 단순한 것인지 영 분간하기가 힘들었다.

"실례지만 무슨 일 해요?"

"무슨 일 하다뇨? 그게 무슨 말이에요?"

"가령 직장 같은 거 말입니다."

"아아 그거요? 하지만 그게 그렇게 중요해요?"

눈을 반짝 뜨며 사뭇 신경질적인 어조로 그녀가 반문했다.

"아니, 그냥 궁금해서 물어본 것뿐이에요."

"정 궁금하시면 다음에 말해줄게요. 지금은 어중간한 상태라
놔서."

이 나이가 되도록 나는 이렇게 밤늦게까지 여자와 단둘이 술을
마신 적이 없었다. 이른바 연애라는 것도 해보지 못했다. 하지만
이런 식이라면 앞으로도 나는 연애에 대해 별 흥미를 갖지 못할 것
같았다. 물론 경험이 쌓이다보면 나름대로 방식이라는 것을 터득
하겠지. 하지만 그때까지 겪어야 할 시행착오를 생각하면 역시 혼
자인 상태가 그래도 나을 듯싶었다. 결혼? 그거라면 맞선이라는
편리한 방법이 있다. 연애라는 걸 하기 위해 자정이 넘게까지 마주
앉아 이런 흰소리나 지껄이며 닭뼈를 바르는 일은 체질 개선을 하
지 않는 한 당분간 어려울 것 같다. 할말은 턱없이 부족한데 그렇
다고 줄곧 입을 다물고 있을 수도 없다. 이 무슨 어처구니없는 짓
인가.

"……그럼 집은 어느 쪽이죠?"

"댁은 어디신데요?"

"마포예요. 여기서 택시 타면 기본요금밖에 안 나오는 거리죠."

"저도 비슷해요."

"마포란 말입니까?"

"아뇨, 저도 택시 타면 금방이라구요."

나는 세 병밖에 시키지 않은 맥주가 반이 넘게 남았는데도 벌써부터 안절부절못하고 있었다. 참으로 여러 가지가 고역이었다. 그런데다 소변이 마려운데도 맛있게 안주를 먹고 있는 그녀에게 화장실에 다녀오겠단 말을 할 수가 없어 나는 아까부터 참고 있는 중이었다.

"아까 같이 왔던 여자, 애인이에요?"

두루마리화장지를 풀어 양념 묻은 입술을 닦으며 이번에는 그녀가 물어왔다. 나는 목 빠진 닭처럼 고개를 흔들어댔다.

"아니란 말이에요?"

"직장동료예요. 누군지 몰라도 아마 애인이 있겠죠."

"그런데 왜 같이 다녀요?"

"네? 그건 아가씨도 마찬가지잖아요. 그중에 애인이 있었어요?"

"솔직히 아니라고 하면 거짓말이겠죠. 하지만 꼭 그런 것도 아녜요."

"무슨 뜻이죠?"

"애인 노릇을 한다고 해서 진짜 애인인 건 아니잖아요."

그게 또 무슨 말이냐고 물으려다 나는 불길한(?) 예감이 들어 입을 다물고 말았다. 암만해도 모르겠는 사람이었다.

한시가 돼서야 그녀와 나는 야식집에서 나왔다. 이내 간다고 할 줄 알았는데 밖에 나와서도 그녀는 좀체 그러겠단 말이 없었다. 그녀와 나는 도로를 오른쪽에 두고 보도를 따라 마포 방향으로 무작정 걸어내려갔다. 비는 자정이 지나면서부터 더욱 거세게 퍼붓고 있었다. 보도 왼쪽엔 공사중인지 거대한 콘크리트 원통이 여기저기 굴러 있었다. 비가 내리는 깊은 밤에 어울리는 풍경이다, 라고 염불을 외듯 중얼거리고 있는 사이에 나는 그녀가 내 옆에서 사라졌다는 걸 깨달았다. 나는 우뚝 걸음을 멈추고 빈 도로와 공사장의 캄캄한 어둠 속을 두리번거렸다. 아, 갔구나. 가령 애인이 아닌 사이는 이런 식으로 헤어지는 것이로구나.

그러나 아니었다. 그녀는 공사장에 쌓여 있는 원통 하수관 안에 들어가 있었다. 나는 긴가민가하는 심정으로 하수관 앞으로 주춤주춤 다가갔다. 그녀는 그 안에서 물끄러미 나를 바라보고 있었다. 뭐란 말도 없이. 내 머리 위로 빗방울이 사선을 그으며 거침없이 듣고 있었다.

나는 그녀와 함께 하수관 안에 서 있었다. 거기다 그녀를 놔두고 갈 수가 없었기 때문이었다. 그녀와 나는 오래오래 입을 다물고 다만 눈앞에 쏟아져내리고 있는 유령 같은 빗발만 쳐다보고 있었다. 그 원형의 습한 공간은 퀴퀴한 시멘트 냄새로 가득차 있었다. 시간이 발밑에 물줄기를 내며 소리없이 공사장을 빠져나가고 있었다.

도로 저쪽에서, 우산을 받쳐들지 않은 사내 하나가 우리가 숨어 있는 곳을 아득히 바라보며 서툰 걸음새로 지나가고 있었다.

오늘밤, 비는 서쪽 하숙집 기와지붕에도 내리고 있는 것일까.

덜덜 떨리는 손으로 나는 담배를 찾아 물었다. 불을 켜자, 빛이 둥그렇게 휘말리며 콘크리트 안쪽의 미세한 기포 구멍을 드러냈다. 그녀의 그림자가 불빛을 따라 내 옆에서 마구 흔들렸다. 성냥불을 끄자 그제야 그녀가 목쉰 소리로 속삭였다.

"담배 피우면 들켜요. 우리가 여기 있다는 걸 모두가 알게 될 거예요."

나는 담뱃불을 빗속에 던져 껐다.

강물이 흘러가듯, 또 일 분, 이 분, 삼 분이 지나갔다. 이런 추운 꿈은 처음이야, 라고 나는 입엣말로 웅얼거리고 있었다.

"의외로 아늑하네요. 기러기 하숙같이 말이에요."

그녀의 목소리가 원통 속에서 기묘하게 꿈틀거리며 울려퍼졌다. 나는 옆으로 넘어질 것만 같았다. 꿈에도 생각지 않았던 정념 아니 성욕이, 한순간 애타게, 나를 몰아치고 있었다. 안 되겠다 싶어 나는 손목시계의 형광 바늘이 정각 두시를 가리키기를 기다려 밖으로 나왔다.

빗속으로 나서는 내 등에다 대고 그녀가 목 아픈 소리를 내뱉었다.

"이러려고 한 시간 동안이나 여기 서 있었던 거예요?"

"!……"

못 들은 척 나는 내처 빗속으로 갔다.

"관둬요, 치사하게. 하지만 언젠가 또 만나게 될 거예요. 분명히 그럴 거니까 기억해두시라구요."

나는 뒤에 남겨진 그녀의 어둑한 모습을 눈앞에 보며 곧장 앞으로 나아갔다.

3

월요일 아침에 김은애는 지각을 했다. 나와 같이 근무하는 동안에는 한 번도 없던 일이었다. 김은애뿐만 아니라, 시립도서관 직원 누구도 연장근무나 야근을 안 하는 대신 지각을 하는 경우는 거의 없었다. 오전 내내 비어 있는 왼쪽 건너편 의자를 문득문득 바라보면서 나는 차츰 불편한 마음이 되어갔다. 특별한 이유 같은 건 없었다. 하지만 마음이 불편한 것만큼은 어쨌든 사실이었다.

정오가 다 돼서야 그녀는 부스스한 얼굴로 출근해 관장실에 먼저 들어갔다 나왔다. 그녀가 거기서 나오기까지 약 오 분 동안 나는 희디흰 공백 상태로 눈을 감고 앉아 있었다. 잠시 후 그녀가 바바리코트를 벗어 옷걸이에 걸고는 제자리에 가 앉았다. 그녀가 조금 흐트러진 동작으로 커피잔을 들고 일을 하는 척하며 내 옆에 와 앉을 때서야 나는 그녀가 집에서 출근한 게 아니라는 사실을 깨달았다. 토요일에 입었던 그 옷차림 때문이 아니었다. 그녀의 모습은 구겼던 종이를 다시 펴놓았을 때처럼 여기저기에 비일상적인 흔적을 남기고 있었다. 방금 자판기에서 빼온 종이컵 표면에 커피가 한줄기 흘러넘쳐 바닥에 고이고 있었다.

"토요일엔 먼저 가셨데요?"

혼잣말인 듯, 그녀가 노란 도서목록 카드를 책상 위에 늘어놓으며 그렇게 말했다. 나는 대답을 못하고 건성으로 고개만 끄덕였다. 그녀가 도로 자리에서 일어나 컴퓨터를 켜고, 잊었던 듯 핸드백에서 빗을 꺼내 머리를 손질하고 있을 때서야 나는 그녀의 얼굴을 쳐다보았다.

"양양에서 오는 길이에요. 아침 여덟시 비행기를 탔구요. 구름 위에 앉아 끄덕끄덕 졸면서 무슨 생각 했는지 아세요?"

"……"

나머지 일행은 일요일 저녁에 먼저 서울로 올라오고 그녀는 속초에서 하루를 더 보냈다는 이야기였다. 그러나 그녀가 구름 위에서 무슨 생각을 했는가는 끝내 말하지 않았다.

"가을휴가를 다녀온 셈이군요."

그녀는 내 말에 대꾸가 없었다.

"강릉으로 가는 밤에 앞자리에 앉아 줄곧 백미러를 쳐다보고 있었어요. 뒷전으로 떠밀려가고 있는 어둠을 말이에요. 그러면서 세상의 끝으로 달려가고 있구나 생각했죠. 봄도 여름도 가을도 겨울도 없는 세상 말이에요."

그 시간에 나는 무얼 하고 있었지? 그래, 재수생 같은 여자를 만나 하수관 안에 서 있었다. 아마도 김은애는 그걸 묻고 있었던 것이리라. 그러나 그녀는 더이상 다른 말이 없었다. 그날 강릉까지 함께 갔던 일행에 관해서도, 그들과의 관계에 대해서도 덧붙이는 말이 없었다. 물론 내게 그럴 필요가 없었을지도 모른다. 하지만 그때에도 내게는 풀 길 없는 의문 하나가 남아 있었다. 지난 토요일, 그들을 만나는 자리에 왜 나를 데려갔는가 하는 의문 말이다. 허나 그런 의문도 그냥 의문인 채로 남겨두어야만 했다.

그녀의 저 굳게 닫혀진 문 안에는 과연 어떤 세상이 존재하고 있는 것일까.

있었거나, 혹은 없었어도 상관없는 것처럼 그날의 일은 내게 비현실적인 기억만을 남긴 채 사라져갔다. 예전처럼 김은애와 나는 사심 없는 동료로 서로를 대했으며 가끔은 함께 점심을 먹거나 복도에 앉아 창틀로 흐릿하게 건너가고 있는 햇살을 바라보며 커피를 마시거나 혹은 직장일에 관한 건조한 얘기를 주고받으며 지냈다. 그녀는 일 년에 한 번도 대출이 되지 않는 책과도 같았다. 문득 먼지를 털어내고 책장을 넘기다보면 느닷없이 나타나는 빛바랜 백지.

4

그렇게 시간이 백지인 양 흘러가고, 내게 아무 일도 일어나지 않고 있다는 긴 안도감이 일종의 권태를 동반한 조바심으로 바뀌어갈 무렵 한 여자가 불쑥 도서관으로 나를 찾아왔다. 그야말로 '불쑥'이었다. 입동, 소설이 지나고 대설이 찾아왔건만 두고두고 첫눈은 오지 않을 듯 매운 날만 지루하게 계속되고 있던 어느 날의 오후였다. 책상에 고개를 박고 앉아 방금 들어온 신간의 목록표를 만들고 있는데 누군가가 내 머리맡 대출창구를 톡톡 쳤다. 도서관 직원은 아니었다. 책을 대출받기 위해 찾아온 학생이라면 더군다나 그럴 리가 없었다. 그 노크 소리는 바로 나를 개인적으로 알고 있는 외래객이 내 머리맡에 와 있다는 증거요 신호였다. 히뜩, 고개를 들다 말고 나는 대출창구의 유리창에 얼비치고 있는 옷자락부터 훔쳐보고 있었다. 여자였다. 듬성듬성 피에로 무늬가 화려하게 박혀 있는 아이보리색 코트였다. 코트는 반뼘쯤의 사이를 두고 좌우로 열려 있었으며 코트 안으로 붉은빛 스웨터가 들여다보였다. 나는 코트 자락의 미세한 흔들림을 바라보며 조용히 숨을 가다듬고 있었다. 반달형의 대출창구 안으로 화장품 냄새가 진하게 스며들고 있었다. 머리맡에서 다시 노크 소리가 들려왔다. 딱, 딱!

나는 그녀를 알아보는 데 한참이 걸렸다. 사람이 사람을 알아보는 데 필요한 시간이라는 것은 사실 찰나거나 순간이라고 봐야 옳다. 그런데 나는 거의 일 분간이나 그녀가 누구인지 알아보지 못하고 있었다. 눈에 익은 얼굴인 것만은 틀림없었다. 당연히 그럴 줄 알았다는 얼굴로 그녀는 빙글빙글 웃으며 오히려 그걸 즐기고 있는 듯한 모습이었다. 옆 건너편에 앉아 있는 김은애조차도 그녀가 누구임을 끝내 알지 못했으니까.

서하숙. 나는 그녀와 그렇게 두번째 만나게 된다. 전에도 그랬지만 어이없는 만남이었다. 그녀는 갑자기 졸부를 만나 결혼한 어린 처자 같은 행색을 하고 있었다. 암만 봐도 어울리지 않는 차림새였다. 미장원에 막 다녀왔는지 머리도 잔뜩 부풀려져 가발을 쓰고 있는 듯했다. 게다가 한껏 멋을 부린다고 요란스럽게 찍어바른 얼굴의 화장도 남들이 보면 민망할 정도의 수준이었다. 무대를 잘못 찾아온 피에로 꼴이었다. 맙소사, 라고 입에서 튀어나오는 것을 간신히 참으며 나는 학생들 몇이 꾸벅꾸벅 졸고 앉아 있는 휴게실로 그녀를 데리고 갔다. 그녀가 신고 있는 부츠 밑바닥에서 요란한 소리가 나고 있었다.

"왜 그런 얼굴을 하고 있는 거죠? 제가 다시 만나게 될 거라고 했잖아요."

나는 얼른 표정을 거두고 하루 세 개비만 피우기로 한 담배를 거기서 한 개비 꺼내 물었다. 나는 담뱃불을 붙이는 척하면서 그녀의 머리부터 발끝까지를 다시 천천히 훑어보았다. 그야말로 가관이었다.

"왜, 저는 하수관 안에나 서 있어야 어울린단 거예요? 이렇게 하고 다니는 게 우습다는 거예요?"

"그렇다는 게 아니고 느닷없이 찾아와 당혹스러워서……"

"그럼 그냥 돌려보낼 건가요?"

이러지도 저러지도 못하는 사이 퇴근시간이 다 돼가고 있었다. 부러 시간을 맞춰 온 모양이었다. 별로 반가울 것도, 싫을 것도 없었지만 그래도 나를 찾아온 사람이 아니냐는 생각이 들어 나는 이십 분 뒤에 도서관 앞에서 그녀와 만나기로 하고 내 자리로 돌아왔다. 퇴근시간이 되어 자리에서 일어나는데, 김은애가 내 옆을 슬그머니 스치고 지나가며 내가 들으라는 것이 분명한 어조로 이렇게 말했다.

"참 독특한 취향을 갖고 계시네요. 그렇게 별난 사람을 좋아하시는 줄 미처 몰랐어요."

"……글쎄요."

서하숙은 도서관 앞에 택시를 잡아놓고 나를 기다리고 있었다. 오후 여섯시였지만 금세 날이 어두워지며 거리에 하나둘 네온사인이 들어오고 있었다. 택시가 무지갯빛 도심을 향해 질주해가는 동안에 나는 눈앞에 달려드는 시린 풍경만 생각 없이 바라보고 있었다. 그러다 내가 지금 어디로 가고 있는 것인가라는 생경한 의문이 들어 나는 허룩하게 느껴지는 옆을 슬쩍 돌아보았다. 그녀는 무슨 생각을 하는지 눈을 감고 조용히 앉아 있었다. 그러나 그게 아니었다. 그녀의 몸은 내 반대편으로 비스듬히 쓰러져 있었고 고개도 뒤로 삼십 도쯤 넘어가 있는 상태였다. 그녀는 새빨간 입술을 갓난애처럼 열어놓고 졸고 있는 중이었다.

택시는 여의도 63빌딩 앞에 가서 스르르 멈춰 섰다. 운전사가 다 왔어요 내려요, 하는 소리를 할 때도 그녀는 잠에서 깨어나지 않았다. 나는 어깨를 흔들어 그녀를 깨웠다.

"여기가 어디예요? ……63빌딩 맞아요?"

그녀는 택시에서 내려서도 방향감각을 잃고 허둥거렸다. 아직 잠이 덜 깼는지 걸음걸이마저 똑바르지가 못했다. 그러더니 대뜸 내 팔목을 거머쥐고 회전문을 통해 아이맥스 영화관이 있는 곳으로 들어갔다.

"빨리 가요, 전망대 관람시간이 몇시까진지 모르겠네."

"아니, 지금 전망대에 올라가려구요?"

"왜 싫으세요?"

싫고 좋고가 아니었다. 내둥 사람을 당황하게 만드는 통에 도대체 정신을 차릴 수가 없었다.

"지금 꼭 전망대에 올라가야 하는 겁니까?"

"그럼 뭐해요? 벌써 저녁 먹어요? 아니면 초등학생이나 들어가는 아이맥스 영화관에 들어가요?"

더 대꾸해봐야 내 꼴만 우스웠다. 나는 표를 사는 그녀 뒤에 우두망찰 넋을 잃고 서서 졸지에 납치돼 온 사람처럼 주위를 둘러보고 있었다.

그러나 밤에, 이백사십구 미터나 되는 63빌딩 꼭대기에 올라와서 서울의 야경을 내려다보는 것은 의외로 멋진 일이었다. 어두웠으므로 관망 범위 내에 있는 인천 앞바다와 임진강 하류, 오두산, 강화도 마니산을 볼 수는 없었지만 나는 곧 마음이 차분하게 가라앉았다. 그렇게 서울의 밤을 내려다보고 있자니 얼마 전 도서관에서 미술서적을 정리하다 보게 된 제이 머슬러라는 유리공예가의 〈도시 풍경〉이란 작품이 떠올랐다. 그것은 소위 커트 기법으로 만들어진 노을빛의 둥그런 그릇 모양을 하고 있었는데 등립燈笠 위에 놓여진 듯 신비한 빛을 내뿜고 있었다. 도시의 야경을 형상화한 그 작품은 까만 은이빨처럼 생긴 고층빌딩들이 테두리를 따라 비죽비죽 솟아 있는 환상적인 모양을 하고 있었다. 노을빛 정적에 감싸여 있는 무섭도록 아름다운 작품이었다.

유리벽에 우두커니 기대어 서서 남산 쪽을 내려다보고 있는 그녀에게 나는 갑자기 제이 머슬러의 〈도시 풍경〉을 말해주고 싶다는 생각이 들었다. 하지만 그녀가 서 있는 곳으로 다가가면서 나는 그녀에게 그런 말을 하기보다는 마음속에 그냥 간직해두는 게 좋겠다는 생각을 하고 있었다. 희한한 일이었다. 마음에 동요가 일고 있었다. 그리고 잠시 후에 나는 알게 되었다. 그녀를 향한 어떤 말 못할 진실이 그때 내 마음속에서 움트고 있었다는 것을. 그러니까 오랫동안 마음의 헛간에 처박아둬서 먼지가 쌓이고 녹이 슬어 있던 열정이라는 것이 그렇듯 우연찮은 순간에 조용히 나를 흔들며 지나갔던 것이다. 아, 인생이란 이런 덧없는 흥분의 한때를 가리키는 것이었구나.

"며칠 동안 내내 케니 지의 색소폰 소리를 들으며 여기에 오고 싶어했어요. 믿을 수 없겠지만 당신과 함께 말이에요. 혹시 케니 지 들어봤어요?"

그녀의 얼굴에서 제이 머슬러의 밤 풍경이 얼룩지고 있었다. 들어봤다고 나는 대답했다. 하지만 자주 듣는 음악은 아니었다.

"그 사람의 색소폰 소리를 듣고 있으면 이런 도시의 밤이 떠오르지 않아요? 푸른 비단으로 둘러싸인 밤 말이에요. 자동차 소리도 없고 싸우는 소리도 없고 그래서 사람이 하나도 남아 있지 않은 것 같은 적막한 밤 말이에요."

그녀가 하는 말이 진실이었다면, 그녀는 지금 나에게 간절히 그것을 전하고 있는 중이었다. 그녀는 내가 말로 할 수 없으리라 믿었던 것을 그렇듯 또박또박 얘기하고 있었다. 하지만 그게 정말 나란 말인가? 내가 아니면 안 되는 그런 나란 말인가? 그러나 그걸 알게 되는 때는 늘 오랜 시간이 지난 다음이리라.

전망대를 한 바퀴 돌고 나서 그녀와 나는 이백사십구 미터 아래로 다시 내려왔다. 이제는 또 어디로 가지? 라는 얼굴로 내가 어물쩍거리고 있자 그녀가 또 다짜고짜 내 팔소매를 잡아끌고는 63씨월드가 있는 곳으로 걸어갔다.

"수족관엔 한 번도 못 가봤어요. 온 김에 거기까지 가봐요, 우리."

내가 표를 사려 하자 그녀가 서둘러 핸드백을 열고는 저리 비켜요, 라며 눈을 흘겼다.

"오늘은 제가 다 알아서 할게요. 저 돈 많아요. 지난번엔 제가 닭볶음탕 얻어먹었잖아요."

나는 그녀가 하는 꼴만 지켜보고 있다가 63씨월드로 빨려들어 갔다. 나도 서울에 살면서 이곳에 와본 것은 처음 있는 일이었다. 솔직히 말하면 전망대도 마찬가지였다. 아무튼 입구에 들어서자마자 왼쪽 유리관 속에는 펭귄의 무리가, 오른쪽 유리관 속에는 백 년은 묵었을 법한 거북이가 둥둥 떠다니고 있는 게 눈에 들어왔다. 관람권 뒷면에 쓰인 설명을 보니 세계 각지에 분포돼 있는 사백여 종 약 이만여 마리의 물고기가 지상 일층과 지하 일층에 걸쳐 전시돼 있었다. 그중에서 가장 내 눈길을 끌었던 것은 1990년 1월에 경북 영일군 송나면 앞바다에서 김충록이란 어부가 잡았다는 산갈치란 물고기였다. 몸통 폭이 약 삼십오 센티미터, 길이가 약 삼 미터나 되는 이 거대한 은빛 물고기는 박제가 된 채로 유리관 속에서 아, 하고 입을 벌린 채 허공을 노려보고 있었다.

"이게 갈치란 말이에요?"

그녀도 눈을 동그랗게 뜨며 유리관에다 바싹 얼굴을 들이댔다. 나는 유리관 위에 붙어 있는 안내문을 읽고 있었다.

산갈치는 '황제의 허리띠'라는 의미를 갖고 있으며 일본에서는 '용궁의 사자', 러시아에서는 '청어의 여왕', 북구지방에서는 청어떼를 이끌고 다닌다고 해서 '청어의 왕', 그리고 우리나라에서는 산 위의 별이 날아가서 물고기가 되었다 하여 '산갈치'라고 부른다. 또한 전설에 의하면 십오 일간은 산에서, 십오 일간은 바다에서 서식하면서 산과 바다 사이를 날아다닌다고 하며, 경상도 지방에서는 나병에 약효가 있다고 전해지는 진귀한 심해어이다.

그러고 나서 그녀와 나는 청줄돔, 검정등무늬나비고기, 노랑쥐치 등의 산호초 어류와 바다의 원앙이라는 해마, 악어, 일본 남부해에 살고 있는 드라큘라물고기, 식인어, 고생대 말기 삼억만 년 전부터 공기로 숨을 쉬며 살고 있다는 폐어 들을 구경했다. 하지만 이 숱한 물고기가 햇빛도 없는 유리관 속에 갇혀 있다는 생각을 하니 어쩐지 우울했다.

지하 일층으로 통하는 계단을 밟아내려가며 그녀가 목이 잠긴 소리로 고래는 없나요? 라며 나를 돌아보았다.

"하얀 돌고래 말이에요. 실은 고래가 보고 싶어서 오자고 한 건데."

고래가 있는가 없는가는 나도 모르고 있었다. 듣고 보니 나도 덩달아 궁금했다.

"어쨌든 내려가봅시다."

그러나 돌고래는 어디에서도 찾아볼 수가 없었다. 그녀는 이내
풀죽은 얼굴이 되어 골이 난 사람처럼 줄곧 입을 내밀고 있었다.
황소개구리를 보아도, 붉은귀거북과 바다가재를 보아도, 닭새우
와 노랑색댕기물고기를 보고서도 한결같은 얼굴이었다. 얼마 후
베이지색 유니폼을 입은 여자가 핸드마이크를 들고 나와 관람객
에게 〈인어공주 쇼〉가 있으니 자리에 앉아주십시오, 라는 안내방
송을 했다.

"시시해요."

그녀는 여전히 앵돌아진 얼굴로 풀썩 바닥에 앉아 어째 고래 한
마리가 없어, 라며 유치원생처럼 툴툴거렸다. 나는 잠자코 입을 다
물고 있었다.

바닥에 앉아서 본 수족관은, 어렸을 때 물에 빠져 엉겁결에 눈
을 뜨고 보았던 푸르스름한 강물 속과도 같았다. 아니, 텔레비전
속과도 같았다. 그때 얼마나 많은 물고기들이 내 옆을 무심히 스쳐
지나갔던가.

〈인어공주 쇼〉라는 것은 산소호흡기를 쓴 여자가 유리관 속에
들어가 물고기들에게 먹이를 주는 게 전부였다. 볼만한 건 여자의
몸 주위로 물고기떼가 달려드는 장면 정도였다. 참으로 시시했다.
〈인어공주 쇼〉가 끝나고 다음엔 〈바다표범 쇼〉 어쩌구 하는 안내

방송을 들으며 그녀와 나는 밖으로 나왔다.

"에이, 기분 잡쳤어요. 수족관엔 가지 말았어야 하는 건데."

"고래만큼은 그래도 바다에 있어야 되잖겠어요? 모든 물고기가 저렇게 컴컴한 지하에 수감돼 있다고 생각해봐요."

"하긴 그 말도 맞네요. 우리 언제 여기 수족관에 들어와 물고기들을 전부 바다로 돌려보내줄까요?"

"그럼 우리가 대신 유리관 속에 들어가 있어야 할 텐데요. 하루에 열 번씩이나 사람들에게 쇼를 보여주면서 말입니다. 물속에서 미끄럼도 타고 농구도 해야 하는 거죠."

"끔찍하네요."

63빌딩 일층에 있는 뷔페식당에서 그녀와 나는 저녁식사를 하면서 포도주를 먹었다. 어지간한 뷔페식당보다 훨씬 비싼 곳이었다. 하지만 거기서도 극구 그녀가 계산을 했다. 빳빳한 만원권 지폐가 핸드백 속에 가득 들어 있는 것 같았다. 식사를 하면서 그녀는 세 번쯤 하품을 했고 포도주를 두 잔 마시자 이내 눈이 충혈됐다. 피곤한 모습이었다. 정말 무얼 하며 사는 여자인지 궁금했다. 내둥 참고 있다가 식사가 끝나갈 즈음 나는 결국 이렇게 묻고야 말았다.

"요즘은 뭐하고 살아요?"

이번에는 무슨 말인지 금방 알아들었다.

"아직 특별한 직업 같은 거 없어요. 어쨌든 돈이 있으니까요. 전에는 식당 체인점에서 일했어요. 그후엔 친구 언니가 하는 카페에서 일을 도와주기도 했구요."

"그랬군요."

"근데 요즘 뭐하면 먹고살 수 있어요? 디자인학원 같은 데 다니는 게 유행인 모양인데 그쪽 일이 그래도 괜찮은 모양이죠?"

"글쎄요, 도서관에만 처박혀 있으니 잘 모르겠군요."

"실은 저 앞으로 뭘 하고 살아야 할지 걱정이에요."

"……"

포도주 잔을 들다 말고 그녀는 다시 하품을 했다. 많이 늦었나 싶어 손목시계를 보니 이제 겨우 아홉시였다. 식사를 마치고 나와 그녀는 식당 앞에 있는 쇼핑센터에서 옷과 구두와 목도리와 반지와 화장품 들을 한꺼번에 사고는 한사코 사양하는데도 내게 지갑을 선물했다. 그녀는 위조지폐를 마구 뿌리고 있는 성싶었다. 아무튼 쇼핑까지 끝낸 다음 아까 들어온 회전문을 통해 건물 밖으로 나가려는데, 느닷없이 그녀가 내게 작별의 말을 건네왔다. 여간 당혹스럽지가 않았다. 하필이면 출입구 옆 공중전화부스가 있는 장소에서 그런 말을 하다니.

"이젠 그만 가보세요."

이쪽의 입장을 생각하고 하는 말인지 그녀는 아무렇지도 않게 이렇게 내뱉고는 또 하품이 나오려는 입을 장갑 낀 손으로 가렸다. 나는 얼떨떨한 심정으로 그러마고 힘없이 고개를 주억거렸다.

밖으로 나가려다 말고 나는 아무래도 떨떠름한 기분이 들어 도로 그녀를 향해 돌아섰다.

"다시 만나게 될까요?"

나는 그때껏 그녀의 주소라든가 전화번호도 모르고 있었다. 물론 그게 꼭 알고 싶다는 것은 아니었다. 우롱당한 기분이 들어 그냥 한번 해본 소리에 불과했다. 그녀는 쇼핑백을 몇 개나 겹쳐든 불안한 자세로 내 말에 대답해왔다.

"그건 모르는 일이에요. 실은 제게 남자가 있어요. 어쨌든 남자 하나 없을라구요. 물론 엉터리 같은 남자지만 말이에요. 하지만 명함이나 한 장 줘보세요."

내키지는 않았으나 나는 지갑에서 명함을 꺼내 그녀에게 건네주었다. 공중전화부스에서 차례를 기다리고 서 있던 사람들이 이쪽 대화를 듣고 있는 것만 같아 묘한 수치감이 몰려왔다. 괜히 심사가 뒤틀려 나는 비아냥거리는 조로 물었다.

"그때 같이 만났던 사람인가보죠?"

건축가와 귀금속세공사를 염두에 두고 한 말이었다.

"누구요? 집 짓는 놈 말이에요?"

그녀의 입에서 이내 앙칼진 소리가 튀어나왔다. 아니나 다를까. 전화를 하고 있던 사람들이 한꺼번에 우리를 쳐다보았다.

"그치가 얼마나 저를 무시했는지나 아세요? 어쨌든 아녜요!"

뾰로통해져 있는 그녀를 거기에 세워두고 나는 회전문을 밀치며 밖으로 나와, 버스를 타고, 집으로 돌아왔다.

돌아와서 나는 케니 지의 색소폰 연주를 듣다가 자정 넘어 한시에야 잠이 들었다.

서하숙. 떠다니는 섬. 안과 겉, 어제와 오늘이 어긋나 있는 여자. 가슴에 젖빛 안개가 낀다.

내가 그녀를 기다렸던가? 단지 명함 한 장에 기대를 걸고? 하지만 나 자신도 내가 과연 그랬었는가는 잘 모르겠다. 어쩌다 그녀의 모습을 떠올려본 적은 있었겠지. 그렇지만 그게 곧 그리움이라든가 간절함이라든가 하는 애틋한 감정은 아니었으리라. 한 달쯤이 지나자 내가 그녀를 만나 63빌딩 전망대와 씨월드에 갔었던 일조차 비현실적인 일로 생각됐다. 분명한 사건이었으면서도 이렇게 현실적인 기억의 목록에 편입되지 않는 사건들이 종종 발생하기도 한다. 어느덧 나는 그녀를 만나기 전의 상태로 완벽하게 돌아가 있었다. 더이상 기억할 만한 사건이 없는 가운데 해가 바뀌고, 나이를 한 살 더 먹은 1월 1일 저녁에 나는 63씨월드의 물고기들도 나이를 한 살씩 더 먹었겠구나, 라는 생각을 하고 있었다.

5

그해 1월 말경에 나는 내 집에 찾아든 한 마리의 겨울짐승과 대면하게 된다. 아마 자정이 가까워지는 시각이었을 것이다. 밖엔 폭설이 내리고 있었다. 굉장한 눈이어서 다음날 출근할 일마저 걱정스러웠다. 서울이라는 도시에 이렇게 많은 눈이 내린다는 사실이 놀라웠다. 가와바타 야스나리의 『설국』을 읽고 싶은 밤이었다. 이제나저제나 나는 눈이 내리는 밤이면 잠을 못 이루는 습관이 있다. 공연히 마음이 들떠 방안을 서성이기도 하고 누구에게랄 것도 없이 슥슥 편지를 쓰기도 한다. 아무튼 눈을 잔뜩 맞고 퇴근을 해 집 근처에서 밥을 사먹고 들어오니 일곱시 삼십분이었다. 나는 곧바로 샤워를 한 다음 침대에 쭈그리고 앉아 시사 월간지를 별 흥미 없이 뒤적이고 있었다. 오늘도 쉽게 잠이 올 성싶지 않았고 그렇다고 멍하니 앉아 벽시계만 쳐다보고 있을 수도 없었다. 그러다 『신동아』를 반쯤 읽었을 때 참으로 기이한 느낌이 내게 엄습해들었다. 그게 정확히 어떤 느낌이었다고 설명하기는 힘들다. 요컨대 내 마음 이슥한 곳에서 누가 아까부터 내게 수화手話를 보내고 있는 느낌이었다. 말하자면 나는 일종의 부름에 시달리고 있었다고 함이 옳았다. 그리고 그 기묘한 마음의 파장을 감지하고부터는 책의 글자조차 제대로 눈에 들어오지 않았다. 어째서 태연히 앉아만 있느냐고, 내 마음속의 그는 복화술로 내게 말하고 있었다. 아니 차라리 호소를 하고 있었다. 금방 싱숭생숭해져 나는 담배만 거푸 피우며 방안을 서성거렸다.

한참이 지난 후에야 나는 지금 밖에 누가 와 있을지도 모른다는 생각을 하고 있었다. 그런 생각이 들고부터는 마당에 누가 찾아와 있다는 것이 하나의 명백한 사실로 여겨졌다. 어려서 눈이 많이 내리는 밤이면, 나는 잠을 이루지 못하고 있다가 자주자주 방문을 열고 밖을 내다보곤 했다. 밖에 누가 찾아온 것 같은 느낌 때문이었다. 스님이든 거지든 산에서 내려온 짐승이든. 물론 문을 열어보면 번번이 텅 빈 마당만 눈앞에 희끄무레하게 펼쳐져 있을 뿐이었다. 하지만 이번에도 나는 밖으로 나가보지 않을 수 없었다.

그녀는, 마당 한가운데, 눈에 뒤덮여 누군지 알아볼 수 없는 형상을 하고, 내 방문 쪽을 향해 우두커니 서 있었다. 그녀가 언제부터 거기에 서 있었는지 알 수 없었다. 한 시간? 두 시간? 비록 상대가 누구임을 얼른 알아보지는 못했지만, 나는 그녀가 내 집을 찾아온 손님이라는 것만큼은 단박에 알아차렸다. 하지만 사람을 찾아와놓고는 왜 눈을 맞고 마당에 서 있어야 한단 말인가.

나는 맨발인 채 구두를 꿰신고 그녀에게 다가갔다. 가서, 그녀의 머리와 어깨에 쌓인 눈을 천천히 털어내고, 어둠 속에 나타난 돌연한 얼굴에도 놀라지 않고, 침착하게 그녀를 데리고 방으로 들어왔다. 그녀는 말없이 내가 끓여준 라면과 커피를 마시고 침대 한쪽 구석에 걸터앉아 비로소 내 방을 찬찬히 둘러보았다. 가난한 방이었으므로 보여줄 것은 벽에 걸려 있는 새 달력 하나뿐이었다.

그녀는 내 집에 찾아온 이유를 설명하지 않았고 나 또한 묻지 않았다. 어째서 마당에 그토록 오래 서 있었는가 하는 것도 묻지 않았다. 때로 어떤 것은 의미를 캐려 하지 말고 그대로 놓아두어야 한다는 걸 알고 있었다.

한시 십분에 그녀는 침대에서 가만가만 일어나더니 돌아서서 옷을 벗고 알몸인 채로 내게 다가와 이윽고 품에 안겼다. 아무런 말도 없이 그저 그렇게. 나는 내 전생인 듯 그녀를 맞이했다. 내 전생이, 내 가슴의 단추를 따고 있는 것을 나는 가만히 지켜보고 있었다. 그렇게 긍휼한 시간이 흘러가고 그녀와 나는 서로 알몸이 되어 이불을 덮고 침대에 나란히 누웠다.

놀라워라, 기껏해야 내 몸보다 조금 더 따뜻하고 부드러운 것으로만 알았던 여자의 몸이 이다지도 아프고 황홀한 것이었다니. 정확히 한시 삼십오분이 되자 눈 내리는 소리가 귀에서 뚝 멎고 내 몸이 용암처럼 녹아내리기 시작했다. 이미 자물쇠가 풀린 문안으로 들어가자, 나는 온데간데없고 그녀만이 형형한 모습으로 존재하고 있었다.

그때 나는 고개를 치켜들고 벽시계를 올려다보고 있었다. 아주 오래전, 어머니가 나를 낳고 나서 그러했던 것처럼.

그녀는 처녀였고 나도 그게 여자와의 첫 관계였다. 그래서 그런지 아주 사소한 것까지 선명하게 뇌리에 남아 있다. 그녀의 얼굴에 나 있는 솜털 하나하나, 우윳빛 따뜻한 목덜미, 오른쪽 어깨의 우두 자국, 홍당무처럼 붉어져 있던 손가락, 지금 너와 내가 하나인 것을 두 눈처럼 똑바로 증거하고 있던 젖가슴, 유두, 아픔 혹은 극도의 흥분 때문에 틀어지곤 하던 잘록한 허리, 그녀가 벗어놓았던 속옷의 색깔과 무늬, 내 귀밑에 와 닿던 뜨겁고 까끌까끌한 혀의 질감, 어느 순간엔가 울음인지 뭔지 모르게 흑! 하고 떨던 목소리의 기묘한 울림, 그러고 나서 내 목덜미를 끌어안을 때의 놀라운 팔의 완력…… 그녀의 몸은 나이보다 굉장히 젊었고 성기의 발달은 열여덟 살 정도에서 성장을 중지한 것같이 미숙했다. 아주 잠깐 사이, 나는 밤하늘에 쏘아진 불꽃의 환영을 보다가 아무 의식의 지침도 없이 조용히 잠이 들어버리고 말았다.

그녀와 나는 똑같이 새벽 다섯시에 깨어나 한번 더 '사랑'을 하고는 일곱시에 일어나 아침밥을 해먹고 함께 밖으로 나왔다. 세상엔 두 뼘쯤의 눈이 쌓여 있었다. 종종걸음으로 버스정류장 앞에까지 왔을 때 그녀가 내 손에 잡혀 있던 손을 슬그머니 빼내며 말했다.

"동우씨는 다음 차 타고 오세요, 남들이 보면 이상하게 생각할지도 모르니까요."

이제 와서 그게 무슨 상관이람. 하는 수 없이 그 말에 따르기로 하고 나는 그녀를 먼저 버스에 태워 보냈다. 십 분 뒤에 다음 차를 타고 도서관에 도착하니 그녀는 어제 퇴근하기 전에 보았던 모습 그대로 태연하게 앉아 일을 하고 있었다. 지난밤에 내 방에 다녀간 흔적은 어디서도 찾아볼 수가 없었다. 심지어는 다른 직원이 없는 사이 말을 붙여도 좀체 대꾸를 하지 않았다. 표정의 변화도 전혀 없었다. 차라리 교활하다고 생각될 지경이었다. 시간이 지날수록 나는 초조한 마음이 되어갔다. 암만해도 그녀의 마음을 들여다볼 수가 없어서였다. 어제의 일은 이제 깨끗이 잊어버리자는 얘긴가? 라는 생각이 들어 짐짓 몸서리가 쳐졌다.

지루한 하루가 지나고 퇴근시간이 되었건만 그녀는 일어설 기미조차 보이지 않았다. 아직도 남의 눈을 의식하는 거겠거니 싶어 나는 버스정류장으로 먼저 나가 그녀를 기다렸다. 그러나 그녀는 한 시간이 지나도 나오지 않았다. 일종의 울분 상태가 되어 나는 혼자 털레털레 집으로 돌아와서 일 년이 넘게 책장에 놓아두고도 뚜껑을 따지 않았던 양주를 물컵에 따라 벌컥벌컥 마셨다.

열한시쯤에 나는 부엌에서 토하고 들어온 다음 침대 위에 널브러졌다. 하지만 의식은 팔팔하게 살아 시간이 갈수록 괴로운 마음이 더해갔다. 술로 해결될 문제가 아니었던 것이다. 안 되겠다 싶어 나는 자리에서 벌떡 일어나 부엌 옆에 붙어 있는 욕실에 들어가 찬물을 뒤집어쓴 다음 파랗게 떨며 방으로 들어왔다.

방으로 들어오니 책상의자에 김은애가 앉아 있었다. 언제 왔는지 그녀는 방바닥에 넘어져 있던 술병과 안주 찌꺼기를 치우고 걸레질까지 해놓은 상태였다. 문 닫는 것도 잊은 채 멀뚱하게 서 있자 그녀가 추워요, 빨리 문 닫아요 하며 팔꿈치까지 걷어올렸던 소매를 끌어내렸다. 나는 얼이 빠져 아무 말도 못하고 주섬주섬 속옷부터 주워입었다.

나는 그녀 옆에 비스듬히 누워 아직도 알알한 배를 문지르며 도대체 이 여자는 어떤 사람일까라는 새삼스런 의혹에 사로잡혀 있었다. 어제만 해도 마침내 사랑이 시작됐다, 라고 어설프게 믿었던 마음 한구석에 어느덧 의구심이 싹터 있었다. 나는 쉽사리 그녀에게 손을 가져가기가 힘들었다. 지금 내가 어떤 상태에 놓여 있는 것인가 하는 생각 때문에 나는 슬쩍 고개를 들고 어둔 사위를 둘러보았다. 그때 그녀의 부드러운 손이 슬금슬금 내 앞자락을 열고 들어와서는 어제 타고 남은 불씨를 뒤적이기 시작했다. 혼돈, 망설임, 흥분의 차례를 겪으며 나는 아직도 의구심을 완전히 버리지 못한 채, 그러나 나를 향한 감정이 진실일 거라는 믿음에 나를 맡기고 그녀의 몸짓에 화답했다. 그녀의 몸은 단 하루 만에 제 나이인 서른으로 돌아와 있었다. 여자란 이런 것인가. 그녀가 꿈에 쫓기듯 숨가쁘게 내 안으로 달려들어와 몸부림을 치고 있는 사이에 나는 멈칫멈칫 뒤로 물러서며 그녀의 입을 통해 단 한마디라도 속내에 있는 말을 듣고자 몸부림쳤다. 하지만 소용없는 일이었다. 그녀는 결코 그런 말을 하지 않으리라 혀를 깨물고 있는 듯했다. 그제야 나는 그녀의 마음속에 저 자신도 미처 찾아내지 못한 어두운 함정이 도사리고 있음을 깨달았다. 말하자면 그녀 자신도 스스로의 감정에 대해 뭔가 확신하지 못하고 있는 상태임이 분명했다. 말을 하기에는 아직도 여러 가지가 불투명하다는 뜻이었다. 그렇다면 왜 앞뒤 순서를 바꾸면서까지 이런 모험을 하고 있는 것일까.

그 다음날도 그녀와 나는 똑같은 방법으로 출근을 하고, 퇴근을 한 다음에는 내가 먼저 집으로 돌아와 그녀를 기다렸다. 월수금, 그리고 토요일 밤에 그녀는 그렇게 내 방으로 왔다. 그러고는 여전히 말을 삼가며 육체만을 열심히 나눴다. 어쩌다 새벽에 깨어나 등을 돌리고 잠들어 있는 그녀의 벗은 몸을 내려다보고 있으면 한없이 서글픈 생각들이 몰려왔다. 그녀의 처녀와 나의 동정을 예물처럼 맞바꾼 날로부터 나는 그녀와의 결혼을 거의 당연하게 염두에 두고 있었다고 해야 옳았다. 그래, 결혼. 이런 간첩 잡는 식으로가 아니라 어디까지나 떳떳하게 사람들에게 알리고 남들처럼 신혼여행도 다녀오고 아침엔 출근도 같이하는 거다. 아침뿐만이 아니라 저녁에도 함께 집으로 돌아와 시장도 보고 음식도 만들어 먹고 공휴일에는 일찍 일어나 공원에서 하이킹도 하고 아닌 게 아니라 63빌딩 전망대에도 올라가보고 영화관에도 음악회에도 가보는 거다. 요컨대 구체적으로 살아보는 거다. 때가 되면 아이도 낳고 말이다. 이런 갖은 생각에 휩싸여 있다가 나는 자고 있는 그녀의 어깨를 가만가만 흔들어보았다. 그녀는 깊은 잠에 빠져 좀처럼 깨어날 줄을 몰랐다. 안타까운 마음으로 나는 뒤에서 그녀를 껴안고는 귀에다 대고 이렇게 속삭였다.

"우리 결혼해. 이제 그만 결혼하자구."

그녀는 여전히 쿨쿨 잠만 자고 있었다. 그녀는 정녕 잠이 들어 있었던 걸까? 그렇게 무심하게 말이다.

그러나 그녀는 내가 한 말을 모두 듣고 있었다. 내가 스탠드의 불을 끄고 이불을 끌어당기려는 참에 그녀의 목소리가 내 귀에 흘러들어왔다. 아까부터 깨어 있었던 듯 목소리에도 잠기운이 가셔 있었다.

"동우씨, 제가 무슨 말인가를 할 때까지 기다려줘요. 자꾸 보채지 말구요."

"……"

"어쩐지 저는 누구의 상대도 될 자격이 없다는 생각이 들어요. 우선 그런 마음에서 헤어나야잖아요. 제가 지금 어디에 있는지조차 저 자신도 모르고 있는 상태 알아요? 어느 날 문득 저는 저 자신을 잃어버렸단 생각이 든단 말이에요. 늘 전생을 복습만 하고 있단 느낌이 든단 말이에요. 그래서 끔찍한 권태에 시달리고 있단 거예요."

그렇다. 그녀는 끔찍한 권태에 시달리고 있었다.

"그러니 무슨 정열이 있겠어요. 저는 지금도 눈 내리는 밤길을 마냥 혼자 걷고 있어요. 현실의 저를 찾아다니고 있다는 거예요. 그러다 어느 날 밤늦게까지 불 켜진 집이 보여 저는 그리로 들어가봤던 거예요. 너무 지쳐 있었거든요. 잘 아시겠지만 거기가 바로 동우씨 집 마당이었구요. 우연하게도 말이에요."

"……"

"마음을 아프게 했다면 용서해줘요."

"여기가 당신의 집이라고 생각하면 되잖아. 별로 아늑할 건 없지만 그래도 당신을 원하고 늘 당신과 함께 있고 싶어하는 사람이 있잖아."

"전 당신에 대한 제 감정이 어떤 것인지조차 확실히 알지 못하고 있어요. 물론 이렇게 말하면 안 된다는 것쯤은 저도 알고 있어요. 그렇지만 거짓말을 할 수는 없는 거잖아요. 그러니 기다려줘요."

"기다리기야 하지. 하지만…… 하지만 말이야, 어째서 그런 거지?"

"……"

"무슨 말을 하고 싶냐면, 그렇다면 은애가 왜 지금 나와 함께 있느냐 하는 거지."

그녀에게 상처를 주고 싶지 않아 나는 가급적 목소리를 낮춰 말했다.

"……아까도 말했지만 어느 날 깨어보니 제가 눈이 가득히 내린 벌판을 혼자 걸어가고 있는 거였어요. 교통사고를 당해 뇌를 다친 것처럼 갑자기 모든 것이 달라 보였던 거죠. 모르겠어요, 제게 어떤 일이 있었는가요. 어쨌든 캄캄한 데서 눈을 뜨니 앞에 하얀 등성이만 첩첩이 가로놓여 있었어요. 그래서 저는 아, 여기가 세상의 끝이로구나, 죽음이로구나 하고 생각했죠. 안 그래도 그런 느낌이 들 때가 있잖아요. 어제 저기서 죽은 내가 오늘 여기에 살아 있는 것 같은 느낌 말이에요. 현실인 나로부터 격리된 채로 말이죠."

알 듯도 했지만 나는 모르겠다고 힘주어 말했다.

"아녜요, 사람이란 분명 그럴 때라는 게 있어요. 우선 자기 자신에 관해서 실제적인 대답을 할 수 없는 때가 말이에요. 그러고 나선 줄곧 정령처럼 떠돌게 되는 거예요. 그 대답을 구할 때까지 말이에요. 동우씬 아직 몰라요. 일테면 저를 원하고 있으면서도 정작 제가 누구라는 건 모르고 있다는 말이에요. 저 자신을 제가 모르고 있다는 게 더 큰 문제긴 하지만요."

"여기 있는 게 안심이 안 돼? 나와 함께 있는 게 마음이 놓이질 않아? 우리 누구도 서로에 관해서 다 안다고 할 수는 없는 거야. 그런 건 살아가면서 아주 조금씩 깨달아가는 거라구."

"그게 아니에요, 지금의 저는 본래의 제가 아니란 데 문제가 있다는 거예요. 그런 나를 두고두고 사랑할 수 있겠어요?"

더 말을 시키면 그나마 지금 내 팔에 안겨 있는 그녀가 홀연히 사라져버릴지도 모른다는 두려움 때문에 나는 입을 다물고 말았다. 벽시계의 초침 소리만 귀에 송곳처럼 꽂혀들고 있었다. 나는 이렇게 시간이 지나가고 있다는 게 두렵다는 생각이 들었다.

그해 3월이 지나갈 때까지 그녀는 화목, 일요일을 제외한 날에 어김없이 내 집에 찾아왔다. 손님 아닌 손님으로 매번 그렇게. 그때마다라고 해야 옳겠지만 그녀는 거의 매일 내게 섹스를 요구해왔다. 내 마음은 점점 황폐하게 변해가고 있었다. 결혼은 고사하고 속된 말로 동거도 아닌 이런 생활을 더는 견딜 성싶지 않았다.

그러나 나는 참을성 있게 기다렸다. 언제든 그녀가 내게 닻을 내리기만 하면 받아들일 준비를 하고서 말이다. 그러면서 나는 나와 사람들이 속해 있는 세계에 그녀를 끌어들이고자 무던히 애를 썼다. 토요일이면 그녀를 영화관이나 예술의 전당, 서초동 꽃시장, 서울대공원, 남대문시장, 잠실야구장, 심지어는 노량진 수산시장 같은 데를 부지런히 데리고 다녔다. 사람이 사는 모습을 보여주고 싶었던 것이다. 그러나 그녀는 실어증에 걸린 사람처럼 매양 말이 없고 무덤덤하기만 했다. 그녀는 매사에 무관심했고 도대체 어떤 일에도 흥미를 갖지 못했다. 끔찍한 나날들이었다. 어떤 때는 나를 의식하는지 부러 수다를 떨거나 비상식적인 일을 저지르기도 했지만 그게 진심이 아니라는 것은 남들이 봐도 다 눈치챌 정도였다. 그녀도 그런 자신을 목도하고 있었을 것이다. 어느 날 육교를 건너다 말고 그녀는 갑자기 괴성을 지르며 아래로 뛰어내리려고 했다.

경찰서에서 둘이 지문을 찍고 밖으로 나오면서 나는 얼핏 그녀의 눈에 흐르고 있는 눈물을 보았다. 인형의 눈에 고인 눈물. 죽은 나무에 삼 년 동안 물을 줬더니 싹을 틔우더란 얘기가 있다더니.

그러나 그 사건 이후로 그녀는 서서히 내 집에 발길을 끊기 시작했다. 나도 그때는 조금씩 지쳐가고 있었다. 그러나 지쳤다고 해서 마음이 달라진 건 아니었다. 나는 돌처럼 눈귀를 막고 앉아 매일 밤늦게까지 그녀를 기다리곤 했다. 벽 속의 미라가 되어.

6

아무런 약속도 없이 어수선한 봄이 찾아오고, 땅속이 부드럽게 풀어지기 시작하는 4월의 어느 토요일 오후에 시골에 계신 어머니가 된장과 고추장, 밑반찬 등속을 보따리에 싸들고 한복 차림으로 올라왔다. 그날 저녁 방을 치우다 어머니는 책상 위에 놓여 있던 루주와 분홍빛 머리빗을 발견했다. 그때는 아무 말이 없던 어머니가 걸레질을 하다 말고 손가락에 침을 발라 방바닥에서 무언가를 집어올리면서 석연찮은 얼굴로 나를 올려다보았다. 어머니가 손에 들고 있는 것이 뭐라는 것을 나는 직감적으로 알 수 있었다. 밤에 잠자리에 들어(어머니는 방바닥에 요를 깔고 누워 계셨다) 형광등을 껐을 때 그녀가 침대에 누워 있는 아들을 향해 말했다. 어둠 속에서 들려오는 어머니의 목소리에서 묘한 여수旅愁가 느껴졌다.

"에미한테 보이지도 않고 여자를 방에 들이다니."

"……"

"어디서 그렇게 함부로 질러가는 법을 배웠더냐."

"……"

"다시는 예 오지 않으련다."

그게 아니에요. 눈 오는 밤 마당에 나가보니 웬 나그네가 우두커니 서 있었어요. 그럴 때는 서둘러 아궁이에 장작불을 지피고 방을 내줘야 하잖아요. 그렇게 저한테 가르치셨잖아요.

그러나 내 입에선 함부로 그런 말이 나오질 않았다.

"그만 자거라."

그 사람은 어쩌다 하룻밤 묵어가는 손님이었나봐요. 우린 어떤 땐 엽전이나 받는 주막이 되기도 하나봐요. 그러니 어쩌겠어요, 뒤 란으로 돌아가 가마솥의 물이나 끓이는 수밖에요.

다음날 아침 밥상을 사이에 두고 앉아서도 어머니는 어떻다는 말 한마디가 없었다. 그러나 거기엔, 방바닥에 머리카락을 흘리고 간 여자와 헤어지게 되는 날에는 나를 용서하지 않겠다는 단호한 뜻이 담겨 있었다. 어머니가 어떤 사람인가 하는 것은 누구보다도 내가 잘 알고 있었다. 짐을 챙기면서 어머니가 지나가는 투로 입을 열었다.

"나중에 한번 데리고 내려오든지."

정오에 대문을 나서는 어머니의 뒷모습은, 봄이 가기도 전에 땅 바닥으로 뚝뚝 떨어져내리는 목련과도 같았다.

월요일 아침, 여느 날보다 일찍 출근해서 나는 김은애를 기다렸다. 출근시간 전에 그녀가 도착하면 휴게실로 불러 무슨 말인가를 할 작정이었다. 이런저런 생각에 시달리며 그녀를 기다리는 사이에 그러나 금세 아홉시가 돼버렸고 그녀는 복도의 괘종시계가 댕 댕거리는 소리에 맞춰 문을 열고 들어왔다. 점심시간에도 마찬가지였다. 내가 그렇게 눈치를 주며 틈을 노렸건만 다른 사서와 함께 홀쩍 밖으로 나가버렸다. 퇴근 때에는 약속이 있다면서 여섯시가 되기가 무섭게 핸드백을 들고 먼저 자리를 떴다. 창밖의 연둣빛 플라타너스 한 그루를 멍하니 내다보고 있다가, 나는 어디 가서 술이나 마실 요량으로 버스정류장에서 시내로 가는 버스를 탔다. 일찌감치 집에 들어가 내 손으로 밥을 챙겨먹을 기분이 아니었다.

그녀가 퇴근하는 나를 기다리고 있었던 것인지 아니면 그저 우연히 같은 버스에 타게 되었는지 모르겠다. 하지만 정작 우연히 같은 버스에 타게 되었다고 말할 수 있을까. 버스가 세 정류장쯤 갔을 때 나는 옆에서 누가 날 지켜보고 있다는 것을 깨닫고 있었다. 낯모르는 사람이 아닌 그 누군가가…… 상대의 숨소리, 서로 밀착해 있지 않아도 느끼게 마련인 공기의 익숙함, 괜히 부자연스런 몸놀림, 말을 걸어올 듯 말 듯한 망설임의 한없는 지연…… 얼마간을 버티다 나는 천천히 옆을 돌아보았다. 아니나 다를까. 어쩐지 눈에 익은 여자의 얼굴이 바로 옆에 와 있었다. 아니, 서하숙이 거기 서 있었다. 전과 달리 형편없는 모습이었다. 작년 가을 처음 만났을 때보다도 더욱 초라한 몰골이었다. 어쩐 일이죠? 라고 반사적으로 물으며 나는 눈을 동그랗게 떴다. 그녀는 어색하게 웃어 보이며 눈을 옆으로 돌렸다.

"이렇게 또 만나게 되다니 놀랍군요. 그것도 버스 안에서 말입니다."

이제나저제나 별로 반가울 것은 없었으나 어쨌든 뜻밖의 만남이었다. 여전히 대꾸를 않고 실실 웃고만 있는 그녀를 보며 나는 얼핏, 그녀가 나를 일부러 찾아온 게 아니냐는 생각을 하고 있었다. 말하자면 도서관 앞에서부터 줄곧 버스를 함께 타고 왔을지도 모른다는 생각이 들었던 것이다. 하지만 그렇게 물을 수는 없는 노릇이었다. 어떻게 해얄지 몰라 눈만 끔벅거리고 있는데 그녀가 말을 건네왔다.

"저 밥 좀 사줘요. 실은 차비가 없어 며칠째 밖에도 나오지 못했어요. 전화는 벌써 떼갔구요."

뭐라고? 그렇다면 지금은 어떻게 버스 안에 서 있단 말인가. 그 배추 잎사귀 같던 위조지폐는 다 어디로 갔단 말인가. 되레 내 얼굴이 붉어져 나는 시내로 나가는 중간쯤에서 그녀를 데리고 내렸다. 그러고는 식당으로 들어가 그녀에게 밥부터 먹였다. 허겁지겁 불고기 3인분을 해치우고 냉면까지 한 그릇 다 비우고 나서야 그녀는 정신이 돌아오는지 또 히죽 웃어 보였다.

"오래간만에 포식을 했더니 머리가 다 어지럽네요."

"어째서 이렇게 살고 있는 거지?"

나도 모르게 대뜸 반말이 튀어나왔다.

"지금 욕하고 있는 거예요? 겨우 밥 한끼 사주고선."

"어쩌다 사정이 이렇게까지 됐느냐는 거지."

"상관할 것 없잖아요? 그렇다고 진심으로 걱정해주는 것도 아닐 텐데요."

"그거야 아무렇게나 생각해도 좋지만, 이젠 한곳에 뿌리를 내리고 살아야 할 때가 아닌가."

"누가 그러고 싶지 않아 이러고 다니는 줄 알아요? 어디 받아주는 데가 있어야 말이죠."

그녀는 착잡한 표정으로 소주 세 잔을 거푸 들이켰다. 아닌 말로 술까지 고팠던 모양이었다. 식당에서 나와 근처 생맥줏집에서 오백 시시를 약 열 잔 정도(나는 세 잔 정도)를 마시고 나서도 그녀는 계속해서 마실 기세였다. 이미 밤 열시가 넘은 시각이었다. 들어올 때부터 손님이 별로 없던 썰렁한 술집 한구석에 앉아 그녀는 한심한 소리만 내둥 지껄여댔다. 정正자 표시가 늘어나는 계산서를 들여다보며 이 돈이면 라면이 몇 개일 텐데, 전화를 몇 통 걸 수 있을 텐데, 하는 식이었다. 알고 보니 차비도 공중전화를 쓰던 사람한테 구걸한 것이었다. 어쨌든 나를 만나 할 소리는 아니었다. 정각 열한시가 되어 그만 자리에서 일어나자고 하자 그녀는 들은 척도 하지 않고 엉뚱하게도 이런 말을 내뱉었다.

"생각나요? 비 오는 날 우리 야식집에서 나와, 공사장의 하수관 속에 들어가 있던 일 말이에요."

"……그래, 비가 많이 왔었지."

"다시 하수관 속에 들어가보고 싶지 않아요? 그때 멋있었던 것 같지 않아요?"

알면 알수록 요령부득인 여자였다.

"그 하수관은 벌써 땅속에 파묻혔을 거야."

"아, 그렇겠네요. 땅속에 들어가 있겠네요."

푹 꺼져가는 소리로 한숨을 내쉬고는 그녀는 생뚱한 눈으로 내 얼굴을 들여다보았다. 반사적으로 눈을 피하며 나는 고개를 모로 비틀었다. 어머니의 모습이 떠오르며 뒤미처 김은애 생각이 되살아났던 것이다. 내가 지금 뭘 하고 있는 중인가. 한동안 입을 꾹 다물고 있다 나는 다시 서하숙에게 그만 일어나자고 했고 그녀는 의외로 순순히 고개를 끄덕였다.

봄이라곤 하지만 아직도 몸이 으스스 떨려왔다. 술집 계단을 올라가며 그녀는 어디로 갈지 모르겠어요, 라며 우수에 찬 눈으로 나를 쳐다보았다. 그 말에 뒷덜미가 잡혀 나는 술집 앞에서 또 발걸음이 떨어지지 않았다.

"집으로 가야지. 택시비를 줄 테니까 곧장 들어가 잠부터 푹 자두라구. 그리고 아침이 되면 벌떡 일어나 앞마당을 파고 거기다 발목을 묻는 거야. 이제부터라도 열심히 제 땅에 뿌리를 내리고 살아야 한다는 거야."

"뭐가 뭔지 모르겠어요. 다만 이렇게 사는 게 원칙은 아닐 거라는 생각은 해요. 왠지 슬프다는 생각도 들구요."

"누구나 슬픔의 힘으로 살아가는 거야."

"멋있는 말이군요. 제가 사람을 제대로 보긴 봤던 거예요."

네온사인 불빛이 얼룩진 거리에 유리파편 같은 바람이 수평으로 낮게 불어가고 있었다.

"지금 땅에 묻힌 하수관 속으로 하얀 돌고래들이 지나가고 있어요. 아마 바다로 가는 중인 모양이에요. 고래들은 참 좋겠어요."

"……"

벌써 술집 문 닫는 소리가 아래서 들려왔다.

"저, 실은 할말이 있어서 왔는데, 말해도 돼요?"

"해봐. 나도 이제는 가봐야 하니까."

"……혹시 애인 없으면 저를 애인으로 삼으면 안 돼요? 오늘부터 당장 말이에요."

"……"

"왜, 싫으세요?"

"내겐 누군가가 있어. 결혼까지 염두에 두고 있는 여자가 말이야."

"……그거 참 안됐네요. 그럼 전 지금부터 어쩌죠?"

"글쎄, 그건 나도 모르겠군."

"그렇죠? 그런 건 제가 알아서 해야겠죠?"

물론이었다.

"이봐, 연애라는 건 그렇게 하는 게 아냐. 감정이란 게 자연스럽게 서로의 마음속으로 스며들어야 하는 거야. 리트머스시험지처럼 말이야."

나도 잘 알겠어서 한 소리는 아니었다. 또한 그런 말을 할 처지도 못 됐다.

"그래요. 저는 누군가 이미 사용하고 난 영화표 같은 여자예요. 그러니 거기에 무슨 찬란한 색깔이 스미겠어요."

집으로 돌아오니 김은애가 와 있었다. 어째서 일이 이런 식으로 되어가야 하는 걸까. 방문 앞에 벗어놓은 검은색 구두의 반질한 머리가 바깥을 향해 있는 것부터가 우선 마음에 걸렸다. 어머니도 신발을 벗으면 반드시 당신 손으로 거꾸로 돌려놓은 다음에야 방으로 들어가곤 하는 버릇이 있었다. 참 이상한 것도 다 닮았네, 라는 부질없는 생각을 하며 나는 한동안 신발만 내려다보고 있었다. 김은애가 먼저 와서 나를 기다린 적이 없었으므로 방문을 여는 손이 암만해도 자연스럽지가 못했다. 이럴 줄 알았더라면 일찍 들어와 있었어야 하는 건데, 라고 생각해봐야 이미 소용없는 일이었다.

김은애는 놀음판에서 주머니를 몽땅 털리고 돌아오는 남편을 맞이하는 아내처럼 나를 바라보았다. 자격지심이 싶었지만 꼭 그런 것만도 아니었다. 확실히 그녀는 불만스런 얼굴을 하고 있었다. 그리하여 언제 왔느냐, 라는 심상한 물음도 목에 걸려 쉽게 나오지가 않았다. 솔직히 말하면 거북스럽기까지 했다. 그런 나의 태도 때문에 그녀는 더욱 도사린 자세를 풀지 않고 있었다. 뭔가 일이 잘못돼가고 있는 게 틀림없었다. 나는 옷을 벗어 못에 걸고 그녀 앞에 서먹하게 마주앉았다. 그녀는 바바리도 벗지 않은 채 무릎을 꿇고 십오 도쯤 고개를 숙이고 앉아 있었다. 머리칼이 아무렇

게나 풀려내려와 얼굴에 그늘을 드리우고 있었다. 데면데면하게
마주앉아 내 입에서 겨우 비어져나온 소리도 그리하여 억양의 명
료함을 잃고 기분 나쁜 느낌으로 떨리고 있었다.

"무슨 일이 있는 것이로군. 그렇지?"

기다렸다는 듯, 그녀의 입에서 바늘 같은 말이 튀어나왔다.

"언제나 제게 무슨 일이 벌어지고 있다는 걸 이제야 알았어요?"

나는 한시바삐 미궁에서 빠져나오려고 고개를 흔들었다.

"나 때문이라면 사과할게."

"동우씨가 제게 뭘 잘못했는데요? 그것도 모르고 사과를 한단
말이에요? 자신이 무슨 짓을 했는지도 모르고 말이에요? 그래요,
동우씨가 집에 없어서 화가 났었어요. 제가 왜 이런 낯선 곳에서
누구를 기다려야 해요? 두 시간 동안 여기 앉아 있으면서 무슨 생
각을 했는지 알기나 해요?"

그녀는 단지 내가 집에 없었다는 이유 때문에 화가 난 것이 아
니었다. 아직도 그 이유를 분명히 알 수는 없었지만 아무튼 그것만
은 결코 아닌 것 같았다. 그런 일을 가지고 화를 낼 만큼 분별력이
없는 여자는 아닌 것이다. 그렇다면 무엇 때문에?

"역시 제가 길을 잘못 들었던 거예요."

"!……"

"미안해요. 이런 말까지 하려고 했던 건 아닌데요. 하지만 그렇
다고 해서 제가 지금 하고 있는 말이 진심이 아니란 건 아녜요. 물

론 동우씨 탓만도 아니지만요."

내 탓이 아니라고 강변할수록 나는 내게서 차츰 멀어지고 있는
그녀를 보고 있었다. 얼핏, 그녀와 나 사이에 곧 돌이킬 수 없는 일
이 닥칠지도 모른다는 싸늘한 예감이 엄습해왔다. 다급한 마음이
되어 나도 그녀에게 강변하고 나설밖에 없었다.

"내가 무심했던 탓이야. 하지만 때론 당신을 혼자 있게 놔두는
것이 거꾸로 당신을 내게 붙잡아두는 방법이라고 생각했던 거야.
내 말이 억지라고 해도 그건 진심이야."

"하지만 그사이에 저는 마음을 다치고야 말았어요. 저 같은 여
자는 한번 마음을 다치게 되면 쉽게 회복이 안 된다는 걸 알았어야
했어요."

"무슨 뜻으로 그런 말을 하는 거지?"

침착하려 애써도 내 목소리는 어쩔 수 없이 떨려나오고 있었다.
불과 두 시간 동안에 세상이 뒤죽박죽으로 변해버린 듯싶었다.

"그만 가봐야겠어요. 더이상 남의 빈집에 앉아 있을 수는 없는
일이에요. 차라리 길에 앉아 밤을 새우는 게 나아요."

"그렇지가 않아, 여기 내가 이렇게 분명히 존재하고 있잖아. 당
신 곁에 말이야. 아직도 그걸 모르겠으면 다시 한번 곰곰이 생각해
봐. 내가 대신 밖에 나가 있을 테니까."

보낼 수 없다는 마지막 강변에도 불구하고 그녀는 기어이 몸을
일으켰다. 그녀는 곧바로 방문을 열고 나가더니 구두를 신고 천천

히 마당으로 내려섰다. 그렇게 보내면 안 된다는 것을 너무나도 잘 알고 있었으나 나는 감히 그녀를 붙잡을 수가 없었다.

이삼 일, 그녀의 마음이 가라앉기를 기다리고 있다가 나는 억지 이다시피 도서관 옆에 있는 찻집으로 그녀를 데리고 갔다. 거기서 나는 세상 한편이 무너지는 소리를 들었다. 손도 대지 않고 놓아둔 그녀의 커피잔 안쪽 가장자리로 덜 풀린 크림가루가 엉겨붙고 있었다. 도서관 입구에 서 있는 목련 한 주가 탐스런 꽃송이를 달고 바람에 떨고 있는 게 눈에 들어왔다. 여름이 오기 전에 그녀와 함께 어머니를 뵈러 가리라 생각했던 다짐이 헛소문처럼 날아가고 있었다. 아, 산다는 일이 헛소문 같은 것이었다니.

"엊그제 동우씨 집에 간 그날, 저 산부인과에 갔었어요."

"!……"

"아이가 생겼다는 걸 안 것은 한 달 전이었어요. 오래 고민했지만 결국 포기하는 게 좋겠다고 생각했죠. 그러니 이제는 더 말하지 말아요. 이런 기억을 안고 아무 일 없었던 것처럼 서로를 대할 수는 없는 일이에요."

"감히……"

나는 부들부들 떨며 그녀의 얼굴만 핏발 선 눈으로 노려보고 있었다. 피가 부글부글 끓어오르며 맨주먹으로 바위라도 치고 싶었지만 벌써 달아나버린 일이었다. 이렇게, 어처구니없게도, 내가, 생명의 비의와 섭리를 거역한 자가 되었다니. 한 순결한 영혼을 무참히 짓밟은 자로 전락해버렸다니.

이유야 어떻든 나는 그녀를 전처럼 대할 수가 없었다. 그녀 말마따나 서로에 대해 이미 자신을 잃었다는 증거를 가지고 관계가 지속되길 바랄 수는 없었다. 이러지도 저러지도 못한 채 나날이 자괴심만 쌓여갈 뿐이었다. 그녀 역시 마찬가지였을 것이다. 찻집에서 만나고 며칠인가 지나서부터 그녀는 출근을 하지 않았다. 무단결근이 삼 일째 계속되던 날 나는 그녀가 도서관을 그만두었다는 사실을 다른 사서한테서 전해들었다. 4월 중순도 끝나가는 곡우穀雨였다.

7

입하가 지나고 소만, 망종, 하지, 소서, 대서가 또 덧없이 지나고 입추, 처서, 백로, 추분, 한로도 지나 상강霜降을 이틀 앞둔 어느 늦가을 아침에 나는 어머니의 부음을 들었다. 어머니의 돌연한 죽음은 세상의 모든 등불이 꺼진 것만큼이나 나를 캄캄하게 만들었다. 나도 흙을 파고 땅속으로 들어가고 싶은 심정이었다. 워낙에 깔끔하고 정정한 양반인데다 이제 환갑을 갓 넘겼을 뿐인 나이였으므로 나는 몽매에도 어머니의 죽음 따위를 미리 염두에 두고 산 적이 없었다. 내 살아 있음의 유일한 증거였던 어머니. 아버지가 돌아가셨을 때와는 느낌이 또 달랐다. 그때는 그래도 어머니가 옆에 있었던 것이다. 아버지는 단지 외롭다는 이유 때문에 어린 나를 방에다 가둬놓고, 천천히 소주를 들이켜며 말없이 매질을 하던 사람이었다. 하지만 아버지가 죽었을 때 나는 누구보다도 섧게 울고 있었다. 하지만 이번에는 눈물조차 나오지 않았다. 내가 완전한 무無로 화해 세상에서 흔적 없이 사라져버린 느낌이었다. 이제부터 증거도 이유도 없는 삶을 어찌 살아낸단 말인가. 아, 다름아닌 어머니조차도 남들처럼 한갓 나를 스치고 지나가는 사람이었을 줄이야.

나는 점점 더 깊은 물속으로 가라앉아갔다. 그러는 사이에도 열람실 벽시계는 열심히 추를 흔들며 입동, 소설, 대설, 동지, 소한, 대한을 지나고 입춘, 우수, 경칩을 거치면서 나를 완전히 다른 사람으로 바꾸어놓았다. 다시금 나이를 한 살 더 먹은 탓도 있었을 것이고 무엇보다도 어머니의 죽음이 가져온 충격으로 인해 삶을 대하는 태도가 판이하게 달라진 탓이었으리라. 우선 나는 내 녹내나는 생활에 심한 염증을 느끼기 시작했다. 나는 도서관을 그만두고 싶은 생각에 매일매일 시달리고 있었다. 나는 몇 세기 전에 죽은 동물의 빳빳한 가죽을 뒤집어쓰고 있는 것만 같았다. 기름을 끼얹고 몸에다 불을 그어대고 싶은 권태스런 날들이었다. 나는 구체적으로 '변화'라는 걸 원하며 몸부림을 치고 있었다. 하지만 이른바 변화라는 게 그렇게 쉽게 찾아지는 것도 아니었다. 그것은 논바닥 한가운데 몇백 년이나 박혀 있던 바위를 맨손으로 들어내는 것처럼 힘겨운 일이었다.

내가 직장을 옮긴 것은 작년 겨울의 일이었다. 논바닥의 바위를 빼내는 데 상상도 못했던 시간과 노력이 필요했음이었다. 와중에 나는 체념을 하기도 하고 준사서에서 사서로 승진하는 바람에 한동안 다른 생각은 접어둔 적도 있었으나 그것도 잠시일 뿐이었다. 나는 도서관 일에 곧잘 게으름을 부리며 이 수용소 같은 갑갑한 생활에서 탈출하고자 열심히 기회만 엿보고 있었다. 평소에 소원했던 사람들까지 부지런히 찾아다니면서 말이다. 어쨌든 나는 좀더 사람이 많이 모여 있는 곳으로 가야 한다는 강박에 사로잡혀 있었다.

조금은 복잡하고 구차스런 절차를 거쳐, 나는 우여곡절 끝에 직원이 만 명도 넘는 대그룹의 조사부에 입사했다. 도서관에 근무한 이력이 있었으므로 그닥 낯선 일은 아니었다. 주로 그룹 기조실이나 홍보실, 혹은 계열사에서 필요로 하는 자료를 제공해주고 경우에 따라서는 신규사업의 시장조사를 맡아 해주는 부서였다. 나는 그 부서의 중간관리자급으로 채용됐다.

나는 세상 살아가는 방법과 주위 사람들과 어울리는 법을 빨리빨리 터득해갔다. 때로 부하직원에게 허튼 농담도 던져보기도 하고, 계열사 여사원들과 심심찮게 술자리를 같이하기도 하고, 이른바 고급술집이라는 데를 출입하며 하루에 한 달 치의 월급을 날려보기도 하고, 좀 늦은 나이긴 했지만 결혼에 대해 현실적으로 생각해보는 일이 많아져서 이른바 맞선이라는 걸 보기도 하고, 턱없이 거리를 지나가는 여자들까지도 함부로 눈여겨보곤 했다. 그런 식으로 나에 대한 증거를 부지런히 늘려가고 있었다. 나는 너무나 뒤늦게 인생이란 걸 시작했다고 생각하고 있었던 것이다. 가끔은 술에 취해 들어와, 어둑한 방 한가운데 멀뚱히 서서, 바위가 빠져나간 논바닥의 캄캄한 환영을 목도하며 까닭 모를 적막감, 고독감에 사로잡혀 몸을 떨곤 했지만 말이다.

8

내가 서하숙을 만나게 된 것은 도서관을 그만두기 바로 며칠 전의 일이었다. 시사저널사 건너편에 있는 '비스'란 이탈리안 찻집 겸 술집에서였다. 아니, 정확히 말하면 경향신문사 앞 건널목에서였다. 그녀는 덕수궁 쪽으로 가던 길이었고 나는 비스 옆에 있는 삼성병원으로 누군가의 병문안을 가던 길이었다. 오후 세시쯤이 아니었나 싶다. 전날 내린 눈으로 길바닥은 질펀하게 변해 있었다. 아무튼 내가 경향신문사 앞을 막 지나가는데 정면에서 서른 살쯤 돼 보이는 여자가 걸어오고 있었다. 아는 얼굴, 이라고 퍼뜩 생각했지만 그 순간엔 그녀가 누구인지 알아보지 못하고 있었다. 나는 고개를 한번 갸웃거리며 내처 그 여자 옆을 비껴지나갔고 그때 그녀가 주춤하고는 내 얼굴을 슬쩍 돌아봤다고 생각된다. 그러나 그녀도 자신이 없었던지 곧바로 가던 길을 재촉했다. 상대가 생면부지인 경우라도 살다보면 이런 일은 얼마든지 있을 수 있다. 어쩌다 전에 만났던 사람이었다고 해도 사실 사정이 달라질 건 없다. 막역한 사이가 아닌 이상 뒤를 쫓아가서 멋쩍게 알은체를 할 필요는 없다는 얘기다. 십중팔구 실없어 보일 게 뻔한 일이다.

한데 건널목을 건너려고 신호등 앞에 서 있는 사이 내 귀에 이런 소리가 날아와 꽂혔다.

"저어, 혹시 황동우씨 아니세요?"

나는 흠칫 놀라 뒤를 돌아보았다. 그러자 그녀가 내 옆으로 다가왔다. 주저하는 모습이었지만 여자는 분명히 나를 알고 있는 듯한 표정이었다. 그리고 그때는 나도 그녀가 누구인가를 알게 되었다고 생각한다. 하지만 전에 어디서 본 여자라는 사실만 어렴풋이 자각하고 있었을 따름이었다. 쉽게 말해 그녀의 이름 따위는 고사하고 성마저도 기억하지 못하고 있는 상태였다. 아, 네…… 하고 내가 어수선한 표정을 짓고 있자 그녀가 입술만으로 어색하게 웃어 보이며, 저 모르시겠어요? 서하숙이에요라고 제 이름을 밝혔다.

기러기 하숙. 서하숙. 실로 몇 년 만인가.

오후 세시의 비스는 한산했다. 적산가옥을 개조한 듯한 그 언덕 위의 하얀 집 일층 창가에 앉아 그녀와 나는 커피를 마셨다. 모두가 까마득한 옛날 일 같았다. 그녀가 나를 알아봤다는 사실이 그저 놀라울 따름이었다. 그 단발형의 머리는 여전했지만 눈가의 잔주름과 기미? 혹은 주근깨가 귀밑에 깔려 있었고 시간이 지나면서 알게 됐지만 표정이라든가 몸놀림, 심지어는 말투까지도 기묘하게 변해 있었다. 세월이 흘렀단 뜻일 거였다. 당연한 일이었다. 눈 둘 데가 마땅치 않아 나는 하얗게 기운 창밖 풍경만 시린 눈으로 내다보고 있었다. 그녀도 역시 자리가 불편했던지 자주 몸을 꿈지럭거렸다. 이상하게도 아무런 느낌이 없이 그저 밋밋하기만 했다. 다소 미묘하단 느낌 정도가 고작이었다. 오후 세시라는 어중간한 시각에 느닷없이 만나게 돼서 그런 걸까? 저녁이었다면 술이라도 한잔하게 되었을 것이고 그렇다면 필시 분위기도 달라졌을 텐데. 하지만 그것도 장담할 수는 없는 일이었다. 어쨌거나 오랜 세월의 간극이라는 게 그렇게 일시에 메워지는 것은 아닌 모양이었다. 그녀와 나는 탁자 위에 떨어져 힘없이 풀어져 있는 햇살을 손끝으로 먼지처럼 쓸어내며 어쩔 수 없이 의례적인 말들을 나눴다.

"아직도 도서관에 근무하세요?"

"어쩌면 다른 곳으로 옮겨갈지도 모르겠군요."

그게 어디냐고 그녀는 묻지 않았다. 슬쩍, 내 눈을 한번 쳐다보기만 했다.

"전 술병을 만들고 있어요. 술병 디자인하는 일 말이죠. 물론 국산 위스키병이지만 말이죠."

아, 위스키…… 하고 되받으며 나도 그녀의 얼굴을 한번 스윽 바라보았다. 그녀는 고해성사라도 하는 사람처럼 더듬거리며, 주섬주섬 위스키병 얘기를 늘어놓았다. 가령 브리타니아란 위스키가 있는데 이것은 구 영국 제국의 별명에서 유래한 것이다. 또한 영국 주화에 새겨진 여신상의 이름이기도 하다. 다른 말로는 '영국의 연인'이란 뜻이다. 스프링뱅크라는 위스키병의 모양은 책처럼 생겼다. 글렌피딕이란 위스키의 이름은 '사슴이 있는 골짜기'란 뜻이다. 뭐 이런 식이었다. 그런 얘기를 한동안 듣고 있자니 조금은 지루하고 답답하단 느낌이 몰려왔다. 자꾸 말을 더듬는 걸 보면 그녀 또한 그간에 달라진 나를 보고 있었을 것이다. 시간이 지날수록 서먹한 마음은 더해갔고 그리하여 내 입에서 나오는 소리도 자꾸 굳어만 갔다.

"결혼은 했어요? 이젠 그만한 나이가 됐을 텐데."

다시금 그녀의 눈이 내 눈을 잠깐 스쳐갔다.

"글쎄요, 저 같은 여자를 누가 데려가게요."

"……"

"못했다고 해야 맞아요. 어디 헌거라도 있으면 찾아봐야 텐데요."

상스럽다고까지 생각한 건 아니었지만 그 말을 듣고 있자니 절로 눈살이 찌푸려졌다. 헌거라면 역시 나도 헌것일 터였다. 오후 네시가 될 때까지 이런 속절없는 얘기를 나누다 그녀와 나는 이윽고 누가 먼저랄 것도 없이 슬그머니 자리에서 일어났다. 맞선을 보러 나왔다가 떨떠름하게 끝을 내는 꼴이었다. 찻집을 나오면서 나는 그녀와 63빌딩에 갔던 일, 야식집에서 술을 마시던 일, 하수관 안에 서 있던 일 들을 속속들이 반추하고 있었다. 그녀 또한 그때 일을 떠올리고 있었는지도 모른다. 허나 모두가 때늦은 기억이었다.

그녀와 나는 어정쩡한 모습으로 삼성병원 앞에서 헤어졌다. 헤어지기 직전에, 그녀는 망설이는 얼굴로 핸드백을 열고 내게 무언가를 꺼내주려 하다가는 도로 닫아버리고 말았다. 아마도 명함 같은 것일 터였다. 그렇다면 다시 나를 만나고 싶어했다는 뜻이었을까? 그러나 이제는 전처럼 무턱대고 나를 찾아오거나 어두운 처마 밑에 서서 아무렇지도 않게 연인이 되자는 말을 하지는 않을 것이 분명했다. 빌딩숲 사이로 기우는 햇살이 그때 내 눈에 쏟아져들어왔으므로 나는 실눈을 뜨고 잠시 비틀거리다가 가볍게 눈인사를 건넨 다음 병원 건물을 향해 돌아섰다. 그리고 병원 외벽에 나 있는 계단을 통해 이층에서 삼층으로 올라가다 말고 나는 홀연히 뒤를 돌아다보았다. 그녀는 아까 내가 지나왔던 경향신문사 앞을 거꾸로 짚어내려가고 있는 중이었다.

9

나는 춥고 캄캄한 곳에서 먼지를 뒤집어쓰고 앉아 있었다. 누가 나를 거기로 불러들였는지 알지 못한 채. 사위는 바다 밑바닥인 듯 온통 코발트빛 어둠에 감싸여 있었다. 내 손에는 불과 오 분 전에 읽다 만 잡지가 들려 있었다. 무슨 생각을 했던가. 열람실에서 책을 보다 말고 나는 급한 전갈을 받은 사람처럼 이곳 창고로 달려내려왔던 것이다. 그곳엔 이제 곧 사라져야 할 것들, 아니 이미 사라진 것들이 차곡차곡 잠들어 있었다. 나는 창고 한쪽 구석에 쭈그리고 앉아 손에 들고 있던 『내셔널 지오그래픽』을 다시 넘겨보았다. 그것은 '지구에 관한 진실'을 전하기 위해 미국 국립지리학회가 1888년부터 발간을 시작한 책이었다. 지구가 둥글다는 사실을 사진으로 처음 증명하고 바닷속이나 공중에서 촬영한 사진을 최초로 게재한 것으로 유명한 책이기도 했다. 거기서 아까 나는 두 개의 사진을 보고 있었던 것이다.

하나는 북극해에 살고 있는 돌고래를 찍은 사진이다. 해안 가까이에 있는 연초록의 바닷물 속에서 하얀 돌고래떼가 흰 무처럼 떠서 유영하고 있다. 그들은 자신들이 곧 이 지구의 주인이기나 한 양 한가롭게 노닐고 있다.

또다른 하나는 미국 옐로스톤 지대에서 겨울을 나고 있는 들소의 사진이다. 벌판에 분필가루처럼 내리고 있는 눈. 멀리 성냥개비를 잔뜩 꽂아놓은 것 같은 헐벗은 숲에도 가득히 눈이 내리고 있다. 그 먼 곳으로부터 웬 들소 한 마리가 이쪽을 향해 천천히 다가온다. 들소는 온통 눈에 뒤덮여 있다. 길을 잃은 듯, 들소는 내 방문 앞까지 와서 잠시 주위를 두리번거리다 이윽고 그대로 멈춰선다. 그러고는 영원히…… 움직일 줄을 모른다. 누가 문을 열고 나와주기를 기다리는 듯, 누가 저를 스치고 지나가기를 기다리는 듯.

도서관을 그만두던 그날, 나는 오후 내내 지하창고에 앉아 있다가 여섯시가 돼서야 광부 같은 얼굴을 하고 밖으로 나왔다.

　텔레비전 속은 너무 캄캄해, 라고 중얼거리며.

(1995)

상춘곡

 벚꽃이 피기를 기다리다 문득 당신께 편지 쓸 생각을 하게 되었습니다. 그러지 않더라도 오래전부터 나는 당신께 한번쯤 소리나는 대로 편지글을 써보고 싶었습니다. 막걸리 먹고 취한 사내의 육자배기 가락으로 말입니다. 하지만 내게 무슨 깊은 한이 있어 그런 소리가 나오겠습니까? 하지만 이번이 아니면 매양 또 주저하다 세월만 흘려보낼 것 같아 딴에는 작정을 하고 쓰는 셈입니다.

 선운사에 내려온 지 오늘로 꼭 나흘째입니다. 이곳은 미당未堂을 길러낸 땅이기도 하지만 당신이 태어난 곳이기도 하죠. 굳이 따지자면 당신 고향이 미당의 고향보다 선운사에서 보면 훨씬 가깝지요. 짐작하시겠지만 형편이 좋아 관광을 온 것은 결코 아닙니다.

 열흘 전, 실로 칠 년 만에 당신과 해후했을 때 당신은 내게 벚꽃 얘기를 하셨습니다. 4월 말쯤 벚꽃이 피면 그때 다시 만나자고 말입니다. 솔직히 말하면 나는 그때까지 기다릴 자신이 없었습니다. 그래서 미리 남南으로 내려가 벚꽃을 몰고 등고선을 따라 죽 북향할 작정이었던 것입니다. 그리고 나는 그 개화 남쪽 지점을 당신의 고향으로 정한 겁니다. 이곳 선운사는 십 년 전에 우리가 처음 인연을 맺은 곳이 아닙니까.

아무튼 갑작스럽게 찾아가서 당황했을 텐데 담담히 맞아주셔서 고마웠습니다. 사실 별스런 말을 나눴던 건 아니었지요. 당신은 눈병이 걸려 나를 마주보려 하지도 않았으니까요. 생각해보면 그때 미처 못한 말들이 있어 이렇듯 상춘객들 틈에 섞여 여기까지 내려온 것인지도 모르겠습니다. 이참에 얘기하자면, 그날 못내 쓸쓸한 기분이 들었던 게 한 가지 있었습니다. 다른 게 아니라 당신의 그 목소리 말이지요. 처녀 적 명주실 같던 목소리는 어쩐 일인지 짚신처럼 변해 있었습니다. 삼 년 전에 이혼을 하고 나서 그렇게 됐다고 당신은 짐짓 태연한 얼굴로 말했지요. 그놈의 사람 종자 때문에 미치는 것들도 수두룩한데 그깟 목소리 하나 갖고 뭘요, 라고 말입니다. 하지만 그게 내 귀에는 어쩐지 슬퍼하고 노여워하는 소리로 들렸습니다. 그렇더라도 부디 남에게 보여지는 모습까지 나빠지지는 마시기 바랍니다.

아주 오랜만에 써보는 편지니 군데군데 그릇 깨지는 소리가 나더라도 행여 접지 말고 읽어주시기 바랍니다. 오늘부터 벚꽃이 피는 날까지 천천히 써나갈 생각입니다. 실은 엊그제부터 쓰고자 했는데, 말문이 트이지 않아 얼굴을 납작하게 종이에 댄 채 하냥 풀 먹는 짐승처럼 코만 킁킁거리고 있었습니다.

비바람

당신은 더한 편이라고 알고 있지만 나 또한 그닥 사람을 즐겨 만나는 성격이 아니란 건 진작부터 아시고 계실 겁니다. 그게 지금 은 좀더 심해져서 아예 사람 만날 약속 같은 건 안 하고 사는 형편 입니다. 그저 만나지면 만나는 거지 뭐, 하고 사람에 대한 욕심을 잃고 산 지 이미 오랩니다. 그날 인옥이 형을 만난 것도 따지고 보 면 다분히 충동적인 일이었다는 것이지요. 인옥이 형이 인사동에 서 삼인전三人展인가 뭔가를 한다는 것은 엽서를 받아 이미 알고 있 었지만 구태여 가볼 생각까지는 하지 않고 있었습니다. 그러다 전 시회가 끝나는 날이었지요. 저녁 여섯시쯤 외출했다 들어오는데 때마침 자동응답전화기에 인옥이 형의 목소리가 녹음되고 있더군 요. 얼른 수화기를 들었어야 마땅했지만 나는 열쇠를 손에 쥔 채 물끄러미 전화기만 내려다보고 있었지요.

"몇 년 만에 담벼락에 액자 좀 걸었는데…… 그래, 끝까지 안 올 건감? 그럼이야 볼 것 없고 밤새 술집에 앉아 있을 테니 그리라도 용케 들러다오. 차마 야속한 놈아!"

전작이 있는 듯 쓸쓸하게 혀가 말린 소리로 야속한 놈! 이라고 생생하게 테이프에 감기는 소리를 듣고 있자니 갑자기 마음이 편칠 않았습니다. 화전을 갈고 나온 사람처럼 목소리가 지쳐 있었던 것입니다. 꼭이 남녀 간에 생기는 일이 아니더라도 일을 벌이고 난 뒤의 느낌은 언제나 허전한 법 아닙니까. 나는 외출했다 들어온 모양 그대로 다시 집을 나가 아파트단지에 있는 꽃가게에서 되는대로 이 꽃 저 꽃을 섞어 말아쥐고는 택시를 타고 인사동으로 갔습니다. 비가 오려는지 거리엔 축축한 바람이 몰려가고 있었지요. 그게 아마 3월 25일이었을 겁니다. 그날에야 나는 어디선가 봄이 오고 있구나라는 느낌을 받고 있었습니다. 꽃다발을 안고 우두커니 택시 안에 앉아 있으면서 말입니다.

화랑에 도착하니 벌써 문을 닫고 있는 중이었습니다. 내가 올 걸 정말 기대라도 하고 있었는지 출입문에 인옥이 형이 굵은 사인펜으로 써 붙인 메모지가 바람에 흔들리고 있더군요. 곧 비가 흩뿌리기 시작해 사인펜 글씨가 눈앞에서 흐려지며 금세 알아볼 수 없게 돼버렸지요. 조금만 늦었더라면 그날 나는 인옥이 형을 볼 수 없었을 겁니다. 물론 다음날 당신을 만나지도 못했을 테고 말입니다.

우리 옷

인옥이 형은 '우리 옷'이라는 술집에 앉아 있었습니다. 주인은 삼십대 후반의 화장기가 진한 통통한 여자로 옷감에 치자 따위의 천연염료를 써 한복을 만드는 사람이라고 했습니다. 물론 그것까지야 제가 알 바 없지만 말입니다. 어, 저놈의 곰팡이가 진짜 왔네, 하며 반기는 인옥이 형 옆에 나는 머뭇머뭇 끼어앉았지요. 생각해보니 인옥이 형을 만난 것도 꽤 오랜만이었습니다.

뒤풀이하는 자리치곤 그야말로 단출하고 조촐했습니다. 이번 삼인전을 함께 연 사십대 중후반의 여자 둘과 그들의 화실 제자들이라고 하는 몇몇 학생들 그리고 어딘가 모르게 우울해 보이는 사십대 초반의 판화 하는 남자까지 합해 채 열 명도 되지 않았습니다. 모든 사랑의 끝은 남루하나니, 라고 인옥이 형이 주절거리는 소리를 들으며 나는 앉았던 사람들과 어수선한 수인사를 나눴지요. 처음엔 인옥이 형의 얼굴만 보고 돌아갈 셈이었는데, 꽃값만큼 먹어야 보낼 거라며 자꾸 붙드는 바람에 그만 눌러앉고 말았습니다. 밖에서 세차게 비가 뿌리는 소리를 들으며 나는 몇 순배의 술에 조금씩 눈이 흐려지기 시작했지요. 나는 숙맥처럼 앉아 그들이 미처 거르지도 않고 내뱉는 말에 귀나 팔고 있었지요.

"웬 비가 이렇게 오는지 모르겠네요."

삼인전 중 하나인 양장을 곱게 차려입은 사십대 중반의 여자가 술잔을 들고 일어나 창밖을 살피며 구시렁거리는 소리였습니다.

"봄이 거저 오남. 한차례 물을 쏟아 냇물을 불쿠고 꽃샘바람인지 뭔지가 맵게 몰아쳐간 다음에야 그놈의 홍목당혜 코빼기가 보이지."

말본새를 보면 누군가 금방 알겠지요? 인옥이 형은 술만 들어가면 사투리도 뭣도 아닌 이상한 투로 말이 변하지요.

"말도 말그라, 낸 마흔이 넘어서야 봄이 무섭다는 걸 알았는기라. 그때부텀 이래 봄만 되면 가렴증이 도진다 아이가. 이혼하고 나서부터 봄만 되면 미치게 애가 배고 싶은데 이거 무서운 일 아이가?"

이렇게 말한 사람은 왼쪽 눈 밑에 눈물점이 있는 사십대 후반의 여류화가로 역시 삼인전 중의 하나였습니다. 아닌 게 아니라 그녀는 아까부터 몸을 부스럭거리며 남이 보거나 말거나 허벅지와 겨드랑이에 침을 발라 문지르고 있었지요. 그들 셋이 어떻게 만나 전시회까지 열게 되었는지 모르지만 허물없이 주고받는 말을 봐서는 매우 가까운 사이인 듯했습니다. 인옥이 형이 눈물점의 손을 더듬으며, 아직 그 나이에도 느낌이 있는감? 이라고 짓궂게 묻자 눈물점 왈, 니 그래 자꾸 내용 있게 만질래? 하며 눈을 흘기는데 그것도 면박을 주는 투는 아니었습니다. 한데 그런 모습들이 그닥 추해 보이지 않았으니 참으로 이상하지요. 전 같으면 그런 꼬락서니를 보고 앉아 있을 위인도 나는 못 됩니다. 물론 농담을 주고받으면서도 서로 거리를 잘 유지하고 있었기 때문이었을 겁니다. 이어구 년 전에 대학교수인 남편과 이혼했다는 예의 눈물점의 여자가 나애심의 노래를 불렀지요. 그러고 나서 또 얼마간 봄타령이 계속됐습니다. 인옥이 형은 심지어 미당의 「귀촉도」까지 외며 자리를 질펀하게 만들었지요. 시가 끝나고 나서도 인옥이 형이 "제 피에 취한 새가 귀촉도 운다"라는 구절을 자꾸 되풀이하고 있자 내둥 가만히 있던 양장 화가가 대뜸 붉어진 눈으로, 안 그래도 사람 심 란해 죽겠는데 너 자꾸 그럴래? 라며 내가 가져간 꽃다발로 인옥 이 형의 머리를 내리치기도 했습니다. 덕분에 꽃 모가지들이 여기 저기로 마구 튀어 달아났지요.

그러다 자정쯤이 됐을까요. 누군가 화장실에 다녀오다 바깥문 을 열고, 거 참 되게 상스럽네라며 뜻 모를 소리를 씨부렁거리는 사이 입을 꾹 다물고 마른 꽃처럼 앉아 있던 판화가가 먼저 가고 얼마 뒤 제자라는 사람들까지 주섬주섬 일어나자 삼인전의 주인 공들과 나만 남게 되었습니다. 자리는 이내 썰렁해졌지요. 그 틈에 눈물점의 화가가 야, 기숙아 어데 갔노! 고만 문 닫고 와서 철삿줄 좀 뜯거라 마! 하고 주방에 대고 소리쳤습니다. 알고 보니 술집 주 인을 부르는 소리였습니다.

주인 여자는 겉만 봐서는 그리 호감 있게 생긴 사람은 아니었습 니다. 무엇보다도 여기저기 찍어바르고 주렁주렁 매단 요란한 치 장부터가 우리 옷을 만드는 사람답지 않아 보였지요. 한데 그 여자 가 오고 나서 불과 오 분도 채 되지 않아 나는 새벽에 일어나 파밭 에서 오줌을 누고 나왔을 때처럼 기분이 맑아졌습니다. 또한 왕겨 를 털어내고 먹는 겨울 찬 사과 맛을 아시겠지요. 그 여자의 목소 리가 바로 그랬습니다. 여태껏 나는 그렇게 노래를 맑고 깨끗하게 부르는 여자를 본 적이 없었습니다. 그때서야 아닌 게 아니라 천연염료를 만지는 사람답더군요. 그녀가 〈서해에서〉를 부르고 〈꿈은 사라지고〉까지 불렀을 때 나는 정말 감격하고 말았습니다. 아마 나는 당신을 생각하고 있었을 겁니다. 당신은 정작 음치인 편이긴 하지만 말입니다. 술집 주인이 노래를 부르고 있는 동안 나는 기타 줄을 뜯고 있는 그녀의 새빨간 손톱과 입술, 속눈썹이 긴 감은 눈, 치렁치렁한 하늘색 귀고리를 적막한 기분에 빠져 바라보고 있었 지요. 아직도 내게 아름다움을 느낄 마음이 남아 있었던가 싶어 주 책없이 코끝까지 매워졌습니다. 아름다움이란 다만 과거일 것, 이 라고 말한 이가 있지요. 그렇다면 그때 나도 과거를 돌아보고 있었 던 것 같습니다.

  인옥이 형과 눈물점이 마구 부추기는 바람에 주인 여자는 술 한 잔에 노래 한 곡씩을 내쳐 되풀이하다 결국 방바닥에 드러눕고 말 았습니다. 그러고는 사람들이 궁둥이에서 빼낸 방석들을 덮어주 자 그림처럼 잠이 들어버렸습니다. 그런 후에도 삼인전과 나는 새 벽 세시까지 통음을 하며 눈물점의 화가가 외는 『법성계』와 『천수 경』을 고즈넉한 기분으로 듣고 있었습니다. 빗소리는 시간이 갈수 록 안으로 차들어오고 있었지요.

  그 적멸하는 시간에 내가 무슨 생각을 하고 있었는지 당신은 아 시는지요? 그것도 천연염료 같은 것일 테지만 다름아닌 연두색, 바로 그 추억의 빛깔에 대한 것이었습니다. 십 년 전 봄, 내가 선운 사 석상암에서 문지방에 목을 걸고 자빠져 있을 때 찾아들었던 연듯빛, 그러니까 3월의 빛을 말이지요. 당신은 그 연둣빛의 시간이 내 몸을 한참 달구고 있을 때 나를 찾아왔던 것입니다. 당신은 맨발에 집에서 어머니가 신던 흰 고무신을 신고 있었지요.

연두

십 년 전이면 우리가 스물여섯 살 때군요. 돌아보니 참으로 기막힌 세월입니다. 그때 얘기를 하려면 우선 인옥이 형과의 인연부터 짚어봐야겠군요. 아셨겠지만 인옥이 형은 고등학교 때 내 담임 선생님이었습니다. 내가 대학에 들어가고 나서 인옥이 형은 학교를 그만두고 포천 산정호수 근처에 있는 폐가를 사들여 개조한 다음 짐을 싸들고 들어가 그림을 붙잡고 늘어졌지요. 다음해 국전에 입상하고 내가 군에서 제대하고 복학하던 해 첫 개인전을 열었습니다. 당신과 내가 만난 것도 바로 그날이었죠. 더불어 그날 나는 '백인옥 선생님'이라는 사람 대신 '인옥이 형'이라는 사람을 새로 알게 됩니다. 나보다 열 살 위니 경우에 따라선 이래도 저래도 좋겠지만, 고등학교 때 담임선생님을 형이라고 부르는 것은 어쨌든 도리라고 할 수는 없을 겁니다. 하지만 인옥이 형의 그 황소고집 잘 아시지 않습니까? 내가 왜 샌님이야 오늘부터 형이라고 불러, 라며 무턱대고 윽박지르는 데야 나도 더이상 배겨날 수가 없었지요. 딴에는 군에서 제대한 대접을 해준다고 그랬던 걸 겁니다.

당신은 인옥이 형의 고종사촌 동생이었습니다. 그때가 아마 2월 중순이었죠? 그렇습니다. 인옥이 형의 첫 개인전이 열리던 날 우리는 만났습니다. 나는 상고머리로 사학년 일학기에 복학할 준비를 하고 있던 참이었지요. 당신은 영문과 대학원에 다니며 조교 노릇을 하고 있다고 했습니다. 솔직히 나는 당신이 언제 왔는지조차 모르고 있었습니다. 그날도 여지없이 술자리가 있었지요. 그리고 자정이 지나서야 인옥이 형과 나와 당신 이렇게 셋만 남게 되었던 걸로 기억합니다. 왜 내가 그때까지 뒤에 남아 있었던가는 확실치 않습니다. 고등학교 때부터 내게 죽어라 그림을 시키려던 인옥이 형이 그날도 내 뒷덜미를 쥐고 있었던 것 같습니다. 나는 인옥이 형의 뜻대로 미대에 가지는 않았지만 복학을 앞두고 다시 슬그머니 물감 색에 끌리고 있을 때였지요. 포장마차에 앉아 우리는 학꽁치구이에 소주를 마셨지요. 그때까지 서로 인사조차 나누지 않아 나는 당신을 인옥이 형의 후배쯤 되는 사람으로 짐작하고 있었습니다.

"그래 복학하고 졸업한 다음엔 뭘 할 건감? 여학교에 가서 폼잡고 불어 가르칠 건감?"

인옥이 형은 벌써 어지간히 취했는지 혀가 말려 있었지요.

"글쎄요, 전공을 바꿔 천문학과나 갈까 생각중예요."

"흠…… 전방에서 별을 많이 보고 온 모양이구나."

괜히 쓸쓸한 얼굴이 되어 더이상 묻지 않았지만 인옥이 형은 아직도 내게 무슨 미련이 남아 있는 모양이었습니다.

"그림을 했으면 너한테 란영이를 주려고 했는데 말이야."

그게 무슨 뜻인지를 몰라 나는 투명한 소주잔만 멀건히 내려다보고 있었습니다. '란영이'가 뭔지, 그저 어디서 구하기 힘든 물감 이름인가보다 싶었지요. 그런데다 당신마저 가만히 그 말을 엿듣고만 있었으니, 그게 바로 당신의 이름이란 걸 내가 어떻게 알았겠습니까? 당신은 그날 고창에서 뒤늦게 올라온 참이었지요.

당신의 첫인상이 어땠는지 알고 싶지 않으십니까? 머리 좋은 미인들이 대개 그렇듯이 당신은 가슴을 꼭꼭 여며놓고 절대로 감정을 겉으로 드러내지 않는 타입입니다. 말투는 정확한 발음으로 한마디씩 끊어져나오고 상대에게 질문 같은 것은 잘 하지도 않습니다. 그렇게 빈틈이 없어 짱짱해 보이는데다 자존심인지 자신감 때문인지 화장 따위도 하지 않지요. 그런 여자 눈에 나 같은 남자들이 얼마나 어리숙해 보이는지 잘 알고 있습니다. 솔직히 말하면 나 또한 그런 여자들은 마음이 불편하고 숨이 차서 좋아하질 않습니다. 적어도 당신 이름이 최란영이라는 사실을 알기 전까지는 그날도 그랬습니다. 또한 당신의 목소리를 듣기 전까지는 말입니다. 목소리 얘기가 나와서 하는 말이지만 당신이 인옥이 형과 두런두런 얘기를 나누고 있을 때 나는 불쑥 이런 느낌을 받고 있었더랬습니다. 아, 이 사람 마음속엔 늘 화톳불이 타고 있구나라고 말입니다. 그런 느낌에 빠져 나는 슬그머니 인옥이 형을 건너 당신을 바라보았지요. 생머리 단발에 흰 얼굴이 무척 차가워 보였지요. 그 무표정한 옆모습 뒤로 내다보이던 포장마차 밖의 검은 어둠. 그리고 오줌을 누고 오겠다며 비틀비틀 밖으로 나갔던 인옥이 형이 삼십 분이 지나도 돌아오지 않았을 때 당신은 조금 당황하고 있었습니다. 그때가 한시 반이었던가요. 소주는 반병쯤 남아 있었고 2월의 밤바람에 주황색 포장마차 지붕이 이따금씩 펄럭대고 있었지요. 인옥이 형이 그냥 갔나보다 싶어 나는 별생각 없이 바래다주겠다고 하며 당신을 돌아봤지요. 그때 당신이 내게 했던 말을 지금도 생생히 기억합니다.

"왜 오빠가 먼저 갔을 거라고 상상하는 거죠? 뭘 착각하고 계신 거 아녜요?"

따지고 드는 그 짱짱한 말투에 나는 신경이 조금 곤두서 있었을 겁니다. 그걸 눈치챘는지 어쨌는지 얼마 후 당신이 슬그머니 덧붙였지요.

"그럼 병이 빌 때까지만 기다려보죠."

나는 입을 다물고 병이 빌 때까지 그저 묵묵히 기다렸지요. 나는 당신이 남은 술을 마저 비우겠다는 뜻으로 알아듣고 있었던 것 같습니다. 나라는 사람은 이제나저제나 매양 미숙하고 어리석은 모양입니다. 그로부터 또 삼십 분이 지날 때까지 병에 남은 술은 한 잔도 비워지지 않은 채 그대로였습니다. 하지만 나는 참을성 있게 술병이 비기만을 기다리고 있었지요. 이윽고 두시가 되자 당신이 손목시계를 내려다보고 나서 말했습니다.

"일부러 그러시는 거예요?"

그러고는 사뭇 신경질적인 동작으로 소주를 따라 냉큼 입에 털어넣었습니다. 뭐가 말입니까? 라고 물으려다 나는 그제야 당신이 말한 뜻을 겨우 알아차렸습니다. 이제는 그만 돌아가야겠다는 뜻이었습니다. 당신이 거푸 두 잔을 마시고 내가 한 잔을 마시자 소주는 병 바닥에 반잔쯤만 남게 되었습니다. 당신은 술에 약한 사람이었습니다. 소주 두 잔에 손톱까지 금세 붉어졌습니다. 그때 내가 이렇게 말했을 겁니다.

"인옥이 형은 벌써 간 듯합니다. 괜찮다면 한 병 더 하고 가죠."

술이 더 먹고 싶어 그랬던 것 같지는 않습니다. 굳이 까닭을 들라면 그 붉은 손톱 때문이었을 겁니다. 그때부터 당신과 갑자기 얘기가 하고 싶어졌던 것입니다. 당신한테 감춰져 있던 그 화톳불을 손톱에서 훔쳐본 다음부터 말이지요. 당신은 어이없는 눈으로 나를 쳐다보았지요.

"보기완 달리 보통이 아니시군요. 아까는 재수생인 줄만 알았는데요."

재수생이면 뭐 어떻습니까. 따지고 보면 아니라고 할 수도 없는 신세였지요. 아무튼 그럼 괜찮다는 뜻이구나 싶어 나는 소주 한 병을 더 달라고 했습니다. 당신과 말문이 트인 것은 그때부터였지요. 당신의 집이 선운사 근처라는 것도 그래서 알았습니다.

"재수할 때 여기저기 떠돌다 선운사 석상암에서 며칠 묵은 적이 있습니다."

내가 이렇게 말하자 당신은 또 말을 비틀었지요.

"재수를 한 게 역시 사실이군요. 그것도 하필이면 80년도에 말예요."

"변명이 되겠지만 고3 때 진로를 바꾸는 바람에 피할 수가 없었습니다."

"고3 때 진로를 바꾸기도 하구요. 왜요, 갑자기 물감이 싫던가요?"

"그땐 세상이 다 흑백으로 보였기 때문에 물감만 보면 헛구역질이 나오더군요."

"그런 증상도 있군요?"

"자꾸 그런 식으로 말하지 마십시오. 사람에 따라선 분명 그런 증상도 있는 거니까요."

"그럼 천문학으로 전공을 바꿀 거란 얘기도 사실인가보네요?"

"모든 일이 그렇게 사실과 비사실로 나누어지는 건 아닙니다. 그 중간이라는 것도 있고 눈으론 당최 안 보이는 부분도 있게 마련이니까요. 요컨대 사람의 마음이라는 것도 다 그렇게 생겨먹질 않았습니까. 이를테면 지금도 나는 캄캄한 하늘에 떠 있는 별을 보고 있다 이 말입니다."

"……지금 절 유혹하는 거예요?"

나는 봉숭아꽃물을 들인 것 같은 당신의 손톱을 내려다보며 되받았지요.

"아까부터 나는 그 반대라고 생각하고 있는 중입니다."

이어 엉터리 같은 자식! 하고 당신의 입에서 나직한 신음이 흘러나왔지요. 한데 그 순간 왜 내 마음속에서 당신에 대한 연정이 불같이 치솟았는지 모릅니다. 포장마차 안에서는 카바이드 타는 냄새가 나고 있었지요. 당신은 금세 낯빛이 창백해져 짐승처럼 어깨를 떨고 있었습니다. 화도 나고 당황도 했겠지요.

아까처럼 소주 반병이 남았을 때 당신과 나는 포장마차에서 나왔습니다. 당신은 봉천동에 있는 이모 집으로 가야 한다고 했지요. 이틀 후 고창으로 다시 내려갔다가 개학할 때쯤 서울에 올라올 거라는 얘기였습니다. 택시정류장을 찾아 내려가며 내가 슬그머니 어깨에 손을 두르자 당신은 가만히 있는 대신 또 가시돋친 말을 던져왔지요.

"흥, 겨우 교양학부 때 읽은 에리히 프롬 따위를 가지고 수작을 걸어. 전공과목이나 제대로 할 것이지."

"안 그래도 방금 전공과목을 확실히 정한 참입니다. 최란영 당신으로 말입니다."

"머리털부터 기르시지, 재수생 아저씨! 수강신청은 받지도 않을 테니."

무슨 생각을 했음인지, 순간 나는 당신의 멱살을 잡고 가게 셔터에다 밀어붙였지요. 누가 보면 아마 술 취한 노상강도쯤으로 생각했을 겁니다. 셔터가 내 힘에 밀려 당신 등에서 금속음으로 마구

출렁거렸지요.

"내일 당장 내가 먼저 선운사로 내려가겠다! 머리를 밀고 석상암에 들어가 있을 테니 유급을 시키든지 너도 전공을 바꾸든지 맘대로 해! 안 그러면 평생 네 집 앞을 지나며 목탁을 두드려댈 테니."

당신은 벌벌 떠는 얼굴로 한참이나 나를 노려보더니, 하지만 때가 좋지 않잖아요, 라며 겨우 달래듯 대꾸했지요.

"하필이면 왜 이런 때 사람한테 승부를 걸어요."

내 때는 내가 알아서 정해! 라고 나는 물러서지 않고 당신을 내처 몰아붙였지요. 그러고 나서도 모자라 협박조로 또 이랬을 겁니다.

"이봐, 사람 잘못 봤어. 전공만 확실히 정해지면 나 거기다 목숨 거는 사람이야!"

당신은 짐짓 노한 얼굴로 그제야 침착하게 되받았지요.

"괜히 자기가 불안하니까 아무나 붙잡고 이러는 거 아녜요?"

"그래, 태어난 순간부터 지금껏 내내 불안만 먹고 살아왔다. 그래서 이쯤에서 사생결단을 하려고 한다. 오늘이 무슨 날인지 모르겠지만 천우신조로 그래, 오늘에야 내가 임자를 만난 것 같다."

그게 얼마간 억지였다 해도 그때 내 마음이 그랬던 건 분명한 사실입니다. 굳이 혼자 가겠다는 당신을 먼저 택시에 태워보낸 다음 나는 골목 끝에 서서 울컥울컥 생소주를 토하며 치를 떨고 있었습니다. 그다지도 갑작스럽게 시작된 무모한 사랑 때문에.

내 감정이 피할 수 없는 진심이란 걸 깨달은 건 다음날 새벽에 잠이 깨서였습니다. 나는 후닥닥 자리를 차고 일어나 욕실에 들어가 가위와 면도기로 머리를 파랗게 밀어버린 다음 고속터미널로 달려가 정읍으로 가는 버스에 올라탔지요. 정읍에 내려 흥덕을 거쳐 선운사에 도착한 시각은 대략 오후 서너시. 나는 숨을 돌릴 사이도 없이 달려 도솔암 마애불을 옆으로 툭 치고는 바위 고랑을 타고 올라가 낙조대에서 떨어지는 해를 보고 나서, 다시 석상암으로 내려와 흙 묻은 신발 그대로 요사채로 들어갔지요. 지금 생각하면 내게 그런 시절이 있었다는 게 마치 전설처럼 아득할 뿐입니다.

당신이 찾아오리란 장담은 할 수 없는 형편이었습니다. 또 그걸 믿었대서 내려온 것도 아니었습니다. 그 당시 나는 당신이 안거하고 있는 고창 땅에 누워 있다는 것만으로도 가슴이 벅찼으니 말입니다. 허구한 날 문지방을 베고 누워 나는 언제 꺼질지 모르는 내 화톳불만 눈을 부릅뜨고 바라보고 있었지요. 산에 막 피기 시작한 진달래를 보듯이 당신의 붉은 손톱을 떠올리면서 말입니다. 보름이 지나도록 당신은 감감무소식이었습니다. 달력으로 치면 개학 무렵이었을 겁니다.

그러던 어느 날 아침에, 나는 문득 잠든 내 얼굴에 감겨드는 이상한 빛의 속삭임을 듣고 있었지요. 그것은 아주 은은하고 부드러운 생기가 느껴지는 빛이었습니다. 가만히 듣고 있으니 머리맡 문살 창호지에 바늘 끝 같은 것이 타닥타닥 튀는 소리 같았습니다. 오래 그 소리에 귀를 던져두고 있다가 나는 슬그머니 눈을 뜨고 보았지요. 그 순간 나는 얼마나 놀랐던지요. 그것이 문살 창호지를 투과해 들어오는 연둣빛 봄햇살 소리였다는 걸 어떻게 알았겠습니까. 당신에게 나는 모든 게 흑백으로 보일 때가 있다고 고백한 적이 있습니다. 그러고 나서 당신의 육체에서 처음 분홍을 보았다고 얘기한 바 있습니다. 그리고 그토록 밝은 연두. 나는 어쩌면 새로이 맞은 봄과 더불어 당신에게서 내 성인됨을 발견했는지도 모릅니다. 어쨌든 그 두 가지 빛은 내가 성인이 되고 나서 최초로 목격한 자연색이었으니 말입니다. 나는 도로 눈을 감고 돌부처처럼 누워 있었습니다. 시간이 가면서 얼굴에 휘감겨 있던 빛은 서서히 풀려나가 창호지에서 미세하게 타닥거리던 빛발 소리도 차츰 엷어졌지요.

그리고 곧 나는 알게 됩니다. 그것이 멀리서 당신이 오고 있는 소리이며 색깔이었다는 것을 말입니다. 당신이 절 마당에 들어서자 그 연둣빛의 소리는 감쪽같이 달아나버렸습니다. 빛과 소리라는 말은 어쩌면 '멀리'라는 뜻에서 온 것이 아닐는지요. 발소리만 듣고도 나는 그게 당신이란 걸 금방 알았습니다. 그것은 바야흐로 봄이 막 시작됐음을 뜻하는 소리이기도 했습니다.

당신은 거침없이 마루로 올라와 방문을 열고는 안으로 들어와 나와 마주앉았지요. 고무신을 신은 채로 말입니다. 당신의 얼굴은 형형한 빛으로 타오르고 있었습니다. 당신은 턱을 떨면서 한참 가쁜 숨만 내쉬고 있더니 급기야 눈물을 철철 흘리며 내 멱살을 잡고 가슴을 쿵쿵 쳐댔지요.

"이제 속이 후련해? 니가 뭔데!"

그날 석상암에 안거하고 계셨던 스님은 알고 계셨을 겁니다. 아침 내내 괴로운 젊은 중생 두 것들이 부처님 발아래서 물과 불이 다 타고 마를 때까지 정사를 치르고 있었다는 것을 말이지요.

괭이밥나무 집

삼인전이 끝난 다음날, 인옥이 형과 나는 눈물점과 양장 화가를 새벽 네시에 해장국집에서 보내고 근처 여관에 들었습니다. 이러느니 차라리 일산으로 가자고 해도 인옥이 형은, 요런 맘으로 어떻게 마누라와 자식들이 도사리고 있는 집구석에 기어들어가느냐며 막무가내였습니다. 인옥이 형을 혼자 여관방에 두고 나오는 게 마음에 걸려 함께 있는 꼴이 됐지만 나도 그 새벽에 홍제동 빈집으로 들어갈 마음은 없었습니다. 비는 여전히 세차게 퍼붓고 있었습니다. 봄비가 그렇게 모질게 오는 것도 참으로 오랜만이었지요. 여관에 들자마자 인옥이 형은 구두만 겨우 벗어던지고 방바닥에 푹 고꾸라졌습니다. 나도 사정은 마찬가지였지요.

이른 아침에 나는 다시금 그 연둣빛이 얼굴에 휘감기는 느낌이 들어 번쩍 눈을 떴습니다. 그러나 그것은 지나간 꿈이었지요. 처마 밑 물받이 양철통에 빗물 듣는 소리가 제법 요란하게 안으로 튀어

들어오고 있었습니다. 할말은 아니지만, 밤새 술을 마시고 이렇게 여관에서 잠을 자본 적이 얼마 만인가 싶어 솔직히 수학여행이라도 온 기분이더군요. 멍하니 방구석에 무릎을 싸안고 앉아 담배를 피우며 나는 인옥이 형이 깨어나기를 기다리고 있었지요. 하지만 인옥이 형은 벌써 깨어 있었습니다. 어느 땐가 인옥이 형이 벽 쪽으로 끄응 돌아누우며 아직도 술에 전 소리로 그러더군요.

"담배 좀 작작 피워라. 빗소리 귀에서 흐려진다."

항상 그렇게 생각하는 바이지만 인옥이 형은 시를 썼어도 아마 꽤 썼을 겁니다. 그림보다 시가 몸에 더 배어 있는 사람 같으니까요. 한편 돌아보면 고등학교 때 인옥이 형이 내게 한사코 그림을 시키려 들 때마다 종종 이율배반적이라고 느꼈던 것도 실은 다 그 때문일 겁니다. 역설적으로 말해 내가 지금 글을 쓰게 된 가장 커다란 이유 중의 하나는 바로 인옥이 형 때문이 아닌가 싶기도 합니다. 나는 인옥이 형의 그 쓸쓸한 시적 분위기를 사랑했던 것입니다.

"오랜만에 아무도 모르는 후미진 방에서 고등학교 때 담임선생님과 빗소리를 듣고 있는 것도 괜찮네요."

"괜찮긴 뭐가 괜찮어. 산송장들 같지."

인옥이 형의 목소리는 벽 모서리를 울리며 귀신이 웅얼대는 소리처럼 들려왔습니다.

"돌아보니 아닌 게 아니라 몇 년 동안 죽 죽어 산 것 같군요. 어제 사람들을 만나면서 왠지 그런 생각이 들었어요."

"그걸 이제 알았냐? 어떻게든 기어나와서 사람들하고 부대끼며 살아야지. 뭐가 잘났다고 처박혀서 염불들이나 외고 있어. 생각이 없어 나잇살이나 먹어가지고 저러고들 사는 줄 알아? 너희 둘 다 병신 같은 것들이야."

"둘이라뇨?"

"하나는 너고 하나는 이혼한 비구니지, 누구긴 누구야?"

그때서야 나는 그게 당신을 꼬집어 하는 말이라는 걸 알았습니다.

"이혼을 했으면 했지 비구니는 또 뭐예요?"

"무심한 놈, 여태 그것도 모르고 있었냐? 언제고 내가 얘기해주지 않으면 영영 모르지? 삼 년 전에 이혼하고 나서 아들녀석을 업고 포천에 있는 내 작업실로 왔더라. 동네 사람들 눈이 신경 쓰여 작업실을 아예 그년 살림집으로 내주고 나는 일산으로 쫓겨나온 거야."

이혼을 했다는 얘기는 들었지만 당신이 포천에 산다는 것은 그날 아침에야 알았습니다.

"너 아직도 걔를 모르냐? 그런 꼴로 사람들 앞에 나타나느니 제살을 뜯어먹고 살겠다는 지랄 같은 성격 말이야. 몇 달 전에 놈이 와서 애까지 빼내갔으니 이젠 영락없는 비구니 신세지, 뭐 달리 부를 말 있어? 독한 년 같으니라구!"

말이야 그렇게 했지만 인옥이 형이 당신을 얼마나 마음 깊이 염려하는지는 잘 알고 있을 터입니다. 그런 다음 둘이 또 입을 다물고 한동안 빗소리에 귀를 기울이고 있었나요? 갑자기 인옥이 형이 방바닥을 딱! 치며 자리에서 벌떡 일어나 앉았습니다. 그러더니.

"야! 말이 나온 김에 우리 포천에 가서 막걸리 한잔할까?"

그게 무슨 말이라는 걸 내가 못 알아들을 리 없었지요. 하지만 나는 대뜸 그러자고 할 수가 없었습니다. 당신을 못 본 게 벌써 칠 년이었으니까요. 그런데다 인연으로 만났다 헤어진 사람일수록 다시 만나기가 되레 쉽지 않은 법 아닙니까. 내가 아무 말도 못하고 꾸무럭거리고 있자 인옥이 형은 이미 동의를 구한 사람처럼 주섬주섬 자리를 챙기고 일어났습니다.

"그럼 목욕하고 아침부터 먹자."

목욕탕에서 나와 아침 겸 점심을 먹고 우리는 밤새 골목에서 비를 맞고 서 있던 인옥이 형의 낡은 엑셀을 타고 포천으로 향했습니다.

"전화부터 먼저 하고 가야 되는 거 아녜요?"

"그럴 필요 없어. 독 속의 장아찌처럼 늘 거기에만 처박혀 있으니까."

"그래도 불쑥 집으로 들이닥치면 불편해할 텐데요."

"니가 언제부터 그렇게 예절 바른 놈으로 변했냐. 선운사로 내려갈 때는 야쿠자 행세까지 했다면서."

"……"

"알았어. 근처에 매운탕집이 있으니까 글루 불러낼게."

포천으로 가는 도중에 비는 서서히 그치고 있었습니다. 하지만 바람은 조금도 이울지 않고 거리의 나뭇가지를 사납게 흔들어대고 있었습니다.

"봄은 삶과 죽음이 만나 다투는 계절이야. 지금도 힘없는 노인네들이 도처에서 꽃을 보며 쓰러지고 있을 거야."

이렇게 말하고 나서 인옥이 형은 무슨 생각을 하는지 포천에 도착할 때까지 줄곧 앞에서 달려오는 젖은 포도만 바라보고 있었습니다. 그리하여 북北으로 가는 그 축축한 길 위에서 나는 다시금 지난 일들을 되새기고 있었습니다.

그날 정사가 끝난 다음 당신은 신발도 신지 않고 우물로 달려가 찬물을 몇 바가지나 들이켠 다음 넋이 나간 얼굴로 마루에 와 앉았지요. 그새 서쪽으로 비껴간 해가 산그림자를 던져 마루끝이 젖어들고 있었지요.

"이제부터 어떡할 거예요? 우린 이제 둘 다 스물여섯 살인데."

방안에 벌거벗고 누워 있는 내게 당신이 물었지요. 등을 돌리고 앉은 채로 말입니다. 내일 일까지는 생각할 여지도 없었던 터여서 나는 방바닥에서 일어나긴 했지만 얼른 대답을 못하고 있었지요. 한참 후에나 나는 이렇게 간신히 대꾸했던 기억이 납니다.

"내일 서울로 함께 올라가 방부터 얻어야지, 어떡하긴 뭘 어떡해."

당신은 이내 칼칼한 소리로 되받았지요. 마당을 노려보고 앉아서 말입니다.

"그러고 난 다음엔 허구한 날 이렇게 대낮부터 짐승처럼 뒹굴잔 말이군요."

그럼 사는 게 다 그런 거 아닌가? 라고 반문하려다 말고 나는 당신의 굽은 어깨만 쳐다보고 있었지요. 그때 당신이 내게서 무슨 대답을 듣고자 했는지는 지금도 확실히 알 수 없습니다. 뭔가 위대한 대답을 원했을 거란 생각은 합니다. 하지만 나는 미처 그런 대답을 준비하고 있지 못했던 겁니다. 그것은 지금에 와서도 마찬가지인 듯합니다. 내가 요령부득인 상태로 마냥 입을 봉하고 있자 당신은 맥빠진 소리로 말했지요.

"뾰족한 수도 없는 주제에 곁멋은 들어가지고."

그러고는 마루에서 일어나 비틀비틀 석상암을 내려갔습니다. 다음날 나는 서울로 올라와 다니던 학과에 추가등록을 하고 며칠인가 뒤에 전화를 걸어 당신을 만났습니다. 6·29 선언이 있던 해니까 학원 분위기는 학기초부터 어수선했습니다. 시국만큼이나 당신도 이래저래 어수선한 모습이었지요. 나에 대한 그럴듯한 기대가 없어서인지 당신은 얼굴 표정부터 죽어 있었습니다. 고작해야 당신과 함께 뒹굴며 먹고사는 걸 기대하고 있던 내 입에서 그날도 뾰족한 소리는 나오지 않았지요. 당신이 꽤나 열심인 운동권였단 사실도 그때쯤 알게 됐습니다. 그리고 아직 현역이란 사실도 말입니다.

그후 당신을 만나는 일은 점점 어려워졌습니다. 전화도 제대로 되지 않았고 심지어는 이모 집을 찾아가도 만날 수 없었습니다. 시절 탓을 하고 싶진 않지만 분명 때가 좋지 않았던 것도 사실이었습니다. 나 또한 인생과 시대를 앞에 두고 주눅이 들 만큼 들어 있었고 자격지심은 그만두더라도 짜증과 회의 섞인 고민 속에서 날마다 자학을 일삼고 살았지요. 81년도에 대학에 들어가 나도 어쩔 수 없이 돌멩이와 화염병을 던지다 군대에 갔지만 복학해서 그것들을 집어들 때는 웬일인지 손모가지의 감각부터가 달랐습니다. 쉽게 말해 나는 그 시절 시대에 기여한 바가 없다 해도 틀린 말이 아닙니다. 당신은 그런 내가 실망스러웠던 것입니까? 아니면 내 스스로가 당신이 내게 품고 있던 기대를 저버렸던 것입니까?

지긋지긋했던 여름이 6·29 선언과 함께 물러가고 가을학기가 시작될 때 나는 어지간히 머리가 길어 당신을 찾아갔습니다. 그때 당신은 말했지요. 나를 사랑한다던 자는 내 인생의 가장 어려운 시기에 옆에 없었다고. 그러니 나와의 일은 재수없이 돌부리에 채었던 것으로 생각한다고 말입니다. 그리고 또 이런 말도 했지요.

"당신은 인옥이 오빠한테 듣던 그런 사람이 아니야."

그해 가을이 깊어갈 무렵 나는 역시 인옥이 형을 통해 당신이 열렬한 연애에 빠졌다는 소식을 들었습니다. 상대는 같은 과 대학원 선배로 시국사범으로 수배중이라는 얘기도 들었습니다. 그날 인옥이 형이 술집에서 내게 했던 말을 지금도 똑똑히 기억하고 있습니다.

"너 알고 보니 형편없는 깡패새끼 아냐? 란영이가 니 애를 떼는데 왜 니새끼가 가야지 시국사범을 보내?"

그날 밤 나는 인옥이 형한테 바닥에서 악취가 올라오는 술집에서 새벽까지 실컷 두들겨맞았지요. 그렇게라도 하지 않았더라면 나는 아마 미쳐버리고 말았을 겁니다.

이 년인가 뒤에 당신은 감옥에서 나온 그 선배와 결혼을 했지요. 결혼하기 며칠 전에 당신이 내게 전화를 걸어와 신촌에 있는 독수리다방에서 마지막으로 우리는 만났습니다. 미처 예기치 못한 일이었는데 당신은 남편 될 사람을 데리고 나왔더군요. 누가 봐도 수재형으로 보이는 매우 잘생긴 사람이었습니다. 아니, 잘생긴 이란 표현은 어쩐지 맞지 않는 것 같군요. 비록 안경을 끼고 비쩍 마른 모습이었으나 그는 어려서부터 평생 여자를 모르고 산 스님처럼 맑고 아름다운 얼굴을 가진 사람이었습니다. 그때 내가 마음속으로 무슨 생각을 하고 있었는지 아십니까? 아, 이 여자는 누군가를 지독히 사랑해야 하는 사람이지 사랑을 받는 것만으로는 안 되는 사람이구나. 아마도 반은 질투 섞인 생각이었을 겁니다. 그 사람은 무뚝뚝한 얼굴로 반갑수다, 나 김운해요라며 내게 찬 손을 내밀었지요. 얼결에 악수를 하고 마주앉았지만 마음은 더없이 묘하고 착잡했지요. 하지만 그날 당신이 나를 불러내준 것이 한편 고맙기도 했습니다. 그것이 당신이 가지고 있는 매력인지도 모릅니다. 언제나 주눅들지 않고 솔직하고 당당한 거 말입니다. 그런데 시간이 갈수록 당신의 남편 될 사람한테 가졌던 호감과 기대가 점점 사그러들었습니다. 커피를 마시며 한 십 분쯤이나 얘기했나요. 그가 불쑥 자리에서 일어나며 이랬지요.

"형씨, 이만하면 세상도 바뀔 것 같으니 우리 더이상 만나지 맙시다. 서로 찝찝하지 않수. 식장에도 가능한 오지 말기요."

그러더니 옆에서 어쩔 줄을 모르고 있는 당신을 데리고 밖으로 나갔지요. 면회 온 사람을 보내고 난 뒤처럼 다방에 혼자 남아 나는 이런 가당찮은 소리나 중얼거리고 있었지요. 그래, 나는 너를 오래 만나기보다 오래 기억하길 원한다.

당신이 이혼을 했단 얘기는 진작에 알고 있었습니다.

"드러운 자식, 이제 와서 그 깨끗하고 사랑스런 애의 과거를 들먹거려? 애까지 깔겨놓고? 옥바라지를 받을 때는 언제고, 이젠 지가 살 만하니까? 놈이 늘 잔칫집이나 기웃거리고 다니는 기회주의자라는 걸 년이 미처 몰랐던 거야. 그런 놈들 때문에 한편 억울하게 오물을 뒤집어쓰는 사람들이 생기는 거라구."

술에 취해, 위악에 차 떠드는 인옥이 형의 이런 주정도 들은 적이 있습니다. 그때마다 나도 마음이 괴로웠지만 이미 어쩔 수가 없는 일이었습니다. 하긴 이제 와서 또 이런 얘길 주절주절 늘어놓아야 무슨 소용이 있습니까? 사람에겐 시절만 있는 게 아니라 팔자와 운명이란 것도 있고 또한 숙명이란 것도 있는 모양입니다.

당신과 헤어지고 나서 나는 줄곧 스스로에게 갇힌 삶만 살아왔습니다. 인옥이 형이 나를 곰팡이라고 부르는 것도 다 그런 뜻일 겁니다. 그리고 그날 삼인전에 갔다가 내가 왜 곰팡이인가를 피부로 깨달았던 것 같습니다. 그때 이런 생각도 했었지요. 풀 게 있으면 사람들과 함께 풀고 살아야 할까보다라고 말입니다. 이런 생각마저 없었더라면 아무리 인옥이 형이 꼬드겼다 해도 감히 당신을 찾아갈 엄두는 내지 못했을 겁니다.

포천이 가까워졌을 때 나는 무척 긴장하고 있었습니다. 그리하여 그 옛날 선운사 석상암으로 당신이 나를 찾아올 때의 마음이 어땠을까를 새삼스럽게 짐작해보지 않을 수 없었지요. 화난 짐승처럼 식식거리며 요사채 내 방문 앞으로 돌진해오던, 동백처럼 붉던 당신의 얼굴.

미처 마음의 준비를 할 새도 없이 인옥이 형은 매운탕집 마당으로 쌩 차를 몰고 들어가서는 다짜고짜로 당신에게 전화를 걸어야, 나와! 야쿠자 데려왔다 하며 소리를 질러댔습니다. 통화는 약 오 분간이나 뭐라뭐라 길게 계속됐지요. 나는 초조하게 인옥이 형의 등뒤에 서서 호수를 바라보고 있었습니다. 하지만 나는 당신이 나오리란 걸 알고 있었지요.

당신이 오고 나서야 나는 통화가 길어졌던 이유를 알았습니다. 며칠째 감기가 들어 누워 있다가 오늘에야 간신히 일어났다는 얘기였지요. 그런데다 봄철 알레르긴가 뭔가 때문에 유행성결막염에 걸려 눈자위가 붉게 충혈돼 있었습니다. 당신은 부스스한 얼굴로, 집에서 입었던 옷 그대로 랜드로바를 끌고 매운탕집 안으로 들어왔지요. 당신의 모습은 역시 많이 변해 있더군요. 하지만 당신은 변하지 않은 그대로였습니다. 솔직히 그게 반갑기도 하고 한편으론 왠지 서글프기도 했습니다. 당신은 당차게 내게 고개를 끄덕이곤 상을 가운데 두고 인옥이 형과 나를 마주보고 앉았습니다. 그러고는 손으로 눈을 가리는 시늉을 하며 말했지요.

"자제심이 있다면 가능한 제 눈은 쳐다보지들 말아요. 눈병이 옮을지도 모르니까요."

당장엔 모른 척했지만, 순간 나는 둔중하게 머리통을 한 대 얻어맞은 느낌이었습니다. 당신의 그 서걱서걱한 목소리 때문이었지요. 인옥이 형이 걸죽하게 바로 받아넘기는 바람에 그냥 흐지부지 지나가고 말았지만 나는 금세 자제심을 잃고 목소리가 그렇게 탁해진 이유를 물을 뻔했습니다. 나중에 당신 집에 가서 기어이 물어보고 말았지만요. 사람이 충격을 받으면 목소리까지 변할 수 있다는 것을 그날 처음 알았습니다.

"그러길래 봄엔 함부로 물빛을 훔쳐보는 게 아냐. 나도 여기 있을 때 자칫하다 소경이 될 뻔했잖냐. 봄햇살이 여간 밝고 지독하냐. 아까도 오다 보니까 호수에 물이 찰랑찰랑하더구나. 봄만 되면 어디서 그렇게 물이 맑게 차들어와 때없이 햇빛에 물결이 요사스럽게 흔들리는지 몰라."

그 말이 끝나자 당신이 눈을 내리깐 채 나를 겨냥해 말했지요.

"아직도 이런 식으로 사람을 찾아다니시네요. 아무튼 오랜만이에요, 잘 지내셨죠? 글은 못 읽어봤지만 신문에선 가끔 봐요."

그 말에 내가 뭐라고 대답했는지는 벌써 기억이 나지 않습니다. 아마 고개를 몇 번 되는대로 주억거리고 말았을 겁니다. 이어 쏘가리매운탕과 청하가 나왔고 얘기는 주로 인옥이 형과 당신이 주고받았지요. 눈병이 걸렸으니 그만두래도 당신은 조금은 괜찮다며 술잔을 받았습니다. 그날 두 사람이 주고받던 얘기들이 마디마디 떠오르는군요.

"혼자 힘들지?"

"……"

"힘들면 힘들다고 해."

"힘들어요."

"그래, 나도 되게 힘들다. 모두 힘든 거야."

"……"

"가끔 쓸쓸하고 슬프기도 하지?"

"그건 여고 때부터도 그랬어요."

"그래, 그것도 다 좋은 거야. 자꾸 이런 식으로 말해서 노했냐?"

"노하다뇨."

"그래, 이제 노하면 안 된다. 그동안 너무들 노하고 살았어. 게다가 잘난 척까지들 하고 말이야."

"……"

"어때, 오랜만에 야쿠자녀석 보니까 반갑지?"

"그만하고 이젠 옆에다 물어봐요."

그래서 말이 되튀어 내게로 왔지요.

"반갑냐?"

"……그야 늘 그렇죠."

"얼씨구! 이것도 꼴에 사내라고. 아무튼 좋다, 자 부딪치자!"

그래서 셋이 술잔들을 부딪쳤지요. 그때 얼핏 술잔을 든 당신
손을 보았습니다. 서른여섯 살 된 당신의 손을. 하지만 고운 티는
여전히 남아 있더군요. 인옥이 형이 그런 나를 흘끗거리며 또 괜히
당신을 붙잡고 늘어졌지요.

"너도 이젠 화장품도 찍어바르고 손톱에 물감도 칠하고 몸에다
이것저것 매달아봐. 기본 인물이 있어서 아직은 어울릴 거야. 나이
가 들어서 그런지 요즘엔 부쩍 그런 여자들이 이뻐 보이더라."

"싫어요, 아직 그 정돈 아녜요. 술집 차릴 돈도 없구요."

"그럼 뭘 해먹고 사는데."

"배운 게 뭐 있어요? 영어를 한글로 옮기는 그 정도 일이죠."

"그럼 됐어. 그 나이에 여자가 제 밥벌이 하는 것도 이쁘고 신통
한 거야."

"욕하지 말아요."

"이실직고하는 거야."

"그만해요."

먹다 남은 매운탕을 두 번쯤 더 데우는 사이 청하도 서너 병 비웠던 것 같습니다. 취하진 않았지만 어느덧 기분들은 조금 풀어져 있었지요. 술을 다 마신 다음 저녁을 먹자며 인옥이 형이 공깃밥을 세 개 시키자 당신은 입맛이 없다며 고개를 살래살래 흔들었습니다.

"그래도 먹어둬. 제때제때 먹지 않으면 만날 찬밥만 먹게 된다는 거 너도 알잖아. 이젠 따뜻한 밥 먹으면 따뜻한 밥이 왜 좋은지 알겠더라. 안 그러냐?"

"그래요."

"좋다, 오늘은 어째 너하고 얘기가 되는 것 같다. 밥 먹고 니네 집 가서 작설차 한잔 마시며 좀더 지체하다 가야겠다."

그러자 당신은 발끈했지요.

"집은 싫어요. 게다가 며칠째 치우지도 않고 살았는데."

"지금 네 모습을 보면 치우지 않고 살았다는 거 다 알아. 거긴 네 집이기도 하지만 내 집이기도 해. 관리상태가 어떤지 점검하고 가얄 것 아냐. 한편 술도 깨야 운전대도 잡을 거고."

무슨 전쟁터에 나가는 사람들처럼 꾸역꾸역 공깃밥까지 마저 비우고 매운탕집을 나올 때는 그새 슬슬 어둠이 내리고 있었지요. 저마다 꾀죄죄한 신발들을 끌고 밖으로 나오는데 당신이 나를 돌아보며 이랬지요.

"괜찮아요?"

나는 멍하니 눈 없는 당신 얼굴만 쳐다보았지요.

"우리집에 가는 거 불편하지 않겠냐구요."

"그렇다면 어디 찾아올 생각이나 했겠습니까. 온 김에 어디 사는 것 좀 구경하죠."

나는 인옥이 형과 당신 뒤를 따라 밤길을 걸어갔지요. 여지없이 또 말투가 변한 인옥이 형과 당신의 허스키한 목소리가 어둠 속에서 간간이 뒤섞여 들려오고 있었습니다.

"손잡아주랴? 아니면 니가 잡든지."

"관둬요, 눈병은 걸렸지만 야맹증은 아네요."

"손을 안 잡아도 행복한감?"

"배는 부르네요. 무슨 영광을 보겠다고 이렇게 혼자 배불리 먹었나 모르겠네요."

"지금 애 생각하는 건감?"

"……"

"자식한테 당장 뭘 해주고 싶어 너무 안달하지 말어. 나중에 가서 어떤 모습을 보여주느냐가 더 중요한 겨."

"별로 자신 없어요."

"상대한테 자신 없어하는 게 한편 사랑 아닌감? 자신만만한 게 어디 사랑이냐? 그냥 뻑다구 폼이지."

"오빠는 참 사람 위로도 잘하네요. 오빠를 만나면 늘 사기꾼한테 속고 있는 느낌이에요."

"그래서 시방 불쾌한감?"

"불쾌라뇨."

"그래, 니가 사는 일을 불쾌하게 생각하면 남들은 한 수 더 떠 불행해지는 법이여."

당신은 마을에서도 한참 벗어난, 호수가 내려다보이는 괭이밥 나무 집에 살고 있었습니다. 뭇 사내들도 눈비가 오거나 바람이 심하게 부는 밤이면 밖으로 뛰쳐나가기 십상인 그런 을씨년스런 집이었습니다. 마당가엔 검은 나무가 한 주 서 있었지요. 처음에 나는 그걸 밤나무로 알았더랬습니다. 아무래도 긴가민가 싶어 인옥이 형한테 물었지요.

"밤에 고양이가 올라가 혼자 밥 먹는 나무여. 이제 알건남?"

집안은 난방상태가 안 좋은지 사방에 찬 기운이 배어 있었습니다. 당신이 차를 달이고 있는 동안 인옥이 형은 가스밸브며 수도꼭지며 문의 안전장치 등을 꼼꼼히 살피고 있었습니다. 나는 거실에 앉아 벽에 걸려 있는 당신 아들의 사진을 실감이 나지 않는 눈으로 바라보고 있었지요. 내년에 초등학교에 들어간다고 했나요?

당신 집에서 인옥이 형과 나는 아홉시까지 앉아 있었지요. 밖에선 바람이 여전히 거센 소리를 질러대고 있었지요. 혼자였다면 스스로가 무서웠을 그런 밤이었습니다. 바흐를 들으며 차를 다 마시고 사과까지 두 알 먹어치운 다음 자리에서 일어날 때 인옥이 형이 괭이밥나무에 거름 좀 줘야겠다며 먼저 밖으로 나갔습니다. 갑자기 어색한 침묵이 비좁은 거실에 감돌았지요. 그런데 왠지 이번만큼은 내가 먼저 말을 꺼내야 한다는 느낌이 들더군요. 꼭이 담아둔 말이 있었던 건 아니었습니다.

"만나게 돼서 다행이란 생각이 듭니다."

당신은 여전히 눈길을 피한 채 동문서답으로 대꾸했지요.

"너무 늦기 전에 결혼하셔야죠."

"스물여섯에 한번 해봤으니 그만 됐다는 생각만 하고 있었지요."

"……"

"말이 잘못됐다면 용서해요. 다른 뜻이 있어서 한 말은 아니니까."

"됐어요. 그만큼은 나도 알아들어요."

"멀리도 가까이도 말고 그저 계절이 바뀔 때만이라도 한 번씩 봤으면 싶군요."

내 말은 진심이었고 당신도 그런 내 마음을 잘 읽었던 것 같습니다. 당신은 말없이 고개를 끄덕끄덕했습니다. 신발을 꺾어신고 마당까지 뒤따라나오며 당신은 인옥이 형과 내게 이런 말을 했지요.

"지금은 캄캄해서 안 보이지만 4월 말이 되면 요 앞산에 벚꽃이 정말 가관이에요. 그때 오셔서 막걸리 한잔씩들 하고 가세요. 볼품이 없긴 하지만 마당에 평상이 하나 놓여 있으니까요."

"그걸 두고 마음의 에로티시즘이라고 하는 거야. 니가 오늘 잔치맛을 보긴 본 모양이구나. 주모 노릇을 다 하려고 들다니. 그래, 앞으론 가끔 이렇게 살자. 그럼 야쿠자도 초대한 거지?"

"알아들으셨을 거예요."

술이 깼는지 인옥이 형의 혀는 제대로 돌아와 있었지요. 괭이밥나무 아래서 우리는 헤어졌습니다. 당신이 손을 내밀며 내게 악수를 청했던가요? 그리고 역시 이런 말도 빠뜨리지 않았지요.

"가자마자 손부터 씻어요. 눈병 옮을지 모르니까."

인옥이 형과 나는 괭이밥나무 집에 당신을 혼자 남겨두고 밤길을 달려 다시 사람이 살고 있는 마을로 향했습니다. 돌아오는 차 안에서도 인옥이 형은 우리가 너무 설치고 왔나? 그럼 혼자 남은 사람은 뒤가 더 허전한 법인데, 하고는 줄곧 입을 다물고 있었습니다.

그날 밤도 바람은 아직 눈도 안 뜬 거리의 나뭇가지들을 죽어라 흔들어대고 있었습니다. 바람은 며칠을 두고 계속됐지요. 나는 줄곧 집안에 웅크리고 앉아 그 사나운 봄바람 소리에만 귀를 기울이고 있었습니다.

벚꽃

선운사 동구로 내려온 것은 4월 초하루였습니다. 동백장 여관에 짐을 풀자마자 나는 벚꽃부터 볼 요량으로 밖으로 나갔지요. 하지만 여관 입구에서 매표소에 이르는 벚나뭇길엔 아직 꽃은 피어 있지 않았습니다. 떠나오기 전에 이미 진해에서 올라온 벚꽃 소식을 들은 터인데 말입니다. 이놈의 땅덩어리는 이래저래 참으로 예민합니다. 땅거미가 지는 길을 더듬어 나는 내친김에 선운사까지 들렀다 나왔지요.

선운사 동백도 올해는 아직 피기 전이었습니다. 당신이 더 잘 알겠지만 선운사 동백冬柏은 기실 춘백春柏이지요. 해도 이때쯤이면 피는 법인데 올해는 절기가 일러 아직 봉오리뿐이라고 경내에서 만난 스님이 말씀해주더군요. 절 마당을 돌아나오며 나는 그럼 필 때까지 기다려야지, 꽃이 피면 훠이훠이 그것들을 몰고 올라가 어느 날 아침 당신 앞산에 부려놔야지라고 생각하고 있었습니다. 물론 동백이 아닌 벚꽃 말이지요. 그러고 나서 태연한 얼굴로 당신과 함께 앞산을 마주보고 앉아 막걸리를 먹자고 말입니다. 참으로 어이없는 일이지요? 누가 나처럼 선운사로 벚꽃을 보러 내려오겠습니까. 물론 그것만 보자고 내려온 것은 아니겠지만 말입니다. 어쨌든 이곳은 내게 여러 겹의 인연이 겹쳐진 곳이니까요. 사람은 우연히 지나친 길이라고 해도 언젠가는 다시 그 길을 지나게 되나봅니다.

서울에서 내려오는 길에 그런 생각을 했더랬습니다. 당신과 나 사이에 아직 끝나지 않은 무엇이 남아 있는 것은 아닌가 하고 말입니다. 새삼스럽게 가당찮은 말을 지껄이고 싶어하는 소리는 아닙니다. 아직은 그것이 무엇인지를 모르고 있는 형편이니까요. 다만 내가 그날 당신에게서 전에 없던 무언가를 본 듯해서 말입니다.

　도착한 다음날인가 여기엔 한차례 비가 더 왔습니다. 그날 나는 우산을 받고 벚나뭇길을 지나 석상암에 들어가봤지요. 가는 길에 나는 벚나뭇길 중간께에 있는 미당 선생의 시비에 잠깐 들렀습니다. 시비엔 「선운사 동구」라는 시가 지은이의 육필로 새겨져 있지요. 시비를 보다 나는 어쩐지 내 처지와 비슷하단 생각이 들어 그만 허전하게 웃고 말았습니다.

　　선운사 골째기로
　　선운사 동백꽃(벚꽃)을
　　보러 갔더니
　　동백꽃(벚꽃)은 아직 일러
　　피지 안 했고
　　막걸릿집 여자의
　　육자배기 가락에
　　작년 것만(그때 것만) 상기도 남었습디다
　　그것도 목이 쉬어 남었습디다

　석상암엔 그날 아무도 없었습니다. 스님은 외출하고 보살님 한 분만이 산신각에 앉아 향을 사르고 있었지요. 그 산신각 앞에 물에 젖은 수선화 몇 송이가 향내를 맡으며 샛노랗게 피어 있더군요. 아름답더군요. 이제 나도 꽃을 보면 왜 꽃이 아름다운가를 조금은 알 듯합니다. 함부로 지껄일 얘기는 아니지만 나도 한 겹씩 한 겹씩 마음이 털어내지는 걸까요? 그러면서 비로소 사물이 스며들 틈이 조금씩 생기는 걸까요?

아, 그렇습니다. 그날 내가 당신에게서 보았던 것은 바로 그 틈이 나 있는 모습이었습니다. 나 아닌 다른 것들이 끼어들 틈 말이지요. 나는 당신의 그 벌어진 틈들 사이로 고운 빛이 소리 죽여 드나들고 있는 것을 보고 있었던 것입니다. 과거에 당신은 반들반들한 쇠북 같은 사람이었죠. 그땐 그게 또 아름다웠지만 쇠라는 것은 흙속에 오래 묻어두면 녹이 슬게 마련 아닌가요. 지금 허스키하게 변한 당신 목소리처럼 말입니다. 이제야 알 듯합니다. 사람이 혼자 오래 있을 수 있다는 것은 강해서가 아니라 독해서일 거라는 사실을 말입니다. 혼자 있으면서 자꾸 독해진다는 거, 그래서 가끔 사람들을 만나게 되면 그것밖에는 줄 게 없다는 거, 이처럼 무섭고 슬픈 일이 또 어딨습니까. 나도 이제부터는 조금 무뎌지기도 하고 밤에도 가끔 대문을 비껴놓고 자는 버릇을 길러야겠습니다. 인옥이 형의 말대로 우리는 그동안 너무 노한 채 쇠문 속에 자신들을 가두고 살아온 것 같습니다. 내가 지금 주제넘은 소리를 하고 있는 건지요.

그러나저러나 벚꽃은 언제 필는지요. 동백장 앞마당에 한 주 서

있는 목련이 엊그제 터졌는데요. 아침마다 눈만 뜨면 벗나뭇길로
나가보지만 꽃이 필 날을 짐작하기란 쉽지 않습니다.

여인네 하나

석상암에 다녀온 며칠 뒤에 나는 옛일을 생각하며 낙조대에 올
라보았습니다. 바람은 찼지만 낙조대로 가는 길엔 봄빛이 따뜻하
게 올라오고 있었습니다. 숲엔 이름을 모르겠는 보랏빛의 꽃들이
지천으로 깔려 있고 송악이며 차나무, 조릿대, 맥문동, 마삭덩굴,
줄사철나무 같은 것들이 한창 눈을 비벼 뜨고 있는 중이었습니다.
바위의 이끼에도 물이 올라 얼핏 보아도 분명 퍼랬습니다.

선운사를 지나 미륵교에서 벽골제와 도솔암으로 갈라지는 길모
퉁이에서 그날 나는 조그만 아기 돌부처를 보았습니다. 오랜 세월
풍화되고 지나는 사람들의 손까지 타 표정은 많이 닳아 있었지요.
하지만 좀 떨어져서 보니 맑고 천진한 아기의 웃음이 아직도 뚜렷
하게 남아 있었습니다. 그날 내 눈에 왜 아기 돌부처가 보였던가는
낙조대에서 내려오다 알게 됩니다.

낙조대로 가려면 우선 도솔암, 용문굴을 거쳐 지나가야 하지요.
도솔암 입구에는 멀리서 보면 큰 우산처럼 보인다는 장사송長沙松과
진흥왕이 퇴위하고 나서 도를 닦고 지냈다는 진흥굴이 있지요. 그
것들을 스쳐지나 도솔암에 도착한 시각이 오후 두세시쯤 됐나요.

마애불이 있는 곳으로 돌계단을 따라 올라가다 나는 얼핏 동백이 피어 있는 것을 보았습니다. 착시였나 했는데 아니었습니다. 마애불 옆에 서 있는 한 그루 동백나무에 무수한 꽃들이 매달려 있었던 것입니다. 정작 선운사 뒤편을 병풍처럼 두르고 있는 삼천 그루의 동백나무들은 모두 입을 다물고 있는데요. 그날 내 눈에 왜 동백꽃이 보였던가 또한 낙조대에서 내려오다 알게 됩니다.

도솔암 마애불에서 낙조대까지는 약 일 킬로밖에 되지 않지요. 길은 험한 편이지만 용문굴만 지나면 바로 이마에 닿습니다. 몇 번 발을 헛디디며 낙조대에 올라 나는 한 시간쯤 머물러 있었나요. 해리라는 마을을 무연히 내려다보며 십 년 전 그날을 반추하고 있었지요. 그땐 사랑 하나를 두고 제법 장엄한 마음이었지요. 낙조를 보려던 것은 아니어서 해가 떨어지기 전에 나는 능선을 타고 참당암 쪽으로 길을 돌아 내려왔습니다. 참당암은 도솔산 중턱 대숲에 둘러싸여 있는 암자지요. 그처럼 깊고 조용한 암자는 우리나라에 아마 몇 없을 겁니다. 경내에 들어서는 순간부터 불제자가 되는 느낌에 사로잡히곤 하니까요.

삼십대 후반의 아낙네를 본 것은 해 질 무렵 참당암에서 선운사로 내려오던 길에서였습니다. 아낙은 등에 사내아이를 업고 있었습니다. 대여섯 살쯤 됐나요? 아이는 어머니 등에서 깊이 잠들어 있더군요. 여인은 나보다 먼저 참당암에 들렀다가 돌아나가는 길이었습니다. 무슨 일로 여인네 하나가 아이를 업고 그 깊은 산사에 찾아왔는지 내 눈엔 그게 범상해 보이지가 않았습니다. 마치 아기 돌부처를 업고 내려가는 것처럼 보였으니 말입니다. 나는 여인의 뒤를 따라 선운사까지 내려왔지요. 때마침 낙조대에서 넘어가는 해가 여인의 등을 붉게 비추고 있었습니다. 한데 그때 내 눈에 왜 아기 돌부처가 한 송이 동백꽃으로 보였을까요?

이윽고 여인은 동백꽃 하나를 지고 총총히 선운사 경내를 빠져나갔지요.

밤에 나는 텔레비전을 켜놓고 있다가, 북한군이 판문점 공동경비구역 내에 3차로 병력을 투입한 뉴스를 보았습니다. 이미 4일인가에 북한군 판문점 군사대표부 명의의 담화가 있었지요. 정치적 사건이 있을 때마다 서로가 늘 하는 수작들이지만 어쨌거나 뉴스를 보면서 나는 휴전선 아랫녘에 살고 있는 당신 생각을 했더랬습니다. 그리고 밤이 깊어 불을 끄고 자리에 눕는데 아까 참당암에서 내려오다 본 아기 업은 아낙네가 천장에 불쑥 떠오르는 것이었습니다.

그날 나는 내내 당신을 보고 있었던 모양이었습니다. 아기 돌부처와 동백꽃 그리고 얼굴이 안 보이던 아낙네 하나.

여인네 둘

한곳에 오래 있다보면 비로소 안 보이던 것들이 눈에 띄게 마련인가봅니다. 물론 마음이란 게 저 볼 것을 다 결정하긴 하지만 말입니다. 나는 거의 매일이다시피 벚나뭇길을 지나 선운사에 들어 갔다 나옵니다. 가지마다 꽃눈이 조금씩 부푸는 게 보입니다. 그러 나 언제쯤 망울이 터질지는 아직도 알 수 없습니다. 오늘은 길가에 노랗게 휘어져 있는 개나리가 보이더군요.

개나리 얘기를 하려는 게 아닙니다. 이레 동안이나 선운사를 드 나들면서도 미처 보지 못했던 것이 하나 있었습니다. 그 얘기를 하 려는 거지요. 선운사 옆에는 조그만 시냇물이 흐르고 있지요. 오늘 나는 거기서 잉어를 보았더랬습니다. 어째서 나는 매일같이 거길 지나다니면서도 그것들을 보지 못했던 걸까요? 손바닥 길이만한 것들이긴 하지만 이십여 마리나 되는데요. 작년 초파일쯤에 신도 들이 방생한 것들인 모양입니다. 낙엽이 수북이 쌓여 있는 물속에 서 잉어들은 가만가만 꼬리를 흔들며 몰려다니고 있었지요. 나는 한참이나 느티나무 밑에 쭈그리고 앉아, 물에 떨어진 내 그림자 안 에서 노닐고 있는 붉은 잉어 한 마리를 들여다보고 있었지요. 그리 고 그날도 나는 도솔암에 올라가 동백을 보고 해가 질 무렵에 내려 왔습니다.

내려올 때는 이미 땅거미가 져 잉어는 보이지 않았습니다. 그러 나 나는 아까 앉았던 곳에서 어둑한 시내를 또 내려다보고 있었습 니다. 왠지 목마른 심정으로 말입니다. 하지만 캄캄한 물속에 있는 잉어가 눈에 들어올 리는 없었습니다. 해서 담배나 한 대 피운 다 음 나는 그만 돌아갈 양으로 다리를 풀고 일어났지요. 한데 조금 전에 내가 들여다보았던 바로 거기서 무언가 뽁! 하고 물을 차고 나왔다가 들어가는 소리가 들려왔습니다. 순간 나는 이런 생각을 하고 있었습니다. 아, 아까 도솔암으로 올라갈 때 보았던 그 잉어로구나, 그리고 도솔암에 피어 있는 그 동백꽃이구나, 아기 돌부처구나, 하고 말입니다. 허나 저녁 어둠 속에 당신 모습은 보이지 않았습니다.

애 밴 여인네를 본 것은 벚나뭇길에서였습니다. 이십대 중반으로 보이는 그 여인은 남편과 함께 불공을 드릴 참인지 서둘러 절로 올라가고 있는 중이었습니다. 늦게사 올라가는 걸로 봐서 멀리서 온 듯했습니다. 여인은 곱게 화장을 하고 매화 무늬가 낭자한 원피스를 입고 있었습니다. 어여쁘더군요. 그녀를 보며 왜 내가 또 당신을 떠올렸을까요. 십 년 전 내 아이를 가졌을 때의 당신 모습을 말입니다. 그 아기의 아비는 오늘처럼 엄마 옆에 없었지요. 그리하여 아이는 어느 날 돌부처가 되어버리고 도솔암 동백 한 송이거나 잉어 한 마리로 환생해 오늘 내 눈앞에 나타난 것인가봅니다.

벚꽃은 당최 필 생각을 않고 내려올 때와는 달리 마음이 흐려져 도대체 내가 들여다보이지 않습니다. 지금 내가 무슨 생각을 하고 있는 것입니까? 어쩐지 당신에 대한 내 마음을 속이고 있는 것은 아닌가 하여 내심 두렵습니다. 무엇 때문에 나는 여기 내려와 이러고 있는 것입니까? 식당에 앉아 복분자술과 풍천장어를 시키니 열댓 가지나 되는 남도 안주가 따라나옵니다. 정말 무슨 영광을 보자고 혼자 이런 걸 꾸역꾸역 입에 집어넣고 있어야 하는 건지요.

미당—만세루

이 편지를 쓰는 동안 여기 내려온 지 그새 아흐레째가 됐군요. 울긋불긋한 상춘객들로 이곳은 늘 만원입니다. 그리고 어제 나는 상춘객들에 섞여 나처럼 꽃을 보러 온 노인네 한 분을 우연히 만났습니다. 달력으로 치면 4월 8일이었지요. 점심을 거른 터라 이른 저녁을 먹을 양으로 일층 식당으로 내려가는데 여관문을 밀치고 웬 노인네 부부가 지팡이를 짚고 안으로 들어섰습니다. 솔직히 나는 귀신을 본 줄 알았습니다. 그 양반은 다름아닌 미당 선생이었던 것입니다. 그분의 고향이 암만 여기라고 해도 참으로 기묘한 인연이 아닙니까? 나는 고창 사람이라면 당신과 미당 선생 둘밖에는 모릅니다. 그중 한 사람을 하필이면 헛배가 고픈 그때 만나게 되다니요.

몇 해 전인가, 나는 어찌어찌한 일로 그분을 한 번 뵌 적이 있습니다. 그러니 아무리 숫기가 없다 해도 인사까지 피할 수는 없는 노릇이었습니다. 주뼛거리며 다가가 허리를 굽히고 인사를 드리자 선생은 누구신가? 라며 저를 바라보셨습니다. 제가 누구라면 그분이 아실 리 있습니까? 해서 그런그런 연고를 말씀드렸더니 선생은 그때 일을 간신히 기억하시며 그래? 그럼 한잔해야지 하시고는 덥석 식당으로 저를 데리고 들어가시는 것이었습니다. 나는 그 간신히가

덥석보다 얼마나 기뻤던지요. 누가 뭐라뭐라 해도 나는 인옥이 형 만큼이나 미당 선생의 시를 좋아합니다. 마침 생각이 나서 가지고 갔던 민음사판『미당 시전집 1』에 1996년 4월 8일자 사인까지 받고 나는 약 두 시간 정도 그분과 식당에서 맥주를 마셨습니다. 알고 보니 선생은 매년 이때쯤 고향에 성묘차 내려왔다가 어김없이 동백장에서 하루 머문 뒤 귀경한다는 얘기였습니다. 물론 그 참에 동백도 보시고 말입니다. 한식이 나흘이나 지났는데요, 라고 말씀드리려다 나는 그냥 묵묵히 있었지요. 한식일에 못 맞춘 무슨 사정이 있으셨 겠죠. 제가 여드레째 여기서 묵고 있다고 하자 선생은 그래? 그럼 동백은 폈던가? 라고 눈을 가늘게 뜨고 물으셨습니다.

"아직 안 피었습니다."

도솔암 마애불 옆에 만개한 동백 한 그루가 생각났으나 그걸 물으시는 것은 아닐 터였습니다. 선생은 올해도 당신이 쓴 「선운사 동구」라는 시나 외고 돌아가실 형편이었지요. 인옥이 형과 내가 포천으로 당신을 찾아갔을 때 그랬듯이 막걸리가 맥주로 변하긴 했지만 말입니다.

"음, 그래? 하지만 나는 벌써 보고 가네."

"……수선화는 피어 있습니다."

"수선화라. 아냐, 그건 석산石蒜이라 부르는 걸 게야. 수선화과에 딸려 있긴 하되 아니지. 근데 자넨 뭘 하러 여길 내려왔는가? 전에 뭘 쓴다고 했든가?"

나는 차마 벚꽃을 보러 왔다고는 말씀드릴 수가 없어 이래저래 얼버무리고 말았습니다. 선생은 더이상 묻지 않으시고 상에 놓여 있는 더덕구이, 산초 열매, 가죽나뭇잎 볶음과 도토리묵 등을 들어 보라시며 반찬 접시를 자꾸 제게 밀어놓으셨습니다. 술을 드시면서도 선생은 아마 동백을 보고 계셨는지 모릅니다. 나는 보지 못하고 그저 생각만 하고 있었습니다. 벚꽃 말이지요.

나는 그날 선생으로부터 많은 얘기를 들었습니다. 가령 만주사화曼珠沙華라는 꽃이 있는데 옛날 부안 앞바다에 인도 배가 난파돼 거기에 타고 있던 사람들이 우리나라에 들어와 그 꽃나무를 옮겨 심었다, 아직도 이 근방 어딘가에 어느 계절인가에 피고 있을 거다, 라는 식의 얘기였습니다. 선생은 또 선운사 영산전의 목조삼존불에 대해 말씀해주시더군요. 그때까지 영산전에 대해 내가 알고 있었던 바는, 석가여래좌상을 가운데 모시고 양쪽에 아란 가섭의 양협시보살을 세웠다는 것뿐이었습니다.

"여기 더 있을 거면 흐린 날 다시 들어가봐. 그게 향나무로 맨든 거거든. 그래서 날이 흐리면 공기가 무거워져 영산전에서 흘러나온 향내가 경내 전체에 그득하거든."

선생은 술잔을 들고 이런 얘기를 하며 껄껄 웃으셨습니다. 그러다 나는 대웅전 앞에 서 있는 만세루에 대해 듣게 됩니다. 그때 내 마음과 귀가 비로소 환하게 열리고 있었다면 당신은 믿겠습니까?

"선운사가 백제 때 지어졌으니 만세루도 아마 같이 맨들어졌것지. 그러다 고려 땐가 불에 타버려 다시 지을라고 하는디 재목이 없더란 말씀야. 그래서 타다 남은 것들을 가지고 조각조각 이어서 어떻게 다시 맨들었는디 이게 다시없는 걸작이 된 거지. 일본의 무슨 대학교순가 하는 사람도 여기 와서 이걸 보고는 척 알아냈어. 불심으로 치자면 도대체 이런 불심이 어딨냐는 거야. 그래서 이렌가 여드렌가를 여기 묵으며 날마다 만세루에 가서 절을 하다 갔더란 말씀야."

그러고 나서 선생은 또 껄껄 웃으셨지요. 매표소에서 파는 입장권 뒷면을 보면 선운사는 백제 위덕왕 24년(577년) 검단대선사와 의운국사가 창건하여 조선 성종 3년(1472년) 행호선사가 중건하였으나 정유재란으로 소실된 것을 광해군 6년(1614년)에 재건하였다고 되어 있으니, 만세루에 대한 기록은 따로 없다고 보아야 합니다. 또 백제 때 대웅전과 함께 지어졌다고 해도 조선 때 소실돼 재건하였다고 되어 있으니 고려 때라는 말은 사실 찾아볼 수 없는 셈이지요. 하지만 연표 따위가 뭐 그리 중요하겠습니까. 나는 그 말씀 하나를 듣기 위해 이때까지 여드레를 기다려 선생을 만났다는 느낌마저 들었습니다.

선생은 저녁을 마치고, 다음날 아침 정읍에서 여덟시 반 기차를 타야 한다며 방으로 올라가셨습니다. 선생을 방까지 모셔다드리고 나는 부리나케 선운사 만세루로 달려갔습니다. 머리를 툭툭 치며 말입니다. 만세루를 못 본 게 아닙니다. 갈 때마다 보긴 했으되

미처 알아보지 못했던 거지요. 인연으로 알아지는 게 또 있는 모양입니다. 당신은 알고 있었는지요?

선생의 말씀대로 만세루는 타고 남은 것들을 조각조각 잇대고 기운 모양으로 대웅전 앞에 장엄하게 버티고 서 있었습니다. 어느 기둥 하나 그야말로 온전한 것이 없었습니다. 이미 사위가 어두워진 경내에서 나는 숨소리조차 크게 내지 못하고 서 있었지요. 뭇사람들이 무심할 리 없듯이 뭇 사물도 무심히 보면 그저 안 보이고 마나봅니다. 캄캄한 어둠 속, 어쩐지 환해진 마음으로 경내를 돌아나오다 나는 기이한 느낌에 사로잡혀 흘끗 뒤를 돌아보았습니다. 그리고 나는 보게 됩니다. 만세루 안에 하얗게 흐드러져 있는 벚꽃의 무리를 말입니다.

오늘 아침 일찍 미당 선생은 동백장을 떠났습니다. 그분이 떠나는 소리를 들으며 나는 이런 생각을 하고 있었습니다. 아, 나도 벚꽃을 보았으니 오늘내일엔 돌아가야 할까보다, 라고 말입니다. 미당 선생의, 나는 벌써 보고 가네, 란 말씀도 어쩌면 이 비슷한 뜻이 아니었을까요?

향

올라가리라 마음먹고 아침에 일어나 짐을 꾸려놓았습니다. 선운사 동구에서 꼭 열흘을 보낸 셈이군요. 떠나기 전에 마저 씁니다.

조금 전에 나는 만세루를 다시금 참견하고 돌아왔습니다. 거긴 어떤지 모르겠지만 여긴 어제오늘 날이 무척 흐려 있었습니다. 그리하여 공기가 무거워진 선운사 경내는 영산전 목조삼존불에서 퍼져내린 향내로 이틀이나 내내 신비한 빛에 싸여 있었습니다. 그 향내에 발목을 묻고 나는 생각했지요. 이제 우리는 가까이에선 서로 진실을 말할 나이가 지났는지도 모른다고 말입니다. 우린 진실이 얼마나 무서운 것인가를 깨달은 지 이미 오랩니다. 그것은 한편 목숨의 다른 이름일 겁니다. 그러니 이제는 아무때나, 아무 곳에서나, 아무한테나 함부로 그것을 들이댈 수 없다는 것도 잘 알고 있습니다. 아니, 오히려 가까운 사이일수록 그것은 자주 위험한 무기로 둔갑할 수도 있다는 것을 여기 와서 알게 됐습니다. 이제 우리는 그것을 멀리서 얘기하되 가까이서 알아들을 수 있는 나이들이 된 것입니다. 그러고 난 다음에야 서로의 생에 대해 다만 구경꾼으로 남은들 무슨 원한이 있겠습니까. 마음 흐린 날 서로의 마당가를 기웃거리며 겨우 침향내를 맡을 수 있다면 그것만으로도 된 것이지요.

오늘 벚나뭇길에서 보니 며칠 안짝이면 꽃망울이 터질 듯합니다. 거듭 말하지만 나처럼 꽃을 보러 온 이를 만나 만세루 얘기를 들은 것은 참으로 커다란 기쁨이었습니다. 그날 내가 보았듯이, 벚꽃도 불탄 검은 자리에서 피어나는 게 더욱 희고 눈부시리라 믿습니다. 물론 그게 당장일 리는 없다고 하더라도 말입니다.

그만 접습니다. 처음 쓰고자 했을 때 생각했던 것보다 소리도 너무 요란하고 더군다나 금방 읽기에는 길고 지루한 편지가 되고 말았습니다.

당신은 여인이니 부디 어여쁘시기 바랍니다.

추신

아, 그리고 인옥이 형이 그날 당신에게 했던 말이 생각나 오늘 벚나뭇길 좌판의 어떤 아주머니한테서 동백기름 한 병을 샀습니다. 나중 어느 날이라도 생각이 변하고 마음이 바뀌면 머리에 한번 발라보라고 말입니다. 당신 앞산에 벚꽃이 피면 그때 찾아가서 놓고 오지요.

(1996)

빛의 걸음걸이

내가 열한 살 때니까 1972년에 지어진 집이다. 집의 나이도 그 새 만 스물다섯 살이 된 셈이다. 대지 오십 평에 건평이 삼십 평인 작은 슬레이트 집. 평면도를 그려보면 다음과 같다.

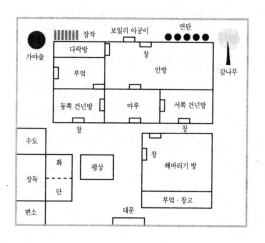

가야나 발해의 집터 발굴 현장 도면처럼 그리고 싶었는데 누가 그렇게 봐주기나 할는지. 마루 공간을 중심으로 동서남북의 각개 배치가 약간 허술하더라도 전체 균형을 이루도록 그렸어야 했다. 그래야만 아침에 해가 떠서 저녁에 질 때까지 빛이 어디서 어떤 각도로 지나가는지를 어느 방 창문에서든 엿볼 수 있는 것이다.

오염된 지구도 먼 하늘에서 내려다보면 색색깔로 아직 아름답듯 오래된 집도 경비행기나 기구를 타고 보면 그렇듯 잘 차려놓은 밥상처럼 보일까? 혹시라도 그래 보이면 좋을 텐데. 거기엔 이십오 년간 내 일가족의 과거와 현재가 고스란히 공존하고 있다. 가족이란 것도 하나의 소우주며 외로운 행성에 속한다는 걸 이즘 와서 깨달았다.

가계도를 보면 현재 부모(64세, 62세)가 있고 큰딸(38세)과 막내딸(33세)이 있고 중간에 독자인 내(36세)가 있으니 모두 다섯 식구다. 아버지가 스물일곱 어머니가 스물다섯에 첫애를 낳은 셈이다. 집을 지어 이사할 때 누나는 어여쁜 사춘기의 중학생이었고 나는 늘 얼굴을 찡그리고 다니는 초등학교 오학년이었으며 여동생은 흰 운동화만 세 켤레인 좀처럼 말이 없는 아이였다. 그때 넌 이학년이었어.

해바라기 방

처음엔 방이 세 개인 집이었다. 그러다 십 년 전 누나가 결혼을 할 당시 마당 한쪽에 약 육칠 평 정도의 문간방을 새로 들여 네 개가 되었다. 아무리 예식장에서 식을 올린다고 해도 큰일을 치르다 보면 시골에서 올라온 집안 어른들이 묵고 내려갈 방이 하나쯤 필요하다는 게 아버지의 오랜 생각이었던 것이다. 물론 큰일은 앞으로도 계속해서 닥칠 터이었다. 세월이 갈수록 집안 대소사는 잦아지게 마련이니까.

그 막사 같은 큰 방이 지어짐으로 해서 우리 가족은 아쉽게도 하나 잃어버린 게 있었다. 그 자리에 우리는 해마다 해바라기를 심었던 것이다. 그곳은 또한 철조망 없는 닭장이기도 했다. 봄에 해바라기밭에다 병아리들을 풀어놓으면 가을에 저마다 장닭이 되어 굵은 대궁들 사이를 비집고 나오는 것이었다.

그후 집안에 큰일이 생길 때면 어김없이 시골에서 올라온 수염 흰 사람들이 거기서 해바라기를 깔고 앉아 술을 마시거나 화투를 치다 누워서 잠을 자고 갔다.

어느 여름날 어머니가 대문 앞을 지나던 사진사를 불러 누나와 여동생과 나를 일렬횡대로 세워놓고 해바라기밭에서 사진을 찍었다. 내가 초등학교를 졸업하던 해던가? 안 그래도 빛에 그을려 시커먼데다 렌즈에 익숙지 않아 저마다 찡그린 얼굴들을 하고 있어 우리는 마치 유엔식량기구에서 각국에 배포하기 위해 찍은 자료 사진처럼 나왔다. 게다가 나는 맨발이었던 것이다. 그때가 몇 시쯤 였던가? 해바라기 대궁의 그림자가 이십 도쯤 일제히 서쪽으로 쏠려 있는 걸로 봐서 아직 오전인 모양이고 그렇다면 학교에 가지 않는 일요일이거나 국경일이었던 모양이다.

나는 그 사진을 스무 살이 되어 집을 떠날 때까지 다락 사진첩 속에다 소중히 보관했다. 비록 흑백이나마 거기엔 잃어버린 내 유년의 해바라기밭이 존재하고 있었으므로. 그때 외롭게 렌즈를 투과해 들어간 빛이 우리 셋을 필름에 음각해놓았으므로 마음만 먹는다면 얼마든지 인화를 할 수도 있었을 터였다. 하지만 며칠 후 집으로 찾아온 사진사는 우리에게 필름을 내주지 않았다. 그리고 단 한 장 인화된 그 사진도 군대에서 첫 휴가를 나왔을 때 다락에 올라가 찾아보니 사진첩에서 감쪽같이 사라져 있었다. 누나 혹은 여동생이 가져갔을까? 일부러 버리지만 않았다면 누군가의 사진 첩에 아직 꽂혀 있겠지.

가끔 집에 내려와 새로 들인 방에 누워 있게 되면 나는 영락없이 그 누런 사진 속에 맨발로 서 있는 꿈을 꾸곤 했다. 그 방은 아침볕이 그중 먼저 찾아드는 열대온실 같아서 해바라기 꿈을 꾸기에는 안성맞춤인 곳이었다. 그때 내 발등을 모로 밟고 종종 지나가던 병아리의 간지러운 발자국 몇 점. 아, 그리고 네 붉은 입술!

집도 별 수 없이 나이를 먹는지 블록에다 슬레이트를 얹어놓은 허술한 건물은 세월이 갈수록 눈에 띄게 허물어져갔다. 무엇이든 고장나거나 부서진 것은 못 봐 넘기는 성격의 아버지는 일요일만 되면 집수리를 하는 데 모든 시간을 바쳤다. 그리고 그동안 아마 다섯 번쯤? 페인트통을 들고 올라가 지붕의 색을 바꿔 칠했다. 하늘색, 감색, 노란색, 주황색, 엷은 쑥색의 차례로. 하지만 대문만큼은 줄곧 탁한 빨강이었다. 그래서 우리집을 빨간대문 집으로 부르는 사람들이 있었다.

빨간대문 집의 해바라기 방.

스물여섯 살 이후 그곳이 내게는 일 년에 그저 서너 번쯤 내려와 묵고 가는 허름한 호텔방이었다. 나는 부모형제와도 어쩔 수 없이 반쯤은 타인인 나이가 돼버려 안방은 물론이고 동쪽 건넌방이나 서쪽 건넌방에 있으면 몹시도 부자연스럽고 불편하기만 했다. 이제는 그들에게 털어놓을 수 없는 비밀들이 터무니없이 잔뜩 생겨 있었던 것이다.

6월 7일 토요일 정오

안방엔 오늘 아침 병원에서 퇴원한 어머니가 누워 있고 동쪽 건넌방에는 작년에 늦결혼을 한 여동생이 첫애를 낳고 산후조리를 하기 위해 내려와 있다. 서쪽 건넌방에는 올 2월에 이혼을 한 누나가 곁방살이를 하고 있다.

6월이건만 지금 안채의 방 세 개는 지글지글 끓고 있는 참이다. 동쪽 방에서 산후조리를 하고 있는 여동생 때문이다. 뒤꼍에 설치돼 있는 보일러 선이 안방과 양쪽 건넌방으로 연결돼 있어, 안방에 불을 넣으면 동쪽 방과 서쪽 방에 한꺼번에 불이 들게 돼 있다. 각 방에 열을 차단할 잠금장치가 따로 설치돼 있지 않은 것이다. 애초에 그리 지어놨으니 구들장을 다 들어내지 않는 한 어쩔 도리가 없는 일이다.

나는 어젯밤 서울에서 고속버스를 타고 내려와 병원에 들렀다가 자정께 집으로 왔다. 어머니에게 몸살기가 있다는 소식을 들은 건 보름 전쯤의 일이었다. 지난달에 외조모 상을 치르느라 무리한 탓이라 믿고 가까운 보건소에서 주사를 맞고 돌아왔지만 발열이 계속되자 평소 협심증과 위경련으로 고생하는 아버지가 자주 가던 회사 근처의 내과에 데리고 갔다. 검사 결과는 신장염이었으나 대학병원에 가서 정밀검사를 받아보는 게 좋을 것 같다는 의사의 진단이 있었다고 한다. 그러나 몇 년 전 늑막염으로 대학병원에 입원한 경험이 있는 어머니는 진저리를 치며 가지 않겠다고 생고집을 부렸다. 하는 수 없이 염증 치료만 끝내고 어머니는 한의원에 들러 엉뚱한 보약을 지어가지고 기어이 집으로 돌아왔다. 이번엔 병원에 있는 게 왜 그렇게 힘들고 징그러운지 모르겠다며 어머니는 어젯밤 퀭한 눈으로 나를 붙잡고 몇 번이나 말했다.

안 그래도 다음주 화요일이 어머니의 생신이어서 내일 앞당겨 차리기로 한 아침상에 앉기 위해서라도 어차피 내려와야 할 사정이었다. 하지만 몸져누워 있는 이에게 무슨 생일상을 들이민단 말인가.

누나는 부역하는 죄수처럼 동생의 산후조리와 어머니의 병수발을 함께 들고 있다. 오래간만에 온 가족이 모여 방 네 개가 모두 찼지만 분위기는 아무래도 어수선하다. 동생은 하필이면 이런 때 어머니가 아프다고 안절부절못하고 있지만 시댁으로 갈 형편도 못 된다. 시어머니란 사람이 심한 당뇨에 합병증까지 있어 눈조차 제대로 뜨지 못하고 있다는 얘기다. 어머니는 또 어머니대로 마음에 걸리는 게 많은 탓인지 아까부터 되레 된소리나 내고 있다. 그럴 때마다 마루엔 괴괴한 적막이 빈 항아리처럼 도사리고 앉았다 사라지곤 한다. 어머니를 퇴원시키고 회사에 나간 아버지는 오후 세 시쯤에나 돌아올 터이다.

나는 지금 해바라기 방의 창문을 통해 거의 수직으로 화단에 내리붓고 있는 햇빛을 바라보고 있다. 화단엔 철 늦은 민들레 서너 송이와 석류, 대추나무와 패랭이와 용담과 작약과 달리아와 맥문동과 양귀비 같은 것들이 제멋대로 뒤섞여 자라고 있다. 화단 한가운데엔 장독에 올라다닐 수 있도록 디딤돌이 몇 개 박혀 있다. 여름날에 선혈처럼 낭자하게 피어나는 양귀비는 어머니가 남몰래 애지중지 키우고 있는 식물이다. 그래서 해마다 여름만 되면 어머니는 대문 빗장을 굳게 닫아걸고 산다.

이윽고 정오가 되자 화단엔 검불만한 그림자만 몇 올 남고 크레

파스를 마구 분질러놓은 것처럼 빛들이 화사하게 튀며 서로 엉킨다. 일순 귀에서 낮의 소란이 멎는다.

연탄

어머니가 다시금 된소리를 낸 건 누나가 안방으로 죽그릇을 들고 들어간 직후였다. 아니, 된소리가 아니라 그건 차라리 상소리라고 해야 옳았다. 이 육시랄 년이! 하고 돌연 마루에 튀어나온 소리를 듣고 나는 화닥 창밖으로 목을 빼고 귀를 곤추세웠다. 전에는 결코 들어본 일이 없는 거친 소리였던 것이다. 매양 깔끔하고 단정한 말만 골라 쓰는 양반으로 어머니는 동네에 소문이 나 있었다. 도로 죽그릇을 들고 나오는 누나의 눈자위엔 실고춧빛 핏발 몇 올이 금세 선연했다.

"그렇게 되게 쑤면 목구녕으로 넘어가 이년아!"

동쪽 방의 누이도 부옇게 뜬 얼굴로 아이에게 젖을 물리며 갸웃이 마루를 내다보다 슬그머니 문을 닫아버렸다. 나는 부엌으로 들어가 가스레인지에다 솥을 올려놓고 있는 누나의 등에 대고 나직이 속삭였다.

"이래저래 마음이 편찮아서 그러려니 하고 속에 담아두지 마."

돌아보지도 않은 채 누나가 시큰한 소리로 되받았다.

"하긴 소박맞은 딸년까지 내려와 있으니 오죽 속이 끓겠어."

170

"……"

"어려서부터 엄만 나한테만 유독 저러셨어. 식구들 모르게 감쪽같이 말이야."

"그건 무슨 소리야?"

부엌은 천장이 낮고(안방 벽계단을 통해 올라가면 다락이다) 비좁아서 가스레인지 하나만 켜도 목에서 땀이 났다. 누나의 등은 벌써 축축이 젖어 있었다.

"우리 여기로 이사오기 전 사글셋방에 살던 때 기억나?"

무척 오래된 일이다. 적어도 이십오 년 전의 얘기다.

"하루는 엄마가 시장에 간다고 나한테 국수를 삶으라고 시키더라. 근데 국수라는 게 그렇잖아. 아무리 부엌살림을 오래한 사람이라도 삶고 나면 딱 맞지가 않고 항상 조금 남거든. 그래서 다섯 사람분을 삶는다고 삶았는데 이게 양동이로 반이 돼버린 거야. 남자 열이 먹어도 될 만큼 잔뜩 불어난 거지. 기가 질려서 그만 부엌에 쪼그리고 앉아 떨고 있는데 엄마가 왔어. 엄마는 시장바구니를 들고 부엌 문간에 한참을 서 계셨지. 하지만 웬일인지 혼내지는 않는 거야."

나도 지금까지 어머니를 그런 사람으로 알고 나이 먹어왔다. 적어도 스무 살이 되어 집을 떠날 때까지는.

"그런데 그게 아니었어. 그날 밤 식구들이 잠든 사이에 어머니가 나를 깨워 부엌으로 데리고 가더니 양동이에 남아 있는 국수를 먹으라고 시키는 거야. 우리집엔 개도 없고 돼지도 없다고 하면서 말이야."

"……! 그래서?"

"뭐가 그래서야. 엄마가 뒤에 서 있는데 그럼 어떡해. 양동이째로 퉁퉁 불은 국수를 손으로 다 건져먹었지. 기억나? 그땐 또 부엌이 맨땅이었잖니. 결국 먹은 걸 다 토하고 들어와 울면서 잠이 들었어. 그러고 나서 지금까지 난 국수를 못 먹어."

과연 그런 일이 있었구나. 물론 뜻은 다르지만 나 또한 어렸을 적에 가끔 어머니의 손에 깨워져 새벽에 밖으로 불려나간 적이 있었다. 그때마다 어머니는 내게 얼굴을 씻게 하고 북어대가리와 초가 꽂혀 있는 떡시루를 장독대 앞에 갖다놓고는 절을 시켰다. 나는 영문도 모른 채 졸음에 겨워 되는대로 마당에 넙죽 엎드려 절을 하고 서둘러 방으로 들어와 이불 속으로 기어들어가곤 했다. 지금까지도 어머니와 나밖에는 모르고 있는 사실일 게다.

누나가 맏딸이었기 때문일까. 명문여고를 나와 명문대에 들어갔지만 가세가 기울어 이학년도 다 마치지 못하고 누나는 자퇴서를 낸 다음 공무원시험을 봐서 여동생을 대학에 보내고 또 졸업할 때까지 묵묵히 뒷바라지를 했다. 그러면서도 싫다는 소리 한마디가 없었다. 그런 사람을 어머니는 왜 고약한 시어머니나 편모처럼 대했던 것일까. 그것도 다른 식구들이 모르게 말이다.

되쑤어진 죽이 안방으로 들어가고 나서 마루에 차려진 밥상에 막 둘러앉았을 때 삐걱하고 대문 소리가 나더니 연탄집 박씨 아저씨가 리어카를 밀고 들어왔다.

"아직도 우리집에 연탄 때는 방 있어?"

숟가락을 들다 말고 나는 누나를 쳐다보며 물었다.

"원래부터 연탄보일러잖니. 새로 들인 문간방만 기름 때지."

그는 두 장을 겹쳐 들 수 있도록 만들어진 집게를 양손에 들고 한 번에 네 장씩 뒤꼍 처마밑으로 연탄을 옮겨놓기 시작했다. 탐욕스럽게 빛을 빨아들인 연탄은 무두질을 한 가죽처럼 번들거렸다. 유독이나 야윈 몸매에 머리까지 흰데다 그는 알코올중독자이기도 했다. 내가 어렸을 적엔 포도밭을 여러 개 부리던 사람이었다.

"형편이 어떻길래 저 나이까지 연탄배달을 하지?"

그가 뒤꼍으로 돌아간 사이 누나가 조심스럽게 대꾸했다.

"원체 부자였으니까 형편이야 지금도 웬만해."

"그런데?"

"우리가 중학교 땐가 왜 동네 이발소 여자하고 바람이 났잖니. 그때 아줌마 몰래 포도밭을 팔아 그 여자한테 집까지 사줬단 얘기가 있었어. 나중에 그 여잔 집을 되팔아 먼 데로 도망갔지."

그 때문에 한동안 동네가 시끌벅적했었다. 그가 연탄을 가지러 마당으로 나올 때마다 잠시 말이 끊겼다 이어졌다.

"그때부터 아줌마가 아저씨한테 연탄배달을 시키고 있는 거야."

"이십 년 동안이나 말이야?"

그렇다면 늙어 죽을 때까지 저 일을 시키겠다는 뜻이다. 그러지

않겠냐고 하며 누나는 시커먼 연탄수레로 눈길을 던졌다. 조금 서
둘러 수저를 밥상에 내려놓고 나는 마당으로 내려섰다. 불콰한 얼
굴에 술내를 풍기며 뒤꼍에서 걸어나온 그는 대뜸 집게를 휘휘 내
두르며 연탄으로 내 손이 가는 것을 막았다.

"냅둬. 검댕이 묻으면 잘 지워지지 않응게."

리어카가 대문을 빠져나가고 난 다음 나는 마당에 떨어져 있는
연탄가루를 쓸어내고 누나가 부엌에서 설거지하는 소리를 들으며
뒤꼍으로 돌아가보았다. 뒤꼍으로 돌아가는 담벼락 모서리엔 가
마솥과 장작더미가 쌓여 있었다. 그때 햇빛은 부엌 하늘께를 지나
고 있었으므로 시멘트 담벼락에선 매운 열기가 확확 반사되고 있
었다. 바깥 창에서 안방을 들여다보니 어머니는 가슴을 벌린 채 잠
이 들어 있었다.

뒤란은 지붕 처마에서부터 담장까지 비받이차양이 드리워져 있
어 서늘했다. 연탄은 집의 서쪽 끝 차양 밑에 차곡차곡 쌓여 있었
다. 옆에는 감나무 한 그루가 담벼락에 바투 선 채 지붕을 모로 비
껴 하늘로 뻗어 올라가 있었다. 아버지가 환갑을 넘기고부터는 내
가 해마다 추석 때 내려와 감을 따곤 했다. 지금은 절굿공이처럼
굵어 있지만 내가 중학생이었을 때 감나무는 겨우 손가락만한 굵
기였다. 어머니가 외조모 환갑 때 외가에 갔다가 캐온 것이었다.
그 감나무 아래서 나는 어느 여름날에 엉거주춤 바지를 내리고 서
서 첫 수음을 했고 같은 날에 첫 담배를 피우며 담벼락에 기대 진

저리를 치고 있었다. 담배 이름이 은하수였던가 비둘기였던가 남
대문였던가 아니면 명승이었던가? 아마도 불국사 사진이 박혀 있
는 명승이었던 것 같다. 아무려나 나는 반쯤 피운 담배꽁초를 버릴
데가 없어 제대로 끄지도 않은 채 그만 옆에 쌓여 있는 연탄구멍
속에 집어넣어버렸다.

그날 밤 나는 집에 불이 난 꿈을 꾸고 있었다. 꿈속에서 맨발로
나가보니 뒤켠 처마밑에 첩첩 쌓여 있는 수백 장의 연탄이 잉걸불
처럼 빨갛게 타오르고 있었다. 불길은 감나무 푸른 잎새를 말리며
옆집으로 옮겨붙고 잠에서 깨어난 마을 사람들이 저마다 물동이
를 들고 달려오는 소리가 담 밖에서 요란했다.

그러고 나서 내 겨드랑이와 사타구니에 한 가닥씩 징그런 털이
솟기 시작했다. 중학교를 졸업할 때까지 나는 눈비 내리는 밤이 오
면 자정이 넘은 시각에 슬그머니 뒤켠으로 돌아가 여전히 연탄더
미 옆에 서서 수음을 하거나 감나무 밑에 쭈그리고 앉아 담배를 피
우거나…… 하다가 맥없이 흐느껴 울기도 했다. 빛 한 점 없는 새
까만 내가 몹시도 서글펐던 것이다.

귀

아버지가 돌아온 것은 오후의 농익은 햇살이 장독으로 몰려가
며 구름 한 자락이 마당과 화단 한쪽을 덮고 있을 때였다. 세 송

이? 네 송이쯤 벌어져 있는 석류의 붉은 주둥이에서 염염한 빛이 뛰어나오고 있는 것을 해바라기 방에서 훔쳐보고 있을 때 대문을 들어선 아버지는 대뜸 연탄 들였나? 라며 성난 사람처럼 소리를 질러댔다. 일껏 쓸어냈는데도 마당에 연탄가루가 남아 있었던 모양이었다. 그 통에 마루에 나와 앉아 있던 여동생의 품에서 갓난애가 자지러지게 울어대기 시작했다. 잠들어 있던 어머니가 깨어난 것도 그때였다.

"저 냥반이 요즘 걸핏하면 왜 소리를 질러댄다?"

어머니가 칼칼한 소리로 핀잔인지 푸념인지를 늘어놓았으나 아버지는 들은 척도 않고 수도에서 손을 씻은 다음 불쑥 내 방으로 건너왔다. 나는 얼른 재떨이에 담배를 비벼 껐다.

"기관지도 안 좋다면서 그까짓 담배를 여태 못 끊고 있남?"

밖에서 무슨 일이라도 있었는지 여전 성이 안 풀린 목소리였다.

"그래 넌 언제 올라갈 겨?"

"내일 오후 차를 탈 생각예요."

"뭐라고?"

"내일 간다구요!"

얼결에 목줄을 세우며 나는 뒷짐을 지고 문간에 버티고 서 있는 아버지를 히뜩 바라보았다. 아버지는 미간을 잔뜩 찌푸리고 손가락으로 귀를 가리키며 잘 안 들려! 하고 또 성난 소리를 했다. 협심증에 위경련말고도 아버지는 오래전부터 중이염을 앓고 있었다. 몇 개월 전까지만 해도 그런 소린 없었는데 갑자기 상태가 악화된 성싶었다. 몇 년 전인가 귀에서 피고름이 심하게 나와 병원에 다녀온 후 그는 평생 즐기던 술담배를 단 하루 만에 끊어버렸다. 한데도 나이는 어쩔 수 없는 모양이었다.

"어디 귀뿐인감? 이젠 눈도 먼 덴 아예 못 봐!"

담배연기가 빠져나가길 기다렸다가 그가 손님인 듯 방으로 들어왔다.

"되게 어수선하지?"

집안 분위기를 말하고 있는 것이었다.

"하두 억지를 부려 일단 집으로 데려오긴 했다만 곧 큰 병원에 가봐야 할 거 같어."

"……"

"니 어미 말이여. 봄부터 자꾸 승질만 느는 게 어째 심상찮어."

"……"

"게다가 큰년 소박맞아 내려와 있지, 넌 또 변변찮게 어디 한군데 주저앉아 있질 못허지. 작은년은 귀신도 속을 모를 테니 말할 건덕지도 없고."

하지만 그 완강한 자기 속엔 또 얼마나 괴로운 비밀들이 많을 텐가. 이런 말을 주고받는 사이에 안방에서 마루로 또 어머니의 목소리가 냅다 튀어나왔다.

"누가 가서 저녁참까지 연탄 좀 빼놓거라! 누굴 삶아 죽일 작정이면 몰라두."

서쪽 방에서 나온 누나가 이러지도 저러지도 못하고 마루에 서
있는 꼴이 안 봐도 눈에 선했다. 헛헛, 마른기침을 하며 아버지가
끙 하고 자리에서 일어났다.

"정 못 끊겠으면 은단이라도 써봐."

아직도 은단을 파나? 라고 생각하며 나는 담장에 올라앉아 장독
을 기웃거리고 있는 도둑고양이를 쫓아낼 양으로 손에 쥐고 있던
성냥갑을 집어던졌다. 성냥갑은 화단과 장독대 사이에 날아가 떨
어졌다. 하지만 이 눈치 빠른 동물은 냐옹! 소리를 내며 곧 담 너
머로 사라졌다. 뒤미처 아버지가 뒤란에서 파란 불이 이글대는 연
탄을 빼내 대문 밖으로 나갔다.

나는 동쪽 방의 문을 열고 들어가 여동생에게 해바라기 방으로
옮기면 어떻겠느냐고 넌지시 물었다. 그러면 낮부터 안방에 불을
넣을 일은 없는 것이다. 그녀는 화닥 젖을 가리고 얼굴을 붉히며
아니라고 고개를 가로저었다. 동쪽 방은 여동생이 출가해 집을 떠
날 때까지 줄곧 혼자 쓰던 방이었다. 벽에는 그녀가 중학교 때 걸
어놓은 클로드 모네의 〈인상, 해돋이〉란 복제 그림이 오랜 세월 문
장처럼 걸려 있었다. 여동생은 집을 떠날 때까지 서쪽 방이나 해바
라기 방에는 좀체 얼씬거리지 않았다. 누가 그러라고 한 것도 아닌
데 누에고치처럼 늘 제 방에만 틀어박혀 있었다. 벽에 걸려 있는
저 모네의 그림 속에. 안개 서린 저 고요한 빛의 잔주름 속에.

여동생은 집이라는 곳을 그저 잠깐 머물러 있다 가는 장소로 생각하는 것 같았다. 하지만 그 잠깐은 무려 삼십이 년의 긴 세월이었다. 결혼하기 전까지 그녀는 중학교 미술선생이었다. 어머니의 친구 중매로 우기던 끝에 맞선을 본 자리에서 여동생은 꼭이 입양되는 아이처럼 결혼에 응했다고 한다.

여동생은 하루만 더 있다 내일 아침에 올라갈 거라고 내게 말했다. 그녀는 한국전력공사에 다니는 남편과 청주에 살고 있었다. 더 있으란 말을 할 처지도 못 돼 나는 고개를 끄덕이며 도로 마루로 나왔다. 어머니는 자리에 누워 옆으로 마당을 내다보고 있었다. 연탄을 버리고 들어온 아버지가 마루에 걸터앉자 어머니가 등을 좀 비켜앉으라고 또 지청구를 했다. 그리고 그녀가 치매처럼 뜻 모를 소리를 웅얼웅얼 내뱉기 시작한 건 멀리서 웬 낮닭이 우는 소리가 들려오고 나서였다.

"석류꽃이 네 개 폈고 패랭인 곧 진다. 달리아 양귀비 피면 장독 뚜껑을 열어야 하는데 여름내 또 얼마나 귀찮게 비가 올는지."

"……"

"그때 돌쩌귀의 개미들은 비를 맞고 다 어디로 갔지?"

"……"

"킬킬, 채송화 속에 숨었네. 난 부처손 밑에 앉아 분홍바늘꽃 보고 있지."

화단은 상기 모네의 붓질처럼 시시각각으로 색깔이 변해가고 있는 중이었다. 이번에는 옆에 앉아 있던 아버지가 화답이라도 하듯 중얼거렸다.

"어, 저기 내 귀가 지나가네."

그 말에 언뜻 놀라 화단을 쏘아보니 바람 한 자락이 슬쩍 화단 머리를 훑고 지나가고 있었다.

"나원 참, 꽃들이 귀가 멍멍해."

어머니와 아버지 사이의 이 기묘한 화답은 조금 더 계속됐다.

"신발 신고 가우?"

"맨발에 짚신을 머리에 엿는걸."

"고봐요, 큰애 낳고 안 사준 신발이니 여태 맨발이지. 요새 누가 짚신 신어요. 그냥 들고 다니다 팔 떨어져서 머리에 엿지."

"그럼 당신도 방금 저기 지나갔나?"

"내가 먼저 갔더이다."

"하면 어디 좋은 데로 갔나?"

"조금 더 여기 등뒤에 누워 있다우."

처녀 할머니

그때 누군가 대문을 밀고 마당으로 들어섰다. 대문이 열리는 순간 나는 다락방의 묵은 사진첩 속에서 웬 여인 하나가 걸어나오고 있는 듯한 착각에 사로잡혀 있었다. 그녀는 아랫마을에서 두붓집

180

을 하던 언청이 노파였다. 윗입술이 쭉 찢어져 코까지 올라붙은데
다 한쪽 눈까지 멀어 평생 시집을 못 가고 있는 여자였다. 아무도
이름과 나이를 몰라 사람들은 그녀를 그냥 두붓집 노파, 언청이,
처녀 할머니로 불렀다. 여간 품이 많이 드는 일이 아니어서 벌써
오래전에 그녀는 두붓집을 그만두고 텃밭에 감자나 고구마를 심
어 겨울을 나거나 봄여름엔 나물 따위를 뜯어 집집마다 돌아다니
며 쌀과 바꿔 먹었다.

그녀는 까만 보따리 하나를 들고 마당 한중간에 우두커니 서서
누가 나오기를 기다리고 있었다. 무명저고리에다 통치마 그리고
매양 신고 다니던 검은 고무신 차림이었다. 그녀를 마지막으로 본
것은 수년 전의 일이었다. 죽었는지 살았는지조차 모를 정도로 완
전히 잊고 있던 사람이었다.

안방에 누워 있던 어머니가 발작적으로 일어나 그녀를 향해, 너
이년 왜 벌써 왔어! 하고 사납게 소리를 질렀을 때 아까 옆집으로
사라졌던 고양이가 다시 담장 위에 나타났다. 고함을 들었는지 어
쨌는지 처녀 할머니는 무덤덤한 표정으로 담에 올라와 있는 고양
이한테 눈을 돌렸다. 석연찮은 느낌이 등짝에 몰려와 얼핏 뒤를 돌
아보니 어머니는 귀신을 본 듯 겁에 질린 얼굴을 하고 있었다. 대
체 무슨 일이 생긴 것일까?

지금도 기억이 나지만 처녀 할머니가 우리집에 찾아오는 날이
면 어머니는 그녀에게 밥을 해먹이고 뒤주의 쌀까지 퍼줘 보냈곤

했었다. 한데 오늘은 웬 구박에 상소리일까?

"미란아! 쌀 한 됫박 퍼서 빨리 저년 내쫓아버려!"

부엌에서 급히 노란 플라스틱 바가지를 들고 나와 마루에 있던 뒤주 뚜껑을 여는 누나의 손은 보기 흉할 정도로 떨리고 있었다. 얼결에 내 눈과 마주친 아버지의 눈에도 분명 불길한 기운이 한꺼풀 덮여 있었다. 깔깔한 공기의 버성김 속에서 나는 무얼 하려는지 화단에 허리를 구부리고 서 있는 처녀 할머니의 등으로 눈을 돌렸다. 되는대로 슬리퍼를 꿰신고 마당으로 내려간 누나가 여깄어요, 하고 바가지를 내미는데도 그녀는 들은 둥 만 둥 했다.

"저년이 뭘 하려는지 다 알어! 뭘 해, 빨리 내쫓고 마당에 소금 뿌리지 않고!"

처녀 할머니가 석류나무 밑의 양귀비 모가지 하나를 똑! 부러뜨려 들고 안방을 슬쩍 흘겨본 것은 화단에 쏟아지고 있던 빛이 슬그머니 장독으로 올라붙고 있을 때였다. 어머니의 목소리는 숫제 오갈이 든 것처럼 뒤틀려 있었다.

"접땐 아무 소리 없었잖어."

담장의 고양이도 꼼짝하지 않고 처녀 할머니를 내려다보고 있었다.

"그럼 나더러 그새 가라고?"

어머니가 거듭 내쏘는 말이었지만 그녀는 암만해도 대꾸가 없었다. 그러더니 누나가 엉거주춤 내밀고 있는 바가지를 한참 내려다보고 있다가 오늘밤 니 어미 입에나 너줘, 하고는 돌아서 대문을 열고 나가버렸다.

어머니가 그 말을 들었는지 어쨌는지는 확실치 않다. 양귀비 모가지가 떨어지던 순간에 반사적으로 마당으로 내려섰던 아버지도 그 소리는 미처 못 알아들은 성싶었다. 누나가 퀭한 눈으로 나를 바라보았으나 나도 뭘 어쩌지 못하고 고개만 설레설레 흔들었다. 고양이가 담에서 사라지고 나서 뒤에서 안방문이 닫히는 소리가 들려왔다.

석류나무 옆에서 뒷짐을 지고 서서 모가지가 떨어져나간 양귀비를 한참이나 내려다보고 있던 아버지는 그때 무슨 생각을 하고 있었을까? 해바라기 방으로 들어와 하오의 나른한 빛이 장독대를 적시며 뱀처럼 꾸물꾸물 담을 타넘어가는 것을 보며 나는 얼핏 안방에서 들려오는 어머니의 낯선 흐느낌에 귀를 기울이고 있었던가.

누나가 부엌에서 저녁상을 차리는 동안 아버지는 뒤꼍에서 부채를 흔들며 연탄을 피우고 있었고 여동생은 동쪽 방에서 문을 닫고 여전히 혼자만 조용했다. 그리고 식구들이 저녁상에 둘러앉아 있는 동안 서서히 마당의 빛이 걷히고 이불보 같은 어둠이 내려앉았다.

젓가락을 든 손으로 아버지가 마루 등을 켰다.

상을 물리고 각자 방으로 들어가고 나서 나는 마루에 앉아 있는 아버지가 혼자서 중얼거리는 소리를 해바라기 방에서 가만히 엿

듣고 있었다.

　　고양이 담 넘어오고
　　마당엔 검은 보따리

그리고 잠깐 사이를 두었다가,

　　양귀비 떨어지니
　　마루엔 연탄 냄새

피와 두부

　하루 일을 끝낸 누나가 내 방으로 온 건 동쪽 방의 아기가 잠투정을 하느라 끈덕지게 제 어미를 보채고 있을 때였다. 누나는 사개월 전에 이혼을 했고 아이 둘은 전남편이 맡아키우고 있었다. 수입양주 유통업을 하고 있는 그는 곧 재혼할 거라고 했다. 아직 젊은 나이이므로 누나도 누군가를 만나야 할 터이었다.

　"낼모레면 마흔인데 젊다고 할 수 있니? 그냥 엄마 아버지 수발이나 들며 살래."

　"아이들 보고 싶지 않아?"

　큰애는 초등학교 사학년 딸애고 작은애는 이학년 아들애다. 가슴에 깊이 묻고 아예 잊으려 한다고 누나는 말했다. 하지만 자식을 가슴에 묻고 산다는 건 말처럼 그리 쉬운 일이 아니다.

휴일의 공원에서 웬 낯모르는 사람이 쥐여주고 간 고무풍선을 얼결에 받아들고 무려 십 년이나 꼼짝도 못한 채 그 자리에 서 있었다고 누나는 지나온 세월을 단순하게 요약했다. 한데 공원 문을 닫을 때가 되자 어디선가 불쑥 주인이 나타나 풍선을 돌려달라고 하는 것이다.

그녀의 눈엔 다시금 핏발이 도져 올라와 있었다.

"작년 봄에 나 무척 힘들었어."

작년 철쭉꽃이 필 즈음에 누나는 많은 피를 토했다고 했다.

"철쭉꽃 필 때 피?"

나는 담배를 비벼 끄며 부스스 자리에서 일어나 앉았다. 동쪽 방 갓난아기의 울음도 문득 그쳐 있었다.

"어느 날 잠자리에 들었는데 뭔가 자꾸 목울대로 올라와. 그냥 속이 안 좋은 탓이려니 하고 몇 번이나 도로 삼켰지. 근데 입에서 이상한 비린내가 나는 거야. 그러더니 곧 울컥하고 끈적한 게 마구 입에서 쏟아져나오더라. 불을 켜고 보니 요며 이불에 핏덩어리가 그야말로 낭자한 거야."

"……"

"그걸 하필 남편이 봤어. 그러더니 대뜸 당신 폐병쟁이야? 하며 기겁을 하고 돌아앉더라."

폐병.

"병원에 가서 찍어보니 허파에 동전만한 구멍이 두 개나 뚫려 있더라. 집으로 돌아와 날두부를 얼마나 먹었는지 몰라. 근데 두부를 먹는데 왜 그렇게 눈물이 나니."

눈물이야 날 수도 있겠지만 두부라니.

"두부처럼 깨끗한 음식이 없잖니 왜."

그렇다고 하더라도 폐병에 두부가 무슨 소용이란 말인가. 어려서 우리는 처녀 할머니가 만든 두부를 참 많이도 먹었었다. 이른 아침마다 그녀가 바가지에 담아 한 모씩 들고 오던 그 부드럽고 따뜻한 두부.

그래, 인생이란 어쩌면 한갓 고무풍선과 두부의 추억 같은 것이리라.

"그러고 나서 아침 공복에 알약을 일곱 알씩 일 년이나 먹었어. 저녁엔 계속 두부를 한 모씩 먹고 말이야."

"......"

"평소에도 그리 사이가 좋았던 건 아니지만 어느 날 불쑥 남편이 이혼을 하자는데 막상 왜냐고 묻기가 싫데. 그냥 맥이 쑥 빠지더라. 막상 울음이 나온 건 보따리를 싸서 집으로 내려오는 기차간에서였어. 근데 어릴 때 불렀던 〈오빠 생각〉이란 동요가 왜 그렇게 생각나니. 비단안 구우두 사가지고 오오신다아더니, 하는 노래 말이야. 너도 알지?"

알다뿐인가. 초등학교 몇 학년 때던가. 셋방 쪽마루에 앉아 처마 사이로 붉을 노을을 올려다보며 함께 부르기도 했잖은가 왜.

"넌 아는지 몰라도 엄마도 한때 폐병을 앓았어. 아마 네가 초등학교도 들어가기 전일 거야. 아버지가 밤마다 엄마 궁둥이에다 주사를 놓아줘서 겨우 나았지."

두 살 차이인데 누나는 나보다 훨씬 많은 것을 기억하고 있다. 어머니가 폐병을 앓았다는 사실도 나는 오늘에야 비로소 알게 되었다.

"엄만 늘 모질게 날 대했지만 이상하게 원망을 해본 적은 없어. 정말 이상하지? 근데 요즘 와서 그 이유를 조금 알 것 같애."

거기에도 무슨 이유가 있는 것일까. 하긴 이유가 있겠지.

"엄마한테는 내가 제일 가까운 사람였던 거야. 살기가 좀 어려웠니. 그래서 속이 상할 때면 날 가지고 괜히 구박하고 그랬던 거야."

어머니가 죽고 나면 이 사람이 내 마음속 어머니가 되리라. 따뜻한 두부 같은 사람.

"넌 앞으로 어떡할 거니?"

"뭘?"

"언제까지 그렇게 집도 절도 없이 떠돌아다니며 살 거야. 적당한 사람 있으면 그만 살림 차려. 너도 이젠 서른여섯이잖아."

적당한 사람. 그런 사람이 내겐 없다. 하지만 그리운 사람이 하나 쿠타에 있기는 하다. 일주일 후 나는 비행기를 타고 그곳으로 갈 것이다. 지금까지는 아무에게도 얘기하지 않았지만 나는 장래의 내 어머니에게 그곳에 그리운 이가 있다고 고백했다.

"쿠타가 어디야?"

발리에 있는 관광 해변이다. 올 1월에 나는 십이 일간 발리에 가 있었다. 서울은 너무 추웠으므로 그냥 따뜻한 곳에 가 있고 싶었던 것이다.

"그럼 인도네시아 여자란 말이야?"

누나는 눈을 동그랗게 뜨고 나를 마주보았다. 그렇다는 뜻으로 나는 고개를 끄덕거렸다. 그러자 그녀의 얼굴이 금세 아연한 빛으로 변했다.

"그럼 이름은 뭐고 몇 살이니?"

그럼이라니.

"수전이란 영어 이름을 쓰고 있어서 발리 이름은 몰라. 나이는 스물둘."

"너무 어리구나. 그래…… 그럼, 그 여자와 무슨 약속이라도 있었던 거야?"

누나는 쓸데없이 자꾸 진지해지고 있었다. 괜한 얘기를 했나보다.

"돌아가겠다고 약속했지."

스물여섯 살 이후 내게는 집이 늘 떠나기 위해 돌아오는 곳이었다. 거꾸로 내가 다닌 세상의 모든 곳은 돌아가기 위해 떠나오는 곳이었다.

"그 약속 지킬 거야?"

"그러우니까 아마 저절로 지키겠지?"

이번에 가면 발리 이름부터 알아놓으리라. 누나는 그새 뭔가를 체념한 얼굴이 되어 있었다. 이런 일에 있어서 여자들은 굉장히 체념이 빠르다.

"뭐하는 여자니?"

"우리 식으로 말하면 여고 나와 호텔 식당에서 일해."

"호텔 이름은?"

별걸 다 묻는다.

"발리서머호텔."

발리서머호텔, 이라고 우물우물 되받으며 누나는 사뭇 미덥잖고 걱정스런 얼굴로 나를 뚫어지게 바라보았다. 그러더니 문득.

"넌 나이를 먹어도 왜 그렇게 꿈처럼 사니."

내게는 꿈이 생시요 생시가 곧 또 꿈이다. 난들 어쩌겠는가. 어쨌든 그리운 이가 지금 쿠타에 있다는 것이다.

쿠타의 발리서머호텔 식당에서 도미구이를 먹다가 나는 그녀와 멀리서 눈이 맞았다. 사롱(발리 치마)이 잘 어울리는 까무잡잡한 피부의 키가 작고 귀여운 여자였다. 떠나오기 전 나는 그녀에게 졸탄 코다이의 〈무반주 첼로 소나타〉가 들어 있는 시디와 플레이어를 주고 왔다.

돌아와서 가끔 꿈을 꾸곤 한다. 그녀와 열대 안락의자에 앉아 빈땅이란 발리 맥주를 마시며 코다이의 무반주 첼로를 듣는 꿈을.

그때 안방에서 어머니가 부르는 소리에 누나가 네! 하고 자리에서 벌떡 일어났다. 일어나며 그녀가 말했다.

"엄마한테 그 여자 얘기 했어?"

어찌 그런 얘길 하겠는가.

"혹시 상처라도 입지 않을까 걱정된다. 너희 둘 다 말이야."

상처. 어차피 모든 그리움은 상처의 원인이다. 나중에 상처로 변해 그리웠던 만큼 가슴에 남게 된다. 그걸 떠안고 누구나 살아가게 된다.

안방에 갔던 누나가 돌아온 건 그로부터 약 오 분 후다. 그녀는 방으로 들어올 생각을 않고 문밖에서 암만해도 어머니가 이상하다고 말했다. 왜?

"갑자기 뒤꼍에 맷돌이 있나 보고 오래. 그걸 쓰지 않은 지가 벌써 언젠데."

"……있긴 있어?"

"있어."

"그럼 됐잖아. 이제 누나도 그만 들어가 쉬어. 아참, 그리고 한 가지 물어볼 게 있는데."

뭐? 하고 그녀가 외등 불빛에 일긋거리며 물어왔다.

"혹시 우리 어렸을 때 해바라기밭에서 찍은 사진 가지고 있어?"

유감스럽게도 누나는 그 일만큼은 전혀 기억하지 못하고 있었다.

누나가 서쪽 방으로 들어가고 나서 집이 문득 고요해졌다.

발리서머호텔

그녀는 끈 달린 하얀 신을 신고 있었다. 아침저녁으로 식당에 내려갈 때마다 그녀가 내게로 왔다. 사흘째 되던 날 아침에 나는 그녀가 도미구이를 식탁에 갖다놓는 사이 남들이 눈치채지 못하게 밤새 아침이 되기를 기다렸노라고 그녀에게 속삭였다. 식탁 밑의 하얀 신발을 내려다보면서. 그 말에 여자는 다리를 후들후들 떨고 있었다.

다음날 아침에도 그녀는 내가 앉아 있는 식탁으로 쟁반을 들고 왔다. 나는 그녀에게 한국엔 지금 눈이 많이 온다고 말해주었다. 그제야 그녀는 눈, 이라고 가까스로 되받았다. 당신 신발처럼 하얀 눈, 이라고 나는 그녀에게 다시 말했다. 그러자 그녀는 발을 안쪽으로 오므리며 낮은 소리로 웃었다. 그러고 나서 내가 식사를 끝낼 때까지 멀리서 나를 바라보았다.

발리서머호텔에서 닷새째 머물던 날 아침에 나는 과일과 커피와 토스트를 가져온 그녀에게 저녁에 와텔(사설 전화국) 앞에서 만나자고 했다. 야외카페가 밀집해 있는 곳이었다. 거기서 나는 그녀와 밤새 빈땅을 마시며 그저 아무 얘기나 주고받고 싶었던 것이다. 그녀는 얼굴을 확 붉히곤 고개를 가로저으며 도로 제자리로 돌아갔다. 그리고 먼 데서 또 나를 바라보며 우두커니 서 있었다.

그날 밤 그녀가 내 방으로 왔다. 와서 서먹하게 한 시간이나 코다이를 되풀이해서 듣다가 서로 입이 마를 즈음 슬그머니 옷을 벗었다. 그녀는 아기처럼 내 품에 안겨들며 서툰 영어로 말했다.

"눈 보고 싶어요."

"그래, 눈이로군."

"하늘에서 신발이 매우매우 떨어져요?"

웃으면서 나는 그렇다고 대꾸했다. 하늘에서 흰 신발들이 마구마구 떨어지는 것이다. 그리고 나는 한국어로 그녀에게 이렇게 말하고 있었다.

"오래도록 너를 사랑했어. 이 말없는 애야."

뜻을 알 리 없을 텐데 그녀는 묵묵히 내 말에 귀를 기울이고 있었다.

"너는 지금도 모네의 붓질 속에 숨어 있겠지. 그 기묘한 빛의 그림자 속에. 이 벙어리 여자야."

그녀는 가슴과 엉덩이의 선이 무어라 말할 수 없이 아름다운 여자였다. 창밖에선 외등 불빛 속에서 야자수 잎이 쉼없이 흐느적거리고 있었다. 눈을 감으니 야자수 잎이 저마다 커다란 물고기로 변해 이마 위로 천천히 떠가는 것이었다.

다음날엔 정오에 그녀가 왔다. 그날도 그녀는 내게 눈 이야기를 해달라고 졸라댔다. 나는 그녀의 벗은 등 너머로 열대 장미와 야자수를 훔쳐보며 줄곧 동쪽 방의 내 연인을 생각하고 있었다.

일주일째 나는 그곳을 떠났다. 흰 신발과 코다이를 남겨두고. 다시 돌아오리란 약속을 던져두고. 그러나 그녀는 내 말을 믿지 않는 것 같았다.

울루와투에 가서 사흘을 보내고 서울로 돌아오던 날 뜻밖에 그녀가 덴파사르 응우랄라이 공항까지 배웅을 나와 내가 눈사람이 아니길 바란다며 불현듯 눈시울을 붉히고 말했다.

신발

자정이 지나 잠자리에 들려고 화장실에 다녀오는데 아버지가 밖으로 따라나왔다. 아니, 나를 따라나왔던 게 아니다. 오줌을 누고 도로 방으로 들어가는데 아버지가 마루 앞에서 손에 무얼 들고 시커멓게 서 있었다. 다가가보니 어머니의 신발이었다. 감히 왜냐고 묻지를 못하고 나는 아버지의 얼굴만 그저 뜨악하게 마주보고 있었다.

"어째 이걸 가지고 들어오란다."

아버지의 목소리는 웬일인지 부들부들 떨리고 있었다. 그리고,

신발을 든 아버지가 안방으로 들어가고 나서 집안의 모든 불이 다 꺼졌다.

밤의 걸음걸이

애야, 오늘 난 우리집의 평면도를 그려놨어. 언젠가는 햇빛을 받아 누렇게 색이 바래고 두루마리처럼 안으로 말려버릴 테지. 우리들 인생처럼. 그러고 나면 이 집과 함께했던 우리 세월의 기억도 점점 희미해지겠지. 하지만 나중에라도 왠지 너만은 모든 걸 다 기억하고 있을 것 같아. 해바라기밭에서 찍은 사진도 네가 가지고 있다는 걸 난 알아. 어느 여름날 우리는 해바라기 푸른 대궁 사이에 숨어 겁없이 입을 맞췄지. 너는 그 큰 눈으로 일생一生처럼 나를 바라보고 있었어. 혹은 내가 너를.

며칠 후 난 또 너를 만나러 갈 거야. 아주 먼 열대의 섬이지. 그래, 열대. 거기서 내 서른여섯 살에 다시 너를 만나게 될 줄이야.

신발도 없이 밖에서 밤이 지나가는 소리가 들려온다. 해바라기 지붕을 밟고 지나 마당과 화단을 밟고 지나 장독대를 밟고 지나 상기는 담을 타넘어가고 있다.

밤의 발소리가 도로 돌아와, 내 머리맡에 바투 와서 어깨를 흔든 건 아마 새벽 세시나 네시쯤이 됐을 시각이었다. 그녀와 열대 안락의자에 앉아 코다이를 듣다가 한순간 나는 눈을 번쩍 뜨고 자리에서 일어났다. 그리고 나는 밤이 내 귀에다 대고 하는 소리를

194

캄캄히 엿듣고 있었다.

"갔어!"

조용히 말해도 될 텐데 그는 굳이 외쳐 말하고 있었다. 이토록 고요한 밤에도 귀가 어두운가. 일어나서 내가 불을 켜려고 하자 그가 내 손목을 차갑게 거머쥐었다.

"냅두고 나와!"

나는 그에게 손목이 붙들려 방밖으로 나갔다. 마루로 막 올라서려다 말고 그가 해바라기 방에서 했던 말을 되풀이했다.

"네 어미가 갔다고!"

그제야 나는 안방에 무슨 일이 일어났는지를 퍼뜩 깨달았다. 서쪽 방과 동쪽 방은 아직 깊이 잠들어 있었다. 이어 부들부들 떨리는 다리를 겨우 가누고 안방으로 들어섰을 때 맨 먼저 내 눈에 들어온 것은 어머니의 머리맡에 놓여 있는 흰 고무신이었다.

(1997)

찔레꽃 기념관

1

어렸을 적에 나는 한 달에 한 번꼴로 두 손에 달걀을 하나씩 들고 이발소에 갔다. 햇수를 따지면 1968년까지 나는 그런 농경문화권 이발소에 다녔다. 돌아보니 삼십여 년 전의 일이다. 내가 그새 이렇게 나이를 먹었다니. 하긴 고등학교에 들어가서부터 상습적으로 술담배를 복용했으니 그것만 해도 이십오 년이다. 어쨌든 달걀을 들고 이발소에 가는 것은 이제 되풀이할 수 없는 추억이 되고 말았다. 말할 것도 없이 그것은 머리를 깎는 삯이었다. 달걀뿐만 아니라 쌀, 보리, 팥, 대추, 밤, 꿀, 배추, 무, 사과, 파, 시금치…… 이모든 것이 화폐 대용으로 쓰였다. 외상도 드문 일이 아니었다. 아들 둘과 딸 하나를 거느린 방앗간집은 일 년 내내 아이들 머리를 외상으로 깎고 가을 추수 때 보리 몇 말로 한꺼번에 갚았다. 여자 아이들도 이발소에서 머리를 깎았음은 물론이다. 당시 시골엔 미장원이란 게 없었으므로.

이발소에 갈 때면 어머니는 늘 갓 낳은 따뜻한 달걀을 내 손에 쥐여주곤 했다. 그 마음씀이야 모르는 바 아니었으나 나는 그게 꼭 달갑지만은 않았다. 손에 피가 묻어날 때가 있었던 것이다. 내게 있어서 그것은 곧 여자의 피를 뜻했다.

이발소는 초등학교 앞 개울 건너편에 있었다. 조그만 마당이 딸린 방 두 칸짜리 오래된 기와집이었는데 옛날 어느 양반네 첩이 살던 집이라고 했다. 첩이 죽고 나서 그 집은 아무나 길 가던 사람들이 머물다 떠나는 객사客舍로 변했다. 그중에는 소장수나 방물장수도 있었고 때로 문둥이나 들병이가 와서 지친 몸을 쉬다 갔으나 쫓아내는 사람은 없었다. 나그네도 쉬어서 갈 데가 있어야 함을 누구나 알던 시절이었다.

말이 이발소지 간판조차 걸려 있지 않았다. 부엌과 붙어 있는 방 한 칸을 개조해 고문기구처럼 생긴 육중한 쇠의자를 하나 들여다놓고 군데군데 수은 칠이 벗겨진 거울을 벽에 걸어놓았을 뿐이었다. 의자도 하나, 거울도 하나, 이발사도 물론 한 사람이었다. 먼저 온 사람이 있을 땐 바깥 마루에 나가 앉아 한참을 기다려야 했다. 안전핀이 뽑힌 수류탄처럼 달걀이 식지 않게 단단히 쥐고 있었던 기억이 지금도 뚜렷이 기억에 남아 있다.

이발사는 이십대 후반의 젊은 남자로 비쩍 마른 몸에 얼굴엔 늘 핏기가 없었다. 서울서 대학에 다니다 병에 걸려 요양차 내려와 있다 아예 눌러앉았다는 소문이었다. 마을 이장네 먼 친척뻘이라고 했다. 사고무친, 혈혈무의로 마땅히 갈 데가 없어 이곳까지 찾아왔다고 들었다. 그가 이발사가 된 것도 처음부터 뜻이 있어 그랬던 것 같지는 않다. 병든 몸으로 남의 마을에 얹혀살다보니 내심 빚감정이 쌓이기도 했을 것이다. 병이 다 나아갈 무렵 그는 읍내에 나가 바리캉을 사들고 와 지나가는 아이들을 하나씩 불러 머리를 깎아주기 시작했다. 그러다보니 차츰 어른들까지 이발사 취급을 해버렸을 줄로 안다. 동네에 이발소가 없었으므로 머리를 한 번 깎으려면 읍내까지 나가야만 했던 것이다. 그러기를 이미 삼 년, 그는 좀처럼 마을을 떠날 기미가 없었다.

머리를 깎으러 오는 사람이 없을 때 그는 바깥 마루나 이발소 의자에 앉아 늘 책을 읽고 있었다. 어찌나 심각해 보이는지 대문 안으로 성큼 발을 들여놓을 수가 없었다. 그럴 때면 나는 손에 달걀을 쥔 채 이발소 주위를 빙 돌아 다시 입구를 기웃거리곤 했다. 시나브로 들판에 보리가 익어가는 더운 봄, 이발소 주위에는 어느덧 찔레꽃이 무리져 피어 있었다. 밤에도 이발소 주위는 멀리서 보아도 찔레꽃으로 환하였다. 이발사는 밤늦도록 불을 밝힌 채 책을 읽거나 때로 개울가에 나와 앉아 술을 마시며 노래를 부르기도 하는 것이었다.

여덟 살의 아이였던 나는 쇠의자 위에 가로로 올려놓은 빨래판에 앉아 머리를 깎아야만 했다. 이내 궁둥이가 아파왔다. 어찌나 아픈지 궁둥이의 빨래판 주름은 다음날이나 돼야 없어졌다. 요즘도 이발소에 갈 때면 문득문득 밀려오는 그 우둘두둘한 주름살의 그리움. 빨래판 위에 앉아 있으면 사위가 어지럽게 흔들리곤 했다. 돌연 세상이 발밑으로 내려다보이며 마치 용상에 앉아 있는 듯한 착각에 사로잡힐 때가 있었다. 나는 그 달걀 두 개가 부여해준 높이를 내심 즐기고 있었던 모양이다.

이발사가 머리를 깎는 동안 나는 졸았다 깼다를 반복하며 거울 위에 걸려 있는 푸슈킨의 시를 읽고 있었다.

삶이 그대를 속일지라도
슬퍼하거나 노여워 말라
슬픔의 날을 참고 견디면
머지않아 기쁨의 날이 오리니

현재는 언제나 슬프고 괴로운 것
마음은 언제나 미래에 사는 것
그리고 또 지나간 것은
항상 그리워지는 법이니
……

푸슈킨 왼쪽에는 밀레의 〈만종〉이 오른쪽에는 시골 풍경을 묘사한 조악한 그림이 나란히 걸려 있었다. 어느 이발소에 가나 걸려 있는 그림들이었다. 지금 와서 생각하건대 당시 이발소는 하나의 사원寺院이었다. 그 어떤 신성을 부여하는 장소였다. 머리를 깎는 행위부터가 그러한데 거기에 푸슈킨의 시가 있었고 또 밀레의 〈만종〉이 있었다. 그 얼마나 많은 사람들이 무거운 쇠의자에 앉아 검불 같은 머리칼을 다듬으며 「삶이 그대를 속일지라도」를 읽으며 마음속의 슬픔과 노여움을 삭였겠는가. 또 밀레의 〈만종〉을 보며 고단한 삶의 거룩함을 일깨웠겠는가. 비록 조악하기 짝이 없으나 시골 풍경을 묘사한 그림도 빼놓을 수 없다. 바야흐로 가을인 듯한데 초가지붕 위에 고추가 널려 있고 마당 한쪽에서는 팔을 걷어붙인 젊은 부부가 절구에 떡방아를 찧고 있다. 노인들은 정자에 앉아 곰방대를 입에 물고 장기를 두며 한담을 나누고 있고 개울에서는 아이들이 고기를 잡고 있는데 닭과 고양이와 강아지가 몰려와 구경을 하고 있다. 그것은 내가 사는 마을 풍경과 실로 다를 바 없었는데, 그럼에도 불구하고 푸슈킨 옆에 또 밀레 옆에 당당히 걸려 있는 것이었다. 아, 그것은 바로 낙원의 풍경이었던 것이다.

머리를 깎고 있는 동안 이발소 안으로 닭이나 강아지가 기웃거리며 들어오는 일이 있었다. 그때마다 나는 은근히 신경이 곤두섰으나 이발사는 안으로 들어온 짐승들을 구박하거나 내쫓지 않았다. 어떤 날은 새가 날아들어왔다 나가는 일도 있었다. 그런데 한 번은 돼지가 이발소 안으로 들어왔다. 거울 속으로 꿀꿀거리며 들어오는 돼지를 보는 순간 나는 얼마나 놀랐던가. 이발사도 그땐 당황한 기색이 역력했다. 하지만 곧 크허허, 웃고 나서 바리캉질을 계속하는 것이었다. 어느 집 돼지가 우리를 벗어나 동네 행차를 한 모양이었다. 가끔 그런 일이 있었다. 고삐 풀린 소가 개울을 헤엄쳐 건너 옆마을로 마실을 가는 일도 심심찮게 일어났으니까.

나는 이발사에게 돼지를 쫓아내라고 말했다. 그러자 이발사가 손을 멈추고 거울 안에서 나를 조용히 바라보았다. 돼지는 내가 앉아 있는 의자 밑으로 다가와 고약한 냄새를 풍기고 있었다. 네발과 엉덩이에 똥이 질펀하게 묻어 있었다.

"왜, 돼지가 싫으냐?"

나는 한껏 인상을 찌푸리고 말했다.

"냄새나잖아요. 돼지우리에 앉아 머리를 깎고 싶진 않아요."

이발사가 혀를 차며 괜히 핀잔을 늘어놓았다.

"어린것이 벌써부터 상전 흉내나 내다니. 나중에 커서 뭐가 되려고, 쯧쯧."

그는 복어 이빨처럼 날카롭게 생긴 바리캉을 곤추세우더니 내 뒤통수를 다시 밀어올리기 시작했다. 좀 전과는 달리 복어 이빨 사이에 머리털이 자주 끼어 뜯겨나갔다. 나는 이를 앙다문 채 찔끔찔끔 비어져나오는 눈물을 참고 있었다. 그렇다고 이발사에게 따질 수도 없는 노릇이었다.

"하긴 짐승 대신 사람이 우리에 갇히는 시절이지. 군인들이 판치는 시대야."

돼지는 그 탐욕스런 주둥이를 의자 모서리에 비벼대며 쉼없이 꿀꿀대고 있었다. 마침내 이발사도 작업에 방해가 된다고 생각했는지 왼발로 돼지 옆구리를 툭 걷어찼다. 돼지는 꽥! 하는 소리를 내지르며 문간으로 쫓겨갔다가 이번에는 세면대 쪽으로 슬금슬금 다가갔다.

"이제 면도를 해야겠다."

이발사는 바리캉과 가위를 내려놓은 다음 양철통에서 구두솔로 비누거품을 만들어 내 관자놀이와 목덜미에 듬뿍 처발랐다. 이어 가죽띠에 면도칼을 슥슥 문지르더니 왼손 엄지손가락으로 내 관자놀이 윗부분을 지그시 누른 채 면도를 하기 시작했다.

"움직이지 말고 가만히 있어."

면도를 하는 동안 나는 숨조차 제대로 쉴 수 없었다. 번질한 가죽띠에 벼려질 대로 벼려진 면도칼이 목살을 훑고 지나가는 느낌 기억하시는지. 이발사가 자칫 마음을 잘못 먹는다면 멱을 따는 일쯤이야 아무것도 아닐 터이었다. 나는 낮게 숨을 내쉬며 속히 면도가 끝나길 기다렸다. 돼지가 다시 의자 밑으로 뒤뚱거리며 다가왔다.

"꿀꿀 꿀꿀."

하필이면 그때 이발사가 내게 물어왔다.

"넌 나중에 커서 뭐가 될래?"

아직 어렸으므로 나는 장래 문제에 대해서는 깊이 생각해본 적이 없었다. 내가 대답을 못하고 꾸무럭거리고 있자 이발사가 다시 물어왔다. 기어이 돼지가 그 더러운 발을 의자 모서리에 걸친 채 주둥이를 내 발에 문질러댔다. 그 와중에도 나는 움직이지 않고 용케 버티고 있었다.

"군인이 될 거예요. 혁명을 해서 사람들을 잘살게 하고 싶어요. 밀가루 대통령처럼 말예요. 라디오에서 많이 들었어요."

당시 박정희는 밀가루 대통령으로 불렸다. 민생고를 우선 밀가루로 해결하며 민심을 샀던 것이다. 뒤미처 불길하고 섬뜩한 느낌이 귓바퀴 아래로 날카롭게 스치고 지나갔다. 곧바로 목덜미에 끈적한 액체가 따뜻하게 흘러내렸다. 아주 순식간의 일이었다. 그다음에 또 무슨 일이 일어났던가. 이발사가 면도칼을 든 채 돼지의 아랫배를 거칠게 발로 걷어찼다.

"꽤액!"

함께 놀아주는 줄 알았던 이발사가 갑자기 폭력을 휘두르자 돼지는 눈부신 속도로 문턱을 넘어 밖으로 도망쳤다. 피는 목덜미를 타고 견갑골로 차갑게 흘러내리고 있었다. 나는 잔뜩 도사린 채 숨을 죽이고 있었다. 거울에 거꾸로 비친 이발사의 얼굴은 흉하게 일그러져 있었다. 그가 수건을 들고 와서 피를 닦아내고 지혈제를 뿌렸다. 면도를 마저 끝내며 그는 사뭇 떨리는 목소리로 이렇게 말했다.

"함부로 그런 말 하는 게 아니다. 라디오에서 나오는 말이라고 그대로 믿으면 안 돼. 그건 확성기 같은 거야."

나는 그때까지 확성기가 어디에 쓰는 물건이지 모르고 있었다. 내 살을 벤 것이 미안했던지 이발사의 음성은 한껏 누그러져 있었다. 하마터면 귀가 잘려나갈 뻔했다. 내가 집에 가서 말하지 않더라도 이발사는 욕을 먹을 게 뻔했다. 나더러 들으라는 소린지 짐짓 타이르는 투로 그가 중얼거렸다.

"나는 시인이 되고 싶었단다. 하지만 시가 아무짝에도 쓸모가 없다는 것을 알고 그만두었다. 총칼 앞에서 시가 얼마나 무력한지 이 두 눈으로 똑똑히 보았던 것이다. 그래서 나는 시인이 되기를 포기했다. 시는 또 밀가루처럼 사람을 먹여살리지도 못하지. 그것은 그저 어두운 처마밑에 홀로 피어 있는 들꽃 같은 거야."

찔레꽃 냄새가 이발소 안으로 분분히 날려들어오고 있었다. 마당의 창창한 햇빛 속을 가로질러 들어오는 그 냄새는 아지랑이처럼 눈에 잡힐 듯했다.

나는 한참을 망설이다 가까스로 용기를 내어 이발사에게 물었다.

"시인이 뭔데요?"

그가 잠깐 나를 흘겨보더니 거울 위에 붙어 있는 푸슈킨의 시를 가리켰다.

"비록 이발소에 걸려 있지만 저건 아주 위대한 시란다. 아니, 그만큼 위대한 시라서 이발소에도 걸려 있는 거겠지. 시인이란 그러니까……"

순간 무슨 생각을 했음인지 나는 그의 말을 툭 가로채며 끼어들었다.

"시인이란 그러니까 위대한 이발사 같은 거로군요."

그가 난감한 표정을 짓고 있더니 곧 단념한 투로 웃어버렸다.

"여기 이렇게 숨어 책이나 뒤적이며 세월을 보내고 있으니 그래, 네 말대로 이발사가 곧 타락한 시인인지도 모르겠구나."

그해 가을 나는 부모를 따라 고향을 떠났다. 그러고 나서 몇 년인가 뒤에 우연히 이발사에 대한 소식을 듣게 되었다. 내가 떠난 이듬해 봄, 뾰족구두에 분홍색 양장을 차려입은 웬 여자가 이발소로 그를 찾아왔다고 한다. 그리고 며칠 뒤 새벽에 둘이 함께 사라졌다는 얘기를 들었다. 이발사가 떠난 뒤에 기와집은 뜯겨지고 그자리에 새마을회관이 들어섰다. 그후 나도 고향에 가본 일이 없어서 아직도 그 주위에 봄이 되면 찔레꽃이 피는지 어떤지 모르겠다.

고등학교 졸업반 때까지 나는 군인이 될 생각을 여전히 버리지 않고 있었다. 고백하자면 연애 실패도 그런 생각을 부추기는 데 한몫했다. 고등학교 일학년 때 일찌감치 첫사랑에 실패하고 나서(그녀는 성악을 전공하는 옆집 대학생이었다. 그리고 훗날 꿈을 이뤄 정말 성악가가 되었다) 나는 때없이 술에 취해 흔들리는 자신이 혐오스러워 나머지 인생을 단순명료하게 살아가기로 결심했다. 인생에 주어지는 모든 선택의 기회는 단 한 번뿐이라고 생각했다. 푸른 제복이 아름다워 보였던 건 어쩌면 당연한 일이었다. 불자들과 마찬가지로 그 단일한 색상과 디자인의 옷으로 또 무표정으로 일관하며 생을 버티고 싶었다. 감상에 의지한 채 앞으로 어찌될지 모를 운명에 자신을 맡긴 채 기나긴 인생을 표류하고 싶지 않았다. 그러기 위해서는 또 군대라는 남자들만의 세계를 선택하는 것이 마땅해 보였다. 그들은 한결같이 고독해 보였으나 결코 나약해 보이지 않았고 눈앞에 적이 나타나면 뒤로 물러서지 않았다. 아니, 물러서지 못하도록 돼 있었다. 그러한 인생을 나는 염원했던 것이다.

그런데 그해 가을 10·26 사태가 발발하는 바람에 나는 군인이라는 직업에 대해 심각하게 다시 검토해보게 되었다. 국가원수가 저격당한 것부터가 우선 충격적이었으나 총으로 일어선 것은 총으로 쓰러진다는 말로 대개는 고개를 끄덕거리는 분위기였으니 그건 그렇다 치고, 누구도 청하지 않았음에도 불구하고 국가 질서를 바로잡는다는 명분을 내세워 탱크를 밀고 민간인 구역에 들어와 사람들을 두려움에 떨게 하는 게 바로 군인이었다. 그것도 모자라 죄 없는 사람을 살상할 수도 있는 게 군인이라는 것이었다. 이는 이듬해 대학에 들어가서도 확인한 사실이었다. 군인은 적이 아니면 총을 겨누지도 쏘지도 말도록 돼 있다. 그제야 나는 내게 무슨 각별한 애국심이나 야심이 있어 군인이 되고자 한 게 아니었음을 깨달았다. 오히려 군인이 되겠다고 생각한 건 철저히 낭만적인 발상이었음을 알게 되었다. 나는 스스로를 삶의 적으로 삼아 일생 고독하게 싸우다 장렬히 전사하고 싶었을 따름이었다. 그 들끓는 내면의 총화가 군인이라는 표상으로 오랫동안 가슴에 자리잡아왔던 것이다. 어불성설일지 모르겠으나 훗날 곰곰이 생각해보니 그것이 결국, 바로, 시인의 마음이란 것이었다. 자나깨나 세상과 맞서 자신과의 싸움을 고독하게 되풀이하는 일 말이다. 비록 시인은 군인이 될 수 없겠으나 나는 지금도 순수한 군인은 시인과 다를 바 없다고 생각한다.

나는 시인이 되고 싶어 문과대학에 입학했다. 앞서도 말했지만 내가 대학에 들어간 해에는 5·18 광주 민주화항쟁이 일어났고 삼학년을 마치고 징집영장이 나오기까지 일 년을 허송세월하다 군대에 갔다 와 복학한 해에는 6·29 선언이 나올 때까지 전국적으로 대규모 시위가 계속되었다. 돌아보니 내가 태어나던 해에는 5·16 군사 쿠데타가 발생했었다. 내가 성장 혹은 변화하려고 하는 시기마다 쿠데타가 발생하거나 혁명이 일어나거나 하는 격변기가 찾아왔던 것이다. 누가 내 말을 부인한다 해도 그런 사건들은 젊은 날 내 의식의 사지에 그때마다 압정을 하나씩 박아놓는 역할을 했다. 압정 하나는 배꼽에 꽂혀 있고.

서른두 살에 나는 소설가가 되었다. 아무래도 좋은 시인이 될 자신이 없었거나 애초에 자질이 부족했던 탓이리라. 어느덧 나는 마흔세 살이 되었고 이렇듯 길게 살아오다보니(그런 생각이 들 때가 가끔 있다) 어쩔 수 없이 불행이란 걸 몇 번 경험할 수밖에 없었고 한 가지만 예를 들면 삼십대 초반에 나는 대학 동기인 음대 출신의 영민한 여자와 결혼했으나 곧 엄청난 혼란이 닥쳐왔고 기나긴 우여곡절 끝에 마침내 다시 혼자가 되었다. 그렇게 된 데 대해 그녀를 탓할 생각은 조금도 없다. 언제나 내가 문제가 됐었으니까. 또 그러한 사실을 나 스스로도 인정하고 있다. 그녀와는 헤어질 때까지 함께 산 날보다 따로 지낸 날이 훨씬 많았다. 그렇다고 지금까지 살아온 삶을 후회한다는 뜻은 아니다. 세상을 살면서 뜻대로 되는 일은 매우 드물기 때문이다. 군인이 되려고 했다가 소설가가 된 것도 어쩌면 그 증거의 하나랄 수 있다. 삶은 결코 후회를 허락하지 않는다.

2

'조금 전에 어떤 남자와 헤어졌어요'라고 그녀는 내게 말을 걸어왔다.

아래층에서 함께 엘리베이터를 타고 오층으로 올라갈 때였다. 그녀는 505호에 사는 여자였고 나는 510호에 살고 있었다. 전에도 엘리베이터에서 마주친 적이 있었는데 같은 오피스텔에서 살면서 그것은 피할 수 없는 일이었다. 하지만 낯이 익다고 해서 알은체를 하는 경우는 거의 없었다. 각기 다른 행성에 사는 사람들처럼 무관심한 태도를 보이게 마련인 것이다. 그것은 나도 예외가 아니어서 사생활이 보장되지 않는 한 오피스텔이란 공간은 쓸모가 없기 때문이다. 여기에 살면서 누가 말을 걸어온 것은 그때가 처음이었다.

그녀가 왜 내게 그런 엉뚱한 말을 던져왔는지 나로서는 알 길이 없었다. 가끔 엘리베이터에서 마주치더라도 그녀는 내둥 눈길을 피하고 있다가 문이 열리기가 무섭게 먼저 밖으로 빠져나가곤 했던 것이다. 엘리베이터는 삼층을 막 통과하고 있었다. 나는 그녀가 한 말을 못 들은 척 벽면을 향해 비스듬히 돌아서 있었다. 심정이 다급할 때는 누구나 저도 모르게 말을 실수할 수 있는 법이다. 물에 빠져 지푸라기라도 잡는 심정으로 아무나 붙잡고 하소연하고 싶은 순간이 분명 있다. 하지만 그때마다 붙잡혀 서서 나와는 아무 상관이 없는 얘기를 낱낱이 들어줄 수는 없는 노릇이다. 붙잡은 쪽에서도 대개는 그런 자신을 곧 후회하게 된다.

"불과 삼십 분 전에 그 자식과 헤어지고 돌아오는 길이에요."

내가 그녀를 향해 돌아선 것은 엘리베이터가 오층에 멈춰 섰을 때였다. 이어 땅! 소리를 내며 문틈이 좌우로 벌어졌다. 오후 일곱시의 복도로 역광이 쏟아져들어오고 있었다. 나는 눈이 부셔 복도로 발을 내딛다 말고 고개를 외틀었다. 뒤따라나올 줄 알았던 그녀는 엘리베이터 안에 그대로 서 있었다. 오른손 엄지로 열림 버튼을 누른 채. 눈에 핏발이 도져 있고 얼굴에 화장이 얼룩져 있고 머리가 어수선한 게 어디서 코가 빠지게 울고 돌아오는 길이라는 걸 누가 봐도 한눈에 알 수 있었다. 괜히 돌아본 것일까? 나와 눈이 마주치자 그녀가 대뜸 또 이랬다.

"미안하지만 맥주 한잔 사줄래요?"

말하자면 나더러 도로 엘리베이터에 타라는 얘기였다. 말문을 튼 적이 없으니 그녀가 나를 안다고 할 수는 없었고 나 역시 그녀에 대해서 아는 바가 전혀 없었다. 직장 여성 같지는 않았는데 여기 사는 사람들의 신분이야 모두 베일에 가려져 있어 짐작할 방법이 없었다.

"혹시 저한테 하실 말씀이 있는 겁니까?"

근 일 년 넘게 한오피스텔, 그것도 같은 층에 살아온 인연 때문에라도 한마디로 차갑게 거절하기가 힘들어 나는 그렇게 에둘러서 물었다. 언제 봤다고 그녀가 자못 짜증스런 표정으로 재촉했다.

"타려면 빨리 타세요. 아래층에서 사람들이 기다리고 있잖아요."

거기서 더 멈칫거릴 수가 없어 나는 일단 엘리베이터에 올라탔다.

일층으로 내려오자 아닌 게 아니라 남자 둘과 여자 셋이 한결같이 오징어를 씹는 듯한 얼굴로 그녀와 나를 번갈아 쏘아보았다. 다행히 시비를 걸어오지는 않았다. 그녀가 앞서 현관을 나섰고 나는 무심코 그녀의 뒤를 따라갔다. 밖엔 아직 빛이 남아 있었으나 그 잠깐 사이에 날이 흐려져 밤엔 비가 뿌릴 듯했다. 음식점과 여관과 전파사와 악기점과 구멍가게와 술집 들이 빼곡히 들어차 있는 골목을 벗어나 그녀는 편의점 옆에 있는 '쪼끼쪼끼'라는 생맥줏집으로 무턱대고 들어갔다. 마침 차디찬 맥주가 마시고 싶던 터라 그때까지 나는 내게 무슨 일이 일어나고 있는지조차 미처 깨닫지 못하고 있었다.

낮엔 그새 더위가 몰려와 설쳐대는 5월 중순 토요일이었다. 자리에 앉자마자 냅킨을 뽑아 코부터 풀어내며 그녀는 메뉴판을 가져온 여자 종업원에게 생맥주 두 잔과 소시지 안주를 시켰다. 물론 내게 물어보지도 않고. 종업원이 돌아간 뒤에야 그녀가 제 머리를 쥐어박으며 투덜거렸다.

"아까 먹은 걸 또 시켰네. 오늘 내가 왜 이렇게 정신이 없지?"

내가 봐도 정신이 없어 보였다. 몇 년 전에 달 여행을 떠났다 방금 지구로 돌아온 사람 같았다. 아까 헤어진 남자와도 분명 이 술집에 앉아 있었을 것이다(나중에 알고 보니 사실이었다). 그녀는 잊었던 중력에 적응하고 당장의 혼란과 충격을 완화하기 위해 급히 누군가를 필요로 한 것이었다. 그게 바로 나였다. 그때 그녀에게 있어서 나는 그다지 낯선 사람도 아니었을 것이다. 그녀는 청바지 주머니에서 꼬깃하게 접혀 있는 담배를 꺼내 입에 물더니 불티나로 불을 붙였다. 쪼끼쪼끼라는 글자와 전화번호가 선명히 박혀 있는 새 라이터였다. 통성명도 하지 않은 채 그녀는 입에서 나오는 대로 내뱉었다.

"어째서 나와 만나는 남자들은 다들 한 시즌도 버티지 못하고 뺑소니를 치는 거죠? 그렇다면 내게 문제가 있는 건가요?"

논쟁할 가치가 없는 질문이어서 나는 잠자코 있었다. 문제는 누구에게나 있는 법이다. 자세한 내막은 알 수 없으나 전적으로 그녀에게 책임이 있다고 말할 수는 없을 터이었다. 연애 실패란 흔히 문제 제공에 따른 책임의 결과가 아니다. 그보다는 일방의 감정 변화에 의한 성적 에네르기의 함수관계가 맞지 않게 되었다고 보는 견해가 타당하다. 그러므로 그녀가 실연당한 이유를 끝내 모른다면 문제는 오히려 저쪽에 있다고 봐야 할 터이었다. 종업원이 맥주와 안주를 놓고 갔다.

"마셔요. 식기 전에 소시지도 들구요. 난 아까 먹어서 그런지 냄새도 맡기 싫네요."

그런 것을 나더러 혼자 먹으라는 얘기였다. 나도 소시지는 그다지 좋아하지 않지만 시장기가 느껴져 생맥주와 함께 꾸역꾸역 입안으로 밀어넣었다. 모름지기 음식은 보일 때 먹어둬야 한다. 입에 맞지 않는 음식이라도 배가 고프면 곧 아쉬워지게 마련이다.

"빼짝 마른 사람이 식성은 대단하네요."

나는 입안 가득 소시지를 우물거리다 잠깐 저작을 멈추고 그녀를 바라보았다. 나는 먹을 때 참견을 하거나 훈수를 두는 사람을 가장 싫어한다.

"뭘 그렇게 뜯어봐요? 어디 한두 번 봐요?"

"댁은 혹시 나를 아는지 모르지만 나는 댁이 누군지 전혀 모르고 있습니다. 이왕 합석을 했으니 자기소개부터 하시죠."

그녀는 뭐 거칠 것이 없었다.

"이름은 황지연, 서른셋이고, 전엔 꽤 잘나가던 방송드라마 작가였는데 지금은 폐업상태. 이미 눈치챘겠지만 뜨내기들만 꼬이다보니까 결혼은 아직 못했구요. 됐어요?"

더 듣고 싶은 마음도 없었다.

"그쪽은 뭘 해요?"

처지가 비슷한 것 같아 나는 쉽사리 사실대로 털어놓았다. 나 같은 사람도 있으니 그만 숨을 죽이라는 뜻으로. 한 달 전부터 나는 이백만원을 미리 받고 영화 시나리오 고쳐쓰기, 말하자면 덧칠하기 작업을 하고 있었다. 돈과 함께 봉투를 받아와서 뜯어보니 코믹 에로물로 사실 내 전공과는 거리가 멀었다. 하지만 밀린 월세와 공과금 때문에 도로 물릴 수도 없었다. 아무튼 이미 두 번이나 손질을 해서 보냈는데 그때마다 군데군데 빨간 표시가 돼서 돌아왔다. 부위별로 좀더 요란하게 고쳐 쓰라는 말이었다. 그 짓을 하고 있으면 마치 한 마리 돼지를 잡고 있는 심정에 사로잡혀 때로 헛구역질이 나오곤 했다. 산 채로 털을 뽑고 껍질을 벗겨낸 다음 머리, 항정, 다리살, 등심, 안심, 삼겹살, 채끝살, 볼기살, 족발까지 부위

별로 죄 다듬어 갖은 체위법으로 버무려 요리를 하는 식이었다. 인간 백정이 따로 없었다. 의자에 앉을 때마다 도마로 쓰는 책상엔 온갖 내장들이 역한 냄새를 풍기며 김을 모락모락 피워대는 것이었다.

"말씀을 아주 엽기적으로 하네. 산 채로 돼지를 잡아 부위별로 요리해서 팔아먹는 영화라. 감독을 잘 만나면 컬트영화로 뭐 성공할 수도 있겠네. 근데 내가 듣기엔 그거 영화가 아니라 그냥 에로비디오 같은데?"

순간 목덜미에 끓는 물이 끼얹어진 것 같았다. 아뿔사! 정말 그럴 수도 있겠구나. 시나리오 전문가라 듣기만 해도 금방 아는 모양이었다. 그건 그렇다 치고 절차도 없이 그녀는 무턱대고 내게 반말을 하고 있었다. 하긴 그런 일을 한두 번 경험한 것도 아니었다. 처음 수정한 시나리오가 반려되던 날 영화사 기획자라는 사람을 만났는데 나보다 한 살 위였고 그자의 말에 따르면 같은 386세대였다. 그는 내게 먼저 갈비와 소주를 먹인 다음 단란주점으로 데려가더니 옆에 외계인 같은 여자를 앉혀놓고 맥주잔에 양주를 가득 따라주며 거침없이 상말을 늘어놓았다. 갈비집에서 나오기 전만 해도 안 그랬는데, 어깨까지 툭툭 두드리며. 자기도 대학 때는 운동권이었다고 마치 고문 기술자 같은 표정으로 너스레를 떨면서.

나는 적잖은 슬픔을 느꼈다.

"문단 작가라고 괜히 문예영화 흉내내지 마. 한 달 수입이 얼마나 되는지 모르지만 나 당신들 삶이 어떤지는 대충 알아. 기초생계비 챙기기도 힘들지? 공과금 때문에 월말만 되면 다들 죽을상들을 하고 다니더군. 그래도 술담배는 못 끊데? 그러니 아르바이트라고 어설프게 대들지 말고 이참에 맘먹고 키를 돌려봐. 물고기는 미늘에 주둥이가 꿰였을 때 냉큼 걷어올리는 거야. 타이밍이 그만큼 중요하다는 거지. 손목에 힘 빼고 지금까지의 경험을 바탕으로 솜씨를 발휘해보란 말이야. 요즘 영화로 몰려드는 펀드 자금이 얼만지나 알아? 그놈의 시나리오를 찾지 못해 돈을 쓰지 못하고 있다구."

순간 나는 이자가 미친 거라고 믿어 의심치 않았다. 그런 믿음조차 없었다면 또 그때 내 손에 총이 쥐어져 있었더라면 이자의 관자놀이에 대고 주저없이 방아쇠를 당겼을 터이었다. 이자를 내게 소개해준 운동권 출신의 대학 동기를 당장 불러내 함께 자결을 하자고 말하고 싶었다. 내가 이런 일을 하겠다고 나선 것도 아닌데 억지로 떠맡기다시피 해서 생긴 일이었다. 어설프게 남을 돕겠다고 하는 것이 곧 그 사람을 죽이는 일이 될 수도 있음을 그때 알았다. 누가 죽든 그때는 상관없다. 나는 본업이 소설가라는 말은 빼고 그녀에게 이런 얘기를 개괄적으로 늘어놓으며 방송국에서는 어떤지 몰라도 나는 방송 관계자가 아니므로 반말은 용납할 수 없으니 말을 속히 제자리에 갖다놓으라고 했다. 내 말이 채 끝나기도 전에 그녀가 발악하듯 외쳤다.

"그런 개 같은 자식이 있단 말이야? 정말 씨발놈이네."

옆 테이블에 앉아 있던 자들이 낄낄거리며 내 얼굴을 돌아보았다. 발화자는 엄연히 따로 있는데 왜 나를 쳐다보는 거지? 하긴 길을 가다가도 어쩌다 용모가 수려한 여자를 목격하게 되면 그 옆에 있는 남자에게 저절로 눈길이 가게 마련이다. 어쨌든 그녀가 내 대신 욕을 해주고 나니 그동안 응어리져 있던 속이 좀 풀리는 것이었다. 거기서 그만 그쳤으면 좋았으련만 그녀가 그예 맨발로 울타리를 넘어왔다.

"그 시나리온지 웃기는 포르논지 당장 돌려줘. 내가 이백만원 꿔줄 테니까. 그리고 내일부터 당신 작품을 써. 아무리 궁색해도 그렇지 작가라는 사람이 그게 뭐야."

작가. 이번엔 북극에서 퍼온 빙수를 온몸에 뒤집어쓴 기분이었다. 나는 덜덜 떨리는 손으로 담배를 피워물었다. 내 인상이 자못 험악했던지 그녀가 슬금슬금 눈치를 보며 변명조로 늘어놓았다.

"맞아, 요. 나 당신 소설 읽은 적 있어요. 안 그러면 아까 엘리베이터 안에서 내가 그런 말을 함부로 할 수 있었겠어요? 처음 이사 왔을 때부터 알아봤는데 그쪽이 불편할까봐 계속 모른 척했던 거예요."

나는 제풀에 흥분해 무슨 말을 하는 줄도 모르고 떠들어대고 있었다. 아마 평소에 가슴에 담아둔 말이었으리라.

"그만합시다. 시나 소설이나 어차피 찔레꽃 울타리 안에 있는 건데 요즘 시대에 누가 달걀 들고 이발소에 갑니까? 영화든 텔레

216

비전이든 눈으로 즐기는 게 먼저인 세상인데 그렇다고 소경도 아닌 내가 그게 잘못됐다고 말할 수 있습니까? 문제는 자꾸 돈, 돈, 하고 돈을 끌어다대는 겁니다. 문학이 언제 돈하고 사돈 맺은 적 있어요? 만약 그렇다고 해도 누가 사돈집 돈 빌려서 시나 소설을 씁디까? 차라리 남의 돼지를 잡아주고 선짓국이나 얻어먹고 말지. 그러니 함부로 돈을 꿔준다 어쩐다 거렁뱅이 취급하지 말란 얘깁니다. 나만 해도 최근까지 가난하다는 걸 모르고 살았는데 그것도 정보라고 일부 친절한 인사들이 거듭 찾아와 알려주는 바람에 어쩔 수 없이 인정하게 된 사실이다 이 말입니다."

막대 끝에서 제멋대로 춤을 추며 돌아가고 있는 접시를 보는 듯한 아슬아슬한 표정으로 그녀가 나를 가만히 눈여겨보았다.

"미안해요. 당신을 채무자로 만들려고 한 말이 아니었어요. 다만 저는 작가가 그런 대접을 받고 산다는 게 놀랍고 안타까워서."

"대접은 내가 돌리는 거니까 쓸데없이 참견 마요. 그럴수록 바닥에 떨어져 깨질 확률이 높으니까."

창밖을 내다보니 성긋성긋한 어둠 사이로 기어이 가랑비가 흩뿌리고 있었다. 낭패스런 기분에 빠져 나는 생맥주잔만 빠른 속도로 비워대고 있었다. 내가 왜 불과 한 시간 전에 실연당한 여자를 따라나와 이런 꼴을 당하고 있는지 참으로 한심스러웠다. 담배를 비벼 끄고 일어나려는데 그녀가 잡아채듯 이런 말을 던져왔다.

"근데 방금 찔레꽃이라고 그랬어요?"

무슨 뜻인지를 몰라 나는 퀭한 눈으로 그녀를 쏘아보았다. 물론 그런 말을 한 기억도 나지 않았다. 찔레꽃? 하긴 5월이니 찔레꽃이 피긴 필 계절이었다.

"대답해봐요. 아까 분명 찔레꽃이라고 그랬죠? 달걀 어쩌구 하면서."

나는 그녀의 핏발 선 눈을 마주보며 기억나지 않는다고 솔직하게 얘기했다. 더는 되묻지 않았으나 그녀는 석연찮은 눈초리로 내 얼굴을 자꾸 살피고 있었다.

"내가 잘못 들었나? 아니, 분명히 들었는데. 벌써 귀가 어두워질 나이도 아니고."

그로부터 그 수수께끼 같은 밤이 시작되었을 것이다. 찔레꽃이라는 말 한마디 때문에. 나는 그녀를 따라 차츰 하얀 밤의 수렁으로 빠져들고 있었다.

'쪼끼쪼끼'를 나와 아까 왔던 길을 돌아갈 때 가랑비는 국수 가락만하게 굵어져 있었다. 폐광처럼 어두운 골목에 그나마 희미한 외등이 하나 떠서 봄비를 파뿌리처럼 하얗게 벗겨놓고 있었다. 세월의 묵은 켜가 겹겹 쌓여 골목은 마치 비좁은 고물상을 방불케 했다. 담벼락엔 유흥업소에서 내다붙인 '아르바이트 급구'를 비롯하여 나이트클럽 전단지와 철 지난 영화 포스터와 심지어는 섹스용품점 광고지 들이 더께가 진 채 붙어 있었다. 어디선가 생선 굽는 냄새가 지독하게 코끝으로 날려오고 있었다. 아마 상하기 일보 직

전의 이면수나 꽁치일 거라는 한심한 생각을 하며 나는 빗줄기를
피해 처마밑을 따라 걸었다. 몇 걸음 내딛기도 전에 어느 집 양철
연통에서 흘러내린 녹슨 빗물이 목덜미에 떨어져 맨등으로 주루
룩 흘러내렸다. 이어 허리춤으로 수은처럼 파고들었다. A! 정말.
어쩌다 내가 중년의 입구에서 벌건 빗물로 등이나 훔치며 걷고 있
는 걸까. 순간 그런 생각이 정수리 끝으로 치밀었다.

바둑판으로 치면 우상귀에 날카롭게 구멍이 뚫린 미장원 입간
판 옆을 지나며 그녀가 비 맞은 비구니처럼 중얼거렸다. 오피스텔
로 돌아가는 길이 그날따라 개펄처럼 질척거리고 눈앞이 봄비로
아득했다.

"우리가 지금 살고 있는 오피스텔이 전에 호텔이었다는 거 알
아요?"

호텔? 왠지 그 말이 가슴에 쿡 들어와 박혔으나 나는 미처 대꾸
할 말을 찾지 못했다. 호텔이 들어서기 전에 그곳이 강바닥이었다
고 해도 할말이 없기는 마찬가지였으리라. 그것은 대답을 요구하
는 질문이 아니었다.

"불과 십 년 전까지 호텔이었어요."

그렇다면 그런 것이리라. 야릇한 감정에 사로잡혀 나는 슬그머
니 그녀를 돌아보았다.

"주위에 온갖 잡다한 건물이 들어서면서 차츰 손님의 발길이 끊
어지자 오피스텔로 용도를 변경한 거예요. 누가 이런 지저분한 동

네에 잠을 자러 오겠어요. 더러운 식당과 술집 들, 늙은 여자들이 앉아 있는 노래방과 단란주점 들, 그들을 상대로 매춘을 주선하는 허름한 여관들, 유효기간이 지난 과자와 우유를 팔고 있는 구멍가게들, 아무리 술에 떡이 된 남녀라도 정전이 되지 않은 다음에야 이런 델 호텔이라고 찾아올 리 없잖아요. 오피스텔로 바뀔 때만 해도 주위가 이렇게 지저분하고 복잡하진 않았는데 갈수록 더해요. 이 골목엔 청소차도 들어오지 못하니까요."

오피스텔 주인이 아닌 다음에야 어떻게 그렇게 잘 알고 있는 걸까. 아무튼 그녀의 얘기를 듣고 나서야 내가 살고 있는 오피스텔이 전에 호텔이었다는 것을 확실히 알게 되었다. 전에 가끔 와서 술을 마시던 '마산 아구찜'집이 오피스텔 근처에 있었다. 같은 이름의 아귀찜집이 주위에 여러 개 있었으나 꼭 그 집 것이어야만 될 정도로 맛이 깊었다. 문제는 '마산'이 아니라 '원조'냐 아니냐는 것이었다. 아무튼 작년 이맘때, 그날도 비가 왔던가. 곧 헤어질 여자와 소주에 아귀찜을 먹다 나는 담배가 떨어져 밖으로 나왔다. 구멍가게에서 담배를 사고 나서 뜨거운 머릿속을 식히고자 이 골목 저 골목 헤매다 우연히 발을 들여놓게 된 곳이 지금 살고 있는 오피스텔이었다. 비에 젖은 몸이 떨려왔고 급기야 오줌이 마려워 실례를 하기 위해 무턱대고 들어간 것이었다. 일층 로비(?)에 들어섰을 때 아닌 게 아니라 나는 거기가 호텔인 줄 알았다. 회전식 출입구 정면에 프런트가 보였고 그 왼쪽엔 식당이, 오른쪽에는 커피숍이 있었다. 또 로비 중간에는 대형 벤자민 화분까지 놓여 있었다. 그런데 호텔치고는 어딘가 이상했다. 밤이 늦었으므로 식당과 커피숍이 문을 닫은 것은 그렇다 치고 프런트에 아파트 경비원이 앉아 있는 것이었다. 머리칼이 희끗희끗한 노인네가 휴대용 텔레비전을 켜놓은 채 혼자 끄덕끄덕 졸고 있었다. 다른 직원들은 보이지 않았다. 오줌을 누고 밖으로 나와서야 나는 현관 위에 붙어 있는 네온 사인에 '화수 오피스텔'이라는 글자가 번쩍거리고 있는 것을 발견했다. 오피스텔 간판이 네온사인이라는 것부터가 우선 별스러웠으려니와 마치 사막 한가운데 있는 호텔처럼 적막한 느낌을 주는 것이 기이하게 마음을 사로잡았다. 다시 로비로 들어가 졸고 있는 늙은 경비원을 깨운 것은 임대 조건을 알아보기 위해서였다. 경비원은 임대사무실 전화번호를 적어주며 내일 그곳으로 연락을 해보라고 했다. 당시 나는 십오 평 아파트를 전세내 살고 있었는데 곧 월세로 전환해 살아야 할 형편이었다. 다음날 아침 전화를 걸어보니 임대사무실이라는 것은 오피스텔 주인의 집전화였고 보증금 오백에 월세 이십만원이었다. 관리비까지 포함해도 삼십만원이 넘지 않았다. 다른 오피스텔의 반밖에 안 되는 수준이었다. 그런데다 빈방이 여러 개 남아 있었다. 복권에 당첨된 기분으로 나는 당장 용달차를 불러 책과 옷가지를 싣고 오피스텔로 이사를 했다.

한 달쯤 살아보니 낮은 임대료 외에 몇 가지 장점이 또 있었다. 비록 주변이 지저분하고 공기가 나쁘긴 했으나 문만 닫고 있으면 정말이지 고래 뱃속처럼 아늑하고 조용했다. 식당과 커피숍도 아침 열시부터 저녁 여덟시까지는 문을 열었다. 그게 아니더라도 밖으로 한 걸음만 나서면 값싼 식당과 술집이 즐비했다. 호텔 같은 구조와 분위기도 마음에 들었다. 오피스텔은 자발적으로 갇혀 있는 듯한 갑갑한 느낌을 주지만 호텔은 그런 구속감에서 비교적 자유로운 것이다.

그녀와 나는 오피스텔 현관에 서서 잠시 골목에 비껴내리는 빗줄기를 바라보고 있었다. 그녀는 십 년 전 '화수호텔'에 투숙한 적이 있다고 말했다. 혼자였는지 누구와 함께였는지에 대해서는 굳이 밝히지 않았다. 또 몇 번이나 투숙했는지에 대해서도 얘기하지 않았다. 다만 그때는 누군가 뒤에서 제 이름을 불러도 쉽사리 돌아보지 않았던 팔팔한 이십대였다고, 그녀는 돌연 망연자실한 표정으로 말했다. 그녀는 오 년째 이 오피스텔에서 살고 있었다.

"오피스텔로 바뀐 건 언제 알았죠?"

그냥 그렇게 물어보았으나 그녀는 대답을 해오지 않았다. 그사이 깜빡 꿈을 꾸다 깨어난 사람처럼 대신 엉뚱한 말을 했다.

"잠깐 갈 데가 있는데 함께 가줄래요? 어차피 지금 들어가봐야 술기운에 책상에 앉을 수도 없잖아요."

그렇기야 하지만 먼저 속부터 채우고 싶었다. 점심때부터 굶었으므로 소시지 안주로는 당최 속이 차지 않았다. 게다가 밤비까지 질금거리고 있으니 해장국에 소주 생각이 간절했다.

"다녀와서 해장국 살 테니까 그렇게 해요. 설마 무릎 꿇고 빌길 바라는 건 아니겠죠?"

내가 미처 대답할 겨를도 없이 그녀는 우산을 가지고 오겠다며 회전문을 밀치고 안으로 들어갔다. 그녀가 내려오길 기다리며 나는 필터가 젖은 담배를 피워물었다. 생선 굽는 냄새가 오피스텔 앞까지 따라와 있었다. 구역질이 올라오는 것을 억지로 삼키며 나는 빗속으로 나가 네온사인을 올려다보았다. 빗줄기 속에서 네온사인은 도시의 봄처럼 비현실적으로 아름답게 빛나고 있었다. 빨간 불과 파란 불이 빗물에 섞여 수채화처럼 흘러내리고 있었다. 합선이라도 된 듯 수채화 속에서 간헐적으로 붉고 푸른 빗방울이 스파크처럼 튀었다.

가을용 스웨터를 걸치고 나온 그녀가 우산을 켜들고 빗속으로 나왔다.

"돌아올 때까지 비가 그치지 말았으면 좋겠네요."

우산을 가지러 다녀온 사이 목소리가 차분하게 가라앉아 있었다.

"그래도 사람이 옆에 있어주니까 견디기가 한결 낫네요. 혹시 고맙다는 말 듣고 싶어요?"

"이따가 해장국이나 사슈."

비는 쉽게 그칠 기미가 아니었다. 어디선가 은은한 찔레꽃 향기가 날아왔다. 순간 나는 화들짝 놀라 코를 킁킁거리며 사위를 둘러보았다. 냄새의 진원지는 그녀였다. 올라가서 향수를 뿌리고 나온 모양이었다.

"원래 그렇게 무뚝뚝해요?"

"원체 간지럼을 타지 않는 체질인데다 남의 겨드랑이 훔치는 취미도 없어요. 그게 아니더라도 남자 나이 마흔이 넘으면 웃을 일이 좀처럼 생기질 않죠."

"혹시라도 오해 말아요. 어차피 내일 아침이면 나도 요조숙녀로 변해 있을 테니까요."

"탤런트가 아니라 방송작가라면서 그렇게 빠른 속도로 변신이 가능합니까?"

"그럼 무슨 뾰족한 수라도 있나요? 언제 또 나타날지 모를 뜨내기를 위해서 고양이처럼 얌전한 척이라도 하고 있어야지."

그녀와 나는 우산 하나에 의지해 삼일빌딩 쪽을 향해 걷고 있었다. 그때 내가 이렇게 물었던 것은 술기운 때문이었을까.

"호텔이 오피스텔로 변했다면 호텔이 들어서기 전에는 거기에 뭐가 있었죠?"

옆에서 문득 숨이 멎고 그 틈을 타서 차디찬 공기가 우산 속을 가로질러갔다. 뒤미처 그녀가 내뱉은 말에 나는 맥없이 끌려들어가고 말았다. 그게 얼토당토않은 속임수였을지라도 빠져나오기엔 순간 때가 늦어 있었다. 어쩌면 피할 수도 있을 텐데 빗물이 고인 웅덩이에 그대로 발을 디뎌버리는 심정이었다.

"초가 한 채가 있었어요. 거기 선비 한 사람이 살았구요. 이맘때

224

면 찔레꽃이 초가 주위를 하얗게 둘러싸곤 했죠."

나는 목울대에 생선뼈가 걸린 소리로 되물었다.

"그 얘길 어디서 들었죠?"

몸이 툭 부딪치며 그녀의 목소리가 고막에서 울렸다.

"들은 게 아니라 직접 봤어요."

나는 도무지 그녀의 말을 믿을 수가 없었다. 만약 그 자리에 초
가가 있었던 게 사실이라 해도 그것은 그녀가 태어나기 훨씬 전의
일일 터이었다. 듣는 사람의 심정은 아랑곳없이 그녀는 터무니없
는 말을 계속 늘어놓았다.

"옛날 가난한 선비들은 집 둘레에 찔레꽃을 심어 울타리를 삼았
어요. 왜 보릿고개란 말 있잖아요. 그때가 바로 찔레꽃이 필 무렵
인데 가난한 선비들은 먹을 게 없어 나물이나 피죽으로 겨우 연명
하며 살았죠. 그래도 책을 읽고 글을 썼어요. 없이 살아도 운치와
격조가 있었던 거예요. 요즘 세상엔 아무도 그렇게 못하죠. 일단
먹을 것부터 챙겨놓고 보자는 식이잖아요. 꼭이 당신 들으라고 하
는 소리가 아니니까 또 발끈하지 말아요."

듣자 하니 호랑이나 곰이 사람과 장기를 두며 함께 신선놀음을
하던 시절의 얘기였다. 새삼 발끈할 이유도 없었다. 그녀의 말은
두서없이 줄창 이어지고 있었다.

"그러니 만인을 상대로 하는 텔레비전 드라마라는 것은 오죽하
겠어요. 무슨 얘기냐면 뼈를 솥에 넣고 몇 번이 됐든 계속 우려먹

는 거예요. 그런데도 사람들이 또 봐요. 뻔히 줄거리를 눈치채고 있으면서도 말예요. 실은 뻔하니까 보는 거겠죠. 시청자들은 조금이라도 자신과 상관없는 얘기라고 생각되면 바로 채널을 돌려버려요. 심기가 불편한 거죠. 화를 내고 있는 거예요. 텔레비전이 상품광고나 하면 되지 왜 쓸데없이 시청자를 자극하냐는 거죠. 타락한 목사한테 안수기도를 받는 것처럼 대개는 적당히 안도감을 가지고 즐기는 것으로 만족하죠. 내 말 이해할 수 있겠어요?"

"시청자나 관객에 대해서 이자는 모르옵니다."

"옹졸해지지 말아요. 선비가 그러면 못써요."

선비? 삼일빌딩 앞 횡단보도를 건너 한때 쁘렝땅백화점이었다 부도가 난 건물 앞을 지나 그녀와 나는 평화방송 쪽으로 걸어올라갔다. 오랜만에 걸어서 그런지 견딜 수 없이 허기가 몰려왔다.

우산 속에서 어떤 여자가 노래를 부르고 있었다. 목소리가 너무도 희미해서 언제부터 시작된 노래인지 나는 미처 눈치채지 못하고 있었다. 웬 청승인가 싶었으나 목소리에 소금기가 배어 있어 나는 묵묵히 듣고 있었다.

엄마의 가는 길에 하얀 찔레꽃
찔레꽃 하얀 잎은 맛도 좋지
배고픈 날 하나씩 따먹었다오
엄마엄마 부르며 따먹었다오

밤 깊어 까만데 엄마 혼자서
하얀 발목 아프게 내려오시네
밤마다 꾸는 꿈은 하얀 엄마 꿈
산등성이 너머로 내려오시네

노래는 어느덧 가을로 넘어가 있었다. 아, 그새 가을이라니.

가을밤 외로운 밤 벌레 우는 밤
초가집 뒷산 길이 어두워질 때
엄마품이 그리워 눈물나오면
미루끝에 나와 앉아 별만 셉니다

대학에 다닐 때 술만 들어가면 〈찔레꽃〉을 부르는 작자가 있었다.
지금 그녀가 부르고 있는 〈찔레꽃〉이 아닌 백난아의 〈찔레꽃〉이었
다. 아직도 나는 그 가사를 기억하고 있다. 찔레꽃 붉게 피는 남쪽
나라 내 고향, 언덕 위에 초가삼간 그립습니다, 자주 고름 입에 물
고 눈물 흘리며, 이별가를 불러주던 못 잊을 사아라아아암아.
아무튼 술만 들어갔다 하면 이 노래를 부르는 작자가 있었다.
스무 살 문턱을 겨우 넘어온 자가 자신이 태어나기도 전에 유행
했던 노래를 부르곤 하는 것이었다. 그 시절 술자리에서는 화투

치는 방향으로 돌아가며 노래를 부르는 것이 유행이었는데 제 차
례가 오면 그 작자는 빈 소주병을 들고 일어나 여지없이 백난아의
〈찔레꽃〉을 불렀다. 그러다 술에 취하면 차례가 오기도 전에 벌떡
일어나 다시 〈찔레꽃〉을 불렀다. 주위에서 말려도 소용이 없었다.
옆에서 바지춤을 잡고 끌어내려도 마침내 바지춤이 흘러내리는
것도 모른 채 그자는 노래를 멈추지 않았다. 처음엔 사람들이 감
동하는 척했고 차츰 지겨워했고 급기야는 욕을 해대며 머리가 돌
아버릴 것 같다고 다들 고개를 내저었다. 그래도 술자리에서 쫓아
내지는 않았다. 그게 그래도 그 시절 인심이었다. 술자리가 끝날
때까지 그자는 고장난 카세트처럼 〈찔레꽃〉만 되풀이하다 이윽고
술상에 코를 박고 잠이 들곤 했다. 그리고 모두들 돌아간 새벽에
빈 술병 같은 얼굴로 깨어나 자취방으로 비틀거리며 돌아갔다. 그
암울하던 시대에 그는 시인 지망생이었다. 시대와 자신이 추구하
는 감성이 들어맞지 않아 늘 몸부림치며 혼자 괴로워했다.

　시인이 되고자 작정했을 때부터 나는 이발소 사내를 자주 떠올
리곤 했었다. 달 뜬 밤이면 그는 달걀을 날로 안주 삼아 술을 마시
거나 개울에 나가 슬피 노래를 부르곤 하는 것이었다. 그가 비록
시인으로 실패했을지라도 그는 내가 시인이 되고자 했을 때부터
시인의 표상으로 내 마음속에 깊이 각인돼 있었다. 그것은 아마 환
영 같은 것이었으리라. 그런데 그때 그는 여자를 따라 어디로 간
것일까?

그녀와 내가 명동 지하도를 건너 남산길로 들어설 때 빗줄기는 칼국수처럼 부풀어 있었다. 그때껏 나는 그녀에게 어디로 가는지조차 묻지 않고 있었다. 그녀가 잠깐이라고 해서 내심 방심하고 있었는지도 모른다. 아까 명동 입구를 지나오면서 그녀가 했던 말이 떠올랐다.

"올핸 처음 와보는데 그대로 있을라나?"

그 목소리엔 야릇한 불안과 염려가 뒤섞여 있었다. 이런저런 궁리와 망설임 끝에 나는 또 참지를 못하고 그녀에게 물었다.

"그 선비라는 사람 실존 인물입니까? 아까 말했던 그 초가에서 살았다던 양반 말입니다."

구덩이에 빠졌다 나온 듯 한참 사이를 두었다가 그녀가 네, 라고 짧게 대꾸해왔다. 마침내 머리가 지끈거리기 시작했다.

"실존이라고 거창하게 얘기할 건 없지만 네, 아직 살아 계세요. 비록 병들어 누워 있긴 하지만…… 그분은 제 아버님이에요."

그로부터 내 마음이 몹시 분주해졌다.

"그럼 그분 연세가 지금 어떻게 되죠?"

나는 내가 점점 설명할 수 없는 상태가 되어간다고 생각했다. 하지만 나는 그렇게 묻지 않을 수 없었다. 내가 물은 말에는 대꾸가 없이 그녀는 호적초본에 나올 법한 얘기부터 늘어놓았다.

"다섯 살 때 나를 낳아준 엄마가 돌아가셨어요. 자궁암이었다는

데 의사가 속을 들여다봤을 땐 이미 장기로 암세포가 딱딱하게 퍼져 있었죠. 아주 고통스럽게 돌아가셨다고 해요. 그후로 아버지가 나를 키웠어요. 중학교 교사를 하면서 말예요. 초등학교에 들어갈 때까지 아버지는 나를 등에 업고 출근했어요. 빨래며 밥이며 청소며 모든 걸 도맡아 하셨죠. 조금도 불만이라곤 없이 애초에 그렇게 예정돼 있었던 것처럼 말예요. 나를 외가로 보낼 수도 있었을 텐데 아버지는 그렇게 하지 않았어요. 이기적인 생각이겠지만 나는 그분께 늘 감사해요. 지금까지도 그분은 혼자예요. 평생 독신으로 살아온 고모가 옆에서 돌봐주고 있어 그나마 내가 마음놓고 지낼 수 있는 거예요. 정년퇴직을 하고 병석에 눕기 전에는 학교에서 돌아오면 집안일을 마치고 늘 밤늦게까지 불을 켜놓고 책만 읽는 분이었어요. 방이 두 개뿐인 조그만 집이었는데 온통 책으로 가득차 있었죠. 심지어는 마루에도 책더미가 쌓여 있었으니까요. 아버지가 정식으로 등단한 시인이라는 사실을 알게 된 것은 내가 대학에 들어가서였어요. 말씀을 하지 않아서 몰랐던 거예요. 또 스물넷에 등단하고 나서 첫 시집만 내고 그후로 시를 쓰지 않았기 때문에 더더욱 알 수 없었죠. 그것도 누가 알려줘서 안 게 아니에요. 어느 날 대학 도서관에서 우연히 아버지 이름을 발견했는데 떨리는 손으로 시집을 빼보니 맙소사! 정말 내 아버지더군요. 그때 내가 얼마나 놀랐는지 짐작하겠어요? 다음날 어머니 무덤에 가서 펑펑 울었어요. 왜 내가 아버지가 아니라 어머니 무덤으로 먼저 달려갔는지는 아직도 모르겠어요. 아버지가 시인이라는 사실을 알고 나서 웬일인지 몹시 서글펐는데 차마 아버지를 붙잡고 울 수는 없었던가 봐요. 아니면 일찍 돌아가신 어머니가 원망스러웠던가요. 나중에 알고 보니 아버지는 계속 시를 쓰고 있었어요. 더이상 시집을 내지 않았을 뿐이죠."

은둔도 시쓰기의 또다른 실천이라고 믿으며 숨어사는 시인들이 꽤 많다고 들었다. 그녀의 아버지도 아마 그런 사람이었으리라.

지금은 홍릉으로 옮겨갔지만 몇 년 전까지 영화진흥공사였던 건물 앞을 지나며 나는 생각했다. 내가 지금 손보고 있는 시나리오도 어느 날 영화(비디오)로 만들어지면 형식적으로나마 영진공에서 심의를 받게 되리라. 상상만 해도 소름이 끼치는 일이었다. 당장 동네 비디오가게로 달려가 에로 코너를 눈여겨보면 알지만 엽기적이고 선정적인 제목은 그만두고 그 케이스의 포장이란 게 정육점의 쇼윈도와 다를 바 없다.

나는 머리를 휘휘 내두르고 나서 그녀에게 다그치듯 물었다.

"아버님 얘기를 좀더 들을 수 없을까요? 정년퇴직을 하셨다면 이미 환갑은 넘으셨을 테고 그분 고향이 어딘지, 또 대학은 어디서 나오셨는지, 젊었을 때 혹시 큰 병을 앓은 적은 없는지 말입니다."

말을 마치기도 전에 나는 내가 지나쳤음을 깨달았다. 그녀가 우뚝 발걸음을 멈추고 우산 밖으로 나를 밀어냈다. 아니, 그녀가 우산을 들고 옆으로 서너 걸음 비켜섰다. 그러더니 의혹에 찬 눈초리로 나를 노려보았다. 곧바로 내심 염려했던 말이 그녀의 입에서 튀어나왔다.

"당신이 뭔데 우리 아버지에 대해 그렇게 꼬치꼬치 알려고 해요? 지금 취재하고 있는 거예요?"

그게 아니라는 것을 설명하기가 나로서는 몹시 까다로웠다. 그 순간 그녀는 북쪽 끝에 나는 남쪽 끝에 서 있는 것 같았다. 바람이 낮게 불어가고 있었으므로 그녀와 내가 입고 있는 청바지 두 벌은 이미 비에 흠뻑 젖어 있었다. 마침내 윗도리까지 차갑게 젖고 있었으나 나는 그녀가 들고 있는 우산 속으로 들어갈 엄두가 나지 않았다. 내 꼴이 안돼 보였던지 그녀가 짐짓 목소리를 누그러뜨려 물어왔다.

"혹시 내 말을 믿지 못해서 그런 질문을 한 거예요? 내가 지금 시나리오 쓰고 있는 줄 알아요?"

나는 그녀에게 한 걸음 다가섰다.

"아닙니다. 믿기 때문에 물어본 겁니다."

이때부터 그녀와의 사이에 선문답 같은 말이 몇 마디 탁구공처럼 오갔다. 선문답이 말로 설명하기 힘든 오묘한 감정을 전달하는 데 매우 유용한 형식이라는 것을 이때 알았다.

"믿다니요?"

"그냥 믿으니까요."

"그래요?"

"그렇게 됐습니다."

"어째서 그렇게 된 거죠?"

"스무 살 때부터 술만 들어가면 〈찔레꽃〉이란 노래만 부르는 시인 지망생 얼간이가 있었습니다. 아까 황지연씨가 부른 〈찔레꽃〉도 아니고 장사익의 〈찔레꽃〉도 아니지만 아무튼 술만 먹으면 돼지 멱따는 소리로 〈찔레꽃〉만 불러대는 작자가 있었습니다."

그녀는 나만큼이나 눈치가 빨랐다.

"그게, 바로 당신이란 말예요?"

"그렇게 됐습니다."

"당신은 소설가잖아요."

"그래도 그렇게 됐어요. 이제 그자는 더이상 그 노래를 부르지 않습니다. 백정이 그런 노래를 부른다는 얘기를 들어본 바가 없으니까요."

"자중자애. 그렇다고 상습적으로 그 일만 해왔던 것도 아니잖아요."

그걸 지금 위로라고 하고 있는가.

"백난아의 〈찔레꽃〉 말하는 거죠? 그 노래는 우리 아버님도 가끔 부르시곤 했어요. 아까 말했던 그 선비 말예요. 근데, 당신말고 누가 또 그 노래를 불렀다는 건가요? 조금 전에 한 말이 혹시 그런 뜻 아니었어요?"

몸이 떨려왔으므로 나는 구 영진공 처마밑으로 다가가 계단에 쭈그려앉았다. 궁둥이는 이미 젖어 있었으므로 새삼 더 젖을 것도 없었다. 그녀가 멈칫멈칫 다가와 내 옆에 바투 앉았다. 엉덩이가 차가울 텐데. 여자는 남자와 달리 엉덩이가 차가우면 안 된다고 들었다.

"내가 어렸을 때, 달이 뜬 밤이면 개울에 나가 앉아 노래를 부르던 사람이 있었습니다. 정확히 기억이 나진 않지만 아마 백난아의 〈찔레꽃〉도 불렀을 겁니다."

얼어붙은 듯 그녀는 한동안 기척이 없었다. 새라고 생각되는 것이 푸드덕거리며 구 영진공 지붕 위로 날아갔다. 빗속을 날아 이 밤에 어디로 가고 있는 중일까. 우산을 접어 계단 모서리에 세워놓으며 그녀가 내게 고개를 돌렸다.

"그 사람이 누구였죠?"

그녀의 따뜻한 입김이 뺨에 부딪쳐왔다. 그녀의 몸에서는 여전히 향수 냄새가 풀려나오고 있었다. 돌연 밤이 하얗게 밝아졌다 도로 어두워졌다.

"어렸을 때 내 머리를 깎아주던 사람이에요. 그러니까, 그는 이발사였어요."

웃을 줄 알았던 그녀는 그러나 웃지 않았다. 내 입에서 나올 말을 기다리며 조용히 숨을 죽이고 있었다.

"그 사람도 시인이었습니다. 이발사 시인 말이죠. 자기 말로는 단지 시인 지망생이었다고 하지만 내겐 그 사람이 생애 처음 만난 시인이었습니다. 내 마음속에선 지금도 여전히 시인이구요."

제 무릎을 손가락으로 톡톡 치며 그녀가 얼큰한 소리로 되받았다.

"무슨 말인지 알 것 같아요."

"어딘가에 아직 살아 있다면 아마 황지연씨 아버님 연배가 될 겁니다. 그 사람을 마지막으로 본 건 정확히 삼십오 년 전입니다. 그 이듬해 이발사는 서울인가 어디서 찾아온 여자를 따라 새벽에 사라졌다고 하더군요."

"정말 소설 같은 얘기로군요."

그녀가 따뜻한 한숨을 몰아쉬는 소리가 귓전에 들려왔다.

"이발소 주위에 봄이 되면 찔레꽃이 하얗게 피곤 했습니다. 손님이 없으면 이발사는 머리 깎는 의자에 앉아 늘 책을 읽었죠. 아주 잘생긴 사람이었는데 병을 앓아 얼굴이 늘 창백했습니다."

그녀가 손을 뻗어 내 손등 위에 올려놓았다. 그리고 이내 손을 거두어갔다.

"그렇다면 지금 놀라운 일이 벌어지고 있는 거로구요. 오늘밤 우리가 남산에서 남북회담을 하고 있는 거예요. 그렇죠? 아이구, 허리 아파라."

나는 대꾸 없이 고개를 주억거렸다. 또다시 큰 새 한 마리가 빗속을 뚫고 지붕 위로 날아갔다.

"그러니까 그분이 보고 싶단 말이죠?"

"그 이상인지도 모릅니다. 그 사람은 어쩌면 아버지보다도 더 큰 영향을 내 삶에 미친 사람입니다. 내가 지금 뜬눈으로 꿈을 꾸고 있는지도 모르겠습니다. 꿈과 현실은 대개 반대라고 하죠. 하지만 나는 알고 싶습니다. 내가 세상에 태어나 처음 만난 시인과 황지연씨를 키워준 그 은둔 시인이 동일인인지 아닌지."

그녀가 재빨리 오른손 검지를 내 입술에 갖다댔다.

"쉬잇!"

그녀는 청바지 주머니에서 담배를 꺼내 불을 붙이더니 내게 건네주었다. 그리고 그녀도 한 대 피워물었다. 담배연기가 실타래가 풀리듯 어둠 속으로 빨려들어갔다. 돌연 나는 가슴이 터질 것 같은 심정에 사로잡혀 있었다. 내가 마치 철조망을 사이에 두고 남북으로 양분돼 있는 것 같았다. 가슴과 등만 해도 앞뒤로 서로 떨어져 있어 항상 외롭지 않은가 말이다.

밤이 깊어졌다.

"나는 말이죠, 섬에서 태어나 여고 졸업하고 서울로 올라올 때까지 거기서 살았어요. 무척 아름다운 곳이죠. 꽃들이 일 년 내내 피었다 지고 집 마루에서 곧바로 바다가 내려다보였어요. 대문을 나서면 양파밭 한가운데 검은 돌담에 둘러싸인 엄마 무덤이 있었죠. 아침저녁으로 아버지는 엄마 무덤에 가서 담배를 피우다 돌아왔어요. 마치 옆집 병문안을 다녀오는 표정으로 말예요. 그러고 나서 밤늦게까지 책상에 앉아 책을 읽거나 시를 썼어요. 나도 잠이

오지 않아 마루에 나가 앉아 바다를 내려다보곤 했죠. 밤이면 해안
가에 오징어잡이배들이 불을 밝히고 떠 있는데, 바다귀신들이 몰
려와 있는 것처럼 보였어요. 지금쯤이면 밀 추수가 다 끝나고 사방
에 감자꽃이 피어 있겠군요. 엉겅퀴와 민들레와 접시꽃두요. 들판
의 마늘 냄새, 당근밭의 푸른 바람, 봄바다의 쪽빛 색깔…… 그런
것들이 몹시 그리워요. 찔레꽃…… 네, 거긴 4월부터 피기 시작해
5월이면 들판을 군데군데 뒤덮죠. 지금 생각하니 거긴 천국이었어
요. 서울로 올라올 때 왠지 다시는 그곳으로 돌아갈 수 없을 거라
는 예감이 들더니 결국 그 예감이 맞았어요. 천국은 한번 떠나오면
영영 돌아갈 수 없는 곳이잖아요. 그것이 내 인생의 불행인지도 몰
라요. 그곳이 천국인지도 모른 채 미련 없이 버리고 떠나왔으니까
요."

깊게 숨을 몰아쉬고 나서 그녀가 계단에서 일어났다. 나는 자판
기에서 커피를 두 잔 빼왔다. 그녀는 커피를 받아들며 다시 담배를
피워물었다.

"왜 커피 냄새를 맡으면 담배가 피우고 싶은 거죠? 이것도 일종
의 중독현상인가요?"

그건 모르겠으나 술을 마시면 담배 생각이 나는 것과 같은 현상
이리라. 커피와 담배, 담배와 술. 그것은 어쩌면 여자와 남자의 상
관관계와도 같은 것이리라.

"이제 얼추 다 왔어요. 요 위에 5월만 되면 내가 찾아가는 곳이

있어요. 언젠가 영화진흥공사에서 시사회를 보고 나와 근처에서 술을 먹다 무슨 기분에 사로잡혔는지 혼자 남산 쪽으로 무작정 걸어올라갔어요. 왜 가끔 그럴 때라는 게 있잖아요."

나 역시 그런 적이 있는 것 같았다. 따지고 보면 지금 살고 있는 오피스텔을 발견한 것도 왠지 모를 그런 허탈감에 사로잡혀 있을 때였다. 담배를 사고 바로 아귀찜집으로 돌아갔을 수 있었을 텐데 나는 괜히 비를 맞으며 이 골목 저 골목을 헤매고 있었던 것이다. 헤어질 여자를 술집에 남겨둔 채. 나중에 아귀찜집으로 돌아가보니 그녀는 이미 가버리고 없었다.

그녀가 나를 데려간 곳은 케이블카의 공중 레일이 머리 위로 위험스럽게 뻗어 있는 산기슭이었다. 아스팔트에서 구불한 왼쪽 사잇길로 접어들어 오십여 미터 벗어난 지점이었다. 어디로 가는 길인지 급경사의 계단이 어둠 아래로 이어져 있었고 주위에 불빛이라곤 한 점도 보이지 않았다. 그녀가 라이터를 탁, 탁 켜며 내 손을 끌고 한 칸씩 계단을 내려갔다. 서너 번 발걸음이 엇갈려 나는 우산을 껐다.

계단 중간께에 와서 그녀는 발걸음을 멈추고 나를 돌아보았다.

"다 왔어요. 올해도 어김없이 피었네요. 저기 봐요."

숨통이 조여드는 목소리였다. 계단에서 십 미터쯤 떨어져 있는 어둠 속에 흰 종이를 잘게 찢어 뿌려놓은 것처럼 꽃들이 비를 맞으며 피어 있었다. 사위가 어두웠으므로 그게 무슨 꽃인지 알아보기는 힘들었다. 그러나 나는 알 수 있을 것 같았다. 바늘이 무수히 날아와 박힌 듯 뒤통수가 아려왔다. 나도 모르게 계단을 벗어나 그쪽으로 다가가려 하자 그녀가 냉큼 팔을 잡아끌었다.

"위험해요. 요 아랜 낭떠러지예요. 여기 서서 그냥 냄새만 맡아요."

다리에 힘이 풀려 나는 계단에 쭈그려앉았다. 눈을 감자 냄새가 찾아왔다. 그토록 오래 잊고 있던 은은한 향내가 코끝에 와 닿았다. 안타까울 정도로 희미하게. 비가 내리지 않았더라면 메마른 밤 공기 속으로 죄 흩어져 맡지도 못했을 터이었다. 나는 몇 번이고 그 냄새를 가슴 깊이 들이마셨다. 그러는 사이에 나도 모르게 코끝이 매워졌다. 하지만 나는 소리를 낼 수가 없었다. 그녀가 옆에서 죄수처럼 숨죽여 울고 있음을 알았던 것이다.

남산을 다 내려올 때까지 그녀는 굳게 입을 다물고 있었다. 나 역시 깊은 밤에 빗소리를 듣고 깨어났을 때처럼 허전한 심정으로 변해 달리 할말을 찾을 수 없었다. 게다가 비마저 그쳐가고 있었다. 꿀 먹은 벙어리가 되어 그녀와 나는 오피스텔 근처에 있는 해장국집에 들어가 선짓국을 시켜놓고 소주를 마셨다. 이미 자정이 가까워져 있었으나 도저히 그냥 헤어져 각자 방으로 돌아갈 수가 없었던 것이다. 여전히 궁금한 얘기가 남아 있었으나 나는 그녀를 다그치거나 재촉하지 않았다.

선짓국을 먹다 말고 그녀가 내게 소주잔을 내밀며 고백 아닌 고백을 해왔다. 속이 안 좋은지 이마엔 식은땀이 배어 있었고 낯빛이 파리했다.

"아까 내가 돈 꿔준다고 했는데, 실은 나 그 돈 없어요. 알고 있었죠?"

내가 그녀의 통장에 잔고가 얼마나 있는지 어찌 알겠는가. 그녀에게 돈을 빌릴 생각은 추호도 없었으므로 나는 아무 대꾸도 하지 않았다.

"일 안 한 지 벌써 꽤 됐어요. 아니, 몇 년째 방송국에서 오더를 주지 않아요. 그동안 벌어둔 돈을 부지런히 까먹으며 살았죠. 일부는 아버님 병원비와 약값에 보탰구요. 돈이 떨어져가는 작년부터는 플라스틱 냉면 그릇에 한 푼 두 푼 동전을 모으기 시작했어요. 동전만 보이면 무조건 거기다 집어넣었죠. 왠지 아세요? 비웃을지 모르지만 오래전부터 나는 무궁화 다섯 개짜리 특급 호텔에서 하룻밤 묵어보는 게 소원이었어요. 지금까지 살아오면서 한 번도 제대로 된 대접을 받아본 적이 없거든요. 아무튼 그럴려면 대략 사, 오십만원이 필요한데 냉면 그릇에 동전이 가득차면 한 이십만원 될 거라고 생각했죠. 실제로 다 채워봤더니 그쯤 되더군요. 한번만 더 채우면 되겠다 싶어 제2의 냉면 그릇에 동전을 또 채우기 시작했어요. 독 속에 계란을 차곡차곡 쌓아두는 심정으로 말예요. 그런데 제2의 냉면 그릇에 동전을 반쯤 채웠을 때 생리통이 지독하게 심해 병원에 갔더니 자궁에 혹이 나 있다고 의사가 수술을 하라고 그러더군요. 어머니가 자궁암으로 돌아가셨잖아요. 겁이 더럭 나기도 했지만 우선 짜증이 나서 왜 그런 게 생겼냐고 의사에게 따져 물었더니 술, 담배, 인스턴트식품, 불규칙한 식사, 운동 부족, 스트레스, 오염된 공기와 물, 농약이 묻은 과일과 채소, 기타 원인이 될 만한 것은 얼마든지 있다고 실실 웃으면서 얘기하더군요. 결국 냉면 그릇에 모은 동전으로 수술을 받았어요. 방치하면 나중에 암이 될 수도 있고 결혼을 해도 임신이 불가능하다는데 뭐 어쩌겠어요. 사는 게 그런 거더군요."

그녀가 내게 고백할 것은 또 있었다.

"당신은 이런 곳에 정말 초가와 찔레꽃 울타리가 있었다고 생각해요? 아마 까마득한 옛날엔 그럴 수도 있었겠죠. 조선조에 수도를 한양으로 옮기기 전쯤 말예요."

어처구니가 없었지만 나는 듣고 있을 수밖에 없었다.

"그런데 말예요, 내 눈엔 봄이 되면 이 둘레에 찔레꽃이 피어 있는 게 보여요. 심지어는 밤에 침대에 누워 있으면 문틈으로 냄새가 스며들어와요. 그래서 한번은 잠옷 바람에 밖으로 나가본 적도 있어요. 몽유병 환자처럼 말예요. 미쳤다고 하겠죠. 하긴 그런 환상이 봄마다 계속되고 있으니 미치긴 미친 거죠. 옆방에서 아버지가 밤새 사악사악 책장 넘기는 소리까지 들려오니까요."

그녀가 여기서 찔레꽃의 환상을 본 건 오피스텔로 바뀌기 전 호텔에 투숙했을 때였다. 새벽에 꽃냄새가 분분해 창문을 열어보니 건물 주위에 찔레꽃이 만발해 있더란 얘기였다. 오 년 전 이곳으로 이사를 온 것도 다 그 때문이었다. 처음부터 그녀의 말을 곧이곧대로 믿은 건 아니었으나 나로서는 굳이 듣지 않아도 좋았을 말이었다. 사람이란 속고 있는 걸 뻔히 알면서도 그대로 속고 싶을 때가 또 있는 법이다.

해장국집을 나가기 전 나는 그녀에게 확인하고 싶은 게 있었다. 그 때문에 비에 젖은 옷을 입고 앉아 이 시간까지 그녀를 붙잡고 있는 것이었다. 그것은 아까 남산 어귀에서도 그녀에게 물어본 터였으나 아직까지 대답을 해오지 않고 있었다.

나는 단도직입적으로 말했다.

"그 이발사가 당시 마을을 떠나 어디로 갔는지는 아무도 모릅니다. 그때 찾아온 여인과 함께 섬으로 가지 않았다고 말할 수도 없습니다. 또 결혼을 해서 아이를 낳았다면 지금 황지연씨 나이쯤 됐을 겁니다."

그녀는 술잔을 입으로 가져가다 말고 돌연 멀찌감치 물러선 눈빛으로 나를 물끄러미 바라보았다. 이어 술잔을 내려놓고 담배를 피워물더니 고개를 천천히 가로저었다.

"……"

"당신이 그분께 집착하는 이유는 알겠어요. 하지만 나로서는 별로 할말이 없네요. 아버지가 이발사 노릇을 하며 타지에서 그 긴

세월을 보냈다는 말을 들은 적이 없거든요. 아버지는 대학 사 년과 군대생활을 합해 칠 년 정도만 섬을 떠나 있었다고 들었어요. 엄마는 경기도 김포 사람이에요. 아직도 외가가 그곳에 있으니 확실하겠죠? 대학 친구의 여동생이었는데 유치원 선생이었다고 해요. 군대 가기 전까지 이 년 정도 사귀다 아버지가 군에서 제대하고 교사 발령을 받아 고향으로 내려올 때 함께 배를 타고 와 결혼했대요. 물론 내가 아버지에 대해 알고 있는 것들이 사실의 일부이거나 또 어떤 것은 잘못된 것일 수도 있어요. 하지만 그 이발사라는 분과 우리 아버지가 같은 사람이라는 생각은 아무래도 받아들이기가 힘들어요. 솔직히 그렇잖아요."

그런가? 정녕 그렇다는 말인가. 나는 급기야 이런 말까지 하고 있었다.

"아버님을 한번 뵈러 갈 수 있을까요? 황지연씨가 허락한다면 나 혼자라도 상관없습니다."

문득 놀란 눈치더니 그녀는 돌처럼 굳은 얼굴로 아예 입을 다물어버렸다. 화가 나 있는 것 같기도 했지만 꼭 그런 것만도 아니었다. 아무래도 표정을 읽어낼 수가 없었다. 침묵이 길게 이어지는 사이 나는 또 뭔가 실수했음을 어렴풋이 깨달았다. 그녀의 침묵이 그렇다고 말하고 있었다. 한참 후 그녀의 얼굴에 먼 데서 외등이 켜지듯 표정이 되살아났다. 이어 숨을 낮게 몰아쉬고 나서 그녀가 고개를 들어 나를 바라보았다.

"우리 그거 그냥 이대로 놔두면 안 될까요? 아까도 얘기했지만 아버지는 지금 병석에 누워 계세요. 그런데 낯선 사람이 불쑥 찾아가 이것저것 캐묻는 게 과연 옳은 일일까요? 두 분이 한사람이라고 해도 사정은 별로 다를 게 없어요. 그 이발사라는 분을 찾아내서 뭘 어쩌려고 그러죠? 그 일이 혹시 그분한테 잔인한 일이 되거나 가슴에 묻어두고 싶은 과거를 끄집어내 누추하게 만들 수 있다는 생각은 안 해봤어요? 억지로 속옷을 벗겨버리듯이 말예요. 또 그렇게 되면 나는 뭐죠? 그럴 리야 없겠지만 이제 와서 이발사 아버지가 또 생기는 건가요? 나도 당신 얘기를 듣고 나서 몇 가지 궁금한 점이 생겼어요. 하지만 역시 이대로 놔두는 게 좋을 것 같아요."

거기다 대고 나는 더이상 할말이 없었다. 그녀의 말대로 상자를 열어보지 말고 그대로 놓아두는 편이 나을지도 모른다는 생각이 들었다. 어쩌면 그런 기억을 간직하고 있기 때문에 이토록 누추한 삶을 버텨내고 있는지도 몰랐다. 이제 그것마저 사라지고 나면 메마른 분화구처럼 마음이 삭막해질 터이었다.

"이 더럽고 냄새나는 동네를 하루속히 벗어나고 싶어도 봄이면 찾아오는 그 환상 때문에 이제껏 견디며 살았어요. 스물세 살 봄에 아버지의 눈매를 닮은 남자를 만나 첫사랑에 빠졌어요. 그 사람과 우연히 이 근처에 왔다 찔레꽃의 환영을 보게 된 거예요. 스물세 살에 말예요. 이제 알아듣겠어요?"

"……"

"앞으로 얼마나 더 고된 날들이 계속될지 모르지만 여기서 버티는 데까지 버텨볼 작정이에요. 돈을 벌어 나중에 아버지가 돌아가시고 나면 시골집을 개조해 조그만 기념관을 만들어드리려고 했는데…… 비록 시집은 한 권밖에 내지 않으셨지만 누가 뭐랄 것도 없잖아요?"

"그야 그렇죠."

나는 반사적으로 넙죽 되받았다. 현실적으로는 실현 불가능한 얘기지만 또 그러지 말란 법도 없었다. 만약 그럴 수 없더라도 그녀 자신이 바로 그 기념관이 되리라고 나는 생각했다. 앞으로 그녀가 무엇을 하고 또 어디에 존재하든 그 둘레에는 찔레꽃이 하얗게 피어 있을 터이었다. 하지만 나는 그런 얘기까지는 하지 않았다. 그녀가 영원히 알지 못하도록.

부엌에서 얼굴을 씻고 나온 말간 표정으로 그녀가 뜬금없이 이런 말을 해왔다.

"나도 중학교에 들어갈 때까지 이발소에서 머리를 깎았어요. 그 빨래판처럼 생긴 판자 위에 앉아서 말예요. 단발머리였는데 귀 옆하고 뒤통수 아래를 사내애들처럼 바리캉으로 밀어 보기에 흉했죠. 앞머리는 눈썹 바로 위에서 일자로 도려놓구요. 마치 바가지를 쓰고 다니는 꼴이었죠."

그녀의 얼굴에 향수의 빛이 어른거렸다. 내가 슬그머니 장단을 맞추며 끼어들었다.

"그럼 이발소 거울 위에 붙어 있는 그림도 생각나겠군요. 그건
왜 전국 공통이었잖습니까."

그녀가 배시시 웃으며 되받았다.

"밀레의 〈만종〉 말이죠?"

"또 그 옆에 시도 하나 걸려 있었을 텐데."

말이 떨어지자마자 그녀가 푸슈킨 말이죠? 하며 술상을 사이에
두고 내게 몸을 기울여왔다.

"아직도 그 시 다 외워요? 그럼 한번 읊어줄래요?"

글쎄, 기억이 다 날지 모르겠다고 하면서 나는 한 줄씩 천천히
외워보았다. 삶이 그대를 속일지라도…… 머지않아 기쁨의 날이
오리니…… 여기까지 읊었을 때 그녀가 고즈넉한 목소리로 대신
받아 읊었다. 현재는 언제나 슬프고 괴로운 것…… 지나간 것은 항
상 그리워지는 법이니…… 읊다 말고 그녀는 흐느끼기 시작했다.

그녀가 어깨를 들썩이며 흐느끼는 동안 나는 그녀의 냉면 그릇
을 생각하고 있었다. 냉면 그릇 속에 쌓여 있는 은화銀貨들을. 배고
픈 날에도 찔레꽃을 따먹으며 지금껏 그녀는 버텨왔을 터이었다.
밤마다 하얀 발목을 주무르며. 엄마가 생각날 때는 마루끝에 나와
별을 세면서. 그녀는 그 지나온 날들을 생각하며 지금 울고 있는
것이리라.

그녀와 내가 해장국집에서 나왔을 때는 하늘에 새벽달이 떠 있
었다. 골목 위에 어지럽게 엉켜 있는 전깃줄 사이로 달걀노른자 같

은 달이 떠 있었다. 오피스텔 쪽으로 걸어가다 그녀는 전봇대 옆에서 해장국집에서 마신 술을 토해냈다. 나는 무릎을 구부리고 앉아 그녀의 메마른 등을 두드려주었다.

이윽고 그녀가 괜찮아요, 하며 몸을 기우뚱 일으켜세웠다.

"별 추잡한 꼴을 다 보이네요."

나는 골목 위에 떠 있는 달을 올려다보며 아까 남산 기슭에 피어 있던 찔레꽃을 떠올리고 있었다.

"주위가 이상하게 환하네요. 이 근처 어디에 정말 찔레꽃들이 피어 있나봅니다."

그녀가 부스스한 얼굴로 사위를 두리번거렸다. 그러고는 달걀 귀신처럼 웃는 것도 그렇다고 우는 것도 아닌 이상야릇한 소리를 냈다.

"어디 가서 소주 한잔 더 할래요? 다 토하고 났더니 속이 도로 허하네요. 어차피 오늘은 일요일이잖아요."

나는 그냥 방으로 올라가겠다고 했다. 그녀도 지쳐 있는 기색이 역력했다. 술을 더 먹게 되면 필시 오후에나 깨어날 테고 아무리 일요일이라도 반나절밖에는 살 수 없는 것이다.

"하긴 벌써 새벽 두시가 넘었네. 정 배가 고프면 올라가서 라면이나 끓여먹죠 뭐."

이런 말을 나누는 사이 그녀와 나는 오피스텔 앞에 다다라 있었다. 서먹하게 그녀를 돌아본 다음, 내가 먼저 문을 밀고 안으로 들어가려는데 뒤에서 이런 말이 들려왔다.

"아, 내 정신 좀 봐. 술집에 우산을 놓고 왔네. 얼른 갔다 올 테니까 여기서 잠깐만 기다려줄래요? 엘리베이터를 타고 같이 올라가고 싶거든요."

이렇게 재빨리 외치고 나서 그녀는 달빛이 훤히 비추고 있는 골목길을 쿵쿵거리며 뛰어갔다.

(2003)

탱자

올봄에 통영에서 제주로 오는 배 안에서 마주친 어떤 늙은 중이, 사람은 가끔 정화淨化되지 않으면 나이를 먹을 수 없으리라 내게 말하였다. 그래서 굳이 갈 곳이 없음에도 바다를 건너게 되었다고 말이다. 그때 나는 진해에 가서 벚꽃을 보고 돌아오는 길이었다. 정화가 무엇이냐고 묻자, 그는 내 손에 들려 있는 빨갛게 타들어가는 담뱃불과 옆에 놓인 빈 소주병을 가리켰다. 그러고 나서 덧붙이기를, 죽음에 들기 전에도 아마 다시 이러리라 멋쩍게 웃으면서 말하는 것이었다.

얼른 기억할지 모르겠구나. 너를 마지막으로 본 게 할아버지 장례식 때였으니, 헤아리기도 힘든 게 그새 삼십 년이 되었구나. 당시 너는 검은 교복 차림의 까까머리 중학생이었다. 다 클 때까지도 너를 무릎에서 떼어놓지 않던 할아버지가 돌아가셨는데도 너는 눈물조차 보이지 않더구나. 성난 염소 같은 얼굴로 사랑채 마루에 앉아 국밥 그릇만 계속 비워대고 있었어. 그게 마지막으로 본 너의 모습이다. 그런 너도 이제 마흔을 훌쩍 넘겼으니 세월이란 얼굴에 고약을 덕지덕지 붙인 심술맞은 노인네 같구나.

갑작스러운 연락에 놀랐으리라 짐작한다만 행여 모른 척 말고 끝까지 읽어주기 바란다. 달포 전 할아버지 기일에 맞춰 뿔뿔이 흩어져 살던 자식들이 옛집에 모였다. 십 년이고 이십 년이고 발을 들여놓지 않다가 불현듯 형제자매들 얼굴이 그리워 나도 버스를 타고 꼬박 하루나 걸려 본가에 들러보았단다. 강릉에 사는 막냇삼촌만 빼고는 다 모였더구나. 거기서 네 아버지를 통해 마침 너의 소식을 듣게 되었다.

사정은 그리된 것이고 줄여 전하마. 너 사는 곳에 한번 다녀가고 싶구나. 염려 끼칠까 이래저래 망설이다 다잡고 이렇게 쓴다. 이참에 부탁 한 가지만 하마. 얼굴은 오갈 때 한번씩만 서로 보면 될 터이니 시간을 내어 방을 하나 얻어주었으면 한다. 보름이나 달포쯤 머물까 싶지만 그래도 요즘 유행하는 여관이란 덴 아녀자 혼자 들기엔 무색하니 허름하고 불편해도 민가면 더없이 좋을 듯하구나.

내주 수요일에 통영에서 배를 타고 건너갈까 한다. 그전에 경주에 들러 혼자 소풍도 좀 하고 생전 듣기만 하던 불국사도 구경할

작정이다. 배를 타는 것도 제주도에 가는 것도 다 처음이거니와 늙은 마음에 이 또한 마지막이 되리라 주책없이 속단한다.

이 편지 받고 여간 귀찮지 않을 줄 안다. 그렇더라도 자리를 비워 피하지는 않았으면 한다. 엊그제만 해도 충무로 알았는데 전화로 알아보니 언제 또 이름이 통영으로 변했더구나. 거기서 배 탈 무렵 재차 연락하마. 너의 내자도 공연히 신경쓰지 않도록 미리 단속해두어라. 그리고 이 고모가 다녀갈 거란 얘기는 집안사람들에게는 하지 말았으면 싶구나. 늙어서까지 괜히 타박하는 소리 듣고 싶지 않아서 그런다.

서울에서 큰고모 더디 쓰고 속히 부친다.

조부가 내려준 큰고모의 이름은 경자京子이다. 해방되기 몇 해 전에 태어났으므로 다만 일본식으로 아무 뜻도 없이 갖다붙인 이름일 것이다. 한글로 궁색하게 풀면 '서울 여자'인데 여기에 도대체 무슨 뜻이 있겠는가. 그럼에도 사람은 저마다 이름 따라 가는 게 있으니 그래서 서울에 사나 싶은 생각이 드는 정도다. 하지만 편지를 받기 전까지만 해도 나는 고모가 서울에 산다는 사실조차 모르고 있었다. 지난 삼십 년간 부모를 포함해 누구도 내게 고모에 관해 얘기해준 사람이 없었던 것이다.

조부가 세상을 뜬 것은 1975년 여름의 일이었다. 당시 나는 중학교 이학년이었고 고모는 서른다섯 살로 오래전에 출가한 몸이었다. 충남 보령의 진죽이란 곳에 산다고만 얼핏 들었다. 새우젓으로 유명한 광천과 가깝고 해수욕장이 있는 대천과도 그리 멀지 않았다. 장항선 기차가 지나가는 작은 시골마을이었다. 고모부 되는 사람은 간이역의 말단 역부驛夫라고 했다. 그날 고모는 아들을 하나 데려왔는데 이제 일곱 살이었다. 웬일인지 고모부는 오지 않았다. 그렇지만 아무도 사정을 묻는 이가 없었다. 부엌에 들어가 내가 대신 묻자 고모는 쓸쓸히 웃으며 젖은 손으로 내 머리를 서툴게 쓰다듬었다.

깨알처럼 작은 얼굴에 타고난 박색에다 마르고 키까지 작아 고모는 어려서부터 사람대접을 제대로 받지 못했다. 그런데다 학교에 들어가기 전부터 문밖출입을 즐겨 밤늦게까지 식구들이 불을 켜들고 찾아다니는 일이 잦았다. 그것은 한편 관심을 끌기 위한 반항의 몸짓이었으나 그럼으로 해서 더욱 골칫거리로 낙인찍혔고 아래로 형제자매가 줄줄이 태어날 무렵에는 아예 부모의 눈에서도 밀려났다. 조부가 시골 면장이었으므로 다소 조신할 필요가 있었을 텐데 고모는 점점 상관하지 않았다. 사내애들과 어울려 참외서리에 사과서리에 남의 집 닭까지 훔쳐 잡아먹었다. 속내를 알지도 못하면서 다들 애초에 태어나지 말았어야 할 계집이라고 혀를 찼다. 그래도 가르치기는 해야겠기에 중학교에 보냈으나 졸업도 하기 전에 절름발이 담임선생과 눈이 맞아 야반도주하고 말았다. 그로부터 몇 달 후에 누더기 차림으로 돌아와서는 스물여덟에 출가할 때까지 무려 십이 년의 세월을 제집에서 하녀와 다름없는 삶을 살았다. 비록 쫓아내지는 않았으나 부모형제, 그 누구도 고모를 자주 살펴보거나 돌아보지 않았다. 또한 집안에 사소한 불행이 생겨 누군가 대신 비난할 사람이 필요한 때면 다들 고모부터 찾았다.

스물여덟에 출가를 시킬 때도 고작해야 집안의 해묵은 골칫거리를 치우는 분위기였다. 십 년 이상을 집안에 가둬두고 묵힌 것도 단지 절름발이 선생과의 소문을 지우기 위함이었다. 모두 쉬쉬하며 고향에서 되도록 멀리 떨어진, 뒤늦게 소문을 듣더라도 이쪽에 문제를 삼지 않을 집안을 골라 새벽녘에 소리없이 출가시켰다. 이후 집안 대소사가 생겨도 돌아오지 말 것을 엄히 당부했다. 내가 여덟 살 때였고 그때까지 나는 고모를 옆에서 지켜보며 자랐다. 고모라는 것은 물론 알고 있었으나 그녀는 늘 얼굴에 검댕이 묻어 있는 부엌데기에 지나지 않았다. 시집을 갔다는 것도 며칠 뒤에나 어른들이 마루에서 주고받는 말을 듣고 알게 되었다. 그렇게 다시 보지 못하다가 조부의 장례식 때 마주친 것이었다. 그후에도 나는 고모의 소식을 들을 기회가 전혀 없었다. 나이가 든 다음부터는 나역시 집안에 발을 들여놓는 일이 점점 줄어든 탓이기도 했다.

편지는 검은 줄이 칸칸이 쳐진 종이에 책받침을 하고 연필로 쓴 것이었다. 대뜸 반가운 생각은 들지 않았다. 끼니마다 밥을 함께 먹는 식구라면 모를까, 가족도 각자 가지를 뻗어 남이 되어가는 과정이 결국 사람살이의 이치요 본질이다. 일단 집을 떠나면 명절 때를 제외하고는 서로 만나기 힘든 까닭도 여기에 있다. 따지고 보면 가족만큼 부담스러운 관계도 없으리라. 부모자식 간도 역시 자주 부딪치다보면 갈등이 생기게 마련이다. 하물며 대면한 지 무려 삼십 년이나 된 고모가 느닷없이 편지를 보내와 이 먼 곳까지 찾아오겠다는데 부담이 되지 않을 리 없었다. 쉽게 보름이나 한 달이라고 했지만 맞는 쪽에서 보면 매우 긴 시간이었다. 평소 가까이 지내던 이가 찾아와도 처음 하루이틀이지 사흘만 지나면 곧 지치곤 한다. 그렇긴 해도 살다보면 역시 피할 수 없는 일이라는 게 있다. 사람 관계도 마찬가지다. 이렇게 생각을 정리하고 나니 노인네 혼자 왜 배를 타고 건너오나 싶어 한편 염려가 되기도 했다. 올봄에도 경험한 일이지만 바다에 너울이 조금만 심해도 네 시간 가까운 뱃길은 여간 고역스러운 게 아니다.

일단 아내한테 고모 얘기를 전하고 나는 집에서 가까운 펜션부터 알아보았다. 그러나 숙박료가 턱없이 비쌌다. 성수기인 까닭에 어느 곳이나 하루 십만원 이상을 받았는데 형편을 떠나 노인 혼자 감당하기에는 벅찬 금액이었다. 더군다나 겉모양과 시설만 조금 다르지 여관과 다를 것도 없었다. 분양이 안 된 빌라 형태의 연립주택을 찾아보았으나 보름, 한 달은 세를 놓지 않았다. 민가도 사정은 마찬가지였다. 노인네 혼자라는 말에 다들 꺼리는 눈치이기도 했다. 하는 수 없이 바닷가 민박을 하나 보아두긴 했는데 허구한 날 바다만 내려다보고 있을 고모의 모습을 상상하니 그것도 마음에 걸렸다. 아내는 그냥 집에 묵도록 하시는 게 좋지 않겠느냐고 조심스럽게 얘기했다. 부모가 알면 무슨 소리를 듣겠느냐는 것이었다.

고모가 도착한 것은 7월 21일 수요일로 아침부터 밤늦게까지 몹시도 무덥던 날이었다. 통영에서 오는 배는 성산포로 입항하므로 애월에서 한 시간 넘게 차를 몰고 부두에 도착해 냉면을 먹고 기다렸다. 오후 두시가 되자 하얀 여객선이 북쪽 먼바다에 나타났고 약 삼십 분 후에 관광객을 가득 태운 만다린호가 부두로 들어왔다. 입항이 완료되고 이어 관광객들이 철제계단을 통해 차례차례 쏟아져내려왔는데 아무리 살펴봐도 고모의 모습은 눈에 띄지 않았다. 아침에 출발전화까지 받은 터여서 그럴 리가 없다고 생각하면서도 슬쩍 불안한 생각이 들었다. 관광객들이 대합실을 통해 모두 빠져나간 뒤 승객 명단을 확인할 요량으로 선착장 사무실로 발걸음을 옮기려는데, 때마침 조그만 할머니를 양쪽에서 부축한 승무원 두 명이 계단 모서리에 나타났다. 흰 무명 저고리에 검은 통치마 차림이어서 금방 눈에 띄었다. 나는 서둘러 배에 걸쳐진 계단 아래로 다가가 고모를 맞았다. 얼굴이 식은땀으로 푹 젖어 있었다. 멀미가 심해 약을 드셨으나 그것까지 토하고 나서 탈진한 상태라고 승무원이 어서 병원으로 모셔가라고 했다. 인사를 할 겨를도 없이 나는 고모를 등에 업고 선착장을 빠져나와 성산 읍내에 있는 의원부터 찾았다.

손등에 링거바늘을 두 개나 꽂고 고모는 세 시간 동안 깊은 잠을 잤다. 나는 아내에게 전화를 걸어 사정을 알리고 삼십 분 간격으로 입원실에 들어가 고모의 잠든 얼굴을 내려다보았다. 당연한 일이겠으나 내가 마지막으로 본 서른다섯 살 고모의 모습은 어디서도 찾아볼 수 없었다. 희미한 얼굴 윤곽만으로 간신히 고모라는 걸 확인할 수 있을 따름이었다. 기다리다 지쳐 나는 잠시 의원을 나와 버스정류장 앞에 놓인 플라스틱 의자에 앉아 자판기 커피를 빼먹고 담배를 서너 대 피웠다. 그리고 다시 아내에게 전화를 걸어 먼저 저녁을 먹으라고 했다. 바다에 멀리 그늘이 드리우는 것을 보고 나는 걸음을 재촉해 의원으로 돌아갔다.

　고모는 말끔히 씻고 환자 대기실 소파에 앉아 간호사와 두런두런 얘기를 나누고 있었다. 내가 들어서자 고모는 민망한 표정으로 손부터 움켜잡았다.

　"만나서부터 면목이 없구나."

　"경주에 들렀다 오시는 길이라면 가까운 포항에 공항이 있는데 왜 어렵게 배를 타셨어요."

　"어쨌든 도착은 했으니 된 것 아니냐. 그보다 아침에 먹은 걸 죄 토했더니 속이 되게 허하구나. 어디 가서 밥부터 먹자."

　밖까지 가방을 들고 따라나온 간호사에게 고모는 만원짜리 한 장을 꺼내주었다. 간호사가 됐다고 한사코 거절했으나 고모는 억지로 손에 쥐여주었다. 저녁어둠이 금세 짙어지며 바다의 오징어,

갈치잡이배들이 일제히 불을 켰다. 일출봉 아래 식당으로 들어가 된장이 들어간 해물뚝배기를 시켰으나 고모는 비린내가 난다며 이맛살을 찌푸렸다. 만경봉호를 타고 온 할머닌 줄 알고 밥을 먹던 사람들이 자꾸만 이쪽을 흘끗거렸다. 옷차림 때문이었다. 식당 유리창에 일출봉의 거대한 그림자가 벽처럼 검게 드리워졌으나 고모는 눈치조차 채지 못하고 있었다. 수저를 내려놓으며 고모는 통영에서 배를 탈 때만 해도 멀쩡했다고 뒤늦게 푸념이었다.

"그놈의 배가 얼마나 널을 뛰는지 아주 여러 번 기절초풍했다."

나도 겪어보았지만 뱃멀미처럼 암담한 것도 없다. 버스나 택시처럼 중간에 세울 수도 또 내릴 수도 없지 않은가. 나는 말을 돌려 고모가 집을 떠나온 뒤의 소식부터 물었다.

"경주는 어땠어요?"

금세 안색을 바꿔 고모가 되받았다.

"좋더구나. 일주문까지 걸어올라가긴 힘들었지만 불국사에 들어가니 나 같은 무지렁이도 저절로 마음이 거룩해지더라."

"불국사에 그렇게 가보고 싶었어요?"

"왜 아니겠냐. 열다섯 살 때부터였으니 오십 년 만에 원을 푼 셈이지. 게다가 맨날 동전에서만 보던 다보탑에다 석가탑까지 보았으니 이제 됐다 싶더라."

이 좁은 땅에서 어떤 사람에게는 경주가 그다지도 먼 곳인 모양이었다. 그런데 어쩌다 제주까지 올 생각을 했을까. 묻지는 못했으나 편지를 받고 나서 마음을 스치고 지나갔던 의혹이 새삼 되살아났다. 다만 내가 여기 있어 관광 삼아 온 것일까.

식당에서 나올 무렵 나는 숙소를 따로 구하지 않았으니 그냥 집에서 편히 머무시다 가시라고 말했다. 못 들은 양 고모는 대꾸가 없더니 집으로 돌아가는 차 안에서야 입을 열었다. 가까이, 멀리 수많은 배들이 파시처럼 떠서 밤바다를 환히 밝혀놓고 있었다. 얼마간 바다에 눈을 주고 있던 고모가 밤을 일깨우듯 말했다.

"그런데 말이다."

비록 조심스러웠으나 그것은 분명 나를 탓하는 소리였다.

"바쁜 건 안다만 집을 알아보는 일이 그리 번거로웠냐?"

나는 잠자코 있었다.

"안다. 서로 도리라는 게 있지. 하지만 평생 집안사람 눈치만 보며 살아왔는데 여기까지 와서 하필 조카며느리 눈치를 보며 지내긴 싫구나."

"그런 사람 아니에요."

"누군들 처음부터 그런 사람이겠냐. 그러나 하루 지나고 이틀 지나면 금방 불편해지는 게 사람관계다. 게다가 지금은 모르겠다만 이 고모가 기억하기엔 너도 꽤나 까다로운 사람이야. 그게 다 피 때문이겠지. 너도 알다시피 우리 집안 사람들이 다들 조용하긴 하지만 속으론 얼마나 냉정하냐. 어쩌다 모여 앉긴 해도 떠날 땐 소리없이 하나둘 사라지는 게 꼭 절집 사람들 같지."

그래서인지 몰라도 어느 날부터 나도 옛집에 발을 끊었다. 피가 아닌 뼈만 남은 관계들처럼 보였기 때문이다. 그런데도 명절이나 집안 행사 때 그 뼈들이 총총히 모여드는 모습을 보면 어쩐지 신비롭기까지 하다. 게다가 집안에 내려온 절차나 관례를 한 번이라도 깨뜨린 자들은 함부로 끼어앉지도 못한다. 그렇다고 별로 대수로울 것도 없는 집안인데 말이다.

"오늘은 어쩔 수 없이 네 집에 하루 머물겠다만, 내일 날이 밝는 대로 집을 나가 여관부터 잡거라."

나는 함덕에서 차를 세우고 바닷가로 내려가 어둠 속에서 오줌을 누고 구멍가게 앞에 있는 자판기에서 커피를 두 잔 빼왔다. 고모의 뜻대로 하면 아내가 어떻게 받아들일지 그것부터 벌써 머리가 지끈거렸다. 물론 보름이나 한 달씩 고모가 집에 머문다면 아내도 힘들어할 게 뻔했다. 그래도 어디까지나 사람관계에 있어서 도리와 상식을 우선시하는 사람이다.

차 안에 나란히 앉아 커피를 마시며 나는 고모에게 말했다.

"고모님 뜻대로 할게요."

그게 나으리라는 생각이 들었다.

"그래, 미안하게 됐다만 그래야 내 마음이 편하겠구나. 그런데 이 커피, 왜 이리 독하냐. 그만 남겨도 되겠지?"

제주시를 지나 애월에 가까워졌을 때 집 근처에 사는 완도 사람의 얼굴이 떠올랐다. 그 사람이라면 고모가 묵을 집을 알아봐줄 수 있을 듯했다. 오십대 중반의 사내로 제주에 들어와 산 지 이십 년이 된 사람이었다. 몇 해 전까지는 산림청 소속의 산림 벌목원이었는데 어느 날 삼나무에 어깨를 맞아 팔 개월 동안 병원생활을 한 다음 재해보상을 받고 퇴직했다. 부인은 애월 읍내에서 식당을 하고 있었다. 몸은 회복됐으나 그때 얼마나 놀랐는지 부인은 남편에게 더이상 아무 일도 못하게 했다. 나와는 방파제에서 낚시를 하다 만나 술까지 마시게 되어 가까워졌다. 사는 집도 서로 가까이 있어 가끔 식구끼리 어울려 밥도 먹고 반찬까지 몇 번 얻어먹었다.

완도 사람에게 전화를 걸어 사정 얘기를 했더니 의외로 간단하게 대안을 내놓았다. 애월 산기슭에 바다가 보이기도 하고 안 보이기도 하는 한적한 집이 있다는 것이었다. 봄에 민박으로 지어놓았는데 아직 영업허가가 나지 않아 방들이 비어 있다고 했다. 사십대 후반의 주인 내외가 위층에 살긴 하지만 서로 신경쓸 것은 없을 터이며 또한 일반주택처럼 지어놔 영업집 냄새도 안 날 거라고 덧붙였다.

이튿날 아침밥을 먹기도 전에 나는 그가 알려준 집부터 찾아가보았다. 마침 집주인 내외가 마당에 나와 풀을 뽑고 있었다. 완도 식당 얘기를 하자 주인은 이미 전화를 받았다면서 나더러 어디 사냐고 물었다. 노인 혼자라니 역시 신경이 쓰이는 모양이었다. 근처에 산다고 말했더니 그렇다면 점심때쯤 모셔오라고 했다. 더불어 청하지도 않았는데 방값을 반으로 깎아주었다. 당분간은 손님을 받을 수 없는 상태니 부담스러워 말라고 했다.

다행스럽게도 고모는 그 집을 마음에 들어했다. 계단을 올라다
니기 힘들 거라고 주인은 고모에게 일층을 내주었다. 이층집인데
옥상에 올라가야 바다가 보였다. 그러나 집앞이 밭으로 툭 트여 있
어 답답한 느낌은 들지 않았다. 고모가 짐을 풀러 방으로 들어간
사이 완도 사람에게서 전화가 걸려왔고 십 분쯤 지나서 그가 오토
바이를 타고 왔다. 낚시를 가는 길이라고 했다.

"날도 더운데 바람 쐴 겸 조카도 함께 가세."

이 사람도 나를 조카라고 부른다.

"얼굴 탄다고 낮 낚시는 집에서 좋아하지 않아요."

사나흘 낚시를 거듭하면 동남아인처럼 얼굴색이 변하고 몸이
마른다. 현상수배범 같다고 아내가 질색을 한다.

"근데 고모님은 어디 계신가?"

밖이 소란스러웠는지 고모가 창문으로 빠끔히 이쪽을 내다보았
다. 집을 소개시켜준 사람이라고 하자 고모는 부랴부랴 밖으로 나
와 머리까지 조아려 인사를 했다. 식당에 한번 놀러오시라는 말을
남기고 완도 사람은 오토바이를 타고 감자밭 사이로 횅하니 사라
졌다. 그가 가고 나자 대번에 고모가 한마디했다.

"근데 저 사람 얼굴이 왜 저리 검으냐. 내 눈엔 어째 소도둑처럼
보인다."

나는 농담조로 받아넘겼다.

"맞아요, 전엔 산적이었다고 들었어요. 요즘도 짐승이든 물고기든 산 것은 닥치는 대로 잡아먹어요."

"그럴 테지, 쯧쯧. 방을 얻어준 건 고맙다만 다시 보고 싶지는 않구나."

방도 잡아놨으니 나가서 바람이나 쏘이고 오자고 했더니 고모는 고개를 가로저었다.

"어제도 하루 공쳤을 텐데, 오늘은 들어가 공부하거라. 궁금하면 모레 참에나 한번 들르든지. 아직도 어질어질한 게 하루이틀 좀 쉬어야겠다."

그러면서 뒤늦게 확인을 해왔다.

"나 여기 온 거 아버지도 알고 있냐?"

편지에 고모가 한 말도 있고 해서 굳이 전화까지 걸어 얘기하지는 않았다. 아버지는 고모의 둘째오빠로 다섯 살 터울이다.

"그래, 잘했다. 나중에라도 혹여 다녀갔다는 말은 안 했으면 한다. 애초에 소리소문 없이 다녀갈 요량이었으니까."

하루걸러 시간을 내 민박집으로 가봤더니 고모는 머리에 수건을 쓰고 마당에서 잡초를 뽑고 있었다. 주인 내외는 오일장에 갔다고 했다. 왜 함께 가시지 그랬느냐고 묻자 청하지를 않더라는 것이었다. 우리도 오일장에 가볼까요? 했더니 남의 뒤를 따라가기는 싫다고 했다.

고모와 함께 애월 해안도로를 따라 서쪽으로 느리게 차를 몰았다. 날은 여전히 무더웠으나 태풍이 지나간 뒤처럼 하늘이 투명했다. 협제에 내려 사이다를 마시고 고모의 사진을 몇 장 찍었는데 웬일인지 싫다거나 꺼려하지 않았다. 파인더에 비친 고모의 모습에서 나는 문득 피血라는 걸 느끼곤 은근히 놀랐다. 혈족이라는 것은 너무 낯이 익어 오히려 외면하다가 이렇듯 숨어서 볼 때 비로소 가깝게 느껴진다는 걸 그때야 비로소 알았다.

"물 빛깔이 정말 옥처럼 맑구나."

성산포 근처의 세화리 바다와 함께 협제 바다는 제주에서 빛깔이 가장 고운 곳으로 알려져 있다. 휴가철이었으므로 바다엔 해수욕을 하는 사람들로 북적거리고 있었다. 흰 무명 저고리에 검은 통치마 차림의 키 작은 노인네가 손가방을 들고 나타나자 못 본 체하면서 누구나 돌아서 킥킥거렸다. 그것도 모른 채 고모는 숨을 길게 몰아쉬며 혼잣말로 중얼거렸다.

"너무 맑아서 되레 남세스러워 보이는구나. 어째 우리나라 땅 같지가 않아."

겉으로 보기엔 그럴지 몰라도 사람살이는 어디나 비슷해서 여기 주민들도 고통을 겪고 있기는 마찬가지다. 물가는 비싼데 해마다 어획량이 떨어지고 귤 먹는 사람조차 갈수록 줄어들어 밭을 갈아엎고 심지어는 자살하는 사람도 있다. 날씨만 해도 언제나 맑은 것은 아니다. 겨울엔 맑은 날이 공휴일처럼 드물다. 하루가 멀다

하고 주의보가 발령돼 밖에 나가 돌아다니기조차 힘들다. 육지에서 온 사람들은 특히 겨울철에 자주 우울증에 걸린다. 여름도 크게 다르지 않아 걸핏하면 태풍이 몰려와 비만 맞고 돌아가는 신혼여행객들이 흔하다. 오죽하면 섬의 동서남북 날씨가 제각각 다르다고 하겠는가. 앞바다에 떠 있는 비양도를 바라보며 고모는 오래오래 말이 없었다.

고산에 와서 고모와 나는 해녀의 집에 들어가 늦은 점심을 먹었다. 그새 고모는 눈자위가 충혈돼 있었다. 바닷바람을 쐰 탓인지 기침이 잦아지며 연신 가래 덩어리를 냅킨에 뱉어냈다. 햇빛을 봐서 어지러울 뿐이라고, 돌아갈 때는 산길로 가자고 고모는 말했다. 고등어구이와 갈칫국이 나왔으나 고모는 입에 맞지 않는다며 금세 또 수저를 내려놓았다.

"어디 된장 구할 데 없냐? 슈퍼에서 파는 들척지근한 것말고 집에서 담근 조선된장 말이다. 그걸 먹어야 가래도 삭고 속이 편한데, 여기 온 뒤로는 계속 더부룩하고 토할 것처럼 속이 울렁거리는구나."

노인들은 어딜 가나 먼저 물과 음식을 가지고 얘기를 한다. 사람이 늙으면 자기가 태어나고 자란 고장의 음식을 찾게 된다고 한다. 그러니 여기 음식이 입에 맞을 리 없다. 거꾸로 여기 사람들은 외지에 나갔다가도 나이가 들면 자리회와 한치가 먹고 싶어 돌아온다고 한다. 입맛은 결국 기억이고 추억인 것이다.

"완도 사람이 읍내에서 식당을 하고 있으니 가는 길에 들러보죠. 그 집 된장을 얻어먹어봤는데 입에 잘 맞더라고요."

완도 사람 얘기를 꺼내자 고모는 마뜩잖은 표정으로 대꾸조차 하지 않았다. 모슬포에 들러 시장을 구경하고 서부관광도로를 통해 애월로 넘어오니 그새 저녁이었다. 곧장 완도식당으로 가 된장찌개부터 만들어달라고 했다. 아침녘에 관탈로 돌돔 낚시를 나간 완도 사람은 아직 바다에서 돌아오지 않고 있었다. 애호박과 풋고추를 숭숭 썰어넣은 된장찌개를 몇 숟가락 떠서 맛을 본 고모는 대뜸 주방에 있는 아주머니를 찾았다. 나와는 물론 잘 알고 지내는 사이였다. 뭐가 또 마땅찮은가 싶었는데 고모는 자리에서 일어나더니 아주머니의 손부터 덥석 잡고 이러는 것이었다.

"고향이 어디요? 혹시 충청도 아니오?"

고모의 갑작스러운 말에 당황한 눈치더니 아주머니는 슬그머니 표정을 풀고 멋쩍게 웃었다. 맞다고, 충청도 당진이라고 그녀는 말했다.

"아이고, 여기까지 와서 고향 사람을 다 만나네. 내 된장 맛보고 금방 알아냈소."

고모와 나는 당진 사람이 아니었다. 그래도 같은 충청도라고 적이 반가운 모양이었다. 슬쩍 눈시울까지 붉히며 고모와 아주머니는 한참이나 이런저런 얘기를 주고받았다. 그리고 된장까지 한 사발 수북이 얻어가지고 민박집으로 돌아왔다. 식당에서 나올 때 고모는 손가방에서 새파란 열매 두 개를 꺼내 아주머니의 손에 쥐여주었다.

"비록 먹을 건 아니지만 그래도 충청도에서 따온 거니 두고 가오. 고향 그리울 때 가끔 냄새 맡으며 마음 달래요."

잊었던 듯 내게도 몇 개 꺼내주었다. 그것은 탱자였다. 그 유난히 가시가 사나운 탱자나무 열매 말이다.

"이건 뭐하러 따오셨어요."

지청구라도 들은 듯 소리가 없더니 고모가 입엣말로 우물거렸다.

"글쎄다."

"글쎄라뇨."

"글쎄…… 귤이 어디를 건너면 탱자가 된다는 옛말이 있다면서? 마침 그 말이 생각나 몇 개 따왔다."

아까 가방 안을 훔쳐보니 스무 개 남짓이나 돼 보였다. 아무려나 고모의 말을 듣고 나는 언뜻 놀랐다. 귤화위지橘化爲枳. 곧 귤이회수淮水를 건너면 탱자가 된다는 고사에 나오는 얘기를 하고 있음이었다.

"내 부질없는 마음엔 탱자를 갖고 물을 건너면 혹시 귤이 되지 않을까 싶어 들고 왔더니라."

고모에게서 받은 탱자를 나는 무심코 자동차 콘솔박스 안에 넣어두었다. 민박집에 도착하자 때맞춰 비바람이 드세게 몰아치기 시작했다. 기상청 자동안내시스템에 전화를 걸어 일기를 확인해

보니 태풍이 몰려오고 있었다. 태풍의 위력을 알고 있기에 오늘은 집으로 가시자 했더니 고모는 숙박료가 아깝다며 들은 척도 하지 않았다.

태풍은 밤새 온 섬을 짚단처럼 헤집어놓고 아침녘에도 물러갈 기미가 없었다.

월요일부터 금요일까지 외국어학원으로 출근하는 아내와 함께 아침 일찍 민박집에 가봤더니 고모는 그때껏 자리에 누워 있었다. 밤사이에 낯빛이 장아찌처럼 변해 있으나 고모는 잠을 못 자 그렇다며 걱정하지 말라고 했다. 아내의 채근에도 불구하고 고모는 민박집에 그냥 있겠다고 고집을 부렸다. 여덟시 삼십분쯤 아내와 차를 함께 돌려보내고 내가 부엌에 들어가 아침밥을 준비하려 하자 고모는 그것도 한사코 말렸다. 그제야 보니 머리맡에는 사기그릇 두 개가 놓여 있었다. 그릇 하나에는 비닐에 싼 된장이 담겨 있었고 다른 하나에는 탱자가 수북이 채워져 있었다. 탱자는 톱밥상자에 보관해온 것처럼 아직까지도 푸릇한 윤기가 남아 있었다. 주인집에 부탁해 끓인 된장찌개 하나로 고모와 겸상을 해서 아침밥을 먹었다. 아내가 챙겨온 반찬통이 여러 개 있었으나 나중에 먹자며 뚜껑을 열어보지도 않았다.

밥을 먹다 말고 고모는 갑자기 눈시울을 붉혔다. 순식간의 일이어서 나는 왜냐고 물을 엄두조차 나지 않았다. 서먹하니 입을 다물고 있다가 나는 방을 빠져나와 옥상으로 올라갔다. 사납게 뒤채는 바다를 먼빛으로 내려다보며 담배를 거푸 피운 다음 나는 삼십 분 뒤에나 방으로 들어가보았다. 그사이 고모는 상을 치우고 옷을 챙겨입고 있었다. 이런 날에 차도 없이 어딜 가시려느냐 묻자 고모는 택시를 대절해 고산에 다시 가자고 했다. 어제는 별말이 없더니 고산 앞바다의 차귀도가 자꾸 눈에 어른거린다며 거기 가서 내게 회를 한 접시 사주고 싶다며 재촉했다. 걱정스러운 마음에 태풍이 지나가면 그때 가자고 말려도 고모는 또 막무가내였다. 내게 긴히 할 얘기가 있다는 것이었다. 그 말에 어쩔 수 없이 읍내에 있는 택시 회사에 전화를 걸어 요금을 정하고 민박집으로 와달라고 했다. 언제 태풍이 물러갈지 모르는 상황에서 종일 방에 갇혀 지내느니 그게 나으리라 싶기도 했다.

중산간도로로 빠져나와 중간에 길을 바꿔 곧바로 고산으로 내려갔다. 그야말로 대야로 퍼붓듯 비가 차창에 쏟아져내렸다. 와이퍼로는 시정거리를 확보할 수 없을 지경이었다. 시속 이십 킬로미터로 폭우를 뚫고 고산에 도착한 것은 열한시가 다 돼서였다. 아무리 관광철이라지만 기상악화로 횟집은 대부분 문을 닫은 상태였다. 바로 어제 점심을 먹은 해녀의 집으로 갔더니 종업원은 문간방에 누워 이른 낮잠에 빠져 있었다. 이런 날 웬 손님인가 싶어 그녀도 놀라는 기색이었다. 어제 왔던 손님이라는 것을 기억하고 나서야 종업원은 서둘러 자리를 치우고 차귀도가 내다보이는 창가에 상을 차려주었다. 그러나 배로 십 분 거리에 있는 차귀도조차 비바람에 윤곽이 흐릿했다.

참돔 한 마리를 회로 떠서 상에 올려놓고 머리와 뼈는 자리가 끝날 때까지 곰국처럼 오래 끓여 내오라고 일러두었다. 한라산 소주를 시켜 한 순배가 돌고 이어 급히 두 순배가 돌자 고모는 가방에서 담배까지 꺼내 불을 붙였다.

밑도 끝도 없이 고모의 얘기는 그렇게 시작됐다.

"내가 살아온 얘기는 여태껏 아무도 듣지 못했다. 그러니 너도 처음 듣는 얘기겠지. 한평생 가슴에 잘 묻어뒀는데, 어째 여기 오니 사진첩 넘기듯 옛날 일이 선명하게 되살아나는지 모르겠구나."

입이 말라 다시 소주를 들이켜고 나도 담배에 불을 붙였다.

"할아버지가 돌아가시고 나서 꼭 한 해 뒤였단다. 양력 8월 중순께였을 거다. 어느 날 애아버지 손에 창瘡이 생기더구나. 처음엔 몸에 열이 좀 심하고 가렵다고 하더니 이내 손톱마다 진물이 흘러내려 고약한 냄새를 풍겼지. 피부병인 줄 알고 광천 읍내에서 약을 사와 열흘을 먹었지만 소용이 없더구나. 병원에 가자고 하니 겁이 많은 사람이라 한사코 싫다더라. 그래서 어디서 좋다는 얘기를 듣고 찔레꽃 뿌리를 삶아 그 물에 담가보기도 하고 그것도 듣지 않아 양잿물을 써보기도 했단다. 그땐 손이 문제가 아니고 사타구니와 눈썹 주위에 커다란 하얀 반점들이 번지고 있었어. 누가 도장병이라고 해서 이번엔 마늘을 갈아 문대고 수은을 태운 가루를 고약에 개서 발라보기도 했다. 그래도 점점 살이 썩어들어가더라. 붕대로 친친 감은 손에선 검붉은 고름이 배어나와 자다 일어나서도 몇 번씩 갈아댔지. 그래도 문을 닫고 쉬쉬 숨기며 병원에 가지 않겠다고 버티는데 속이 새까맣게 타들어가고 급기야는 나까지 몸에 얼룩무늬 반점이 생기더구나. 그제야 부랴부랴 담요를 쓰고 홍성에 있는 병원에 찾아갔는데 의사가 기겁을 하고 돌아앉더라."

듣고 있는 나마저 여기저기 몸이 가렵고 소름이 끼쳤다. 그쯤만 들어도 무슨 병인지 짐작이 갔다. 요즘은 그걸 한센병이라고 하고 옛날엔 나병, 곧 문둥병이라고 불렀다. 근래 와서는 의학이 발달해 피부병 이상으로 보지 않고 초기에 발견하면 완치도 가능하다고 들었다. 하지만 당시만 해도 그것은 말 그대로 천형天刑이었다.

"당장 격리를 시켜 충북 음성에 있는 나환자촌으로 보내라고 하더라. 그게 당연한 조치였지만 애아버지는 극구 의사의 말을 듣지 않았어. 아직도 그 징그러운 약 이름들을 다 외고 있다. 프로민, 시바, 다이아존, 디디에스, 리팜피신, 람프렌…… 알고 보니 고작해야 살균제인데 그걸 끼니마다 한주먹씩 먹는 꼴을 보고 있자니 내가 다 죽고 싶더구나. 약을 먹고 나면 매번 속이 쓰리다고 밥에 미원을 비벼 그걸 또 콜라에 말아먹는데 어찌나 비위가 상하는지 그때마다 부엌에 들어가 내가 대신 다 토해냈다. 행인지 불행인지 나는 약을 먹고 곧 그만그만해졌는데 병원에 늦게 찾아간 탓에 애아버지는 별 차도가 없었다. 오른손 하나는 다 쓴 수세미처럼 뭉개져 손가락 하나도 남아 있지 않았고 눈썹도 죄 빠져나가 방에서도 털

270

모자를 쓰고 종일 이불 속에 숨어 지냈다. 그래도 그 지독한 약들이 더디게 효험이 있었던지 초겨울이 되자 용케 병세가 멎더구나. 하지만 그런 꼴로는 누가 봐도 더이상 사람 노릇을 할 수 없었지."

빗속에 차귀도가 잠시 나타났다 다시 지워졌다.

"아무튼 먹고는 살아야겠기에 낮에는 새우젓공장에 또 밤에는 통조림공장에 번갈아 다니며 내가 벌어 먹여 살렸다. 너도 아는가 모르겠다만 여자가 밖에 나가 돈을 벌어오면 못난 사내들이 곧잘 하는 짓이 있지. 괜한 트집을 잡아 마누라 두들겨패는 일 말이다. 새벽에 파김치가 되어 들어오면 이틀이 멀다 하고 그 수세미 같은 손으로 패대는데 왜 그리 아프더냐. 그때마다 건넌방에서 아이는 울어대고 맞아서 아픈 것보다 그 소리에 더 가슴이 찢어지더구나."

나는 고모의 빈잔에 술을 따랐다. 회는 아까 내온 그대로였다. 머리와 뼈는 부엌 솥에서 쉼없이 끓고 있을 터였다.

"하지만 그런 날이 오래갔던 건 아니다. 이듬해 산에 진달래 필무렵 애아버지는 기차에 뛰어들어 목숨을 끊었다. 조용한 밤이었다. 왜 그리 세상이 조용한지 마치 내가 다음 세상에 와 있는 것 같더구나. 그런 날이 숨막히게 며칠이나 계속됐다. 이틀 뒤 산에 갖다 묻는데 진달래꽃들이 모두 검게 보이더구나. 무섭게도 눈물 한방울 나오지 않더라. 세상이 온통 적막해 울어도 소리가 들리지 않았겠지."

빈 소주병을 새것으로 바꿨다.

"애아버지를 가마니에 둘둘 말아 산에 묻고 며칠 뒤 아이를 등에 업고 새벽에 진죽을 떠나왔다. 챙겨나온 거라곤 겨우 사글셋방 한 칸 얻을 돈이었고 무작정 서울로 올라와 다 쓰러져가는 신당동 함석집에 월세를 얻어 생선장사를 시작했더니라. 그게 1977년 4월의 일이다. 애는 아홉 살이었는데 그애가 내 부처였더니라. 어찌나 신통한지 학교에서 돌아오면 꼭 시장 좌판에 들러 에미 일을 거들더구나. 공부도 잘했지. 나중에 공대를 나와 유명한 회사에 취직했단다. 취직한 그해 결혼을 해서 아들딸 고루 하나씩 낳고 지금은 미국에 가 있는데 몇 해 전에 영주권을 받았다고 연락이 왔더구나."

그 친구를 한 번 본 적이 있다. 나와는 물론 고종사촌 간이고 일곱 살 아래인데 1983년인가 예산 수덕사 밑에 있는 수덕여관에서 해마다 열리는 가족모임에서 만났다. 이박삼일 동안의 모임에서 그러나 그 친구는 벙어리손님처럼 굳게 입을 다물고 있었다. 당시 중학생이던 걸로 기억하는데 얼굴이 하얀 모범생 타입으로 아버지를 닮았는지 키도 컸다. 모임이 끝나고 서울로 올라오는 기차 안에서 마침 나란히 앉게 되어 이런저런 말을 건네보았으나 좀처럼 대꾸를 하지 않았다. 가까이에서 사흘을 지켜보는 동안 나는 그 아이가 외가 사람들에 대한 적의로 가득차 있다는 것을 느꼈다. 기차가 영등포역에 도착해 가방을 들고 내릴 때서야 이 아이가 비수를 던지듯 내게 한마디했다.

"어머니가 하도 떠밀며 보채서 소풍 가는 줄 알고 오긴 했지만요. 나야 성姓부터 다르니 형네 집안사람이라고 할 수 없죠. 그런데 내게 족보까지 내밀며 무턱대고 외우라고 하는 건 너무 가소롭지 않아요? 그동안 어머니를 사람 취급도 안 했으면서 말이에요."

그런데 왜 왔느냐고 되묻자, 이 당돌한 아이가 이렇게 말하는 것이었다.

"혹시 아시는지 모르겠지만 수덕여관은 한때 이응노 화백께서 머무시던 곳이죠. 여관 뒤뜰에 있는 세 개의 납작한 바위 봤어요? 실은 거기에 새겨진 그분의 문자추상 작품을 보러 온 거예요. 사흘이나 봤으니 앞으로 수덕여관에 올 일은 다시 없겠죠. 그럼 살펴가세요."

화가가 꿈이었던 그 아이는 그러나 훗날 공대에 진학했다. 그리고 그 아이의 염원대로 그후 다시는 서로 만나거나 볼 기회가 없었다.

생선장사로 시작해 아들이 중학교에 들어갈 무렵 고모는 신당동 시장 어귀에 분식집을 차렸다. 그즈음 옆집에서 청과상을 하던 사십대 중반의 홀아비를 만나 정분을 맺게 되었다고 고모는 담담하게 털어놓았다. 여고에 다니는 딸을 하나 둔 사내였다. 남들 눈이 무서워 따로 식은 올리지 않고 살림을 합치려 했는데 딸이 충격을 받아 가출을 하는 바람에 막상 그렇게는 되지 않았다. 그래도 질기게 연을 이어 이 년 정도는 그리 외롭지 않게 생을 버텼노라고 했다. 그러나 그 대가가 컸다. 당시 시장 사람들끼리 매달 한 차례씩 모여 계契라는 것을 했다. 계원이 십여 명에 곗돈을 합하면 액수가 막대했다. 계주는 관례대로 순번을 정해 돌아가며 했는데 이 내연의 사내라는 자가 계주가 되자 기다렸다는 듯 통장과 도장을 들고 시장에서 사라졌다. 문제는 거기서 간단하게 끝나지 않았다. 두 사람의 관계를 익히 알고 있던 계원들이 고모 집으로 몰려와 가재도구를 부수고 몽둥이까지 휘두르며 돈을 내놓으라고 다그쳤다. 견디다 못해 고모는 의정부로 잠시 위장 전입을 한 다음 사태가 진정되는 기미를 보이자 영등포로 옮겨갔다. 그리고 업종을 바꿔 구멍가게만한 포목점을 열었다.

아들은 대학을 졸업할 때까지 온갖 아르바이트를 하며 틈만 나면 어머니의 일을 도왔다. 아버지를 일찍 여의고 홀어머니를 봉양해야 할 처지여서 군복무는 면제를 받았다. 졸업과 함께 그는 대기업체에 입사해 인천 공장으로 발령을 받아 사실상 독립을 하게 되었다. 인천이면 영등포에서 그리 멀다고 할 수 없는데, 출퇴근이 힘들 거라며 고모는 아파트 전세금을 빼내 아들에게 집을 얻어주었다. 공교롭게도 그때부터 고모는 아들의 얼굴을 자주 볼 수 없었다. 취직을 하고 얼마 지나지 않아 아들은 부천의 한의사집 딸과 결혼을 했고 이듬해 첫아들을 낳은 후에 곧 미국으로 발령을 받았다. 그로부터 겨우 이 년에 한 번꼴로 한국에 다녀갈 뿐이었다. 그나마 영주권을 받은 다음에는 명절 때 전화나 걸어오는 정도였다.

고모는 오랜 세월 포목점을 하다 얼마 전에야 정리하고 분당 신도시에 사십 평짜리 아파트를 사두었다. 아들 내외가 들어오면 함께 살 집을 마련해둔 거라고 했다. 가게를 그만두고 나서 고모는 조부의 기일에 맞춰 조용히 고향에 다녀왔고 서울로 올라오는 길에 스물여덟에 출가해 살았던 진죽에도 가보았다.

평생 일만 해오다 막상 분당 아파트에 혼자 있게 되자 고모는 하루하루 사는 게 더 힘들게 느껴졌다고 했다. 그래서 듣기만 하고 가보지 못했던 곳들을 둘러보리라 작정하고 가방을 꾸려 먼저 강릉과 속초로 갔다. 그리고 설악산 밑에 있는 동해관광호텔에서 이틀을 묵으며 케이블카도 타고 양양에 있는 낙산사에도 가보았다. 설악산에서 떠나오던 날은 아침 일찍 온천에서 목욕을 한 다음 속초에서 버스를 타고 포항을 거쳐 경주로 내려왔다.

고모가 내게 편지를 쓴 것은 분당에서 떠나오기 하루 전의 일이었다. 경주가 유독 마음에 끌리더라고, 봄에 꽃 필 때 한번 살아봤으면 좋겠노라고 고모는 되풀이해서 말했다. 또 제주도에서 올라갈 때는 완도로 건너가 해남에서 밥을 먹고 남원 춘향골에서 하루 묵으리라 했다. 그때면 비로소 지칠 터이니 남원에서 고속버스를 타고 서울로 올라가겠다는 얘기였다.

고산에 다녀온 뒤로 고모는 잠시 마음이 가라앉은 듯했다. 애월로 돌아온 밤에 고모는 이제 됐다고, 당분간 찾아오지 말라고 내게 당부를 했다.

태풍이 몰려가고 나서 완도 사람에게서 오후녘에 전화가 걸려왔다. 고산에 다녀온 닷새 뒤였다. 그사이에 나는 또 서울에서 손님이 내려와 사흘 동안 가이드 겸 술상대가 되어 따라다녔다. 환경운동을 하는 사진작가인데 한라산 기슭의 영실 소나무숲과 구좌읍의 비자림을 촬영하러 내려온 길이었다. 평소 어렵게 알고 지내는 산림학자의 소개로 온 사람이었고 물론 초면이었다. 간혹 있는 일이어서 거기까지는 그래도 괜찮은데 환경운동을 한다는 사람이 술을 몹시 좋아해 사흘 내리 이리저리 끌려다니며 새벽까지 함께 마셔야 했다. 그러니 몸은 몸대로 피곤하고 일은 또 일대로 되지 않았다.

완도 사람이 전화를 걸어온 이유는 아침에 흑돼지를 한 마리 잡았으니 저녁에 방파제에서 구워먹자는 것이었다. 두어 달 전에도 다리 밑에서 개를 잡아 연락을 해온 적이 있었다. 그때 사양한 것이 마음에 걸렸으나 오늘은 고모에게 가봐야겠기에 이번에도 응하겠다는 말을 할 수 없었다.

"걱정 말게. 자네 고모님도 마침 여기에 와 계시니."

나는 슬며시 놀라 물었다.

"거기가 어딘데요?"

"어디긴, 식당이지. 그러니 집사람 데리고 서둘러 오게."

지난번에 개 잡은 얘기를 했더니 아내는 질색을 하고 다시는 완도 사람을 보려 하지 않는다. 짐승을 사적으로 도축하는 것은 법으

276

로 금지되어 있다. 더군다나 그게 개라고 하자 아내는 토하는 시늉까지 하며 화장실로 들어가 양치질부터 했다. 그때 괜한 얘기를 해서 완도 사람과 어울릴 때마다 눈치가 보인다. 그런데 고모가 지금 거기에 있다는 말이었다.

가서 사정을 알아보니 된장으로 맺어진 인연 때문이었다. 민박집에서 아침밥을 해먹고 나면 막상 할 일이 없어져 고모는 종일 집 주변을 돌아다니는 것이 일이었는데, 엊그제는 걸어서 애월 읍내까지 내려오게 되었다고 한다. 그때 마침 갈 데가 생각났다. 동향 사람이어서 별로 망설이지도 않고 식당 문을 열고 들어가니 아주머니도 자매처럼 맞아주었다. 어제는 주방 설거지를 도우며 저녁까지 지체하다 밥을 얻어먹고 완도 사람의 오토바이를 얻어타고 밤늦게 민박집으로 돌아갔다.

돼지는 완도 사람이 오일장에서 사와 뒤꼍에서 직접 수습을 했다. 그 장면을 나도 한번 목격한 적이 있는데 속이 메스거려 아주 혼이 났다. 우선 돼지의 멱을 따서 사발에 선지를 받아 막걸리처럼 들이켠 다음 배를 갈라 간까지 내먹고 나서 한 자루나 되는 내장을 꺼내 순대가 될 것만 따로 구분하고 나머지는 삽으로 땅을 파서 묻었다. 솜씨가 유별나 거기까지 채 한 시간도 걸리지 않았다. 하지만 그 과정을 다 보고 나서는 차마 고기가 입에 들어가지 않았다. 잡은 돼지는 세로로 반을 갈라 냉장고에 넣어두었다가 식당에서 쓰고 일부는 가마솥에서 종일 삶아내 진득한 국물과 함께 며칠간 끼니마다 먹어치웠다. 또 미리 떼어 남긴 갖가지 부위는 아는 이들을 불러 당일 방파제에서 솥뚜껑에 구워먹었다. 말하자면 오늘이 그 행사날이었다. 준비한 고기를 검은 비닐에 둘둘 말아 봉고차에 실은 뒤 완도 사람은 해 지기 전에 방파제에 도착해야 한다며 주위를 재촉했다. 나는 식탁의자에 앉아 마늘을 다듬고 있는 고모의 얼굴부터 살폈다.

"어쩔까요?"

고모가 치마에 손을 닦으며 자리에서 일어났다.

"구경 삼아 한번 가볼까? 어제 오토바이를 얻어탔더니 거절하기가 어렵구나."

일행은 넷이었는데 방파제에 도착하자마자 완도 사람의 여동생 부부라는 사람들이 승용차에 소주와 맥주박스를 싣고 달려왔다. 방파제 너머로 해가 기울며 바다가 온통 핏빛으로 들끓고 있었다. 그래서 불에 덴 듯 모두 얼굴이 벌겠다. 누구랄 것도 없이 다투어 고기를 구워내 접시에 담고 된장과 파와 마늘을 상추에 싸서 소주와 함께 뱃속에 채워넣었다. 술이 몇 순배 돌자 완도 사람이 그제야 생각난 듯 여동생 부부를 고모에게 소개시키며 아무렇지도 않게 이런 말까지 털어놓았다.

"얘가 내 막내 여동생인데 팔자가 좀 세요. 스물둘에 순천으로 출가해 살았는데 오 년 만에 건축 일을 하던 남편이 음주운전 사고로 죽었어. 십 년 동안 애 둘 데리고 고생이 이만저만 아니었지. 보

다 못해 재작년에 내가 제주도로 짐 싸서 내려오라고 했어. 옆에
있는 지금 남편도 칠 년 전에 상처를 하고 혼자 애 키우며 수절 과
부처럼 살아왔으니 처지가 비슷했지."

나중에 들으니 그는 경찰공무원, 강력계 형사였다.

"이 친구하고도 낚시하다 만났는데 거기가 어디냐면 바로 여기
애월 방파제야. 방파제는 육지로 치면 마을 공회당 같은 곳이거
든. 아무튼 술을 먹다보니 사람이 제법 괜찮더라고. 그래서 세번쨈
가 함께 술을 먹던 날 여동생을 불러내 대면부터 시켰지. 그다음부
터 술 먹을 일이 생기면 눈치껏 불러냈어. 저도 싫으면 안 나왔겠
지. 작년 가을에 마을회관에서 조촐히 식을 올려주고 임대아파트
에서 나와 집도 새로 얻었어. 지금 아주 잘살아. 애들끼리도 얼마
나 사이가 좋은지 몰라."

그들 부부는 얼굴을 돌린 채 그저 피식거리며 웃기만 했다. 두
시간쯤 지나 그들 부부는 시아버지 제사가 있다며 먼저 돌아갔다.
밤이 깊어가고 있었으나 가까이 떠 있는 오징어잡이배들이 켜놓
은 불빛으로 주위가 보름처럼 훤했다. 고모도 고기를 몇 점 먹고
간간이 소주도 반잔씩 따라 마셨다. 마침내 술에 취한 완도 사람이
젓가락으로 솥뚜껑을 두드리며 〈선창〉이란 노래를 부른 다음 아내
한테 〈칠갑산〉을 시켰고 이윽고 고모 차례가 되어 잠시 실랑이가
벌어졌다.

"이왕 놀러오셨으니 실컷 놀다 가십시다."

고모는 고개를 절레절레 내저으며 완강히 거절했다.

"내 평생 노래라는 건 불러본 적이 없으니, 고만하시고 차라리 술이나 한 잔 더 주시오."

고모 잔에 술을 가득 따르고 나서도 완도 사람은 그만두지 않았다.

"그러니 이참에 딱 한 곡만 불러주오. 조카 얼굴 봐서라도 말이오."

"못하오."

부인이 끼어들어 말려도 완도 사람은 막무가내였다.

"우리집 된장까지 얻어다 먹는다는 소문이 돌던데 그렇다면 된장 값이라도 해야 되질 않소. 우리 마누라가 가을부터 봄까지 된장 만들어내느라 얼마나 고생인 줄 아시오? 그거 아무한테나 퍼주는 거 아니오."

조마조마한 마음에 슬쩍 고모의 얼굴을 살폈으나 다행히 마음까지 상한 눈치는 아니었다. 그만 돌아가고 싶은지 고모는 주섬주섬 치마를 털고 일어나 방파제 너머에 무수히 떠 있는 오징어잡이 배들을 시린 눈빛으로 돌아보았다. 고모의 작은 모습이 불빛에 날아갈 듯 찰나 기우뚱했다.

이어 고모는 노래를 부르기 시작했다. 파도 소리 때문에 고모의 목소리는 제대로 들려오지 않았다. 가만히 귀를 기울여 듣다보니 그것은 〈물새 우는 강언덕〉이란 노래였다. 고모의 음성은 실파처럼 가늘고 푸르게 때로는 실고추처럼 가늘고 붉게 이어지다 마침

내 바람 속으로 흔적없이 사라져버렸다.

돌아오니 자정이었다. 무리를 한 탓인지 고모는 방에 들자마자 요 위에 힘없이 주저앉았다. 내가 금방 돌아가지 못하고 머물러 있자 고모가 말했다.

"어서 가거라. 집에서 기다릴라. 좀 피곤하긴 하다만 기분은 괜찮다."

"술은 언제부터 하셨어요?"

"왜, 나는 마시면 안 되냐? 벌써 이십 년이나 됐으니 이제 와서 누가 걱정한다 해도 다 쓸데없는 일이다. 술마저 없었다면 그 기나긴 밤들을 어쨌을꼬."

"담배는요?"

"그건 한 십 년 됐다. 몇 달 전에 다 끊었는데 오늘처럼 사람과 어울리다 술이 들어가면 담배도 가끔 생각이 나더구나. 너 듣는데 할 소린 아니다만, 이 고모는 술담배가 참 좋더라. 시름이 깊어질 땐 오히려 사람보다 더 좋더구나."

"……"

"안다. 그래도 사람이 부처지."

"그만 갈게요. 푹 주무시고 내일은 식당에 가지 말고 방에서 쉬세요."

자리에서 일어나자 고모도 요에서 몸을 일으켰다.

"이번에도 한 사흘 뒤에나 들러다오."

연꽃이 보고 싶다고 고모는 간절한 표정으로 말했다. 경주에 가서 석굴암을 보고 난 뒤부터 줄곧 연꽃 생각이 떠나질 않는다는 것이었다.

사흘 후 마침 아내가 쉬는 날이어서 연꽃을 보러 셋이 함께 수목원에 갔다. 새벽에 부처가 내려와 점지해놓고 간 듯 연꽃은 말간 분홍빛으로, 물위에 지천으로 떠 있었다. 연못가의 벤치에 나란히 앉아 세 사람은 꼬박 두 시간 동안 연꽃을 바라보고 있었다. 푸른 줄기들 아래로 빨간 잉어와 금붕어 들이 틈틈이 숨어 다니고 있는 게 보였다. 중국인 관광객들이 와자지껄 몰려왔다 사라진 후에 고모가 입을 열었다.

"누가 만드신 것인지 세상은 참 어여쁜 것이더구나. 눈에 보이는 것들이 이제는 모두 마지막이라는 생각이 들 때가 있다. 참으로 눈물겹도록 아름답구나."

"왜 벌써 그런 말씀을 하세요. 통영에서 제주까지 배를 타고 혼자 소풍 오는 할머니는 흔치 않아요."

고모는 덧없이 웃었다.

"그야 찾아갈 데가 없으니 온 게지. 며칠 있다보니 여기다 아예 조그만 집을 지어놓고 한때나마 조용히 살고 싶은 생각이 드는구나."

그때만 해도 나는 고모가 괜한 소리를 하는 줄 알았다. 그런데 듣다보니 그게 아니었다.

"한 오십 평쯤 땅을 사서 지붕이나 덮고 방 한 칸 들이면 못 살 것도 없지 않겠냐? 그쯤은 여분의 모아둔 돈이 있다. 나중에 너한 테 물려주기로 하고 말이다. 그러니 부동산에 좀 알아봐다오."

아내는 못 들은 척했고 나도 물론 대꾸할 말이 떠오르지 않았다.

"싫은 게로구나."

"분당 집은 어떻게 하고요."

"거기야 죽을 때까지 들여다보는 사람 하나 없을 테니 미련 둘 것도 없지 싶다. 게다가 자식놈은 언제 들어올지도 모르는데 귀신 처럼 혼자 집을 지키고 있을라치면 때없이 한숨만 나와."

아내가 매점으로 음료수를 사러 간 사이 고모는 또 푸념 어린 소리를 늘어놓았다.

"사람이든 짐승이든 새끼를 여럿 두게 되면 그중 하나는 꼭 반 푼이나 팔푼이가 있게 마련이지. 우리 집안에서는 내가 그런 사람 이었다. 다들 부모 말을 잘 들어 빗나가지 않고 똑똑들 했다. 그러 니 형제들은 모두 대학교수나 공무원이 됐고 자매들만 해도 장학 사 마누라에 하다못해 중학교 선생 마누라가 돼서 번듯하게 살고 있는 거 아니겠냐. 그런데 어째 나만 타고나길 이것저것 모자란 게 많았단다. 공부도 형제자매들 중에 가장 빠졌고 계집애가 며칠씩 씻지도 않고 사내애들처럼 놀기만 즐겨 일찍부터 부모 눈 밖에 났 지. 열여섯에 절름발이 선생과 눈이 맞아 집을 나갔다 돌아온 뒤부 터는 형제자매들까지 외면하더구나. 그래도 원망 따위는 하지 않았다. 숯덩이처럼 부엌에 숨어살며 십 년을 견딘 건 그 절름발이 선생과의 약속 때문이었단다."

고모의 목소리는 그새 묵은 배추김치처럼 쉬어 있었다.

"모시로 유명한 한산 사람이었단다. 야반도주한 그날로 그 양반은 나를 버스에 태워 공주에 있는 갑사로 갔더니라. 그 아래 있는 여관방에서 며칠 보내고 나니 갈 데가 없질 않겠냐. 하는 수 없이 한산으로 내려갔단다. 가보니 노모 한 분이 살고 있더구나. 초가집도 그런 누추한 초가집은 내 처음 봤다. 하지만 시집온 걸로 생각하고 부엌에 들어가 밥부터 짓는데 그 노모라는 양반이 겉보기와 달리 보통이 아니더구나. 부엌에서 나를 불러내 길에서 데려온 여자는 며느리로 받아들일 수 없다며 당장 나가라는 게야. 아들이 학교까지 그만두고 내려온 사실을 알고는 그 자리에서 아예 몸져눕더구나. 그래서 병수발을 드는데 내가 끓인 음식은 입에 대지도 않아. 그래도 또 팔자려니 하고 백 일을 채워 버텼더니라. 남편은 심성이 여린 사람이라 중간에서 이러지도 저러지도 못하며 하루가 다르게 수숫대처럼 말라가더라. 그러던 어느 날 문밖으로 나를 조용히 불러내더니 집으로 돌아갔다가 나중에 때가 되면 다시 합치자고 하더구나. 그동안 학교에 다시 자리를 잡고 양가 부모의 허락을 받아 정식으로 혼례를 올리자고 말이다. 울고불고 매달렸지만 그 마음 약한 양반도 그때는 어찌나 냉혹하게 구는지 결국 쫓겨나다시피 보따리를 싸서 집으로 돌아왔다. 이슥한 저녁에 죽을 각

오로 대문을 들어섰는데 아무도 뭐란 말을 하지 않더구나. 저녁밥
을 먹다 다들 수저를 든 채 마루로 몰려나와 마당 한가운데 서 있
는 나를 내려다보더라. 그렇게 한참을 아무 말도 없이 처다들 보는
데 저절로 발걸음이 부엌으로 향하더구나. 한산에서 사람이 오길
기다리며 부엌에서 밥만 해대며 삼 년을 기다리는데 암만해도 소
식이 없었다. 오 년을 기다렸다 찾아가봤더니 노모는 이미 세상을
뜨고 그 양반은 읍내 초등학교의 선생이 돼 있더구나. 다른 처자와
결혼까지 해서 말이다. 어찌 이리됐냐고 묻자, 그저 그렇게 됐다고
물에 술 탄 소리만 되풀이하더구나. 노모가 한 십여 년 전에 옆동
네 백정집에서 보리 몇 말을 꿔다먹은 일이 있는데, 그걸 내내 갚
지 못하고 있다가 죽기 전에 망령이 들어 그 집 딸을 들이고 싶다
고 목을 매더란다. 죽기 전에 꼭 며느리를 보고 싶다고 하면서 말
이다. 아무튼 그 여편네까지 쫓아나와 내 발을 붙잡고 우는데 너
같으면 거기다 대고 무슨 소리를 하겠냐. 참 나도 못났지만 그렇게
도토리 껍질처럼 생긴 여자는 처음 봤다. 백정집 딸이라니 오죽하
겠냐만. 아무튼 마누라를 달래 돌려보내고 나서 그 양반은 학교 울
타리에서 퍼런 탱자를 몇 개 따주더니 이것이 노랗게 익을 때 한번
찾아가마 하더라. 그 말을 믿고 한산을 떠나오는데 내 팔자가 정말
기가 막히더구나."

"찾아오긴 했나요?"

"오긴 왔다만 그게 무슨 소용일까. 사람들 눈에 띌까 차부 의자

에 쪼그려앉아 한 시간쯤이나 말없이 한숨만 내쉬고 있다 타고 온 버스를 도로 타고 돌아갔을 뿐이다. 곧 둘째아이가 태어날 거라고, 가슴에 못이 박히는 소리를 내뱉고 말이다. 그게 다고 그게 끝이었다."

"그후 다시는 보지 못했나요?"

"진죽으로 시집을 가기 전에 어디서 소문을 듣고 한번 더 왔더라. 시집가서 부디 잘살라고, 겨우 그 한마디를 하려고 말이다."

"……"

"자꾸 할 얘긴 아니다만, 이번에 여기로 내려오기 전에 한산에 다시 가보았단다. 면사무소에 들러 수소문하니 그 양반은 이미 오래전에 정년퇴직을 하고 읍내 아파트에 혼자 살고 있더구나. 퇴직하던 해 마누라는 암에 걸려 죽고 자식들은 모두 도회지로 나가 일 년에 두어 번씩 찾아온다더구나. 그러면서 또 부엌칼로 등을 찌르는 소리를 늘어놓더구나. 한산으로 내려와 다시 합쳐 살자고 말이다. 발밑에 구르는 돌멩이를 주워 냅다 집어던지고 돌아서 홧김에 차부까지 걸어갔다."

"그 말이 그렇게 듣기 싫던가요? 다시 합쳐 살자는 얘기 말이에요."

"그 말을 듣는 내가 싫더라. 차부까지 걸어서 갔는데 뒤를 쫓아오지도 않더구나. 조금 기다려보다 차시간이 남아 택시를 타고 그 양반이 다니던 학교에 가봤더니라. 아직도 탱자나무 울타리가 그대로 있나 싶어서 말이다."

"……있었군요."

"있더구나."

"그럼 그게 그거군요."

"그래, 그게 그거다. 괜히 옛 생각이 나서 한 보따리나 따서 서울로 올라왔다. 그리고 다음날 바로 설악산으로 떠난 거지."

사이를 두었다가 나는 되풀이해서 말했다.

"다시 한산에 가보시는 게 어때요?"

앞자락이 타는 듯한 한숨을 내쉰 다음 고모가 되받았다.

"그렇다고 탱자가 새삼 귤이 되겠냐?"

나는 좀 억지스럽게 거들고 나섰다.

"여기서 올라가실 때 귤을 한 보따리 싸가시면 되잖아요."

"말은 아주 쉽구나. 그러나 그게 그렇게 쉬운 게 아니란다."

날이 슬슬 어두워지고 있었으므로 고모와 나는 벤치에서 일어났다. 아내를 집에 내려주고 중산간도로로 빠져 산길을 타고 애월로 내려오는 길에, 고모가 갑자기 차를 세워달라고 했다.

차를 세운 곳은 야트막한 산자락에 있는 드넓은 배추밭이었다. 배추밭 앞에 내려 고모는 가방에서 담배부터 꺼내 입에 물었다. 내가 불을 붙여주었다. 라이터 불에 고모의 조그맣고 주름진 얼굴이 깊게 드러났다 금세 사라졌다. 땅거미가 지는 수천 평의 배추밭 아래로 마을과 바다가 잇대어 누워 있었다. 내가 한눈을 판 사이 고모는 배추밭에 들어가 있었다. 이윽고 어둠 속에 고모의 모습이 지워질 즈음 배추밭 속에서 마치 곡을 하는 듯한 울음소리가 들려왔다. 바다를 보고도 울지 않던 고모였다. 그런데 배추밭에 와서 급기야 고모는 오랜 세월 울혈졌던 마음을 힘겹게 풀어내고 있었다. 울음소리는 점점 희미한 통곡으로 변해 한동안 그칠 줄 모르고 이어졌다.

방에 들어 고모가 말했다.

"못 볼 꼴을 보여 민망하고 미안하구나."

"주무시고 나면 아침엔 나아질 거예요."

내 말엔 상관하지 않고 고모가 말을 이었다. 나는 아까 어둠에 두고 온 배추밭을 떠올리고 있었다.

"그 양반이 가정방문을 왔다 돌아가는 길이었더니라. 배웅을 하러 따라나갔는데, 어두워지는 저녁에 앞에서 절룩거리며 걸어가는 모습을 보니 이상하게 그만 가슴이 미어지더라. 그때만 해도 이 고모는 여간 당돌한 계집애가 아니었다. 뒤쫓듯 걸음을 서둘러 나는 그 양반의 옷소매를 끌어당기며 말했다. 이렇게 병신처럼 계속 절룩거리며 걷지 말고 차라리 내 등에 업혀 함께 어디든 가자고 말이다. 거기가 배추밭이었다. 내 말에 놀라 냉큼 걸음을 멈추고 그 양반은 배추밭 둑에 주저앉더니 내가 보는 앞에서 흐느끼더구나. 나는 집 나온 고양이처럼 그 양반의 들썩이는 어깨만 노려보고 있었다. 얼마가 지나서야 그 양반이 얼굴을 들더니 그리해도 후회하지 않겠느냐 묻더라. 이미 작정한 뒤여서 나는 죽기 살기로 뒤는

288

돌아보지 않겠다고 말했다. 그래서 그길로 함께 떠난 것이었더니라."

　말을 끝내고 고모는 자리에 누워 눈을 감았다. 나는 방바닥만 내려다보며 무르춤하게 앉아 있었다. 그사이 나는 고모가 잠들었음을 깨달았다.

　다음날 오후에 낚시터에 갔다가 나는 완도 사람을 만나 뜻밖의 얘기를 들었다. 고모가 땅을 알아보고 있다는 것이었다. 아침에 식당에 들러 완도 사람에게도 부탁을 하더라고 했다. 그래서 오전에 부동산에 찾아가 이것저것 알아보고 온 참이었다. 스틸하우스라는 게 있다고 했다. 값도 싸고 땅만 구해지면 집을 짓는 건 서둘러 며칠이면 된다는 것이었다. 집 짓는 기술이 좋아져 방풍이나 난방에도 전혀 걱정이 없다고 했다. 그런데 땅이 문제였다. 오십 평 단위로는 땅을 매매하지 않았다. 이백 평을 기준으로 매입이 허가된다는 얘기였다.

　낚싯대를 거두고 민박집으로 가봤더니 고모는 한여름에 이불을 쓰고 누워 있었다. 낯빛이 여간 위태로워 보이지 않았다. 얼굴에 땀을 철철 흘리며 연신 밭은기침에다 가래까지 뱉어냈다. 방파제에서 돼지고기를 먹던 날 쐬인 밤바람이 결국 병으로 도진 모양이었다. 병원으로 모시고 가려 했으나 이미 다녀왔다면서 머리맡의 약봉지를 가리켰다. 그걸 우두커니 내려다보고 있다 나는 안 되겠다 싶어 나도 모르게 매정한 소리를 했다.

"여기다 집을 지을 게 아니라, 그만 서울로 올라가시는 게 좋겠어요."

왜냐고 묻지 않고 고모는 눈을 감았다.

"이러다 큰일나요. 아무리 여름이라도 육지에서 온 노인들은 바닷바람 한번 잘못 맞으면 금방 고장나요. 그거 병원에 가도 못 고쳐요. 지금 이러고 계신 걸 나중에라도 집안어른들이 알면 뭐라 하겠어요. 그거 저 감당할 자신 없어요."

"알고 있으니 너무 다그치지 마라."

"아내도 요 며칠 잠을 제대로 못 자요. 밖에 모시는 것부터 도리가 아닌데 몸까지 편찮으신 거 같다고 걱정이 이만저만 아니에요. 속히 집으로 모셔오라고 성화란 말이에요."

"늙으면 누구나 다 아픈 법이다. 또 올라갈 생각을 안 하는 것도 아니다. 조카를 찾아와 이러고 있는 게 어른의 도리가 아닌 것 같다고 아침에 완도 사람도 내게 얘기하더구나. 맞는 소리다."

"편히 모시지 못해서 죄송해요."

"그런 말 마라. 배를 타고 건너올 때만 해도 이렇게 소란을 떨 생각은 아니었다."

"부디 몸부터 살피세요. 건강이 회복되면 한산에 다시 내려가보시고요."

"한산…… 그래, 한산이구나. 포목점을 할 때도 모시는 한산 것만 썼더니라. 가보고 싶지 않은 게 아니다. 여기 와서도 죽 그 생각만 했더니라."

"그런데 왜 망설이시는 거죠? 이제 와서 새삼스럽게 눈치볼 사람도 없잖아요."

"더이상 사내 밥 끓여델 힘이 남아 있지 않아서 그런다. 혼자면 된장국 하나만 올려놔도 되지만 하루 세끼 사내 밥상 차리려면 허리가 끊어질 거다."

"밥걱정 때문에 못 가신다면 나중에 두고두고 후회하실 거예요."

고모는 힘없이 웃어 보였다.

"그럼 네 말대로 한 번만 더 가볼까?"

"그분도 기다리고 있을 거예요."

"과연 그럴까?"

창문으로 한줄기 시원한 바람이 쏟아져들어왔다.

"그리고 말이다. 이 고모가 너를 찾아온 건, 내가 부엌데기 노릇을 할 때 그래도 너만은 나를 차별 없이 대해주었기 때문이란다. 어린 마음에도 내가 안돼 보였는지 저녁참이면 늘 부엌을 기웃거리며 몇 마디 말을 건네고 방으로 들어가더구나. 그게 이 고모한테는 큰 위안이었어. 그러니 먼 데서 불쑥 찾아와 마음 쓰게 했다고 너무 탓하지는 마라."

그날 밤 다시 태풍이 몰려와 섬 전체를 사흘 내리 흔들어놓고 일본 규슈 방향으로 빠져나갔다. 가방을 꾸려놓고 이틀을 지체하다 고모는 제주도에 내려온 지 보름째 되던 날 제주항에서 목포로 가는 배에 올라탔다.

가는 길에 고모는 완도식당에 들러 먹다 남은 된장을 돌려주고 아주머니와 작별인사를 나눴다. 그새 정이 들어버렸노라고. 고모보다 아주머니가 먼저 손끝으로 눈가를 찍어내며 보자기에 싼 상자를 내밀었다. 서귀포에서 엊그제 가져온 하우스 감귤인데 이거밖에는 줄 게 없다며 오히려 무안한 기색이었다.

고모는 예정대로 배를 타고 완도로 가겠노라고 했다. 나는 그 먼길이 또 걱정되어 비행기를 타고 곧장 서울로 올라가시라고 부추겼으나 고모는 억지로 떠밀어보내면서 그것까지는 막지 말라고 했다. 옆에서 가만히 듣고 있던 완도 사람이 그럼 목포로 가서 고속버스를 타고 내처 남원까지 가는 게 어떠냐고 절충안을 내놓았다. 그게 길이 훨씬 덜 고되리라는 것이었다. 식당 문을 나서 고모는 완도 사람을 돌아보며 그 전날 방파제에서 먹은 돼지고기와 소주가 참 맛있었다고 뒤늦은 인사치레까지 잊지 않았다.

목포로 가는 배는 아침 아홉시 삼십분에 있었다. 아침 일찍 민박집에서 나왔으므로 시간이 남아 나는 고모에게 수목원에 들러 연꽃을 다시 보고 가겠느냐 물었다. 잠시 생각하는 눈치더니 고모는 고개를 가로저으며 다른 말을 꺼냈다.

"그보다 노지 귤을 몇 개 구해주면 안 되겠냐?"

노지 귤이란 비닐하우스가 아닌 자연상태로 밭에서 재배하는 귤을 말하는 것이었다. 사과나 배처럼 봄에 흰 꽃이 피어 열매를 맺고 10월 말부터나 수확하므로 익으려면 아직 한참을 기다려야 했다. 남의 밭에 들어가 서리를 하지 않는 한 나로서도 구할 방법이 없었다.

"그걸 도대체 어디에 쓰려고요."

"탱자를 가져왔으니 귤로 바꿔가려는 게지."

"완도식당 아주머니가 한 상자나 싸줬잖아요."

"이젠 너마저 말귀를 못 알아듣는구나. 누가 먹으려고 가져가겠다던?"

무슨 뜻인지 알 듯도 하여 나는 먼저 수목원 옆에 있는 귤밭으로 갔다. 아무도 새파란 여름귤을 따가는 사람이 없으려니와 지키는 사람도 없어 마음만 먹으면 귤 몇 개 따는 것은 큰일도 아니었다. 나는 알이 굵은 놈을 골라 다섯 개를 따서 고모의 가방에 넣어주고 제주항으로 차를 몰아 내려갔다.

고모가 탄 배가 보이지 않을 때까지 나는 여객선 터미널 창을 통해 바다를 내다보았다. 주차장으로 돌아와 콘솔박스를 열어보니 보름 새 탱자는 쭈글쭈글 누런빛을 띠면서 곰팡이가 피어 있었다. 그새 썩어가는지 고약한 냄새마저 풍기고 있었다. 그러나 버리지 않고 콘솔박스 안에 그대로 넣어두었다.

떠밀어보낸다는 말이 가시처럼 마음에 걸려 나는 집으로 돌아오는 길에 수목원 연못에 들러보았다. 연꽃은 그날도 물위에 흐드러지게 떠 있었다. 금붕어와 잉어도 푸른 대궁들 아래에서 옛일인

양 한가로이 노닐고 있었다. 거기서 십여 분 머물다 수목원을 빠져 나오는 길에 나는 커다란 버즘나무들 사이에 한 그루 외롭게 서 있는 탱자나무를 발견했다. 작업실로 쓰는 사무실이 바로 근처여서 아침마다 운동 삼아 수목원에 와보았으나 여태껏 눈여겨보지 못했던 것이다. 가시가 무성히 돋은 가지마다 파란 열매가 알알이 열려 있었다.

그날 아침 배를 타고 목포로 떠난 고모에게서는 두고두고 연락이 없었다. 정녕 섭섭했던 것일까?

그러다 탱자와 귤이 노랗게 익어가는 10월 말에, 나는 서울에 있는 아버지와 안부통화를 하다 남의 집 얘기 듣듯 고모의 부음을 들었다. 그냥 알고나 있으라고 하면서, 10월 둘째 주 화요일에 고모가 폐암으로 숨져 분당에 있는 남서울공원묘지에 묻었다고 아버지는 말했다. 폐암 진단을 받은 것은 오 개월 전이었다. 미국에 있는 아들은 간신히 발인에 맞춰 서울에 들어왔다 장례를 마치고 곧 돌아갔다고 했다. 나는 왜, 그런 소식을 이제야 전하는 거냐고 조용히 따지듯 물었다. 문득 당황했는지 대꾸가 없다가 아버지는 그대로 수화기를 내려놓았다. 그래서 나도 7월에 고모가 제주도에 다녀갔다는 말을 끝내 전하지 못했다.

(2004)

대설주의보

1

버스가 원통에 도착한 것은 오후 여섯시 오십분이었다. 이왕 거쳐가는 길이니 백담사 입구에서 잠깐 세워주면 안 되겠느냐고 물었으나 운전기사는 퀭한 눈으로 돌아볼 뿐 별 대꾸가 없었다. 터미널 옆 슈퍼마켓 처마밑에 휴가병들이 초조한 모습으로 몰려서서 담배를 피우고 있었다.

화정발 속초행 직행버스가 정차하는 곳은 홍천과 원통 두 곳뿐이었다. 원통까지 표를 끊었으니 사정이 통하지 않으면 속히 내려야만 했다. 홍천을 지나오면서 대설주의보를 알리는 라디오방송이 흘러나왔으므로 운전기사는 가뜩이나 신경이 곤두선 기색이었다. 오는 길에 사고 차량을 견인하는 장면을 서너 차례 목격한데다 예정보다 삼십 분 늦게 원통을 경유하고 있었던 것이다.

버스에서 내려 윤수는 곧장 매표소로 들어갔다. 군인과 학생 들이 난롯가에 둘러서서 눈이 뿌옇게 내리는 밖을 지켜보고 있었다. 매표 창구는 닫혀 있었고 행선지 시간표를 보니 백담사 입구로 가려면 진부행 버스를 타야 했다. 막차가 떠난 것은 불과 십 분 전이었다. 매표소 안에 있는 사람들은 인제로 나가는 버스를 기다리는 중이었다. 상병 계급장을 단 군인이 인근 주민으로 보이는 사내에게 물었다.

"버스가 뜰까요?"

"학생들이 집에 가야 하니까 뜨겠지. 서울로 나갈 거면 좀더 기다렸다 속초에서 넘어오는 막차를 타는 게 나을 거야."

그들의 대화를 귓전으로 흘려들으며 윤수는 낭패한 심정으로 매표소 밖으로 나왔다. 이미 어둠이 내린 터에 눈까지 퍼붓고 있으니 어찌어찌 백담사 입구까지 간다 해도 거기서부터 또 백담사까지는 걸어서 올라가야 할 형편이었다. 족히 두 시간은 잡아야 할 거리였다. 가끔 스쳐간 적은 있으나 원통에 발을 디딘 것도 이날이 처음이었다.

주머니에서 휴대폰 벨소리가 울렸다. 해란이었다.

"어디까지 왔어요?"

윤수는 일단 눈을 피하기 위해 슈퍼마켓 처마밑으로 들어갔다.

"텔레비전 속보를 보고 있는데 눈이 많이 오네요."

날씨 탓인지 통화 상태도 불안정했다.

"방금 원통에 내렸는데 버스가 끊겼어. 택시를 알아볼게."

아침녘에 전화를 걸어와 버스를 타고 오는 게 여러모로 편하고 안전할 거라고 말한 건 해란이었다. 얼마간 사이를 두었다 그녀가 말했다.

"여기까지 안 들어오려고 할 거예요. 원통부터는 길이 험한데다 수해복구작업이 아직 끝나지 않아 공사 구간이 많거든요."

"⋯⋯"

"오늘은 그냥 원통에서 묵고 내일 아침에 들어와요. 여기서도 지금 차를 몰고 내려갈 형편이 못 돼요. 하늘이 무너지는 것처럼 눈이 내리고 있으니까요."

예정대로라면 백담사에서 하루 묵고 내일 오세암에 올랐다 해란의 차를 이용해 속초로 빠질 요량이었다. 해란은 세시 무렵에 백담사에 도착했다고 했다.

윤수는 터미널 앞에 미등을 켜고 서 있는 택시의 문을 두드렸다. 운전기사는 무심하게 고개를 가로저었다. 인제나 홍천 방향으로 나가는 손님을 기다리는 중이라고 했다. 아마도 군인들을 염두에 두고 있는 듯했다.

"아침에 제설차가 다닐 테니 일찌감치 여관에 들어가 쉬는 게 나을 거요. 요 앞 시장 골목으로 들어가면 아가씨 있는 술집이 두어 개 있는데 한잔 걸치고 들어가시든지. 여긴 밤이 길거든."

점심을 거른 터여서 그보다는 속부터 채워야 할 것 같았다. 윤수는 캄캄하게 사위를 둘러보다 순댓국밥집 간판을 보고 그쪽으로 어기적거리며 내려갔다.

2

2002년 1월 일본 아키타秋田 시내의 한 백화점에서 그녀는 윤수를 보았다고 했다. 당시 그는 여성지의 청탁을 받고 사진작가와 함께 일본 동북부의 눈축제 현장을 취재하기 위해 그곳에 가 있었다. 하지만 아키타 시내에서 머문 것은 도착한 첫날 하루뿐이었다. 호텔에 체크인을 한 뒤, 아직 저녁시간이 일러 근처에 있는 백화점에서 시간을 버리고 있을 때였다. 당시 취재수첩을 뒤져보니 1월 24일이었다. 그가 백화점에 머문 시간은 오후 다섯시에서 여섯시 사이였다. 말하자면 그녀도 같은 시각 같은 장소에 그와 함께 머물고 있었다는 얘기였다. 그것도 한국이 아닌 일본에서.

해란에게서 전화가 걸려온 것은 그해 12월 초순의 어느 날 저녁이었다. 강원도 산간에 첫눈이 내리던 날이었다. 권태감이 묻어나는 건조한 말투로 그녀는 대뜸 이렇게 물어왔다.

"1월에 무슨 일로 일본에 갔던 거예요?"

"……"

"아키타 말예요."

1997년 봄에 헤어졌으니, 꽤나 오랜만에 듣는 해란의 목소리였다. 윤수는 대꾸를 못한 채 그녀와 처음 만났던 태릉 근처를 떠올리고 있었다.

"그냥 생각나서 전화해봤어요. 그날 아키타에도 눈이 많이 내렸죠."

꿈을 꾸다 깨어난 심정으로 윤수는 술잔을 내려놓고 밖으로 나갔다. 그녀에게서 전화가 걸려왔을 때, 윤수는 막창구이집에 앉아 있었던 것이다. 나중에 해란과 통화를 끝내고 나서야 깨달았는데, 마침 그날 윤수는 아키타에 동행했던 사진작가와 만나 술을 마시고 있었다. 아무튼 스스럼없이 연락을 해온 것도 그렇거니와, 1월에 아키타에서 보았다면서 뒤늦게 전화를 걸어 해묵은 얘기를 늘어놓는 심사를 윤수는 도무지 알 길이 없었다.

"잘 지내나 궁금해서요."

그녀는 윤수와 헤어지고 이 년 뒤에 큰오빠의 친구이자 육사 출신의 군인과 만나 결혼했다. 지금은 속초에서 약국을 하고 있었다. 남편이 근무하는 부대는 간성에 있다고 했다. 도무지 할말이 떠오르지 않아 남편의 계급을 묻자 얼마 전에 대위로 진급했노라고 해란이 말했다.

"그렇게도 할말이 없어요?"

"약국 이름은 뭐지?"

"그건 또 왜요?"

"그냥 궁금해서."

그녀는 맥이 풀린 듯 망연히 웃었다.

"속초약국."

"좀 특징이 없지 않아? 설악약국이나 동해약국이면 또 모를까."

"내가 별로 특징이 없는 여자잖아요. 하지만 약국은 그럭저럭 잘되니까 염려 마세요."

윤수는 왠지 모면하는 투로 말했다.

"그쪽으로 갈 일이 있으면 한번 들를까? 하지만 같은 이름의 약국이 수도 없이 많을 것 같은데."

"아뇨, 속초에 속초약국은 딱 하나뿐예요."

"해란인 무슨 일로 아키타에 갔던 거지?"

"약국 옆에 있는 여행사 직원이 거길 추천하더라고요. 남편이 휴가를 받아서 잠깐 다녀왔어요. 그만 끊어요. 손님 들어와요."

윤수가 속초에 간 건 이듬해 가을이었다. 특별히 볼일이 있었던 건 아니었다. 그저 바다나 볼까 해서 차를 몰고 양평과 홍천과 원통을 거쳐 미시령을 넘어 속초로 갔을 뿐이었다. 가끔 답답할 때면 충동적으로 영금정 옆에 있는 동명항을 찾곤 했던 것이다. 약사 가운을 입고 해란은 의자에 앉아 잡지를 넘겨보고 있었다. 오 분쯤 밖에서 그녀를 지켜보다 윤수는 유리문을 밀고 안으로 들어갔다. 머리 위에서 방울 소리가 울리자 해란이 고개를 들었다.

"정말 왔네요?"

눈가에 발그레한 빛이 보이는가 싶더니 곧 종적을 감췄다.

"간판 안 바꿨네?"

잠깐 생각하는 눈치더니 해란은 손목시계를 살폈다.

"오늘 서울로 돌아갈 건가요?"

"상황 봐서."

"그럼 가서 바다 보고 올래요? 좁은 동네라서 같이 움직이면 남들 눈에 띄게 마련이거든요. 두 시간 후에 백담사 입구에서 만나요."

기껏 미시령을 넘어 속초까지 왔는데 내설악 백담사에서 만나자고? 하려다 윤수는 문득 느껴오는 바가 있어 그러마고 고개를 주억거렸다. 기억은 까마득하나 어느 해 여름인가 그녀와 함께 백담사에 간 적이 있었던 것이다. 약국에서 나오기 전 해란은 온장고에서 홍삼 드링크 한 병을 꺼내 윤수에게 건네주었다.

윤수는 차에 올라 여객선 터미널 건너편에 있는 동명항 방파제로 갔다. 바람이 심하게 불고 있었다. 윤수는 방파제의 중간쯤에 휘날리듯 서서 동해와 설악을 앞뒤로 크게 마주본 뒤, 다시 미시령 길을 넘어 백담사 입구로 갔다. 해란과 주차장에서 만난 것은 오후 여섯시 무렵이었다. 시간을 아껴야 할 것 같아 두 사람은 셔틀버스를 타고 구불구불 백담사로 올라갔다. 골이 깊어 산은 더욱 붉었다.

해란이 아미타불이 모셔진 극락보전에 들어가 향을 피우고 나오는 동안 윤수는 「나룻배와 행인」이라는 시가 새겨진 만해시비

앞에서 담배를 피우며 어슬렁거리고 있었다. 이어 두 사람은 개울가로 내려가 바위에 걸터앉았다. 개울은 핏물처럼 붉어 오래 들여다보고 있자니 마음이 되레 섬뜩했다.

"종무소에 가서 요사채 방을 잡아놓고 왔어요."

"묵고 가게?"

"왜, 오늘 서울로 올라가려고요?"

"일반인한테도 방을 빌려주나?"

코웃음을 치듯 해란이 되받았다.

"물론 합방은 안 되죠. 방 두 개를 나란히 빌려놨어요. 가끔 와서 하루나 이틀쯤 묵고 가요. 만날 아픈 사람들만 보니까 나도 힘들거든요."

"……"

"윤수씨는 요즘 뭐해요?"

"가끔 잡지사 일 거들어주고 청탁 오면 소설 쓰고 어쩌다 여유가 생기면 여행도 다니고 늘 그렇지, 뭐."

"별로 달라진 게 없네요. 그럼 결혼은?"

"관심은 있는데 청하는 여자가 없어."

"그럼 이쪽에서 청해야죠."

오랜만에 만나 주고받는 대화치고는 그 어떤 긴장감도 서려 있지 않았다. 헤어질 때와 달리 별 절차 없이 고분고분 해후했다는 느낌 때문이었는지도 모른다.

"96년 여름에 여기 왔던 기억 나요? 그때 내가 치마를 말아쥐고 개울에 들어갔는데 윤수씨가 뒤에서 몰래 사진을 찍었잖아요. 아까 약국에서 나오기 전에 앨범을 뒤져보니 아직도 그 사진이 있더라고요. 근데 왜 그때 내 뒷모습을 찍었는지 오늘에야 갑자기 궁금해지던데."

"대답이 필요한 말인가?"

"그건 아니지만."

"아마 자동반사 같은 거겠지."

"그만두죠."

해란이 핸드백에서 담배를 꺼내 피워물었다. 연기가 붉은 물결 위로 고요히 내려앉는가 싶더니 바람결에 흩어졌다.

"이 개울에 산메기가 많이 산대요. 밤에 동네 청년들이 횃불을 들고 올라와 몰래 잡아간다는 소문이 있어요. 개울을 건너 오 분쯤 올라가면 산장이 있는데, 혹시 거기 산메기 매운탕이 있는지 가볼까요?"

그럴 리 있으랴 싶었으나 저녁참이었으므로 윤수는 그쪽으로 가보자고 했다. 금세 주위가 앎둑해지면서 경내에 서성이던 단풍객들의 모습도 자취를 감추고 있었다. 해란이 산장이라고 말한 곳은 이층짜리 돌집이었다. 하산에 미련이 남은 중년의 등산객 서너 명이 삼겹살을 구워놓고 와자하게 술추렴을 하고 있었다. 산메기 매운탕은 물론 메뉴에 나와 있지도 않았고 주인은 들은 척도 하지 않았다. 동동주와 도토리묵을 주문하고 두 사람은 개울이 내다보이는 자리에 마주앉았다. 개울에 물안개가 덮이는가 싶더니 동동주 한 병을 다 비울 즈음에 계곡은 완전히 어둠에 갇혀버렸다.

"우리가 왜 헤어졌는지 알아요?"

작심한 듯 물어온 말에 윤수는 우정 고개를 가로저었다.

"아직도 잘 모르겠죠?"

"그쪽에서 뭔가 오해를 하지 않았던가?"

"그럼 어떻게든 오해를 풀어줬어야죠."

여자들은 어떤 일에 있어서 저네들끼리 주고받는 말 외에는 결코 들으려 하지 않는다. 심지어는 서로 속고 있다는 걸 알면서도 말이다.

"역시 구차한 얘기지만 아무려면 내가 해란이 친구하고 그것도 대낮에 내 집에서 공사를 벌이겠어? 오랜만에 절집에서 만나 이런 낯뜨거운 얘기를 늘어놓고 있다니."

"경서와 둘이 만난 건 어쨌든 사실이잖아요."

"모르지 또, 텔레비전 드라마에선 그런 일이 매일 지겹도록 되풀이되니까. 아무튼 나는 해란이 네가 내 얘기보다 친구 말에 더 귀를 기울인다는 걸 알았어. 결국 텔레비전이 문제라고는 생각하지만. 가령 드라마를 시청해 버릇하면 누구나 그럴 거라고 믿게 마련이거든. 그게 아니라고 한사코 읍하며 고해도 소용없더란 말이지. 그 경서라는 친구는 요즘 무고한가?"

"시집가서 이혼하고 지금은 대전에 내려가 술집 한다고 들었어요. 걔가 얼굴이 좀 반반하잖아요. 근데 하필 고향에 내려가 술집을 차리는 건 뭐죠?"

"고향 사람 외에는 마침내 아무도 믿지 못하게 된 모양이지. 실은 자기 자신까지도 말이야."

"말씀이 좀 지나치네요."

"아직도 내 말을 못 믿는 눈치군. 왜, 그 친구가 샴고양이처럼 얼굴이 하얗고 몸매가 좀 미끈해서?"

"그만해요."

"그럽시다."

윤수가 그동안 몰랐던 얘기를 해란이 털어놓았다.

"저 윤수씨와 헤어지고 나서 스위스에 갔었어요."

"스위스라면 저 하얀 중립국 말인가?"

"네, 대학 선배가 호텔 경영학을 공부하러 스위스로 유학 가 있었거든요. 근데 가끔 서울에 나오게 되면 전화를 해서 결혼 얘기를 꺼내곤 했어요. 몸만 오면 된다고요. 학교 때부터 나한테 관심을 가지고 있었거든요."

"단지 그래서 스위스까지 날아갔단 말인가? 나라도 믿기 힘든 얘기군."

"우물에 빠진 심정이었다면 믿겠어요? 아무튼 갔더니 다른 유학생과 동거를 하고 있더군요. 그래서 그냥 놀러온 척하고 여기저기 기웃거리다, 독일과 덴마크를 거쳐 노르웨이의 노르드 곶까지 갔어요. 거긴 정말 어둡고 추운 곳이더군요. 너무나 어둡고 추워서 더이상 갈 데가 없다고 느낄 정도로 말예요. 내 딴엔 세상 끝까지 갔던 거죠."

"……"

그즈음 윤수는 거제도에 방을 얻어놓고 발표가 도저히 불가능한 장편소설 나부랭이를 쓰며 지내고 있었다. 그러니 해란이 어디가서 무얼 하는지 알 길이 막연했다. 심정이 아득해 윤수는 그만 요사채로 내려가자고 말했다. 안 그래도 아까 등산객들이 빠져나가고 나서 주인이 줄곧 이쪽 눈치를 살피고 있었던 것이다.

요사채에 들어 윤수는 양치만 하고 들어와 요 위에 비스듬히 누웠다. 손목시계를 보니 고작 아홉시였다. 산장에서 나올 때 술을 챙겨오지 못한 것이 후회가 되었다. 읽을거리라도 없나 방안을 둘러보니 철 지난 『불교문예』 몇 권이 구석에 쌓여 있었다. 책을 폈으나 좀처럼 눈에 들어오지 않아 도로 쌓아두려는데, 누군가 여백에 볼펜으로 끼적거려놓은 글자가 보였다.

능히 보낼 수 있는 자는 내가 아니요, 보내지 못하는 자는 이 또한 내가 아니고 누구인가?—능엄경

윤수는 96년 여름 해란과 백담사에 들렀다 속초로 넘어가, 밤늦

게 대포항에서 저녁을 먹고 근처 호텔에서 보냈던 밤을 떠올리고 있었다. '그 배 호텔'이었던가.

3

자정께 옆방에서 전화가 걸려왔다.

"아까 산장에서 소주 챙겨왔는데 갖다줘요?"

불감청이언정 고소원이라고 윤수는 퉁명스럽게 되받았다. 잠시 후 맨발에 청바지 차림으로 해란이 살그머니 문을 열고 들어와 소주병을 바닥에 내려놓고 이내 나가려 했다.

"이왕 엎질러진 물인데 바닥이나 닦고 가지그래?"

"나도 그러고 싶지만 여긴 엄연히 절이잖아요. 옆방 사람들도 신경 쓰이고."

"전두환씨 내외는 저쪽 화엄실에서 줄곧 함께 지냈다던데?"

"연령에 따라 청규 적용이 달라요. 복용하는 약도 물론 다르고요. 금방 다시 전화할게요."

방문을 열고 나가던 해란이 고개를 꺾고 산짐승처럼 우두커니 하늘을 올려다보았다. 이어 어두운 모습으로 방안을 돌아보며 중얼거렸다.

"와, 별들이 어쩜 저리도 많을까."

전화는 삼십 분 후에 걸려왔다. 술기운이 감지되는 목소리였다.

옆방에도 소주가 존재했던 모양이었다.

"우리가 어떻게 만났었죠?"

"오늘?"

"아뇨, 처음 만났을 때."

알면서도 거듭 물어보고 확인하는 게 또한 그녀들의 일이다.

두 사람이 처음 만난 것은 1996년 3월이었다. 당시 해란의 나이는 스물일곱이었다. 그해 2월 일본에서 돌아와 윤수는 한동안 공황 상태에 빠져 지냈다. 아베 고보의『모래의 여자』라는 소설에 나오는 돗토리 현의 사구砂丘를 취재하러 다녀온 후였다.

"거긴 일본에서 가장 큰 해안가의 모래언덕으로 알려진 곳이야. 어느 날 사구의 끝에 이르렀을 때, 나는 일군의 정체를 알 수 없는 사람들을 목격했어. 저마다 삿갓에 베옷을 입고 지팡이를 든 노인들이었지. 그들은 그림자처럼 묵묵히 해변을 따라 걷고 있었어. 저마다 얼굴을 감춘 채 말이야."

"베옷이라면 수의를 말하는 건가요?"

"다는 아니겠지만, 옛날 일본인들은 죽음이 가까워지면 대개 여행을 떠났다고 해. 그중 한 부류는 벚꽃이 필 때 남쪽에서부터 열도를 따라 북쪽으로 계속 올라가는 거야. 벚꽃을 따라 벚꽃이 질 때까지 말이야. 지금도 그런 사람들이 있다고 해. 또 한 부류는 베옷을 입고 죽음이 찾아오는 바로 그 순간까지 무작정 걷는 거야. 그날 내가 본 무리는 스님들 같았어. 순간 나는 무엇에 씐 사람처

308

럼 나도 모르게 그들의 뒤를 따라갔지. 아마 반나절 정도는 걸었던 것 같아. 마치 죽음에 입문하듯이 말이야. 그때 난 겨우 스물아홉 살이었어."

해란은 숨을 죽인 채 듣고 있었다.

"서울로 돌아왔는데 모든 게 예전 같지 않더군. 말하자면 삶의 연속성이 결여돼 있었던 거야. 아침에 눈을 뜨는 것조차 두렵더 군. 시간을 감당할 수 없었으니까. 모든 걸 처음부터 다시 시작해 야만 하는 끔찍한 상황이었지. 한 달 정도 방에 틀어박혀 하는 일 도 없이 밤낮이 바뀐 생활을 하고 있는데, 어느 날 옛 친구가 우체 부처럼 집으로 찾아왔더군. 어디서 무슨 얘기를 듣고 왔는지, 친 구는 나를 억지로 끌어내 차에 태우고 태릉으로 갔어. 아마 정신 을 차리게 해주고 싶었던 모양이야. 거기서 너를 만나게 되리라고 는 전혀 몰랐지. 3월의 태릉이 얼마나 쓸쓸한지는 해란이 너도 알 겠지. 거긴 이상하게 봄이 늦게 찾아오는 곳이니까. 친구는 어둑한 카페로 나를 데리고 들어갔어. 두 여자가 창가 테이블에 앉아 있다 엉거주춤 몸을 일으키더니 인사를 하더군. 한 여자는 내 친구의 직 장 후배였고 해란이와는 대학 때부터 친하게 지내는 사이라고 했 어. 지금 대전에서 술집을 한다는 그 친구 말이야."

"나도 그날 친구의 전화를 받고 억지로 불려나갔던 거예요."

"맥주를 좀 마셨던 것 같지? 그리고 저녁참에 식당으로 옮겨 해 물탕에 소주를 마셨던 것 같고 그다음엔 노래방으로 갔어."

"다들 어지간히 취해 있었는데, 누군가 윤수씨에게 노래를 시키자 불처럼 화를 내더군요. 마치 분노에 사로잡힌 사람처럼 말예요. 그리고 자리에서 벌떡 일어나 먼저 가겠다고 하더군요. 그 순간 나와 눈이 마주쳤죠. 솔직히 무섭더군요. 뭔가 이겨내기 위해 애쓰는 모습이 역력했는데, 결국 제풀에 폭발하고 말았던 거죠."

"퀴퀴한 냄새가 나는 지하 노래방으로 내려갈 때부터 뭔가 틀어진 것처럼 조짐이 좋지 않더군."

"나도 노래를 부를 기분은 조금도 아니었는데, 왠지 그래야만 할 것 같아서 마이크를 잡고 일어났어요. 왜 그랬는지는 아직도 모르겠지만."

"노래를 부르다 갑자기 소파에 주저앉아 흐느끼더군. 단지 무서웠기 때문이 아니야. 해란이도 뭔가 말할 수 없는 힘듦에 사로잡혀 있었던 거야. 그게 실연 때문이라는 건 나중에 알았지만."

"왜 그랬을 거라고 단정하죠?"

"그런 일은 저절로 알게 돼 있어. 지붕의 기왓장이 전부 날아간 기분으로 노래방에서 나왔을 때, 해란이와 나는 집으로 가는 방향이 같다는 걸 알았지. 그래서 우리가 먼저 택시에 탔고 남은 두 사람은 그후 어떻게 되었는지 모르지."

"택시에 타고 서로 한동안 말이 없었는데, 윤수씨가 불쑥 이런 말을 던져왔죠. 열흘 후에 전화해도 될까요? 그때 얼마나 당황했는지 알아요? 슬쩍 돌아보니 윤수씨는 죽은듯 앞만 바라보고 있더군요."

"그때 나도 무슨 말을 하고 있는지 몰랐어. 잠시 후에 해란이가 왜 하필이면 열흘 후예요? 라고 묻더군."

"대답을 안 하려고 했는데, 윤수씨 목소리가 그때 얼마나 절박하게 들리는지, 내가 다 가슴이 내려앉더군요. 그날 내 심정도 뭐 비슷했지만. 이어 윤수씨가 이러더군요. 그때쯤이면 서로 상태가 좀 나아지지 않겠습니까? 처음 만난 여자한테 별소릴 다 하시네요. 전화하겠습니다. 손은 놓고 얘기하세요."

그녀의 손을 잡고 있었던가.

"전화가 걸려온 것은 보름 후였어요. 그다지 염두에 두지 않고 있었는데, 열흘째 아침부터 이상하게 전화가 기다려지더군요. 하지만 이틀쯤 지나자 또 잊어버렸어요. 그런데 결국 전화가 걸려온 거죠. 근데 왜 열흘 후에 전화하지 않았던 거죠?"

"실은 나도 잊고 있었거든. 그런데 어느 날 거울을 보고 그날 택시 안에서 했던 말이 떠오른 거야. 나는 비원에서 만나자고 했고 해란인 말없이 듣고 있다가 전화를 끊더군. 그날 오후에 난 비원 앞으로 나가 해란이를 기다렸지. 삼십 분쯤 지나자 정장 차림으로 기웃기웃 나타나더군."

"올 줄 알았나요?"

"오면 좋겠다고 생각했지."

"비원은 바람이 불어서 제법 추웠어요. 게다가 윤수씨는 말없이 계속 걷기만 했죠. 가끔 뒤를 돌아보며 내가 따라올 때까지 기다리곤 했는데, 그때마다 집으로 돌아가고 싶은 마음이 굴뚝같더군요. 비원에서 나와 혜화동 쪽으로 걸어가는 동안 급기야 화가 솟구쳤지만 동시에 이상한 오기가 생기더군요. 아마 갈 데까지 가보자는 심정이었겠죠. 그때 윤수씨가 옆으로 다가와 이러더군요. 미안하오, 이렇게 걷게 만들어서. 이제 어디 가서 따뜻한 국이라도 듭시다."

그랬던가?

"그리고 골목 안에 있는 허름한 밥집으로 나를 데리고 들어갔죠. 이 집 미역국이 참 뜨겁고 시원하다며. 반주로 소주를 두어 잔 받아 마셨더니 속이 홧홧하게 달아오르더군요. 왠지 또 울컥하는 심정이 되어 그만 미역국에 눈물을 떨구고 말았죠."

해란이 손수건으로 눈가를 닦는 동안 윤수는 어디선가 들려오는 희미한 종소리를 듣고 있었다. 그 종소리가 어쩌면 지침으로 작용했는지도 모르겠다. 윤수는 해란의 눈을 마주보며 진지한 표정으로 말했다.

"마땅히 갈 곳이 없으면 나와 함께 갑시다."

그러자 퀭한 눈으로 해란이 윤수를 쏘아보았다. 눈가엔 아직도 눈물 자국이 말라붙어 있었다.

"결국 그래서 만나자고 한 건가요?"

"그건 아니지만 나도 갈 데가 없어서 하는 말이오."

"그래봐야, 냄새나는 여관이나 싸구려 모텔 따위겠죠. 지겨워."

"누추하지만 내 집으로 갑시다. 편히 재워주고 아침밥도 해드리리다."

"왜 그러는 건데요?"

"언젠가 누가 내게도 그렇게 해주길 바라니까요."

두 사람은 소주 두어 병을 더 나눠 마시고 거리로 나와 택시를 타고 화정으로 갔다.

다음날 아침 해란은 어떤 남자의 잠옷을 입고 침대에 누워 있는 자신을 발견했다. 그나마 안심이 되는 것은 밤사이 누군가 자신을 다녀간 흔적이 감지되지 않았다는 것이었다. 뒤미처 해란은 어제 일이 주마등처럼 이마에 떠올랐고 밖에서 도마에 칼질하는 소리를 들었다.

"그날 아침밥까지 얻어먹은 게 화근이었어요. 서둘러 옷을 찾아 입고 빠져나왔으면 그냥 해프닝으로 끝났을 텐데."

"내 집에 데려온 사람을 빈속으로 내보낼 수야 없지."

"잠옷 차림으로 뿌연 안경을 쓰고 남의 집 식탁에 앉아 있자니, 지금 생각해도 참 내 꼴이 가관이더군요."

윤수와 만나고 나서 해란은 약국에 취직을 했다. 그리고 주말마다 만나 영화를 보거나 술을 마시고 혹은 짧게 여행을 다녀오고 가끔씩은 윤수의 집에서 함께 지내기도 했다. 일 년 가까운 세월이 그렇게 강물처럼 따뜻하고 고요하게 흘러갔다.

그러던 어느 봄날 저녁 해란이 태릉에서 함께 만났던 친구를 윤수의 집으로 데리고 왔다. 이름을 잊고 있었는데, 오경서라고 했다. 그녀는 광화문에 있는 모 신문사의 여성지 부서에서 일하고 있었다. 그날은 마침 윤수의 생일이어서 가볍게 모여 와인을 나눠 마시기로 한 날이었다. 북적대는 것을 싫어하는 윤수는 집 근처에 사는 와인 애호가이자 선배인 사진작가만 불렀다.

케이크를 잘라놓고 각자 들고 온 와인을 마시는 동안 대화는 중구난방이 되었고, 내남없이 뿜어대는 담배연기와 컴퓨터에서 계통 없이 흘러나오는 음악이 뒤섞여 왠지 문란한 분위기로 변해갔다. 윤수는 차츰 신경이 예민해져 욕실에 들어가 손을 씻은 다음 머리를 식히기 위해 서재로 들어갔다. 의자에 앉아 잠시 눈을 감고 있을 때, 누군가 노크도 하지 않은 채 문을 열고 안으로 들어왔다. 돌아보니 오경서였다. 그녀는 문 옆에 비스듬히 기대어 관찰하듯 이쪽을 살펴보았다.

"무슨 일이죠?"

담배연기에 눈을 찌푸리며, 그녀가 입을 열었다.

"저하고 인터뷰 안 하실래요? 이왕이면 여기 서재가 좋겠네요. 내일쯤 어떻겠어요."

"책이 나오려면 아직 멀었는데요."

피식, 웃고 나서 그녀는 이마 주위로 내려온 머리칼을 슬로모션으로 쓸어넘기며 윤수를 바라보았다. 어디서든 자주 목격하게 되는 장면이었다. 그녀는 남자들의 시선을 많이 받아본 여자에게서 흔히 나타나는 포기하기 힘든 오만함과 아슬아슬한 동요의 기미가 독거미처럼 몸에 달라붙어 있었다. 물론 패션 감각도 괜찮은 편이었다.

"사실 책하고는 별로 상관없어요. 단지 서재에 앉아 있는 어떤 작가의 사진이 필요한 거니까요. 나머지는 기자가 다 알아서 만드는 거죠."

"그럼 제목은 밀랍인형과의 인터뷰가 되겠군요."

"아무렴 무슨 상관이죠? 어차피 한 달만 지나면 재활용수거함에 들어갈 텐데."

그녀가 비틀거리며 다가와 책상 위에 놓인 재떨이에 담배를 비벼 껐다. 그리고 팔짱을 낀 자세로 윤수 앞에 바투 섰다.

"해주실 거죠? 따지고 보면 서로 공생하는 관계 아닌가요? 한편 음지에서 일하고 양지를 지향한다, 이게 요즘 문학이나 예술하는 사람들의 구호 아닌가? 이를테면 노출이 필요하다는 얘기죠."

"말을 가려서 하시오."

오경서의 등 너머에서 해란이 문틈으로 안을 살피다 윤수와 눈이 마주치자 재빨리 얼굴을 숨겼다.

"그만 나가봐야겠는데요."

"인터뷰에 응하고 나서요."

"다음에 합시다."

"아시다시피 마감 때가 다 된걸요. 옷 갈아입고 사진만 몇 장 찍으면 되는데 크게 힘들 것도 없잖아요?"

"생각해봅시다."

"약속해주면 제가 먼저 나가죠."

"알았으니, 그만 여기서 나갑시다."

거실로 나오자 해란이 보이지 않았다. 어수선하게 자리가 파하고 나서 해란에게 전화를 걸어보았으나 그녀는 받지 않았다. 다음 날도 그녀는 계속 전화를 받지 않았고 정오쯤 오경서가 집으로 찾아왔다. 사진작가와 동행하는 게 일반적인데 혼자였다. 혼자 온 것이다. '작가의 방'이라는 콘셉트였으므로 서재에서 사진을 몇 장 찍고 하나 마나 한 질문과 대답이 몇 마디씩 오갔다. 불과 삼십 분만에 그렇게 인터뷰라는 게 끝나고 난 뒤, 오경서가 주방에서 커피를 내리고 있는 윤수의 등뒤로 다가왔다.

"내가 왜 이 너저분한 창고 같은 아파트에 자청해서 찾아왔는지 아직도 모르겠어요?"

"요즘도 촌지를 받습니까?"

신경이 곤두서 있던 터에 윤수는 날카롭게 대꾸했다. 그녀는 항상 여유가 있었다.

"그쪽이 매력 있는 남자여서가 아니라, 어쩌면 해란이를 질투하는 건지도 모르겠어요."

그 말을 듣는 순간 윤수는 자신이 실수했음을 깨달았다.

"친구 사이라고 들었는데, 왜 이러는 겁니까."

윤수는 되도록 침착하게 그녀를 밀어냈다.

"나보다 못난 애가 나보다 행복한 척하는 게 싫어서요."

그녀가 냉소적으로 속삭였다.

"우리 거래하죠."

"촌지나 챙겨 얌전히 돌아가시지."

"그딴 거 싫어요. 내가 원하는 걸 주세요. 해와 달 이런 거. 더이상 무슨 절차가 필요하죠? 함구할게요."

"함구하면 기자가 아니지. 더군다나 당신은 그럴 사람이 아니오."

"선택의 여지가 없을 텐데요."

빠져나갈 구멍이 없다는 걸 알고 윤수는 등에 식은땀을 흘리고 있었다.

"나는 협박을 받고는 타협하는 사람이 아니오."

그래봐야 결과는 마찬가지라는 것도 윤수는 잘 알고 있었다.

"그럼 사는 게 힘들지. 이 불쌍한 아저씨야."

그녀가 기습적으로 윤수의 얼굴에 입술을 갖다대더니, 돌연 아무 일도 없었다는 듯이 카메라 가방을 메고 거실을 가로질러 현관문을 열어둔 채 밖으로 나갔다. 그로부터 한 시간도 채 지나지 않아 오경서는 해란에게 전화를 걸어 방금 윤수의 집에서 나왔음을 알리고, 죽을죄를 지었노라고 짐짓 울먹이기까지 했다고 한다.

그후 윤수는 해란을 만날 기회가 없었다.

4

순댓국밥집에서 나와 윤수는 눈을 맞으며 터미널 주변을 서성였으나 택시는 좀처럼 보이지 않았다. 어디로 갔는지 군인들의 모습도 눈에 띄지 않았다. 휴대폰 벨이 울려 폴더를 열어보니 삼십분 전에 해란이 보낸 문자메시지가 이제 도착한 것이었다. 가끔 말썽을 부리는 이쪽 휴대폰에 문제가 있는 걸까.

'산속이라 전화가 더 안 터지는 것 같아요. 술 조금만 마시고 얼른 여관에 들어가 쉬세요.'

초저녁부터 여관에 들어가 처박힐 생각을 하니 윤수는 도망자 신분이 된 기분이 들었다. 아닌 게 아니라 술이라도 좀 마셔두자 싶어 윤수는 시장 골목을 기웃거렸다. 맥주, 양주를 파는 카페 두어 개가 낡은 입간판에 불을 밝히고 있었다. 문을 밀고 들어가자 대여섯쯤 돼 보이는 군인들 사이에 여자 둘이 끼어앉아 있다 부스스 몸을 일으켰다. 그들의 눈치를 보며 앉아 있기가 뭣해 윤수는 몸을 돌려 밖으로 나왔다.

생맥줏집의 문을 열어보니 거기도 군인들이 삼삼오오 모여 앉아 있었다. 버스를 놓친 휴가병들인 모양이었다. 더이상 갈 데가 없다 싶어 윤수는 구석자리를 차지하고 앉아 해란에게 메시지를 보냈다. 골목 안에도 하염없이 눈이 쌓이고 있었다.

'지금이라도 걸어서 백담사로 갈까? 아침녘에 도착하겠지만.'

생맥주를 한 잔 다 마신 뒤에야 답장이 왔다.

'윤수씨가 오면 밤새 함께 있으려고 했는데.'

'함께라니?'

'바로 위에 산장 있잖아요.'

'거긴 음산한 느낌이 들던데.'

'하긴…… 지금 뭐해요?'

'군인들과 맥주 마시고 있어.'

'설마.'

'그만 터미널 앞에 있는 여관으로 들어가야겠다. 벌써 네 잔이 나 마셨네.'

'그래요, 그만 들어가요. 잠들기 전에 통화할 수 있으면 좋겠다.'

계산을 하고 나와 윤수는 신문 가판대를 들여놓고 있는 슈퍼마 켓에서 맥주를 사들고 여관으로 올라갔다. 혹시 몰라 터미널이 내 려다보이는 방을 달라고 했다. 방으로 올라가 파카를 벗어 옷걸이 에 걸자마자 인터폰이 걸려와 아가씨가 필요하냐고 문의해왔다. 방금 아래층에서 열쇠를 건네준 오십대의 경상도 아주머니였다.

"그럼 오죽 좋겠소."

"뭐라카노?"

"조금 있으면 술 취한 군인들이 몰려올 거요. 나보다 군인들한 테 더 필요하지 않겠소?"

대꾸 없이 그녀는 신경질적으로 전화를 끊었다. 냉기가 감도는

욕실에 들어가 윤수는 겨우 얼굴과 발만 씻고 나왔다. 그리고 요
위에 이불을 쓰고 앉아 방바닥에 맥주병을 따놓고 텔레비전을 켰
다. 속초로 넘어가는 미시령, 간성으로 넘어가는 진부령, 양양으로
넘어가는 한계령 모두 대설주의보가 내려져 있었다. 내일 오후녘
에나 눈발이 꺼끔해질 거라는 예보가 자막으로 흘러나왔다.

아홉시 저녁 뉴스가 끝나갈 무렵 윤수는 해란에게 전화를 걸었
으나 통화가 되지 않았다.

'전화가 안 되네. 이따 다시 하리.'

5

늘 그리워하지는 않아도 언젠가 서로를 다시 찾게 되고 그때마
다 헤어지는 것조차 무의미한 관계가 있다.

2003년 가을 백담사에서 일박을 하고 이튿날 아침 두 사람은 각
자 차를 몰아 대포항으로 갔다. 그리고 점심으로 곰칫국을 먹고 주
차장에서 자판기 커피를 마시며 바다를 일별한 후 서둘러 헤어졌
다. 오후에 남편이 집에 올 거라고 했다.

그후 두 사람은 또 오랫동안 만나지 못했다. 가끔 문자메시지를
주고받은 적은 있지만 직접 통화를 한 적은 거의 없었다. 막상 통화
가 돼도 서먹한 느낌이 되살아나 곧 심정이 무색해지는 것이었다.

그러다 2005년 비가 내리는 어느 봄날 저녁, 해란이 윤수에게

문득 전화를 걸어왔다.

"설 때 보낸 송이버섯 잘 받았어요?"

두 달 전쯤 받았으나 굳이 대꾸는 하지 않았다.

"그 얘기 하려고 전화했어?"

"지금 어딨어요?"

그녀의 목소리가 어쩐지 가깝게 들려왔다.

"집인데 약속이 있어 곧 나가보려고."

"몇시 약속인데요?"

윤수는 빗물이 주름져내리고 있는 베란다 창을 돌아보았다.

"여섯시에 광화문에서 누굴 좀 만날 일이 있어."

암만해도 느낌이 수상해 윤수는 베란다로 나가 주차장 쪽을 내려다보았다. 나 서울에 와 있어요, 라고 그녀가 말을 이었다.

"내일 일찍 속초로 돌아가야 하는데, 시간 나면 좀 볼까 싶어 전화했어요."

"……"

"중요한 약속이에요?"

아마 그런 것 같다고 윤수는 에둘러서 말했다.

"나중으로 미루면 안 돼요?"

"그러기엔 너무 늦었잖아."

해란의 목소리가 어쩐지 절박하게 들려왔다.

"나, 서울로 이사 올지도 모르겠어요. 그래서 약국 자리 알아보러 온 거였어요."

"남편은?"

"작년 가을에 양구로 부대를 옮겼어요. 그 핑계로 요즘은 집에
잘 오지도 않아요. 여자와 살림을 차렸다는 소문도 있고."

"……"

그녀는 한술 더 떠 이런 얘기도 했다.

"실은 그동안 혼인신고 안 하고 살았어요."

"그건 또 무슨 소리야?"

"처음부터 평생 살 거라는 느낌이 들지 않았거든요."

"그런데 왜 나한테 그런 말을 하는 거지?"

"……"

시계를 확인하고 나서 윤수는 입을 열었다.

"어디서 볼까?"

"약속 있다면서요. 다음에 봐요."

"……미안해, 다음에 연락할게."

윤수는 그날 광화문에 삼십 분 늦게 도착했고 만나기로 약속한
여자는 그로부터 삼십 분이 더 지나서야 나타났다. 여느 때 같았으
면 그러려니 했을 텐데, 윤수는 여자가 앞자리에 와 앉자마자 버럭
화부터 냈다. 안 그래도 근래 결혼 얘기가 오가면서 서로 예민해져
있는 상태였다. 여자 집안에서 결혼을 반대하고 있었던 것이다. 여
자도 이미 서른을 넘긴 나이였으나, 윤수와 나이 차이가 난다는 것

과 직업이 불안정하다는 것이 반대 이유였다.

결혼 얘기가 나올 때마다 비슷한 이유로 트집이 잡히곤 했던 터라, 윤수는 이번에도 적극적인 태도를 취할 수 없었다. 여자는 신용카드 회사에 다니는, 요즘 말로 하면 골드미스 그룹에 속하는 커리어우먼이었다. 그러므로 스스로 부족할 게 없다고 여겼고 세상 물정에 대해서는 윤수보다 더 빤했다. 결혼 얘기도 술김에 잠자리를 같이하고 나서 여자가 먼저 꺼냈으나, 그다지 절박하게 다가서는 느낌은 없었다. 다만 결혼이 필요하다는 입장이었다.

여자가 윤수를 바라보며 왜, 화를 내는 거냐고 차분하게 반문했다. 빗길에 강남에서 차를 몰고 오다보면 늦을 수도 있는 게 아니냐며. 게다가 그녀는 광화문을 좋아하지도 않았다. 그녀의 태도가 너무 당당했기에 윤수는 마치 허점을 찔린 듯 허둥거렸다. 그제야 윤수는 여자가 결혼에 대해 여전히 의심과 회의를 품고 있음을 눈치챘다. 잠자리를 몇 번 같이했다는 것만으로 결혼의 전제나 조건이 될 수 없다는 것쯤은 윤수도 잘 알고 있었다. 굳이 확인할 필요가 없음에도 윤수는 무언가에 쫓기듯 말했다.

"확신이 안 서면 여유를 갖고 다시 생각해봐."

그녀는 조금도 흔들리는 기색 없이 입가에 야릇한 미소를 띠고 커피잔을 집어들었다.

"잠자리에서처럼 굉장히 서두르네요."

커피향을 음미하며 그녀는 오 초쯤 눈을 감고 있었다.

"왠지 오늘따라 불안정해 보여요. 그렇죠?"

눈을 뜨고 그녀가 말했다. 그렇다는 것을 윤수 자신도 깨달았다.

"알았어요. 그렇다면 정리를 하죠."

커피잔을 받침에 딸깍 내려놓고 그녀는 윤수의 눈을 멀찌감치 마주보았다. 이미 거리가 생겨 있었다.

"윤수씨에게는 뭔가 애타게 느껴지는 부분이 있었는데, 방금 그 게 뭔지 알아냈어요. 난 그게 지금까지 마음속에서 고요히 타오르는 숯불 같은 것인 줄 알았어요. 그런데 알고 보니 고작 불안함 때문이었어요. 어긋난 사춘기의 남자애들에게서 흔히 나타나는 불안 증세 말예요."

"그렇다면 나 역시 결혼에 대해 아직 확신이 없다는 거겠지."

"난 그런 말 한 적 없어요. 결혼 얘기도 물론 내가 먼저 꺼냈고요. 여자는 나이가 들면 연애 상대보다는 좋은 남자가 필요하거든요. 살림은 그럭저럭 꾸려갈 수 있다고 생각했으니까요."

"나도 혼자라면 별걱정이 없는 사람이오."

윤수는 얼굴에 여드름이 잔뜩 난 사춘기 소년처럼 볼멘소리로 되받았다.

"그건 다 큰 남자가 할 소리가 아니에요. 최소한의 가장 의식은 있어야죠. 안 그래요?"

그 말을 듣는 순간 윤수는 무심코 웃어버렸고 이어 여자도 가볍게 따라 웃었다. 이로써 정리가 끝났다.

"그럼 헤어지기 전에 마지막으로 술이나 한잔할까요? 제가 사죠."

이번에도 여자가 먼저 제안했고 윤수는 그럼 그러자고 했다. 두 사람은 몇 달 전에 누군가의 소개로 처음 만났던 웨스틴조선호텔 라운지로 자리를 옮겨 폭탄주를 몇 잔씩 돌려마신 뒤, 자정 무렵 밖으로 나와 각자 택시를 타고 헤어졌다. 뒤끝을 남기고 싶지 않다며 계산은 끝내 그녀가 했다.

6

2007년 1월에 윤수는 묵호에 갈 일이 있었다. 겨울 대구잡이 배를 취재할 일이 있었던 것이다. 이틀간의 취재를 마치고 서울로 돌아가려는 참에 윤수는 해란에게 전화를 걸어보았다.

"강원도에 왔다가 전화해봤어. 서울로 이사했어?"

"강원도, 어딘데요?"

"묵호에 와 있는데, 이제 서울로 돌아가려고."

한동안 말이 없다 해란이 되받았다.

"나 아직도 속초에서 약국하고 있어요. 여기에 정이 들어버렸는지 떠나려고 하니까 막상 발이 떨어지질 않더라고요."

"그럼 속초에 들렀다 갈까?"

"……"

"부담스러우면 그냥 서울로 올라가고. 목소리나 들을까 싶어 전화한 거니까."

그러자 해란이 짜증 섞인 목소리로 되받았다.

"그걸 지금 말이라고 해요? 두 시간 후에 묵호에 도착할 테니까, 어디 다방 같은 데 들어가서 기다려요."

"약국은 어떻게 하고?"

"닫아야지, 그걸 뭘 물어봐요."

해란이 묵호항으로 온 것은 저녁 여섯시가 좀 지나서였다. 바다에 어둠이 내리면서 희끗희끗 눈발이 휘날리고 있었다. 하얀 스키점퍼에 빨간 털모자 차림이었다. 근 사 년 만의 해후였으나 세월이 무색하리만치 두 사람은 그저 싱겁게 마주보며 웃었다.

"배고프지?"

윤수가 먼저 말을 건넸다.

"회에다 매운탕이나 먹을까?"

"아니, 그러지 말고 따라와봐요."

해란은 좌판을 걷고 있는 어시장으로 윤수를 데려갔다. 타원형의 갈색 양동이 안에 노래미, 미역치, 숭어, 광어, 감성돔, 청어, 전갱이 등속의 자연산 활어들이 싱싱하게 꾸물대고 있었다. 잠깐의 실랑이 끝에 해란은 오만원을 주고 미역치와 감성돔을 사고 덤으로 멍게까지 두어 개 받아냈다. 그리고 슈퍼마켓에서 초장과 고추냉이 그리고 소주와 맥주 몇 병을 챙겨 트렁크에 실었다. 이걸 어쩌나 싶었으나, 윤수는 잠자코 있었다.

묵호항에서 해안도로를 타고 오 분쯤 달리다 해란은 '동해민박' 앞에 차를 세웠다. 조수석에서 내려 무심코 바다 쪽으로 고개를 돌리자 짜디짠 포말이 윤수의 얼굴로 날아왔다. 눈발이 굵어지면서 바다도 거칠어지고 있었다. 간판은 민박이라고 돼 있으나 여관처럼 보였고 안으로 들어서자 창구 문이 드르륵 열리면서 할머니가 빠꼼히 얼굴을 내밀었다.

"아까 전화로 예약한 203호실 주세요."

해란은 들고 있던 지갑에서 삼만원을 꺼내주고 열쇠를 받았다. 203호실은 계단을 올라가 오른쪽 끝에 있었다. 방문을 열고 들어가자 대번에 밤바다가 목전으로 밀려왔다. 미리 불을 넣어놓았는지 방은 따뜻했다. 겉보기와 달리 내부는 콘도식 구조였다. 스키점퍼를 벗어 옷걸이에 건 다음 해란은 비닐봉지를 들고 복도 왼쪽 끝에 있는 공동주방으로 갔다. 거들 게 없나 싶어 윤수는 그녀의 뒤를 따라갔다.

해란은 회칼을 집어들고 주저 없이 활어의 아가미에 칼끝을 깊숙이 박아넣었다. 곧 아가미에서 피가 솟구치며 활어 두 마리는 몸을 퍼덕거렸다.

"보기엔 흉하지만 여기 사람들이 제일로 치는 횟감이 바로 미역치예요. 바다 깊은 곳 바위에 붙어 산대요. 문을 닫을 때라 싸게 산 거예요."

익숙한 손놀림으로 해란은 활어의 포를 뜨고 껍질을 벗겨낸 다음 입술 크기로 어슷하게 썰어 접시에 둥그렇게 올려놓았다. 멍게도 이내 수습해서 함께 올려놓았다. 그리고 회를 뜨고 남은 서덜은 매운탕을 끓이기 위해 냄비 안에 넣어두었다.

"솜씨가 여간 아닌데. 여기 여자가 다 됐군."

"……남편이 회를 좋아했거든요."

해란이 손을 씻는 동안 윤수는 회접시가 놓인 개다리소반을 들고 먼저 방으로 들어왔다. 그사이 바다는 완전히 어두워져 있었고 포말만 이따금씩 하얗게 날아와 해안도로를 적시고 있었다. 민박집 옆에 떠 있는 가로등 속으로 눈이 검은빛으로 퍼붓고 있었다.

소반을 마주하고 앉아 두 사람은 소주병을 땄다. 천장 한가운데 매달려 있는 형광등에서 푸르스름한 빛이 소반 위로 쏟아져내렸다. 회는 찰지고 고소하고 달착지근했다. 잠시 무르춤한 터에 그동안 어떻게 지냈어? 라고 해란이 물어왔다. 술잔을 쥔 채 윤수는 그녀의 눈을 마주보았다. 두어 잔을 마셨을 뿐인데 얼굴이 홍옥빛으로 달아올라 있었다.

"비슷하지 뭐. 가끔 잡지사 일 거들어주고 청탁 들어오면 소설 쓰고 여유가 생기면 혼자 여행 다녀오고."

"팔자 좋네요."

"그런가?"

"나이는 생각 안 해요? 마흔 된 떠돌이 노총각을 이제 누가 거둬줄까."

혀를 차듯 해란이 궁시렁거렸다.

"결혼할 여자가 있다고 하지 않았어요?"

"언제 내가 그런 말까지 했어? 하지만 결국 잘 안 됐어. 나이가 많고 직업이 불안정하잖아."

해란이 물끄러미 윤수를 바라보았다.

"결혼 얘기가 오갔을 정도면 가깝게 지낸 거 아닌가요?"

"결혼은 계약이잖아. 가깝게 지낸 것하고는 별 상관이 없어. 가까워질수록 오히려 더 자신을 의심하고 따지게 되지."

"여자가 그리울 때는 없어요?"

"가끔은. 하지만 무리하는 스타일은 아니야. 만날 쏘다니며 노는 것 같아도 별로 쉴 틈이 없거든."

"최근엔 어디 다녀온 데 있어요?"

"일본에 잠깐."

"일본 어디요?"

"도쿄에 아는 일본 작가가 있어. 술도 마실 겸 그냥 갔었어. 남들이 들으면 욕하겠지만, 난 일본 술집 분위기기 편해. 뭔가 어두운 듯하면서도 화사하고 정갈하거든. 크게 소란스럽지도 않고."

"게다가 여자 작가였겠죠."

"남편을 데리고 나와서 셋이 마셨어. 나중에 남편은 먼저 일어나서 갔고."

휴우, 한숨을 몰아쉬며 해란이 창으로 고개를 돌렸다. 일순 눈가가 붉게 달아오르는가 싶더니 해란이 차갑게 쏘아붙였다.

"왜 그러고 살아요?"

젓가락을 든 채 윤수는 멍하니 해란을 쳐다보았다.

"좀 구체적으로 살면 안 돼요?"

"내가 뭘?"

"왜 남을 불편하게 하며 사냐고요. 그리고 무슨 술을 마시러 일
본까지 가요?"

다른 볼일이 있어서 갔지만 윤수는 구태여 그 말은 하지 않았다.

"그러는 해란이 넌, 왜 이때껏 애도 낳지 않고 사는 거야? 그리
고 결혼을 했으면 신고부터 해야지. 그러니 남편이 마음을 제대로
잡겠어?"

"왜 갑자기 그 사람 얘기는 꺼내요? 맞아요, 나 남편한테 잘못
한 거 많은 여자예요."

"……그만하고 남은 술이나 마시자. 회 눅눅해지겠다."

소주 두 병에 맥주까지 다 비우고 소반을 치운 뒤 윤수는 방으
로 들어와 옷을 입은 채로 요 위에 누웠다. 여전히 속이 허룩했으
나 매운탕까지 끓여먹을 분위기는 아니었다. 해란은 벽에 등을 기
댄 채 건성으로 텔레비전을 보고 있었다.

"피곤할 텐데, 해란이도 그만 쉬어."

"술 깨면 속초로 올라갈 거예요."

"밤길에 눈까지 오는데 위험하잖아."

"조용히 잔다고 약속하면, 자고 갈 수도 있겠죠."

윤수가 해란의 팔목을 잡아당기자 그녀는 마지못한 동작으로 요 위로 올라왔다.

"불 끌까?"

윤수는 형광등을 끄고 해란을 옆에 눕게 했다. 텔레비전에서는 사극을 방영하고 있었다.

"홋카이도에도 가봤어요?"

해란이 물어왔다.

"언제더라, 요코하마에서 배를 타고 블라디보스토크로 가던 중에 구시로라는 항구도시에서 반나절 동안 정박한 적이 있어. 우리나라로 말하면 속초나 간성 같은 곳이겠지. 혼자 지도를 보고 어시장을 찾아가 초밥만 사먹고 서둘러 돌아왔으니까, 따지고 보면 가봤다고 할 수도 없지."

"이번 겨울에 홋카이도에 다녀올까요? 해마다 열리는 얼음축제가 볼 만하다던데."

"글쎄…… 그럴까?"

해란이 옆에서 몸을 꿈지럭거렸다.

"술을 마셔서 그런가? 너무 덥다. 스웨터 좀 벗어도 되죠?"

"편한 대로 해."

"윤수씬 안 더워요?"

"방바닥이 좀 뜨겁긴 하네."

스웨터를 벗어 머리맡에 개켜놓고 해란은 돌아누운 윤수의 등을 끌어안았다. 윤수는 파도 소리에 귀를 던져두고 있었다.

"이런 곳에서 둘이 있으니까 조용하고 좋네요."

"……"

"윤수씨는?"

"그렇지 뭐. 텔레비전 끄고 그만 자자."

피곤했던 터에 술까지 마신 탓으로 윤수는 찰나 스르륵 잠이 들어버렸다. 잠결에 해란이 속삭여왔다. 아니, 그것은 거의 중얼거림에 가까웠다.

"나도 벌써 서른여덟이에요. 윤수씨 처음 만났을 때는 스물일곱이었는데."

그래, 그랬었지.

"윤수씨는 나한테 왜 아무 말도 하지 않아요? 좋아한다는 말 한마디쯤은 할 수 있잖아요."

너에 대한 죄책감 때문이겠지. 그렇게 말하면 오히려 네가 와르르 무너질까봐, 여태껏 아무 말도 못하고 산 거겠지.

"지금이라도 애 낳고 조용히 살고 싶어요."

그래, 나도 그러기를 간절히 바라. 아니, 너라도 그러기를.

잠들었는지 그녀도 더이상 기척이 없었다.   •

7

홋카이도에 함께 가자던 약속은 지켜지지 않았다. 해란의 어머니가 1월 말에 위암으로 입원을 했고, 입원하고 나서 채 한 달도 되기 전에 세상을 뜨고 말았던 것이다. 어쩔까 망설이다 윤수는 병원에 찾아가 영안실 입구에서 해란에게 전화를 걸었다.

영안실 옆에 있는 편의점 앞에서 두 사람은 캔커피를 마시며 오분쯤 얘기를 나눴다.

"와줘서 고마워요."

"그래, 많이 힘들겠구나."

"요즘도 많이 바빠요?"

윤수는 주머니를 뒤져 담배를 피워물었다.

"3월부터 출근할지도 모르겠어."

"정말요?"

"며칠 전에 기업체 홍보실에서 연락이 와 인사담당 상무와 면접 형식으로 만나 점심 먹었어. 그쪽에서 나오는 일을 여러 번 맡아서 한 적이 있거든. 들어와서 사보와 출판물 제작을 맡아달라고 하더군. 과장급으로 채용하겠대."

"잘됐다."

"그런가?"

"그럼 잘된 거지, 그 나이에 어디 가서 취직을 해요."

"추운데 그만 들어가봐."

"알았어요, 장례 치르고 나서 마음 좀 가라앉으면 연락할게요."

"그래, 힘들겠지만 몸 챙기고."

"알았어요."

그후 뭔가 어긋난 것처럼 해란에게서는 좀처럼 연락이 오지 않았다. 5월 말경 윤수는 회사에서 그녀에게 전화를 걸어보았다. 단조롭고 무감한 투로 해란은 전화를 받았다.

"회사 다니는 건 재미있어요?"

"뭐 그럭저럭. 해란이 너는?"

"나도 그냥저냥요."

"남편하고는 잘 지내?"

괜한 걸 물었다 싶었으나 이미 내뱉은 말이었다.

"얼마 전에 진급해서 춘천으로 다시 부대를 옮겼어요."

"그럼 해란이도 곧 춘천으로 가겠네?"

대답하기 싫은 듯 그녀는 말머리를 돌렸다.

"생각중예요. 윤수씬 만나는 사람 없어요? 이제 취직도 했는데 얼른 결혼해야죠. 요즘 직장 다니는 노처녀들 많잖아요."

"직장 가진 여자들은 요즘 연하남과 결혼하는 추세야."

맥이 풀린 듯 웃으며 해란이 되받았다.

"그 말 들으니까 윤수씨도 정말 나이가 들긴 들었구나."

"회의가 있어서 그만 올라가봐야겠어. 나중에 또 연락할게."

그 나중에 통화하자던 말은 그로부터 팔 개월 뒤에나 이뤄졌다. 그 전에 윤수는 어느 날 대전에서 걸려온 어떤 여자의 전화를 받았다.

"저 오경서라고 하는데, 혹시 기억하실지 모르겠네요."

웬일인지 졸음기가 가득한 목소리였다. 글쎄요, 라고 우물거리는 사이 윤수는 그녀의 이름을 기억해냈다. 한참 뜸을 들인 뒤, 그녀가 더듬더듬 말을 이었다.

"저, 해란이 친구예요. 96년인가, 태릉 근처에서 함께 만났던."

그렇다뿐인가. 이듬해 봄에 윤수의 집에 모여 와인 파티도 하고 다음날 인터뷰까지 했었지. 아득한 심연 속으로 이끌려들어가듯 윤수는 눈을 감고 숨을 가다듬었다.

"실례인 줄은 알지만, 뒤늦게라도 죄송하다는 말 전하고 싶어서 전화드렸어요."

"그러기엔 너무 늦지 않았습니까?"

"네, 알아요."

"그런데요?"

"아시고 계시는 게 좋지 않을까 싶어서, 염치 불구하고…… 해란이 말예요."

"……"

그동안 해란이가 아팠다고 한다. 허리 디스크 수술을 받고 최근에 퇴원했다고 한다. 그래서요? 라고 재차 반문하려다 윤수는 그대로 있었다.

"그리고 이런 얘기 전해도 되는지 어떤지는 모르겠지만."

"말씀하세요. 언제 또 저와 통화를 하겠습니까."

한동안 침묵하다 그녀는 해란이 작년 가을에 자살 기도를 한 적이 있다는 사실을 윤수에게 전해주었다. 이제 듣자 하니 술에 취한 목소리였다.

윤수는 탁상용 다이어리를 뚫어져라 바라보고 있었다. 전화를 끊어야 할 시간이었다.

"사업은 잘돼갑니까?"

"……"

"고향에 내려가 사업한다고 들었습니다."

그녀는 아무 대꾸가 없었다.

"전화주셔서 고맙습니다."

웅크린 듯 듣고 있다 그녀는 그대로 수화기를 내려놓았다.

해란은 여느 때와 마찬가지로 고즈넉한 투로 전화를 받았다. 윤수는 이번주 토요일에 속초로 찾아가겠노라고 해란에게 말했다.

"갑자기 왜요?"

"본 지 꽤 됐잖아."

"그래도 좀 뜻밖이네요. 아예 잊어버린 줄 알았거든요."

"만나서 할 얘기가 있어."

"무슨……"

"만나서 얘기해."

잠시 후 그녀가 목이 잠긴 소리로 되받았다.

"그럼 그때처럼 백담사에서 만나면 어때요? 거기 가본 지도 꽤 오래됐거든요."

8

휴대폰은 계속 불통이었다. 문자메시지조차 회답이 없었다. 잠들었겠지 싶으면서도 윤수는 왠지 초조한 느낌을 떨쳐버릴 수 없었다. 여관 창문을 통해 줄곧 터미널 쪽을 내다보고 있었으나 택시는 끝내 나타나지 않았다.

열한시가 조금 넘은 시각, 윤수는 잊었던 듯 서둘러 짐을 챙겨 아래층으로 내려갔다. 그리고 잠들어 있는 여관 주인을 깨워 대리운전 기사에게 연락을 해달라고 재촉했다. 통화는 말다툼하듯 길게 계속됐다. 보다 못해 윤수는 수화기를 낚아채 삼십대로 짐작되는 대리운전 기사에게 백담사 입구까지만 데려다달라고 사정을 거듭했다.

"듣자니 이쪽 양반 같은데, 이런 눈 처음 보는 것도 아닐 테고 더군다나 전문가 아니오. 어디쯤에 돌멩이가 박혀 있는지까지 아실 테니 무리인 줄 알면서 이렇게 간곡히 부탁하는 거요."

한동안 뻗대던 대리운전 기사가 드디어 흥정을 해왔다.

"얼마 낼 거요?"

"그쪽에서 부르시오."

"내 차를 써야 하니까 킬로당 오천원씩 내쇼. 16킬로 나올 거요."

"갑시다."

대리운전 기사는 낡은 갤로퍼를 몰고 십 분 후에 여관 앞에 도착했다. 윤수는 경상도 아주머니에게 만원짜리를 쥐여주고 손전등을 빌려 조수석에 올라탔다. 윈도 브러시를 작동하지 않으면 전혀 시야를 확보할 수 없는 상황이었다. 시정거리도 삼사 미터에 불과했다. 기사는 들으란 듯 연신 담배를 피워물며 투덜거렸다.

"마침 술 마시러 나가려던 참인데, 재수 옴 붙었군. 그놈의 여관 여편네, 전에 한 번 신세를 졌기로서니."

"이왕 차 끌고 나왔는데 살펴 갑시다."

"이십 분이면 갈 거린데, 왕복 두 시간은 걸릴 것 같으니 하는 소리 아뇨."

"조금 더 얹어드릴 테니 조용히 갑시다. 나이도 이쪽이 십 년쯤 많은 것 같은데."

"요금 때문에 이러는 거 아뇨."

"내가 그걸 왜 모르겠소. 사는 게 다 복잡한 거 아니오?"

"……설마 백담사까지 올라가자는 건 아니겠죠?"

"입구에 내려 걸어가리다. 그게 더 안전할 것 같으니."

기사 말대로 백담사 입구까지는 한 시간 가까이 걸렸다. 윤수가 가방을 챙겨들고 차에서 내릴 때 기사가 말했다.

"어지간하면 절까지 모셔다드릴 텐데, 거 미안하게 됐습니다."

윤수는 주차장 앞에 세워진 흐릿한 백담사 표지판을 바라보았다.

"괜찮소. 16킬로미터를 왔는데, 6.3킬로미터를 왜 못 가겠소. 데려다줘서 고맙소."

갤로퍼는 유턴을 한 다음 곧 눈발 속으로 사라졌다. 윤수는 가방에서 모자를 꺼내 눌러쓰고 주차장을 모로 지나쳐 걷기 시작했다. 산문을 지나 계곡으로 들어갈수록 바람이 잦아들어 그다지 추운 느낌은 없었다. 길은 완만했으나 정강이까지 눈이 차올라 걸음이 더뎠다. 손전등을 빌려오지 않았더라면 사위조차 분간하기 어려웠으리라. 윤수는 해란과 백담사로 처음 소풍 왔던 날을 아득히 떠올리고 있었다. 돌아보니 그새 십이 년 전의 일이었다.

어디까지 왔을까. 계곡을 가로지르는 돌다리 위에서 윤수는 발을 멈추고 캄캄한 눈 속을 노려보았다. 어디쯤일까. 멀리 솜뭉치 같은 부연 빛이 윤수의 눈에 빨려들어왔다. 벌써 백담사 가까이 온 것은 아닐 텐데. 실눈을 뜨고 재차 노려보니 그 빛은 이쪽을 향해 느리게 미끄러져 내려오고 있었다.

그것이 전조등 불빛이라는 것을 깨달은 것은 잠시 후였다.

차가 다가올 때까지 윤수는 그 자리에 우두커니 서 있었다.

이윽고 눈을 잔뜩 뒤집어쓴 알브이 차량이 체인을 쩔렁대며 그의 앞에 다가와 커다란 짐승처럼 멈춰 섰다.

운전석에는 젊은 스님이 타고 있었다.

이어 조수석의 문이 열리고 해란이 차에서 내렸다.

(2008)

꿈은 사라지고의 역사

1

〈꿈은 사라지고〉는 1960년대 영화배우이자 가수인 최무룡이 부른 노래다. 1959년 노필 감독이 동명의 영화를 만들었는데, 남자 주인공으로 출연한 최무룡이 영화의 주제곡으로 부른 것이다. 한편 카바레 여급으로 나온 여주인공 문정숙도 〈나는 가야지〉라는 노래를 불렀는데 〈꿈은 사라지고〉만큼 인기를 끌지는 못한 것 같다. 나는 〈꿈은 사라지고〉를 1968년 여름에 처음 들었고 〈나는 가야지〉는 1982년 봄에 학교 앞 술집에서 우연히 듣게 되었다.

1968년이면 내가 일곱 살 때다. 그러므로 인생에 대해서는 백지 상태나 마찬가지였다. 사람이 살려면 하루 두 끼 내지 세 끼를 먹어야 하며 그만큼 똥오줌을 누어야 하고 반드시 잠을 자야 한다는 것 정도가 그때껏 내가 터득한 삶에 대한 이해의 전부였다. 기다림이나 그리움, 외로움과 고독, 밤과 낮, 눈과 비, 혹은 계절의 변화가 가져오는 지극히 자연스러운 감정의 변화를 어렴풋이 느껴보긴 했으나 그 모든 것이 안개처럼 뿌옇게 나타났다 곧 사라지곤 했다. 말하자면 나는 그 안개 속에서 늘 배고픔에 시달리며 사위를 두리번거리는 한 마리 짐승이나 다름없었다.

내게 〈꿈은 사라지고〉를 들려준 이는 아버지의 바로 아랫동생인 삼촌이었다. 그는 시골에서 고등학교를 졸업하고 서울에서 대학에 다니다 공수부대에 입대한 뒤 첫 휴가를 받아 고향에 내려왔다. 무려 사 년 만의 귀향이었다. 삼촌은 대학 입학과 동시에 고향을 떠나 한 번도 찾지 않았다고 한다. 여기엔 그럴 만한 이유가 있는데 그의 부친, 즉 나의 조부와 어려서부터 갈등과 반목이 심했다고 한다. 나야 자세한 사정을 알 리 없지만 삼촌의 거칠고 반항적인 기질이 원인이었으리라 짐작한다. 삼촌을 제외하면 집안사람들은 모두 봉숭아처럼 섬세하고 나약했으며 웬일인지 처절하리만치 고독한 표정들을 짓고 다녔다. 그 표정이 곧 집안의 문장紋章이었다.

입대하기 전 삼촌은 삼류 대학 철학과에 적을 두고 있었다. 하지만 삼촌은 철학과는 무관한 사람이었다. 고향을 떠나기 전인 십대 시절에 이미 그는 인근에 주먹으로 알려져 있었고 몸에 늘 누군가의 피를 묻히고 다녔다. 마을에서 돼지를 잡을 일이 있으면 그가

선뜻 자청하고 나서 돼지 멱을 땄고 흰 사기 사발에 받은 싱싱한
피와 뜨거운 간은 마땅히 그의 차지가 되었다. 그는 또한 마을 지
킴이 노릇도 했다. 마을에 외지인이 들어와 시비가 붙거나 말썽을
부리면 그가 한달음에 쫓아나가 이내 해결했다. 그러니 아무도 그
를 나무라거나 탓하지 못했다.

그는 날카롭게 각을 세운 공수부대 모자를 코까지 눌러쓰고 대
문 안으로 성큼 들어섰다. 6월의 어느 무더운 날 오후였다. 그때
나는 조모와 함께 마루에 앉아 퍼런 개구리참외를 깎아먹고 있었
다. 군복 역시 칼처럼 날이 서 있었고 군화는 어쩐지 기분 나쁜 빛
으로 번들거리고 있었다. 그는 거침없이 마루로 다가와 어깨에 메
고 있던 더플백을 내려놓더니 아무 말도 없이 뒤란으로 돌아가 우
물에서 꾸역꾸역 물을 퍼마시고 돌아왔다.

"너, 그 군화에 묻은 게 뭐냐?"

사 년 만의 상봉에서 조모가 둘째아들에게 내뱉은 첫마디는 이
러했다. 조모의 목소리는 사뭇 떨리고 있었다.

"그거 혹시 피 아니냐?"

삼촌은 쏘아보듯 자신의 군화를 내려다보더니 더플백을 열고
내장을 끄집어내듯 피로 물들어 있는 베이지색 군복을 꺼냈다. 나
중에 삼촌한테 직접 들었는데, 그것은 공군 장교의 외출용 하복이
었다. 조모는 마루를 짚고 기우뚱 일어나더니 피 묻은 군복을 싸들
고 서둘러 대문 밖으로 나갔다. 그리고 뽕나무밭 안으로 들어가 석

유를 뿌리고 불을 붙였다. 내가 뒷전에서 지켜보자 조모는 부지깽이를 휘두르며 어서 집으로 들어가라고 닦달을 하는 것이었다.

삼촌은 조모가 차려준 밥을 먹고 저녁까지 늘어지게 자고 일어나 어디로 가려는지 주섬주섬 옷을 찾아 입었다. 그는 마당으로 내려서다 말고 내게 다가오더니 귀를 잡아당기며 말했다.

"그동안 많이 컸구나. 세 살 때 헤어졌으니 넌 내가 기억이 안 나겠지만. 내일은 나하고 두더지를 잡으러 가자."

그의 목소리는 거칠었지만 말투는 제법 나긋했다. 새벽녘에 그는 흠뻑 술에 취해 들어왔고 그때까지 조부는 안방에 앉아 등잔불에 의지해 책을 읽고 있었다.

"왔다면서?"

안방에서 조부의 목소리가 들리자 마루를 건너오던 발소리가 멎었다.

"그만 들어가 자거라."

삼촌은 대꾸 없이 건넌방으로 들어오더니 내 옆에 짚단처럼 쓰러져 누웠다. 이어 조부의 방에 불이 꺼졌다. 나는 잠꼬대처럼 삼촌에게 물었다.

"그 사람 죽었어요?"

시큼한 술냄새를 풍기며 삼촌이 내 쪽으로 무겁게 돌아누웠다.

"그게 무슨 말이냐?"

"아까 그 피 묻은 옷 말예요."

삼촌은 음, 하고 사이를 두었다가 신음하듯 말했다.

"기차간에서 괜히 시비를 걸어오길래 몇 대 두들겨패고 옷을 벗겨 밖으로 던져버렸다. 죽었는지 살았는지는 글쎄, 나도 모르겠다."

"꼭 그래야만 하나요? 도대체 어쩌려고."

낮에 할머니가 군복을 태우며 중얼거리던 말을 나는 그대로 주워섬겼다. 삼촌이 등을 웅크리고 돌아누우며 말했다.

"나도 모르겠다, 내가 왜 이러는지."

"……"

"존재가 원래 혼자라는 뜻이라는 건 알겠는데, 저 들판의 비석 없는 무덤처럼 말이다, 그게 가끔 감당하기 힘들다고 생각될 때가 있는 것이다. 네가 뭘 알겠냐만."

나는 들창에 비친 달그림자를 이불 밖으로 훔쳐보고 있었다.

"문득문득 모든 것이 사라져버린 느낌이 들어. 여름 한낮에 하얗게 타고 있는 빈 마당을 바라볼 때처럼. 그러다 숨이 멎듯 그 느낌조차 사라지지. 심지어 피를 보더라도 별 느낌이 없단 말이지."

잠결에 그가 땀을 흘리며 끙끙 앓는 소리가 들려왔다.

다음날 오후에 삼촌과 나는 들로 두더지를 잡으러 나갔다. 두더지는 할머니의 신경통 치료제였다. 들판은 온통 개망초꽃으로 덮여 있어 두더지의 흔적을 발견하는 것은 쉽지 않았다. 저녁 무렵 삼촌과 나는 들을 빠져나가 논배미로 나갔다. 휘저으면 손에 묻을 듯한 검붉은 노을이 들녘 저 끝에 걸려 있었다. 삼촌은 논둑을 파내 두 마리의 두더지를 잡았고 철사로 다리를 묶어 내 손에 쥐여주었다. 논배미에 흩어져 있던 학들이 날아와 가까이에서 삼촌과 나를 지켜보고 있었다. 두더지를 잡는 사이 날은 어두워졌고 나는 삼촌의 등에 업혀 집으로 돌아왔다. 장엄한 노을이 내려 있던 들녘에 무슨 일인지 횃불을 든 사람들이 유령처럼 서성이고 있었다. 어느 집 노인네가 또 저녁에 집을 나간 모양이라고 삼촌이 말했다. 삼촌의 등은 바위처럼 넓고 따뜻했다. 겨드랑이에서는 진득하고 시큼한 땀내가 났다.

집으로 돌아오는 동안 삼촌은 꿈결처럼 노래를 부르고 있었다.

"〈꿈은 사라지고〉는 내가 옛날에 자주 부르던 노래. 내가 〈꿈은 사라지고〉를 부르면 옆에서 누군가 기타를 치며 〈나는 가야지〉를 불렀지. 그러나 지금은 모두 지난 시절의 이야기."

삼촌은 대문 앞에 당도할 때까지 계속 〈꿈은 사라지고〉를 되풀이하고 있었다. 그래서 나는 그 노래의 가사를 그날로 모두 외워버렸다.

2

이듬해부터 나는 서울에 있는 부모와 함께 살게 되었는데, 저녁나절이 되면 마루에 나가 앉아 가끔 〈꿈은 사라지고〉를 불렀다. 그날 삼촌의 등에 업혀 집으로 돌아오던 저녁의 풍경이 자주 눈앞에 떠오르곤 하는 것이었다. 그럴 때면 어머니가 다가와 내 등짝을 후려치며 소리쳤다.

"어린것이 웬 청승이야! 어디서 그런 노래는 배워가지고. 그만 닥치지 못해!"

밥상머리에서도 뜻하지 않게 그 노래가 목구멍으로 삐져나오곤 했는데, 뭐 여지없이 아버지에게 귀싸대기를 얻어맞곤 했다.

"자식새끼 하나 있는 게, 그새 망령이 든 건가?"

아버지는 어머니를 노려보며 그렇게 말했고 나는 밥을 먹다 말고 집밖으로 쫓겨나야 했다. 어두운 골목을 돌아다니며 나는 밥상머리에서 부르다 만 노래를 마저 흥얼거렸고 그런 날 밤이면 삼촌과 함께 개망초가 무리지어 피어 있는 들판을 헤매는 꿈을 꾸곤 했다. 꿈속에서는 횃불을 든 유령들이 늘 서성거렸다.

중고등학교 시절에도 나는 기회가 있을 때마다 〈꿈은 사라지고〉를 불렀는데, 교사들 또한 별수없이 혀를 차거나 쓴웃음을 지으며 나를 바라보곤 하는 것이었다. 나는 어서 삼촌처럼 나이를 먹어야겠다고 생각했다. 내가 대학에 들어갈 무렵까지 삼촌은 서울 여기저기를 떠돌며 무위도식했고 결혼할 여자를 구하지 못해 혼자 살았다. 살림을 차릴 만한 처지가 아니었고 딱히 결혼에 대한 의지도 없는 것 같았다.

대학 이학년 때 나는 첫사랑에 빠졌는데 상대는 학교 앞에 있는 다락방만한 카페의 여주인이었다. 나보다 여섯 살 연상이었고 이름은 은주였다. 날이 궂으면 그녀는 술에 취해 기타를 치며 노래를 부르곤 했다. 그녀의 애창곡은 문주란의 〈동숙의 노래〉였다. 또한 성재희의 〈보슬비 오는 거리〉, 곽순옥의 〈누가 이 사람을 모르시나요〉, 현미의 〈떠날 때는 말없이〉, 문정선의 〈나의 노래〉, 정훈희의 〈안개〉, 채은옥의 〈빗물〉 같은 노래도 곧잘 불렀다. 그 맑거나 어두운 목소리, 아득하거나 환한 표정, 그리고 이십대 중반의 여자에게서 풍기는 원숙함에 나는 완전히 넋이 빠져 날이 흐릴라치면 부리나케 그 집으로 달려가곤 했다. 그리고 어느 비 내리는 밤, 나는 그녀의 기타 반주에 맞춰 〈꿈은 사라지고〉를 부르게 되었다. 내 노래가 끝나자 그녀는 가을 해바라기 같은 얼굴로 나를 바라보더니, 돌연 암암한 표정을 짓고 내게 술잔을 건네며 이렇게 속삭였다.

"너도 참."

"……"

석연찮은 느낌이 들어 나는 곧장 반말로 되받았다.

"말을 되도록 분명하게 합시다, 우리."

그녀는 고개를 모로 돌리고 픽 웃고 나서 말했다.

"우리? 그 말 참 오랜만에 듣는구나. 그래, 그럼 우리 오늘부터 사귈까? 너 나 좋아하지?"

나는 즉각 되받았다.

"물론 좋아하지."

"어쭈? 보기완 달리 꽤 진보적이네."

"헛소리 집어치우고 만난 기념으루다가 노래나 한 곡 더 불러보슈."

이어 그녀가 부른 노래가 바로 문정숙의 〈나는 가야지〉였다. 그녀는 이십대 초반에 이혼 경험이 있었고 다섯 살배기 딸을 키우고 있었다. 본인 말에 의하면 일찌감치 뜨거운 물에 빠졌다 나온 경험이 있는 여자였다. 그 때문일까. 그녀의 목소리는 도마에 밴 붉은 양념처럼 가슴을 저미는 구석이 있었다.

자정이 되자 그녀는 카페의 문을 닫고 불을 껐다. 이어 카페 안에 딸려 있는 다락방에서 그녀와 나는 도둑질하듯 사랑을 나눴다. 서둘지 말라고 사이사이 그녀가 숨찬 소리로 속삭여왔다. 밖에서 추적추적 빗소리가 들려왔다. 그녀와 나는 계란 프라이 다섯 개를 만들어놓고 새벽까지 맥주를 마시고 다시 면밀하게 사랑을 나눈 뒤, 서로 엉겨붙은 채 잠에 곯아 떨어졌다. 1982년 여름 어느 토요일 밤의 일이었다.

그로부터 한 달쯤 지나 나는 삼촌을 찾아갔다. 그는 동가식서가숙 세월을 마감하고 을지로에서 골뱅이 호프집을 운영하고 있었다. 백수건달로 허송세월을 하다보니 사는 게 돌연 무상하게 느껴져서, 라고 변명조로 얼버무렸지만 표정에서 야릇한 활기가 묻어났다. 스무 평쯤 되는 제법 널찍한 규모에 장사도 잘되는 눈치였다. 개업한 지 일 년쯤 됐다며 주방에 들어가 대접에 든 골뱅이 파무침과 병맥주를 내왔다. 앞치마를 두른 삼촌과 마주앉아 이런저런 얘기를 나누다 나는 여자가 생겼다고 고백했다. 여자? 라고 되받더니 삼촌은 고개를 갸우뚱했다.

"여자라. 하긴 너도 이제 그럴 만한 나이가 됐지. 근데?"

나는 삼촌에게 은주를 보여주고 싶다고 말했다. 갑자기 화투판에 끌려온 사람처럼 삼촌은 눈을 데굴거리더니 떨떠름한 표정으로 입을 열었다.

"그러니까 지금 나더러 그 여자를 만나러 가자는 뜻이냐?"

"데려올 만한 사정이 못 돼서요. 학교 앞에서 카페를 하고 있거든요."

삼촌은 잠시 망설이다가 앞치마를 벗고 자리에서 성큼 일어났다. 그리고 종업원에게 가게를 부탁한 다음 서랍에서 지폐를 한 움큼 꺼내 바지 주머니에 집어넣었다. 삼촌과 나는 택시를 타고 학교 앞으로 갔다. 거리에 부슬부슬 비가 듣고 있었다. 카페에 도착한 것은 저녁 여덟시쯤이었고 회사원으로 보이는 사십대 남자 두엇이 스탠드에 앉아 맥주를 마시고 있었다. 은주는 외출했는지 보이지 않았다. 주방에서 설거지를 하던 아르바이트 학생이 대신 술을 내왔다.

"오랜만에 학교 앞에 오니 기분이 좀 묘하구나. 난 뭐 학교라는 델 제대로 다니지도 않았지만 말이다."

별 의미 없는 투로 삼촌이 중얼거렸다.

"그런데 여기 술집 이름이 뭐냐? 아까 들어올 때 못 봤는데."

"목마와 숙녀라는데요."

"촌스럽구나. 그거 박인환의 시 제목 아니냐? 박인희가 낭송한 걸 몇 번 들어봤는데, 난 아무리 들어도 무슨 뜻인지 모르겠더라. 술병이 바람에 쓰러지는 소리, 뭐 그 정도는 겨우 알아듣겠더라만."

"유곽의 시멘트 벽에 휘갈긴 낙서 같다는 말씀인가요?"

"그렇게까지 말할 건 없겠지만, 왠지 고리타분하고 사람 사는 냄새가 안 나잖아."

삼촌이 내 얼굴을 살피더니 어깨를 툭툭 쳤다.

"내가 막말을 한 거냐? 실은 내가 요즘 너무 바빠서 고독을 잊은 지 오래다. 그래, 오래간만에 만났으니 우리 점잖게 술이나 마시자. 근데 그 노래한다던 여자는 어디 간 거냐?"

그때 은주가 시장바구니를 들고 안으로 들어섰다. 머리에 하얗게 이슬비가 앉아 있었다. 내게 머물던 은주의 시선이 곧 삼촌에게로 옮겨갔다. 그러고는 내 옆을 지나며 왔어? 하고는 내치 주방으로 들어갔다.

"저 여자냐? 근데…… 좀 연로한 것 같다."

"다섯 살짜리 딸도 있다네요."

"딸?"

그로부터 맥주 두 병을 마실 동안 삼촌은 입을 다물고 있었다.

"뭐 꼭 또래를 사귀라는 법은 없지. 하지만 모쪼록 상처에 대비하거라. 상처라는 건 대개 스스로 받는 거니까."

"좋은 여자예요."

"좋을 때는 물론 좋지. 하지만 늘 그런 건 아니야. 하나만 덧붙이자면 여자 나이는 남자 나이와 달라. 물론 몸도 다르고. 나이를 먹을수록 여자가 앞서간다 그런 얘기야."

여기까지 말했을 때 은주가 접시에 계란말이를 담아 삼촌과 내가 앉아 있는 테이블로 왔다. 스탠드의 사내들은 등을 돌린 채 나란히 앉아 맥주에 양주를 섞어 마시며 뭔가 심각한 얘기를 나누고 있었다. 비가 추적거리는 소리가 창틈으로 차갑게 스며들어오고 있었다. 간단히 눈인사를 주고받은 뒤 세 사람은 눈치를 보듯 골자 없는 얘기들을 주고받았고 중간에 은주가 서비스라며 선반에서 시바스리갈을 한 병 꺼내왔다. 그때부터 세 사람은 조금씩 취해갔다.

"딸아이는 무탈하게 잘 자라고 있습니까?"

삼촌이 먼저 은주에게 말을 건넸다.

"암만 바쁘더라도 하루에 한 번은 이빨을 살펴보세요. 유치가 하나둘씩 빠질 때니까요. 그때가 가장 예쁠 때죠."

"……"

"실은 은주씨 노래 들으러 일하다 말고 을지로에서 택시 대절해왔습니다. 실례가 되지 않는다면 한 곡 부탁합니다."

은주가 나를 돌아보았다. 얼굴이 불콰하게 달아올라 있었다.

"삼촌 말이 맞아. 밖에 비도 오는데 한 곡 불러봐."

은주는 눈을 흘기고는 마지못한 듯 자리에서 일어나 무대에 놓여 있던 기타를 들고 왔다. 마침 손님이 빠져나간 뒤여서 그녀는 안에서 문을 닫아걸었다. 그새 자정이 가까워져 있었다. 늘 그랬듯 그녀는 먼저 〈동숙의 노래〉를 불렀고 삼촌이 부추기자 성재희와 정훈희와 채은옥의 노래를 접속곡으로 불렀다.

"아, 은주씨 노래 듣고 있으니까 마음이 되게 쓸쓸해진다. 이젠 정수 네가 불러봐라. 은주씨 목 다 쉬겠다."

나는 그녀의 기타 반주에 맞춰 〈꿈은 사라지고〉를 불렀다. 아마 그때부터였을 것이다. 삼촌이 그 옛날의 고독한 모습으로 돌아간 것은. 이어 은주가 〈나는 가야지〉를 부르는 동안 삼촌은 된서리를 맞은 파처럼 온몸을 축 늘어뜨리고 있었다. 노래가 끝나자 손에 잡힐 듯한 적막이 카페 안에 가득 들어찼다. 창틈으로 스며드는 빗소리는 점점 거세지고 있었다.

새벽녘에 세 사람은 밖으로 나와 어두운 골목에서 비를 맞으며 잠시 서 있다가 어쩐지 외면하듯 뿔뿔이 헤어졌다.

3

그해 초여름으로 접어들 즈음, 은주와 삼촌이 내통한다는 기괴한 소문을 듣고 나는 목마와 숙녀로 달려갔다. 카페의 문을 박차

고 들어가자, 아닌 게 아니라 주방에 있던 은주의 입에서 에구머니
나! 라는 소리가 절로 튀어나왔고 숨을 곳을 찾느라 사위를 두리
번거렸다.

"주방엔 흉기가 있는 법이니 속히 밖으로 나와."

고무장갑을 벗으며 은주가 게처럼 등을 웅크린 채 주방에서 끌
려나왔다. 어둠이 깃들고 있었음에도 손님을 받을 준비가 돼 있지
않았다. 뿐만 아니라 카페를 곧 정리할 조짐까지 보였다. 출입문
옆에 헐거운 박스들이 쌓여 있었다.

"숨 좀 돌리게 일단 술부터 가져오슈."

나는 자리에 앉아 담배를 피워물었다.

"정수 너, 왜 갑자기 깡패처럼 굴어?"

기어들어가는 소리로 되받으며 은주는 냉장고에서 주섬주섬 맥
주를 꺼내왔다.

"어디 자초지종을 들어봅시다. 이실직고하란 말이오."

"자초지종이고 이실직고고 할 게 뭐 있어. 정수 너도 알다시피
나 그동안 엄마 집에 빌붙어 살며 보증금 빼먹으며 겨우겨우 버텼
잖아. 너한테 미리 상의하지 않은 건 내 실수지만, 삼촌이 동업을
하자길래 가게 내놓은 거야."

"은주 네가 죽으려고 환장을 했구나."

궁지에 몰리면 되레 강해지는 게 여자다. 은주가 나를 빤히 쏘
아보더니 표정을 다잡고 말했다.

"너, 이제부터 나한테 반말하면 안 돼."

"뭐?"

뒤미처 혈관이 터져나갈 듯 온몸의 피가 끓어오르기 시작했다.

"은주 너 오늘 여기서 나하고 죽잔 얘기지?"

나는 주머니에서 신문지에 둘둘 말아온 과도를 꺼내 내 왼쪽 팔뚝에 내리꽂고 천천히 위로 잡아당겼다. 곧 검붉은 피가 비져나와 탁자로 흘러내렸다. 그럼에도 그녀는 조금의 흐트러짐도 없었다. 죽기 살기로 마음을 단단히 먹은 얼굴이었다. 덜덜 떨리는 목소리로 그녀가 달래듯 말했다.

"너 아직 군대도 안 갔다 왔잖아. 언제 제대하고 졸업해서 나 먹여 살릴 거야? 또 그동안 마음 변하지 않을 자신 있어? 난들 생각을 안 해본 줄 알아?"

그녀는 두루마리화장지를 풀어 내 팔뚝과 탁자를 닦아내고 피에 젖은 화장지를 물끄러미 내려다보았다. 그리고 갑자기 어깨를 흔들며 울먹였다.

"수 쓰지 말고 계속 지껄여봐."

이미 내 목소리는 웬만큼 맥이 풀려 있었다.

"삼촌 사는 집에 가봤더니, 두 평 될까 말까 한 옥탑방에서 아침저녁으로 라면 끓여먹으며 죄수처럼 살고 있더라. 가게에서 버는 돈은 죄 은행에 들어가 있고. 나중에 서울 한복판에다 빌딩 세울 거라고 하더라. 하지만 그게 어디 사람이 사는 거니?"

"그래서."

"삼촌이 동업 얘기를 먼저 꺼낸 건 사실이야."

"그런데."

"그런데 얘기를 하다보니, 삼촌이 우리 세연이까지 거둬주겠다는 말이 나왔어."

세연은 은주의 딸이었다.

"난 삼촌 일을 거들기로 하고…… 미안해, 정수야."

"결국 아이를 미끼로 그 순정한 양반한테 네가 사기를 쳤구나."

손등으로 연신 눈물을 닦아내며 은주가 말했다.

"맞아, 하지만 나 좀 살면 안 되겠니? 내가 삼촌한테 잘하면 되잖아."

"……그럼 나와 성을 쌓은 일은 어떻게 하고?"

하지 말아야 할 얘기였지만, 결국 하지 않을 수 없었다.

"염치없는 말이지만 제발 잊어줘. 내가 나쁜 년이니까 두고두고 나만 원망하면 되잖아. 응? 내가 이렇게 무릎 꿇고 빌게."

그녀는 재빨리 의자에서 내려와 바닥에 무릎을 꿇었다. 그 순간 나는 체념할 수밖에 없다는 것을 깨달았다. 물끄러미 창밖을 내다보다 나는 그녀의 겨드랑이를 잡아 일으켜세웠다. 그리고 이번 학기를 마치고 군대에 가야겠다는 생각을 하고 있었다.

그로부터 불과 열흘 뒤에 두 사람은 살림을 합쳤다. 삼촌의 의견에 따라 혼인신고만 하고 결혼식은 생략했다고 훗날 들었다. 나를 두고 두 사람 사이에 어떤 얘기가 오갔는지는 모르겠다. 어떻든 삼촌은 은주와 나의 관계를 제대로 알지 못했으리라. 분명한 것 하나는 내가 삼촌에게 그런 말을 꺼내고자 했을 때는 모든 게 늦어 있었다는 사실이다. 여자들은 그런 일을 능숙하게 앞서 처리하는 법이다.

그후 나는 삼촌을 직접 만날 기회가 없었다. 가끔 들려오는 말에 따르면 골뱅이 호프집은 연일 손님이 들끓어 신촌과 무교동에 분점까지 냈다고 했다. 뿐만 아니라 내가 군대에 가 있는 동안 삼촌은 은행에 맡겼던 돈을 몽땅 털어 종로3가에 땅을 사두었다. 나중에 빌딩을 올리기 위해서. 그런데 그 땅이 재벌 소유인 것으로 밝혀져 삼촌은 수년 동안 법원을 드나들었다. 하지만 결국 사기 사건으로 종결되었다고 들었다.

그나마 다시 골뱅이 호프집에 전념했으면 좋았으련만, 삼촌은 가게를 처분한 돈과 은행 융자를 합쳐 신촌에 프랜차이즈 레스토랑을 개업했다. 그리고 레스토랑은 숙모에게 맡긴 채 옛날처럼 친구들이나 찾아다니며 허송세월을 했고 설상가상으로 노름에 경노돼 집에 들어오는 일이 점점 줄어들었다. 그러다 몇 년인가 지나 느닷없이 아버지를 찾아와 돈을 빌려달라고 사정했다. 아무리 형제간이라도 돈거래는 하지 않는다는 신조를 가진 아버지는 삼촌의 청을 즉석에서 거절했다.

"그러지 말고 고향에 내려가 몇 년 농사나 짓고 살지그래. 너도 알다시피 아버님 돌아가시고 나서 어머님 모실 자식이 없질 않느냐. 원한다면 시골집과 땅은 네 명의로 해주마."

숙모와 불화가 지속되던 터라 삼촌은 일단 낙향의 길을 선택했다. 그후 고향에서 삼 년 동안 농사를 지으며 살았는데, 특용작물 재배에 성공해 어느 날 〈내 고향 6시〉라는 텔레비전 프로그램에 얼굴을 비친 적도 있었다. 삼촌이 다시 서울로 올라온 것은 할머니가 돌아가시고 나서 몇 달 뒤였다. 삼촌은 그동안 모은 돈을 싸들고 다시 숙모에게 찾아갔다. 그즈음 숙모는 병이 들어 있었고 레스토랑은 문을 닫기 직전이었다. 삼촌은 헐값에 레스토랑을 처분하고 숙모를 병원에 입원시킨 뒤, 병원 앞에 다시 골뱅이 호프집을 열었다. 삼촌은 어쨌든 돈복은 있는 사람이었다. 종합병원에 근무하는 직원들이 저녁마다 드나들며 골뱅이 호프집을 먹여 살렸고 삼 년이 채 지나지 않아 삼촌은 세 들어 있던 오층짜리 호프집 건물을 사들였다. 그사이 숙모는 병을 회복하고 중학생이 된 딸을 데리고 캐나다로 가버렸다. 서울로 올라온 뒤 삼촌은 집안사람을 일체 만나지 않고 살았기에 자세한 내막은 알 수 없었다.

다만 삼촌은 숙모가 떠나고 나서 호프집 일에서 손을 뗐다고 한다. 가게와 건물 관리를 친구에게 맡긴 채 현금이 가득 든 가방을 들고 여기저기 떠돌며 산다고 했다. 전국에 있는 목욕탕을 하루하루 전전하며 산다는 것이었다. 혹자는 삼촌이 온천업과 관계된 사업을 구상중이라 짐작했고 중년의 나이에 간질이 발병해 실성한 사람처럼 떠도는 거라고 말하는 사람도 있었다.

4

삼촌에 비해 나는 대체로 평탄한 인생을 살아왔다고 할 수 있겠다. 대학을 졸업하고 군대를 제대한 뒤 나는 곧 금융회사에 취직했고 친구 여동생의 소개로 만난 내과의사와 결혼해 두 살 터울로 아들딸을 낳았다. 그리고 결혼 오 년째에 강남에 삼십사 평짜리 아파트를 분양받아 어렵잖게 내 집 마련에도 성공했다. 그런데 어느 날 당연한 일인 듯 이런 자각이 몰려왔다. 나는 일찍이 남부럽지 않은 평온한 삶을 얻었으나 어쩐지 꿈이 없는 인생을 살고 있지는 않은가? 이를테면 남들이 만들어놓은 세계에서 남의 인생을 살고 있지는 않은가 말이다.

나는 월말 회식 자리에서 옆자리에 앉아 있던 부하 여직원에게 불쑥 이런 말을 내뱉었다. 어쩌면 혼잣말에 보다 가까웠을 것이다. 하지만 듣는 이의 입장에서는 그게 그럴 수 없었을 터였다.

"정희, 너 때문에 요즘 내가 아주 죽겠어. 날마다 불면증에 시달리고 있단 말이지."

그것은 어느 정도 사실이기도 했다.

"네?"

눈을 반짝 뜨고 내 표정을 살피던 부하 여직원이 이윽고 침착하게 대꾸해왔다.

"그게 무슨 말씀이세요, 부장님?"

"내가 요즘 너 때문에 아주 힘들다고."

"갑자기 왜 이러세요. 다른 직원들도 있는데. 취하신 거죠?"

정희가 슬그머니 몸을 비키며 방어적으로 되받았다. 영민한 그
녀는 재빨리 사태를 수습했다.

"그러지 말고 부장님, 노래 한 곡 부르세요. 지금 여기 노래방인
거 아시죠?"

사위를 둘러보니 스무 명쯤 수용할 수 있는 사면이 온통 하얀
비단 벽지로 장식된 노래방이었고 대형 유리창 아래로 도심의 불
빛이 번요하게 번쩍거리고 있었다. 나는 어느 날 낯선 장소에서 누
군가에 의해 잠이 깬 기분이 들었다. 그렇다면 뭔가 사건사고가 발
생하려는 징조였다.

"빨랑 부르세요. 저 아직 부장님 노래 한 번도 못 들어봤거든
요."

정희가 하얀 손으로 내 어깨를 밀치듯 가볍게 흔들며 재촉했다.
그러자 나머지 직원들도 덩달아 나를 부추기는 것이었다. 정희 네
가 노래를 부르라면 부르지, 라고 나는 그녀의 귀에 속삭이고 자리
에서 일어나 스테이지로 나갔다. 그리고 무려 이십여 년 만에 〈꿈
은 사라지고〉를 불렀다. 짐작대로 갈채가 쏟아졌지만 앵콜 따위는
받지 않았다.

노래방에서 나와 각자 흩어질 때, 정희가 뒤에서 눈치껏 나를 불러세웠다.

"부장님, 우리 어디 가서 한잔 더 해요."

시계를 보니 자정이 지나 있었다. 또한 토요일로 날이 바뀌어 있었다.

"그만 집에 들어가봐야잖아? 부군하고 아이가 기다리고 있을 텐데."

"아까 통화했어요. 지금쯤 더블침대에서 둘이 하마처럼 쿨쿨 자고 있을 거예요. 오늘은 좀 일찍 끝난 편이지만, 회식이 있는 날은 늘 새벽 두시, 세시잖아요."

"어디로 갈까?"

글쎄요, 라고 말하며 그녀는 주위를 두리번거리는 시늉을 했다.

"시간도 늦었는데 곧바로 호텔로 갈까?"

그녀가 픽 웃더니 진정이라도 시키듯 내 등짝을 툭 쳤다.

"아뇨, 오늘은 그냥 맥주나 한잔 더 해요."

칵테일 바에 들어가 맥주와 양주 작은 것을 주문하고 폭탄주를 만들어 번갈아 마셨다. 그때 내 옆에 앉아 있던 아리따운 여자는 서른두 살이었고 영민하나 표정이 늘 조금 어두웠으며 그 틈을 노려 누군가 접근하면 예의바르고 부드럽게 밀어내곤 했다. 그리고 아까 노래방에서도 들었듯 노래를 아주 잘 부르는 여자였다.

그녀가 망설이듯 주저하다 말했다.

"아까, 부장님 하신 말씀 진심이세요?"

"응."

"재미없네요. 그렇게 대꾸하는 거."

"그럼 이번엔 내가 물어보자."

뭔데요, 라며 그녀가 내 몸에 제 어깨를 기대왔다.

"아까 부른 노래 어디서 배웠지? 김하정의 〈살짜기 옵서예〉 말이야."

"김하정요? 전 패티김한테 배웠는데요. 옛날에 엄마하고 같이 세종문화회관에서 패티김 공연하는 걸 봤거든요."

"그게 언제지?"

"아마 중학교 때일 거예요."

"혹시 연도와 날짜를 기억하겠어?"

"엄마한테 물어보면 알겠죠. 왜요?"

"같은 날 함께 본 것 같아서. 나도 봤거든."

"설마요."

"그래, 설마 그렇더라도 이제 와서 굳이 따지지는 말자."

"아까 부장님 노래 들으면서 뭐라고 꼭 집어서 표현은 못하겠는데, 가슴이 조금 아팠어요. 그냥 왠지."

새벽 세시가 가까웠는데도 그녀는 집에 갈 생각을 하지 않았다. 나는 그 이유를 물었다.

"저 애 낳고 이 년 만에 이혼했어요. 왜냐곤 묻진 마시고요. 그냥 그럴 수도 있는 거잖아요."

"그럼 애는?"

"친정엄마가 키우고 있어요. 오늘 아침에 서초동으로 아이 만나러 가야 해요."

네 살 난 딸이라고 했다. 그녀는 비가 내리듯 조용히 어깨를 흔들며 잠깐 흐느꼈다. 나는 그녀의 어깨를 부드럽게 감싸고 말했다.

"내가 뭘 해주면 좋을까. 목걸이라도 사줄까?"

그녀가 손수건으로 눈을 꼭꼭 찍어내며 말했다.

"부장님 저 정말, 좋아하세요?"

"거듭 말하면 숲에 숨어 있는 새들이 모두 날아갈 텐데."

그녀는 술잔을 들어 입으로 가져갔고 마시기 전에 나를 돌아보았다.

"목걸이나 가방 따윈 필요 없어요. 정말 힘들다 싶으면 가끔 신호를 보낼 테니 그때마다 가볍게 안아만 주세요. 그게 다예요."

"왜 우리는 늘 비석 없는 무덤들처럼 공허한 것일까. 여름 한낮 햇빛에 뜨겁게 타고 있는 빈 마당을 볼 때처럼. 다만 혼자일 뿐인데, 실은 나도 그게 견디기 힘들어."

칵테일 바에서 나와 나는 택시를 타고 그녀의 집으로 갔다. 그녀는 한강이 내려다보이는 마포의 아파트에 혼자 살고 있었고 침대는 깨끗했다. 그녀와 사랑을 나누는 동안 창으로 레이저빔 같은 오색의 빛이 스며들어와 천장에 이따금씩 어룽거렸다. 이 시간에도 한강에 유람선이 떠다니는 것일까.

그후 눈비가 내리는 날이면 나는 정희의 아파트에서 가벼운 음식을 만들어놓고 맥주를 마시거나 음악을 들으며 되찾은 꿈인 듯 소중하게 사랑을 나누곤 했다. 그녀는 존재감만큼 자제심이 강한 사람이어서 내게 조금도 부담을 주거나 관계를 이용하려 들지 않았다. 정말이지 이루 말할 수 없이 사랑스러운 여자였다.

그러던 어느 날 저녁 아내가 식탁으로 나를 불렀다. 광복절 저녁이었고 아이들은 각자의 방에서 잠들어 있었다.

"저하고 맥주 한잔할래요?"

아내가 냉장고에서 아사히 맥주를 꺼내 거실 탁자 위에 올려놓으며 말했다.

"이제 시원해질 때도 됐는데, 좀처럼 더위가 물러가질 않네요. 그렇죠?"

"올림픽 기간이잖아."

컵에 맥주를 따르다 말고 아내가 내 표정을 살폈다. 그리고 가볍게 눈주름을 잡고 웃었다.

"올림픽엔 관심이 있는 거예요?"

"박태환이 금메달 땄다며. 여자양궁의 박성현은 은메달에 머물고. 예상하긴 했지만 축구는 일찌감치 예선탈락이고. 야구라도 좀 잘해주면 좋을 텐데."

"난 요즘 어떤 것 같아요?"

"누구, 당신?"

"그럼 누구겠어요."

"당신은 환자들 돌보느라 늘 바쁜 사람 아닌가? 앞으로도 계속 그럴 테고."

"물론 몹시 바쁘지만 남편과 일 년 넘게 섹스를 못할 정도로 바쁜 건 아녜요. 어쨌든 내 몸은 여자고 사십대 초반이긴 하지만 건강한 편에 속해요."

아내는 단순한 사람이어서 말을 돌릴 줄 모르는 사람이었다.

"여자가 생긴 거죠? 벌써 오래전에."

나는 일단 침묵했다. 아내가 이렇게 말하는 건 이미 증거를 확보했다는 뜻이었다. 사이를 두지 않고 아내가 물어왔다.

"그 여자가 그렇게 좋아요?"

나는 무명용사의 비석처럼 무표정하게 앉아 있었다.

"좋으니까 만나겠죠. 하지만 밖으로 드러나면 결국 다 구질구질한 거예요. 어두운 곳에 숨어서 저녁 먹고 술 마시고 섹스하는 거, 별로 근사한 행사가 아니라는 거죠. 나이가 든다는 건 곧 자제할 줄 안다는 거예요. 사는 게 무슨 한여름밤의 꿈인 줄 아시나보죠?"

"그러게 말이오."

줄곧 입을 다물고 있을 수가 없어 나는 평소의 말투대로 무의미하게 대꾸했다.

"이마에 간姦자를 새기고 여생을 보내고 싶지 않으면, 오늘부로 정리하도록 하세요. 이렇게 말하는 것은 당신에게 미련이 남아 있어서가 아니라, 이혼녀로 살고 싶지 않기 때문이에요."

"어느 쪽이든 매우 관대한 처분이로군."

"그리고 이제부터 내 몸은 내가 알아서 해결할 테니 그렇게 아시고요."

"드러나면 결국 다 구질구질하다면서."

"위생 관념은 당신네 금융 쪽보다 우리 쪽이 한결 철저하니까 염려 놓으세요."

"그럼 상대도 동종업계 인물이겠군."

"그건 두고봐야죠."

나는 깊이 생각한 끝에 아내에게 말했다.

"그러느니 차라리 이혼을 하는 게 어떻겠소. 난 계속 꿈이나 꾸며 살게. 현실이 항상 윤리적이고 도덕적이며 정당한 것도 아니잖아?"

"차디찬 감방에서 꾸는 꿈도 과연 새콤달콤할까요?"

"왜, 동영상이라도 확보한 건가?"

"아마 그럴걸요."

"......"

"이런 말까지 안 하려고 했는데, 도대체 무엇 때문에 그러는 거죠? 고작해야 애 딸린 이혼녀에 인물도 그저 그런 여자던데."

나는 물끄러미 아내의 눈을 응시했다.

"미안해요."

물론 아내가 내게 미안해할 이유는 조금도 없었다.

"나도 내가 왜 이러는지 알다가도 모르겠소. 누가 좀 알려주면 좋을 텐데."

"며칠 생각할 시간을 주죠. 결혼할 때 엄마가 그러더군요. 한번 쯤은 눈감아주라고요. 미신에 사로잡히듯, 누구나 한번은 그럴 때가 있다고요."

"내게 여전히 감정이 남아 있는 거요? 질문할 처지는 아니오만."

"지금은 모르겠어요. 참고로 말하면 작년까지는 당신을 꽤나 좋아했죠. 항상 아슬아슬하게 느껴지는 부분은 있었지만."

나는 그 아슬아슬함의 정체가 무엇인가를 생각했다. 맥주를 다 마시기 전에 나는 아내에게 진심으로 사과했고 그녀는 잠시 테이블에 엎드려 울었다. 울고 있는 아내의 등을 내려다보는 일은 꿈을 꾸는 일보다 더욱 고독하고 뼈아픈 일이었다.

다음날 저녁 나는 정희를 만나 아내와 주고받은 내용을 대략적으로 전해주었다. 그녀는 고요한 표정으로 내 얘기를 귀기울여 들었다. 내 말이 끝나자 그녀는 뜻밖에 야릇하고도 환한 미소를 지어 보였다. 어쨌거나 그녀는 아내보다 강하고 섬세한 여자였다.

"당분간은 막막하겠지만 당신을 위해 잠자코 받아들이겠어요. 언제든 이런 날은 오게 마련이잖아요. 그래도 일 년이면 아주 긴 시간이었어요. 봄, 여름, 가을, 겨울을 함께 겪었잖아요. 그렇죠?"

나는 아무 말도 하지 않았다.

"항상 조금은 차갑고 서글펐지만 그래서 더 달콤한 꿈 같았어요. 한밤중에 깨어나 딱 하나 남은 겨울 사과를 냉장고에서 꺼내먹을 때처럼 말예요."

이렇게 말할 줄 아는 여자여서 나는 정희를 좋아했을 것이다. 하지만 이제 헤어질 때가 됐다. 나는 뻔한 소리를 했다. 뻔한 말일지언정 그녀의 마음에 희미한 빛이라도 남겨주고 싶었다.

"내세에서 다시 만나 전생처럼 눈비가 내리는 날이면 보다 고요하면서도 격렬한 사랑을 나누도록 하자. 커다란 하얀 냉장고에 붉은 사과가 가득 들어차 있는 집에서 말이야."

그러자 그녀의 얼굴에 다시금 환한 미소가 떠올랐다.

"작별의 말씀도 참 예쁘게 하시네요."

나는 그저 어깨를 으쓱해 보였다. 그녀의 몸에서는 불가사의하게도 항상 갓 볶은 커피 냄새가 나곤 했는데, 그것만큼은 두고두고 잊을 수가 없을 것 같았다. 칵테일 바에서 나와 나는 그녀와 손을 잡고 가랑비가 내리는 거리를 걸으며 마지막으로 그녀에게 〈꿈은 사라지고〉를 불러주었다. 사람들이 앞뒤에서 우리를 돌아보다 내처 가던 길을 재촉했다.

며칠 후 나는 아내에게 정희와 헤어졌음을 알렸다. 그때 아내는 리모컨을 쥔 채 소파에 앉아 올림픽 폐막식을 시청하고 있었다. 아내는 사진 같은 얼굴로 잠시 나를 돌아보더니 이어 오른손 검지를 들어 입으로 가져갔다. 그리고 텔레비전 모니터로 다시 시선을 옮겨갔다.

5

내가 왜 캐나다에 있는 숙모에게 전화를 했는지 모르겠다. 정희와 헤어지고 나서 보름쯤 지났을 때였다. 퇴근하다 말고 나는 엘리베이터를 타고 다시 사무실로 올라갔다. 숙모가 삼촌의 소식을 알고 있을지도 모른다는 생각을 했을 것이다. 삼촌은 여전히 행방불명 상태였다. 풍문대로 그가 전국의 목욕탕을 순례하며 살고 있는지 확인이라도 하고 싶었던 것일까. 새삼스럽게 삼촌의 안부가 궁금해진 것도 나로서는 어쩐지 이해하기 힘들었다. 숙모의 전화번호는 그녀가 운영하던 신촌의 레스토랑 주인에게서 어렵사리 알아냈다. 레스토랑은 숙모의 친척뻘 되는 사람이 물려받아 꾸려가고 있었다.

숙모는 토론토에 살고 있었고 딸은 대학을 졸업한 뒤 변호사가 되어 있었다. 숙모의 나이는 어느덧 쉰셋이 돼 있었다. 그렇다면 행방이 묘연한 삼촌은 객지에서 육십대 중반을 맞을 터이었다. 뜻밖에도 삼촌은 숙모에게 가끔 연락을 해온다고 했다. 일 년에 두어 번 정도라고 했다. 삼촌이 목욕탕을 전전하며 사는 것은 사실인 모양이었다. 통화는 길게 계속됐다. 이런저런 얘기를 나누다 나는 숙모에게 물었다.

"그런데 왜 삼촌하고 같이 살지 않고 캐나다로 갔어요? 세연이 교육 때문만은 아닌 것 같은데."

숙모는 한동안 침묵하고 있었다.

"글쎄다…… 그걸 어디서부터 어떻게 얘기해야 할지 모르겠다."

그녀의 목소리는 문득 이십육 년 전으로 돌아가 있었다. 오랜 침묵 끝에 정수야, 라고 그녀가 내 이름을 메아리처럼 아득하게 불러왔다.

"결국 삼촌이 알게 됐어."

"뭘 말이죠?"

"우리 관계 말이야."

"……"

"뒤늦게 눈치를 챘지. 삼촌과 살림을 합치고 나서 정수 네가 삼촌을 극구 피했잖아. 어느 날부터 삼촌이 나를 추궁하기 시작하더니 걸핏하면 술을 마시고 들어와 두들겨패더라. 삼촌 성격 알지? 평소엔 그저 그냥 무심해 보이지만 비위가 거슬리면 피를 봐야 직성이 풀린다는 거. 맞을 때마다 살려달라고 얼마나 빌었는지 모른다."

나는 마른침을 삼키며 물었다.

"그래서 결국 얘기했단 말입니까."

"그걸 내 입으로 어떻게 얘기하겠니. 하지만 또 아니라고도 못하겠더라. 너 삼촌한테 이상한 결벽증 있는 거 알지?"

나는 굳게 입을 다물고 있었다.

"몇 년 노름에 빠져 지내다 들어먹을 거 다 들어먹고 제풀에 지쳐 시골로 내려갔는데, 이따금씩 전화를 걸어와 그래도 네가 나한테는 첫사랑이고 마지막 사랑이라며 죽을 때까지 놓아주지 않을 거라며 그때마다 엄포를 놓더라."

본인의 말대로 자신한테 상처를 받은 것이리라.

"그러더니 삼 년 후에 돈 보따리를 들고 불쑥 나타나 안방에 벌렁 드러눕더라."

그건 나도 알고 있는 사실이었다.

"더이상 폭행은 없었나요?"

"삼촌이 돌아오자마자 난 신장 치료를 받느라 병원에 입원했잖니. 퇴원해서 집으로 돌아왔더니 다짜고짜 수속을 밟아놓았다며 세연이를 데리고 캐나다로 가라더구나. 그것만이 서로 살 길이라면서. 별다른 선택의 여지도 없었지만 그땐 차라리 잘됐다 싶었지."

"거기서 사는 건 어땠어요?"

"세연이가 대학을 졸업할 때까지 삼촌이 매달 송금을 해왔어. 지금이야 세연이가 변호사 일을 하고 있으니 사는 건 별문제 없어."

"서울로 돌아오고 싶은 생각은 없어요?"

"나야 왜 안 그렇겠어. 하지만 세연이는 돌아가고 싶어하지 않아. 한국이 오히려 낯선데다 이미 결혼해서 아이까지 있으니까."

세연이는 프랑스계 캐나다인과 결혼해 딸을 낳았고 숙모와 함께 살고 있었다. 나는 삼촌에게 다시 화제를 돌렸다.

"삼촌은 왜 그 나이에 목욕탕을 전전하며 산대요? 그것도 일종의 결벽증 때문인가요?"

"나야 믿기 힘든 얘기지만 오래전에 사람을 패서 기차 밖으로 내던진 적이 있다고 하더구나. 암만해도 그 사람이 죽은 것 같다는 거야. 그리고 언젠가부터 그 망령이 줄곧 뒤를 따라다닌다는 거야. 밤마다 악몽에 시달리며 괴로워 못살겠다고 술만 먹으면 내게 하소연을 하더구나. 그런데 목욕탕에 들어가면 웬일인지 괜찮다는 거야. 혹시 정수 너도 들은 적 있니?"

나는 그 말에는 굳이 대꾸하지 않았다.

"서울에 한번 나오세요. 만나서 오랜만에 맥주나 한잔하게요."

전화를 끊기 전 나는 그렇게 말했다. 그녀는 내게 숙모이기도 하지만 어쩔 수 없이 그 옛날의 은주이기도 했다. 울먹울먹한 소리로 그녀가 되받았다.

"다 내 잘못이야. 그렇지?"

"……"

"모두 내가 잘못해서 이렇게 된 거라구. 나 이제 정말 한국으로 돌아가 살고 싶어. 삼촌한테 맞아 죽는 한이 있더라도 말이야."

"숙모는 잘못한 거 없어요."

나는 진심으로 그렇게 말했다.

"그리고 조만간 한국으로 돌아오게 될 겁니다. 여기 있는 사람들이 그리워하고 있으니까요."

왠지 그러리라는 생각이 들었다. 돌아올 사람은 결국 돌아오게 되는 것이다.

6

그로부터 두 달이나 지났을까. 어느 날 나는 아버지에게서 걸려온 전화를 받았다. 그의 전화를 받는 순간 나는 불길한 일이 생겼다는 걸 직감적으로 깨달았다. 그러한 경우가 아니면 아버지는 내게 연락을 하지 않는 사람이었다. 삼촌이 신촌 세브란스병원에 입원해 있다고 아버지는 말했다.

"그동안 소원하게 지냈다만 그래도 삼촌 조카 사인데 들러봐야 하지 않겠나?"

아버지는 삼촌과 나의 관계에 대해서는 물론 전혀 아는 바가 없었다.

"삼촌이 언제 서울로 오게 된 거죠?"

"진주에 있는 병원에서 오늘 옮겨왔다더라. 의식불명인 채로 말이다. 목욕탕에서 심근경색으로 쓰러졌는데, 가방을 뒤져보니 캐나다에 있는 네 숙모 전화번호가 나왔다더구나. 병원에서 그쪽으로 전화를 했더니 아비 연락처를 알려준 모양이다."

"삼촌은 지금 어떤 상태죠?"

"상태? 의사 말로는 아예 가망이 없다는구나. 진주 병원에서 응급처치를 해 용케 살려놓긴 한 모양인데 지금 산소호흡기를 달고 중환자실에 누워 있다. 뇌사 상태로 말이다."

"숙모는요?"

"어제 비행기를 탔다고 하니 오늘내일쯤 아마 도착하겠지. 온들 무슨 소용이 있겠냐만."

이튿날 숙모가 도착했지만 상황은 변하지 않았다. 열흘쯤 지나자 삼촌의 등과 다리는 살이 물러 진물이 배어나오기 시작했고 담당 의사는 보호자 가족과 대면하는 것조차 꺼렸다. 피가 오 분 이상 뇌로 공급되지 않으면 그때부터 사실상 손쓸 방법이 없다는 얘기였다.

그러한 와중에 삼촌의 재산 얘기가 불거져나왔다. 삼촌이 서울을 떠나기 전 호프집 건물을 숙모 명의로 해놓은 사실을 가족들이 뒤늦게 알게 된 것이다. 숙모의 재산상속 문제를 놓고 며칠 볼썽사나운 얘기들이 오갔다. 하지만 아직 삼촌의 숨이 붙어 있는데다 숙모가 아니면 가까이에서 환자를 돌볼 사람이 없자 그 얘기는 일단 뒤로 미뤄졌다. 호프집 건물 외에도 삼촌은 시골에 기와집과 전답을 소유하고 있었다. 그런데 놀랍게도 그 소유권이 이미 십 년 전에 내 명의로 변경돼 있었다. 무슨 뜻이었을까?

어느 날 저녁 나는 병원 앞에 있는 호프집에서 숙모와 맥주를 마셨다. 한 달 새 그녀는 겉늙은 할머니로 변해 있었다. 아침저녁으로 삼십 분씩 주어지는 면회시간을 기다리며 숙모는 날마다 병원 대기실 소파에서 새우잠을 자고 있었다. 재산상속을 위한 자리지킴이라고 다들 수근거렸으나 숙모는 아랑곳하지 않았다. 조금씩 취해갈 즈음 내가 숙모에게 물었다.

"한국으로 돌아온 기분이 어때요?"

내 말이 무슨 뜻인지 숙모는 얼른 알아듣지 못했다.

"……어떻게 들릴지 모르겠지만, 삼촌이 날 못 알아본대도 이상하게 마음이 편하네. 어쨌든 함께 있으니까 말이야. 자기가 남긴 재산 다 까먹을 때까지만이라도 제발 살아 있어줬으면 좋겠어."

무슨 뜻인지 나도 알 것 같았다.

"우리가 삼촌을 사랑한 건 사실이죠?"

숙모는 삼촌과 나의 첫사랑이었다. 어쨌든 그것만큼은 사실이었다. 숙모는 고개를 갸웃했을 뿐 별다른 대꾸는 하지 않았다.

"아니, 삼촌이 우리를 사랑했던 걸까요?"

맥주잔을 들고 가만히 나를 마주보던 은주가 이윽고 고개를 끄덕이더니, 순간 환하게 웃었다.

(2008)

반달

푸른 하늘 은하수 하얀 쪽배엔

단 한 번 어머니와 둘이 여행을 떠난 적이 있다. 그해 3월 6일의
일이었다. 날짜를 정확하게 기억하는 건 내가 입대를 나흘 앞두고
있었기 때문이었다. 지금으로부터 십오 년 전의 일이 되겠다. 어머
니는 당시 마흔여덟 살이었는데, 나이에 비해 젊은 편에 속한다고
할 수 있었다. 서른이 되자마자 남편과 사별하게 되면서 가사와 수
발에서 어느 정도 놓여날 수 있었던 이유가 가장 클 것이다. 또한
어머니는 구청 공무원이라는 안정된 직장과 신분을 유지하고 있
었다. 따라서 먹고사는 일에 크게 억압을 받지 않았으며 일상의 고
립감이 가져다주는 고통과도 거리를 둘 수 있었다.

아버지가 세상을 떠날 무렵, 나는 불과 네 살이었으므로 그에 대

한 기억이 전무한 상태로 살아왔다. 성장하면서 간혹 그의 부재를 의식하게 되면 나는 마루 기둥에 걸려 있는 거울을 들여다보곤 했다. 그것은 생전에 아버지가 아침 면도를 할 때 쓰던 작은 거울이었다. 어머니도 물론 알고 있었다. 내가 그 뿌연 거울 앞에 서 있을 때마다, 아들이 자기 존재의 원인을 애타게 찾고 있다는 것을. 그래서 재혼을 포기할 수밖에 없었노라고 어머니는 어쩐지 뻔뻔스러운 표정을 짓고 말했다. 내 뒷모습에서 죽은 남편의 곡두를 보며 흠칫흠칫 놀라곤 했다는 것이다. 대신 어머니는 그에 대한 보상이라도 요구하듯 지나치게 나를 간섭하고 의지하려 했으며 내가 종종 거부하는 태도를 보이면 깊은 좌절감과 상실감에 사로잡히곤 했다. 그리고 거기엔 늘 웬만큼의 과장과 위악이 도사리고 있었다.

세월이 흐르면서 우리 모자관계는 조금씩 더 악화됐다. 서로 앙심을 품고 있다 이때다 싶은 순간이 오면 어김없이 적의를 드러냈으며 급기야 돌이킬 수 없는 지경에 이르러서야 간신히 연민의 감정을 끄집어내 미봉적 화해를 되풀이했다. 중학교를 졸업할 나이까지 나는 어머니의 일방적인 방침에 따라 그녀와 한방을 써야만 했는데, 그것은 아무래도 부자연스러운 일이었고 내 성장을 저해하거나 억압하는 요소로 작용했다. 주위에 자칫 소문이라도 나지 않을까, 하는 터무니없는 염려에 나는 시달렸다. 고등학교에 들어가자마자 나는 보란듯 아버지가 쓰던 서재 겸 건넌방으로 거처를 옮겼다. 마땅히 그래야만 했다. 이후 어머니는 한동안 나와 얼굴을 대면하는 것조차 피했다. 그리고 얼마 지나지 않아 예기치 못했던 일이 발생했다. 말하자면, 어머니에게 다른 남자가 생긴 것이었다. 그는 내가 졸업한 중학교의 미술 교사였는데, 어머니보다 한참 연하의 총각인데다 병약해 보이긴 하나 이목구비가 뚜렷하고 키가 훤칠한 사내였다. 소문은 내가 다니는 학교를 중심으로 삽시간에 퍼져나갔고 나는 곧 조롱거리로 전락하고 말았다.

어느 날 아침 마루에 걸려 있던 거울이 사라진 것을 알고 나는 급기야 폭발하고 말았다. 나도 슬슬 면도를 시작할 나이로 접어들고 있었던 것이다. 어머니는 자주 늦은 밤에 귀가를 했고 그제야 밥상을 차려 내 방 앞에 갖다놓았다. 그러나 내가 밥상을 두어 번 발로 걷어차는 일이 생기자 그마저도 나 몰라라 했다. 어머니가 늦게 들어오는 밤이면 나는 마루를 지키고 앉아 술을 마시곤 했다. 하지만 그녀는 부러 그러는지 거들떠보지도 않았다. 어쩌면 내가 술김에 폭력을 행사하지나 않을까 하는 두려움에 사로잡혀 있었는지도 모른다. 미술 교사와는 한 계절이 다 지나기도 전에 파경을 맞이했으며, 그는 도망치듯 곧 전근을 가버렸다. 다음 상대는 자동차 대리점의 영업사원이었다. 그때쯤 해서 나는 수치심 때문에라도 아예 체념한 상태가 되어 집을 떠나게 될 날만을 학수고대하며 살았다. 서울에 있는 대학에 들어간 뒤 나는 군에 입대하기 전까지 집에 내려가지 않았다. 그러다 입대를 며칠 앞두고 문득 갈 데가 없어져 남의 집을 기웃거리듯 슬그머니 들른 것이었다.

눈을 뜨기가 무섭게 집을 나서려 했는데, 방문을 여니 어머니가 마루에 밥상을 차려놓고 앉아 있었다. 봄이 당도하긴 했으나 바깥 날씨는 아직 쌀쌀했다. 마당에 한 주 서 있는 목련이 막 멍울을 터뜨릴 양으로 가쁘게 숨을 색색거리고 있었다. 무르춤하게 겸상을 하고 마주앉아 소고기뭇국에 흰쌀밥을 먹는 동안 어머니가 먼저 입을 열었다.

"나하고 하루쯤 바람이나 쐬고 올라가는 게 어떠냐?"

"……"

"얼마 전에 새 차를 뽑았는데, 드라이브할 겸 서해나 다녀오자."

비록 오래전의 일이 되겠으나 나는 대뜸 자동차 대리점 영업사원의 얼굴을 떠올리고 있었다. 아직도 그자를 만나느냐고 나는 품 안에 칼을 감추고 찾아온 사신使臣처럼 물었다. 하긴 이제 와 상관하거나 참견할 일도 아니었다. 어머니는 당황하기는커녕 되레 후후거리며 웃었다. 다만 낯빛이 조금 붉어졌을 따름이었다.

"그 사람도 이제 오십 줄에 들어섰구나. 작년 추석께 굴비 한 두름과 사과 한 상자를 차에 싣고 지나가던 길이라면서 잠깐 들렀더구나. 한참 만에 찾아왔기에 저녁이나 해서 먹여 보내려고 했는데, 시간이 없다며 금방 일어서데. 천안으로 이사간 지 두어 해 됐나? 이젠 그쪽 대리점의 점장이 돼서 자리를 제대로 잡은 모양이더라. 참, 그 집 작은아들도 군대에 가 있다지?"

내친김에 나는 미술 교사의 안부도 물어보았다.

"정말 궁금해서 묻는 거냐?"

밥상 모서리에 수저를 내려놓고 나서 어머니가 내 눈을 마주보았다. 눈가에 늙음이 깃들고는 있었으나 이마엔 여전히 생동감이 일렁이고 있었다. 어머니는 매일 수영으로 건강을 관리하고 있었고 작년부터는 시청에서 운영하는 문화센터에서 주말마다 글쓰기 강좌를 수강하고 있었다. 먼 훗날의 일이 되겠으나 정년퇴직을 하게 되면 독서와 글쓰기로 여생을 보낼 계획이라고 했다.

"그 양반은 갈수록 몸이 안 좋아지는 모양이더라. 지금은 서산에 있는 고등학교에서 근무하고 있는데, 방학마다 절간에 들어가 요양을 한다고 가끔 연락이 오더구나. 결혼을 하면 아무래도 몸이 좀 날 텐데, 여자 데려다 힘들게 하기 싫다고 여태 혼자 지내고 있는 게지."

"그럼 요즘은 주로 어떤 사람들을 만나고 사는데요?"

어머니는 별 주저하는 기색 없이 털어놓았다.

"봄가을로 계절이 바뀔 때마다 잠깐씩 만나는 사람들이 있긴 하다만, 대체로 혼자 지내는 편이다."

"여름 겨울은요?"

"그땐 너무 덥거나 춥잖니. 젊은 여자라면 몰라도 옷을 입어도 맵시가 안 나고. 사람을 만나 어울리기에 여름 겨울은 별로 적당하지 않더라. 서로 품만 많이 들고 힘들어."

"무슨 품이 그렇게 많이 들던가요?"

"덥거나 추우면 남자들은 허구한 날 술만 마셔대더구나. 그 싸구려 술에 취해 떠드는 소리를 듣고 있으면 어떤 여자라도 따분하거나 지루하지 않겠니? 그래도 봄가을엔 대체로 얌전해지는 편이더라."

"왜 그럴까요?"

"그동안 퍼댄 술 때문에 힘들이 부치나보지. 참 단순하기도 하지."

"지금은 환절기인데다 곧 꽃이 필 텐데, 누군가를 또 만나겠군요."

"글쎄, 말마따나 올봄에는 누굴 불러내 뭘 하고 지낼지 생각중이다. 나이가 들어도 남자들은 왜 한결같이 저돌적이고 속물스러울까. 쯧쯧. 그래, 봄바다가 한결 낫겠지. 네가 이번에 동행해주면 이번 봄은 그냥 지나칠까 싶기도 하다. 뭐, 늘 그 정도였으니까."

매번 상대의 불안을 자극해 자신의 요구를 관철시키는 방식은 여전했다.

"앞으로 제대나 해야 또 찾아올까 말깐데, 이번엔 내 말대로 하자. 그동안 어렵게 모아서 보내준 등록금 일부 되갚는다 생각하고. 설마 떼먹을 생각을 하는 건 아니겠지?"

거기서 나는 말문이 막히고 말았다. 당장 서운하게 들리기는 했지만 내가 그동안 홀어머니에게 지속적으로 빚을 지며 살아왔다는 생각이 들었다. 무릇 자식이 성장해 집을 떠나게 되면 그때부터 부모는 부양의 책임이나 의무로부터 자유로워져야 마땅한 것이었다. 그러므로 이후에 빚을 지게 되면 필연적으로 갚아야만 했다. 그렇다는 사실을 나는 뒤늦게야 어머니가 직접 일깨워줘서 알게 된 셈이었다. 요컨대 어머니는 타인 간의 유대처럼 모자 사이에서도 공평하고 원만한 관계를 원하고 있었다. 그동안 한 가지 변한게 있다면 바로 이 점이었다.

어머니의 하얀 세피아 승용차에 올라타 집을 떠난 것은 아침 열시 무렵이었다. 서해라고 했지만 따로 정해놓은 목적지는 없었다. 막연히 서쪽으로 가다보면 결국 바다가 나오겠지, 라는 생각을 가지고 어머니는 차를 모는 듯했다. 천리포, 만리포, 서산, 당진, 대천 등의 지명이 차례로 언급됐으나 나는 막상 지리를 모르고 있었으므로 입을 다물고 있었다. 면허를 취득한 지 두어 달밖에 안 된어머니의 운전 솜씨는 매우 서툴렀다. 그리고 짐작했듯 장거리 운전은 처음이었다. 하지만 운전면허조차 없는 나로서는 그저 모든상황을 잠자코 받아들일 수밖에 없었다. 어찌어찌 공주에 이르러어머니와 나는 시장통에서 국수로 간단히 점심을 해결하고 내처서쪽으로 길을 몰았다. 그쯤에서는 어쩔 수 없이 행선지를 정해야만 했는데, 왼쪽 방향은 청양을 거쳐 대천으로 가는 길이었고 오른쪽은 서산과 당진 쪽이었다. 하지만 어머니와 나는 서로 미루듯 하며 좀처럼 방향을 잡지 못하고 있었다. 그런 와중에 이런 얘기들이산만하게 오갔다.

"나온 김에 광천에 들러 새우젓이나 한 통 사갈까? 김장철은 아직 멀었다만."

새우젓으로 유명한 광천은 대천 조금 못 미쳐 홍성에 속한 곳이었다.

"차에서 냄새나잖아요. 전 젓갈 냄새만 맡아도 속이 울렁거리고 머리가 지끈거리더라고요."

"멸치젓도 아니고 새우젓이 무슨 냄새가 난다고 그래. 하긴, 초봄부터 새우젓이 웬 말일까. 순댓국집을 차릴 것도 아니면서."

나는 전방에서 다가오는 도로 표지판을 보며 짜증기가 밴 소리를 내뱉었다.

"그럼 서산으로 가든지요."

말을 해놓고 나서 나는 아차, 싶었다. 아니나 다를까. 어머니가 이내 되받았다.

"나도 아까 생각을 해봤는데, 거기까지 가면 잠깐 얼굴이라도 봐야지, 그냥 지나칠 수 있겠니? 나중에 알면 틀림없이 서운해할 텐데."

"듣고 보니 그건 좀 그렇네요. 삼자대면을 하는 것도 아니고."

어머니가 슬쩍 나를 돌아보더니, 이어 맥빠진 소리로 웃어버렸다.

"서산이 살기는 좋다고 하더라. 다들 아무 일 안 하고 사는 것 같은데, 저녁마다 식당에 가보면 한우 등심에 자연산 회에 돈을 조용조용 물 쓰듯 한다는 거야. 허름한 점퍼 차림으로 앉아서들 말이다. 바다에서 나오는 해산물 때문일까? 아무튼 묘한 동네라고 하더라."

"한우하고 자연산 회는 나중에 혼자 오셔서 두 분이 오붓하게 드세요. 뭘 먹으려고 온 게 아니라 바다를 보러 온 거잖아요."

"그래도 집 나와 돌아다니다보면 먹을 게 어울려줘야 하는 거야. 국수 먹고 바다를 보면 뭔가 시적詩的이긴 하겠다만, 속이 좀 허전하겠니? 바다에 가서는 역시 해산물을 먹어야 몸도 좋아하게 마련이다. 아무튼 그럼 어디, 대천으로 갈까?"

"해수욕을 하기에는 아직 철이 이르잖아요."

"그럼 당진은 어떠니?"

"거기 가면 바다말고 뭐가 있는데요?"

그때쯤에는 어머니도 신경이 예민해져 있었다.

"화력발전소가 있다더라."

시간은 이미 오후 두시를 넘어서고 있었다. 짐짓 감정을 억누르며 어머니가 덧붙였다.

"그럼 입대를 앞두고 있는데, 수덕사 근처에 있는 온천에 가서 목욕재계나 하든지."

"누구 좋으라고요? 천리포나 만리포에 가서 회나 한 접시 먹고 올라가죠."

"거기는 태안인데 좀 멀지 않겠니?"

"그럼 선택의 여지가 없네요. 당진 화력발전소밖에."

이후 어머니와 나는 한동안 입을 다물고 있었다. 운전이 서툰 탓도 있었지만 당진으로 가자면 어차피 서산 부근을 지나게 돼 있었던 것이다. 국수를 먹은 탓인지 그새 배가 고파왔다.

"우리 뭘 좀 먹고 가죠. 입대를 앞두고 있어서 그런지 계속 허기가 지네요."

"또 말 꼬일까 무서우니 구체적으로 얘기해라."

"하얀 쌀밥에 간월도 어리굴젓이 먹고 싶네요. 표지판을 보니 여기서 그리 멀지 않은 것 같은데."

간월도도 서산에 속한 곳이기는 했다.

"젓갈 냄새만 맡아도 머리가 지끈거린다며? 하긴 어렸을 때부터 어리굴젓은 밥에 비벼 곧잘 먹었지. 그것도 간월도 어리굴젓만. 낼모레 군대 갈 자식 말이니 별로 내키지는 않는다만 들어줘야겠지."

간월도 방향으로 길을 틀며 어머니가 뜬금없는 말을 꺼냈다.

"넌 서울에서 삼 년이나 대학을 다녔으면서 만나는 여자 없니?"

"글쎄요, 저는 성장 환경 탓인지 여자애들과는 잘 어울려지지 않더라고요."

"말본새하고는. 그게 네가 아직 뭘 몰라서 그런 거다. 그 나이 때의 여자애들이 세상에서 가장 예쁜 거야. 남자들은 군대 갔다 오고 취직이라도 해야 사람 티가 좀 나더라만. 그래서, 이때껏 연애 한번 못해봤다는 거냐? 게다가 고작 한다는 말이 성장 환경 때문에?"

나는 장단을 맞춰주고자 제멋대로 이야기를 꾸며댔다.

"울도라는 섬에 새우잡이 배를 모는 이씨 성을 가진 선장이 있는데, 그 어른한테 늦둥이 딸이 하나 있어요. 그애하고 가끔 어울린 적은 있네요. 아버지가 황해도 사람이라고 하니까 실향민의 후예인 셈이죠."

그러자 어머니의 표정이 금세 부산스러워졌다.

"어떻게 알게 됐는데?"

"같은 과 동기예요. 학교 앞에서 자취를 하는데, 방학이 되면 울도로 돌아가죠. 이제 개강 시즌이니까 서울로 돌아왔겠네요."

"근데 울도가 어디에 박혀 있는 섬이라니?"

"인천에서 덕적도까지 가서, 거기서 또 배를 타고 두 시간을 가야 나오더군요. 한 스무 가구나 사나요? 돛을 단 풍선風船 한 척을 부리며 직접 새우와 민어를 잡고 봄에는 꽃게도 조금씩 잡는다더군요. 그러니 선장이라기보다는 그냥 어부인 셈이죠. 아무튼 꽃게 쩜은 원 없이 얻어먹고 왔네요. 그보다는 슴슴하고 시원한 황해도식 김장김치가 더 기억에 남지만."

"가봤구나. 그래, 선장님한테 인사는 제대로 드렸니?"

"그건 왜요?"

"실향민 출신 어부의 딸, 뭔가 애틋하니 향수를 자극하지 않니?"

나는 속으로 코웃음을 쳤다.

"엠티 간다고 우르르 몰려가서 단체로 인사를 드리긴 했죠. 꽃게찜을 앞에 두고 선장님이 하시는 말씀이 통일이 되면 식구들을 데리고 다시 황해도로 올라가 살겠다더군요. 서울에 나가 있는 자식까지 불러들여서 말예요. 60년대 후반까지만 해도 울도 앞바다에 파시波市가 설 정도로 일대가 시끌벅적했다나봐요. 그때가 되면 바닷가에 술집들도 즐비했구요. 개들도 입에 돈을 물고 돌아다녔다고 하더군요. 근데 지금은 잊혀진 전설의 섬이 돼버린 거죠."

"그래서, 지금은 안 만난다는 뜻이니?"

그만 됐다 싶어 나는 그쯤에서 말을 돌렸다.

"아버지를 모르고 커서 그런지 전 남자애들하고 싸구려 술을 마시며 왁자하게 어울릴 때가 더 편하고 좋아요. 저한테는 그게 새로운 세계니까요."

잠시 나를 돌아보는가 싶더니 어머니는 웬일인지 줄곧 입을 다물고 있었다. 간월도 앞에 있는 식당에 들어가 어리굴젓 백반과 간재미무침을 먹는 동안 어머니가 넌지시 물어왔다.

"이상하게 듣지는 말고, 너 혹시 성적性的으로 무슨 문제가 있는 건 아니냐? 이것도 어미나 되니까 염려가 돼서 물어보는 거다."

나는 하마터면 씹고 있던 밥알을 상에 뱉어버릴 뻔했다. 간월도 어리굴젓은 우선 짜지 않으려니와 풍미 또한 어렸을 때 먹었던 그대로였다. 이곳만의 무슨 비법이 있는 게 틀림없었다.

"좀 민망하다만 다시 물어보자, 너 아직 총각이니?"

그렇다는 뜻으로 나는 고개를 주억거렸다. 스물두 살에 동정을 가지고 있다고 해서 이상할 것까지야 없었다. 여전히 안심이 되지 않는 표정으로 어머니는 어리굴젓에 현혹돼 있는 나를 고양이처럼 주의깊게 살펴보고 있었다.

당진으로 가는 길에 우리는 개펄 곳곳을 뒤덮고 있는 붉은 함초 지대를 스쳐지나갔고 폐허의 염전들을 보았고 온통 개나리로 뒤덮인 마을을 꿈인 듯 목격하기도 했다. 차마 화력발전소로 갈 수는 없었던지 어머니는 어디랄 것도 없이 계속 바닷가 마을을 따라 돌고 있었다. 그런데 어디를 가도 한적할뿐더러 식당이고 가게고 할 것 없이 대부분 문이 닫혀 있었다. 군데군데 항구나 방파제가 보이면 우리는 차를 세우고 어쩔 수 없이 그래야만 하는 것처럼 바다를 향해 서 있다가 곧 추위에 질려 다시 차에 올라타곤 했다. 가는 곳마다 바다는 한결같이 음울하고 어두운 색조로 가라앉아 있었다. 그사이 오후 네시가 넘어 있었고 막상 오갈 데 없는 처지가 되어 어머니와 나는 굳게 입을 다물고 있었다. 차라리 서산이나 당진 읍내로 나가 집으로 돌아가는 편이 나을 것 같았지만, 어머니는 나를 데리고 나온 데 대한 보상을 실천하려는 듯 집요하게 이곳저곳을 헤집고 다녔다. 그러다 우리는 어느 외진 포구로 들어가는 입구에 붙어 있는 나무 팻말을 발견했다. 거기엔 '왕새우 소금구이 팝니다!'라는 글자가 삐뚤빼뚤 적혀 있었다. 그것은 어쩐지 하나의 계시처럼 다가왔다. 미궁에 빠진 기분에 사로잡혀 있던 우리는 별다른 선택의 여지가 없다는 것을 그 팻말을 보면서 깨닫고 있었다.

"너 왕새우 먹을래? 군대 가면 구경하기도 힘들 텐데."

나는 되는대로 고개를 끄덕였다. 아직 배가 고픈 상태는 아니었으나 나는 무엇이든 먹을 준비가 돼 있었다. 곳곳에 과속방지턱이 필요 이상 높게 설치돼 있었고 어머니는 그때마다 브레이크 페달을 밟는 것도 잊은 채 덜컹거리며 어항으로 차를 몰아갔다. 도착해서 알아보니 한섬포구라 했다. 그러나 이곳의 분위기도 적막하기는 마찬가지였다. 횟집과 가게 들은 거의 문이 닫힌 상태였고 사람조차 구경하기 힘들었다.

포구 끝 길 모퉁이 가게 앞에 몇몇 노파들이 평상에 앉아 담배를 피우고 있는 모습을 발견하고 우리는 그 앞에 차를 세웠다. 그네들은 하오의 식어가는 햇빛 속에 모여 앉아 막걸리를 마시고 있었다. 마치 쫓겨다니는 사람을 대하듯 그네들은 뭐하러 여기까지 왔어? 라는 수상쩍은 표정을 짓고 있었다. 어머니가 앞에 나서 그네들에게 물었다.

"오다가 팻말을 봤는데, 여기 혹시 왕새우 파는 집 없나요?"

다들 귀가 어두운지 노파들은 서로 멀뚱하게 얼굴을 마주보았다.

"왕새우 소금구이 먹으러 왔는데, 식당이 다 문을 닫았네요."

그러자 그네들 중 하나가 누런 이빨이 듬성듬성 박혀 있는 잇몸을 드러내고 킬킬거리며 웃었다. 이어 다른 노파들도 감염이라도 된 듯 음산한 표정으로 따라 웃기 시작했다. 아마도 술기운 탓이었으리라. 어머니가 다소 고압적으로 되묻자 웃음이 뚝 그치더니, 뒷전에 앉아 있던 비교적 나이가 적어 보이는 할머니가 일어나 대꾸를 해왔다.

"대하 먹으러 왔다고?"

그렇다고 어머니가 단호한 음성으로 말했다.

"봄에 대하가 어디서 난대? 읎어. 찬바람 불기 시작하는 가을부터나 나오지. 겨울 지나면 싹 들어가버리고 읎어."

어머니는 감쪽같이 속은 표정으로 망연히 서 있었다. 이번에는 내가 물었다.

"그럼 문 열어놓은 횟집은요?"

"요즘은 어한기라 바다에 괴기도 별로 읎어. 뭣이든 잘 안 잡힌다 그런 말이여. 아무튼 대하는 가을 되거든 재차 와봐. 정 우리 말을 못 믿겠으면 배 빌려 타고 나가서 직접 잡아오든지."

그네들이 다시금 이 빠진 얼굴로 킬킬거리며 웃었다.

"명이네 엊그제 우럭 들어왔다는데, 거기나 한번 가보라고 그려."

잠시 후에 알게 됐지만 '명이네'는 어부가 운영하는 작은 횟집 겸 민박이었다.

우럭이라도 먹을래? 라고 어머니가 힘없는 목소리로 물어왔고 나는 그럼 그러자고 했다. 상황이 이쯤 되자 나도 이대로는 돌아갈 수 없다는 일종의 체념과 쓸데없는 오기가 뒤섞인 감정에 사로잡혀 있었다. 명이네는 걸어서 갈 수 있는 거리에 있었고 그네들 중 하나가 가게 안으로 들어가 전화를 하고 나서야 횟집은 문을 열었다. 그제야 확실히 알았으되 바닷가의 봄철은 비수기여서 우리처럼 길을 잃고 들어온 사람이 아니면 손님이 아예 없었던 것이다. 고맙다는 인사를 하고 돌아서는데, 뒷전에서 취기에 전 이런 알쏭달쏭한 말이 들려왔다. 그리고 예의 음산한 웃음소리가 이어졌다.

"근디 사내 쪽이 행결 젊구먼. 족히 이모뻘은 돼 보이지 않어?"

우럭회가 나오기 무섭게 어머니는 소주를 거푸 마셔대기 시작했다. 두어 번 말리는 시늉을 하다 나는 어머니가 내민 잔을 받았고 이후로는 주거니 받거니를 거듭했다. 차를 돌려 나가기는 이미 틀린 상태였고 주인 되는 오십대의 아주머니에게 방이 있느냐고 물어보니 불을 넣어두겠다고 했다. 아주머니도 처음엔 긴가민가한 눈치였는데 우리가 주고받는 대화를 엿듣고는 모자간이라는 것을 알게 된 표정이었다. 숨김에 어머니가 거친 푸념을 늘어놓았다.

"너나 나나 반쪽 신세로 살다보니 별 해괴한 소리를 다 듣게 되는구나. 시골 무지렁이들이 더 무서운 법이니까, 너도 앞으로 조심하며 살거라. 감히 어디다 대고 귀신 볍씨 까먹는 소리를 지껄여, 지껄이기를!"

나 역시 신경이 곤두서 있던 터라, 되레 어머니에게 화풀이를 하고 있었다.

"그만하세요! 그 할머니들 덕분에 자연산 우럭회도 먹고 숙박까지 해결됐잖아요. 여기까지 와서 공무원 티 내는 거 보기 안 좋아요. 공무원이면 엄연히 종복 신분인데, 그게 무슨 권력이나 되는 줄 아시나보죠?"

그제야 어머니는 한풀 꺾인 모습이었다.

"그래, 너하고 함께 술도 마시고 더불어 동침까지 하게 되었으니, 이게 다 그 귀인들을 만난 덕분이라고 생각하마. 이제 떠나가면 너를 또 언제 볼지도 모르는데."

이러면서 신세타령 조로 또 엉뚱한 말을 늘어놓는 것이었다.

"너, 그 선장집 딸한테 잘 보이거라. 누가 아니? 나중에 네가 그 배를 타고 나가 왕새우를 한가득 잡아오게 될지. 드문드문 민어와 꽃게도 잡으면서 말이다."

"차라리 시詩를 쓰시지 그러세요. 정년퇴직할 때까지 기다릴 게 뭐 있나요."

내 말에 어머니는 돌연 얼굴을 붉히더니, 그래? 하고 뜻 모를 소리로 반문을 하는 것이었다.

술을 마시고 나니 어느덧 저녁이었다. 어머니는 유리로 된 출입문을 사이사이 돌아보곤 했는데, 그것은 평소에 느끼는 외로움이나 고독에서 비롯된 습관처럼 보였고 그래서 시나브로 어둠이 내리고 있다는 것을 감지하고 있었을 터였다. 담배를 피울 겸 밖으로 나가 바람이라도 쏘이고 오자고 어머니가 말했다.

포구 주변엔 더없이 맑은 어둠이 내려와 있었고 이따금씩 도둑고양이들이 사위에서 기척을 내며 돌아다니고 있었다. 어머니와 나는 빨간 등대가 서 있는 방파제를 향해 걸어갔다. 그지없이 적요하고 고적한 밤이었다. 만조 때인지 바다도 움직임을 멈추고 고요하게 하늘을 향해 드러누워 있었다. 날씨는 추웠으나 술을 마신 상태인데다 바람마저 죽어 있어 그럭저럭 견딜 만했다. 등대 옆에서 어머니와 나는 담배를 피워물었다. 담배연기는 공중에서 아슬아슬하게 한데 뒤섞이는가 싶더니 순식간에 흩어져 사라졌다. 한동안 입을 다물고 있던 어머니가 달뜬 목소리로 읊조렸다.

"반달이구나. 부엌칼로 무를 썰어놓은 듯 깨끗하고 하얗게 떠 있구나."

조수 간만의 차가 가장 적은 조금小潮의 바다. 그래서 바다가 움직임을 멈춘 채 숨을 죽이고 있었던 것이로구나.

"하얀 쪽배란 말이 정말 딱 어울리는구나."

나는 눈을 들어 하늘을 올려다보았다. 별들의 무리가 성운을 이뤄 강처럼 하얗게 흘러가고 있었다. 나는 문득 숨이 멎었다. 무심결에 어머니가 읊조리고 있는 동요 때문이었는지도 모른다.

돛대도 아니 달고, 삿대도 없이……

나는 길 잃은 아이처럼 어머니의 목소리에 귀를 기울이고 있었다. 그러자니 유년의 서글픈 꿈들이 하나씩 되살아나면서 금세 덧없이 사라져갔다.

가기도 잘도 간다, 서쪽 나라로……

유감스럽게도 어머니는 2절 가사까지는 외우지 못하고 있었다.

방에 들어 불을 끄고 눕자 기다렸다는 듯 도둑고양이들이 울어
대기 시작했다. 때문에 어머니도 나도 쉽게 잠을 이루지 못하고 있
었다. 자정쯤 되었을까. 꺼끌한 목소리로 어머니가 중얼거렸다.

"진눈깨비가 내리나, 눈이 내리나, 별이 내리나, 왜들 저렇게 요
망하게 울어대는지 모르겠다."

"……"

"춥고 배고픈데 먹을 건 없고, 제짝을 찾지도 못하고, 뭐 그래서
들 저러는 거겠지…… 자는 거니?"

내가 깨어 있다는 걸 어머니가 알고 있었으므로 나는 굳이 대꾸
를 하지 않았다.

"살아 있다는 것 자체가 누구한테나 고독이고 고통이겠지. 짐승
이든 사람이든 말이다. 이 어미도 속으로 저런 소리를 내며 밤새
뒤척일 때가 많단다. 그래도 아까 우리가 보았던 하늘 아래에서 이
렇게 생명을 가지고 살아간다는 게 다 좋은 일 아니겠니? 운명이
따로 있는 게 아니라, 하루하루 살아가는 게 바로 운명이고 숙명이
란다."

나는 어머니의 말을 반쯤은 흘려들으며 가수 상태에서 꿈을 꾸
고 있었다. 하얀 쪽배에 몸을 싣고 은하수의 푸른 바다를 건너가는

394

꿈을. 돛대도 아니 달고 삿대도 없이 나는 서쪽으로 끝없이 떠가고 있었다. 도둑고양이들은 내가 잠들 때까지도 뼈에 사무치는 소리로 울어대고 있었다.

이튿날 어머니와 나는 아침을 먹고 당진 읍내로 나왔다. 그리고 읍내에 막 도착했을 때 나는 어머니가 내게 할말이 있다는 것을 직감적으로 눈치채고 있었다. 점심을 먹기에는 이른 시간이었으므로 어머니와 나는 시외버스 터미널 앞에 있는 다방으로 들어갔다. 앞으로 또 언제 어떤 식으로 만나게 될지 기약할 수 없는 순간이 다가와 있었다.

"제대하고 한번 내려올래?"

어머니는 끝내 면회를 오겠다는 말은 하지 않았다. 하지만 나는 크게 서운한 느낌은 없었다. 어머니에게는 엄연히 어머니 자신의 삶이 있는 것이다. 그렇다는 사실을 이제는 받아들일 나이가 돼 있었다. 함께 여행을 할 수 있어서 좋았노라고 어머니는 내연의 관계에서 오가는 대화처럼 간단히 정리해서 말했다. 그리고 이런 덕담을 덧붙이는 것도 잊지 않았다.

"곁에 사람을 두고 살아야 그게 진짜 삶이란다. 부디 순정한 사람이 네 곁에 있어줬으면 좋겠구나. 너도 그 사람 곁에 늘 함께 머물러야 하고."

나는 전혀 생각지도 않았던 말을 하고 있었다.

"계속 혼자 사실 건가요?"

이마에 바늘이 찔린 듯 어머니는 잠시 숨죽인 상태에서 나를 뚫어지게 바라보았다.

"글쎄다, 평소에 만날 사람들은 챙겨두고 사는 편이니까, 뭐 그런 생각은 일부러 안 해봤다."

"그만 올라갈게요."

더이상 말이 길어지면 자칫 서로 속내가 복잡해질 것 같아 나는 서둘러 가방을 챙겨들고 일어섰다.

"자대 배치 받으면 편지나 한 통 보내다오."

그러겠다고 나는 대답했다. 어머니는 서산에 들렀다 갈 예정이라고 말했다. 굳이 할 필요가 없는 말이었으나, 그렇게 얘기하고 싶었던 모양이었다. 천안을 경유해 가는 서울행 직행버스에 올라타자 불현듯 뼈에 스미는 외로움이 밀려왔다. 이번 만남을 통해 어쩐지 어머니와 완전히 헤어진 느낌이 들었다. 그게 곧 어쩔 수 없는 사실로 다가왔다. 그제야 나는 온전히 혼자가 되었다는 사실을 깨달았다.

은하수를 건너서 구름나라로

단 한 번 예외적인 사랑에 빠진 적이 있다. 스물다섯 살, 그러니까 군대를 제대한 후의 일이었다. 상대는 대학 같은 과 동기였다. 서해 울도가 고향으로 황해도 출신의 실향민인 아버지는 낡은 풍

396

선배 한 척을 가지고 있었다. 철 따라 새우를 잡고 민어나 꽃게도 잡는다 했다. 젓갈용 새우를 잡는 철이 되면 민어떼가 몰려들었다. 민어가 유독 새우를 좋아한다고 했다. 대학에 입학해 처음 말문을 튼 친구가 바로 그였다. 동갑내기였지만 그는 과묵한 성격에 뱃사람의 자식답게 늘 초연한 태도를 보였으며 강인하고 맑고 속내가 깊었다. 그는 내가 어렸을 때 마루 기둥에 걸린 거울 속에서 찾던 그런 존재였다. 울도에 다녀오면 그는 늘 싱싱한 물고기를 싸들고 와 친구들에게 회를 떠주고 생선전을 부쳐주고 탕을 끓여주며 몹시 뿌듯해하는 것이었다. 학교 공부에는 그다지 집착하지 않는 모습이었는데, 어느 날 술자리에서 내가 장래 계획을 물어보니 졸업을 하면 울도로 돌아갈 거라고 담담하게 말했다. 그가 접시에 썰어놓은 병어회와 민어회를 우물거리며 나는 그에게 물었다.

"그렇다면 뭐하러 비싼 등록금 써가며 이 먼 서울까지 유학을 왔어?"

"등록금이야 횟집에서 주방 아르바이트를 하니까 어느 정도 해결할 수 있어. 대학은 한번 다녀보고 싶어서 왔고. 뭐, 이왕이면 서울에서 말이야."

"졸업하고 나서 짐 싸들고 돌아가면 부모님이 실망하시지 않을까?"

"내가 하는 일에 별로 관여하는 분들이 아니야. 오히려 속으로는 좋아하실지도 모르지. 이미 돌아가신 지 오래지만 할아버지를 포함해 이산의 아픔을 몸소 겪은 양반들이니까."

"그렇다면 단지 돌아가기 위해 대처에 나와 있는 셈이군."

"그런가? 사실 더 근본적인 이유는 내가 바다에 너무 익숙해져 있기 때문일 거야. 이를테면 서해의 물때와 조류와 바람과 물고기와 함초가 뒤덮여 있는 갯벌 들…… 이 대처의 사람들에게는 그게 중요할 리 없겠지만, 내게는 없어서는 안 되는 삶의 구성요소들이지."

"……그럼 돌아가서 가업을 이을 생각인가?"

"아마 그렇게 되지 않을까? 내가 태어날 무렵부터 바다에서 고기가 사라지기 시작해 지금은 살기가 어려워졌지만 그래도 누군가는 배를 타고 바다로 나가야 하겠지. 통일이 되면 부모를 따라 황해도로 가게 될지도 모르고. 그전에 결혼을 해서 아이를 낳을 수 있다면 더욱 좋겠지. 어렸을 때부터 점찍어둔 여자애가 하나 있긴 한데…… 이번에 가보니 굴업도에서 흑염소 몇 마리를 구해와 키우고 있더군."

문득 한숨을 몰아쉬고 나서 그는 흐흐거리고 웃었다. 나는 고즈넉이 술에 취해 입에서 흘러나오는 대로 중얼거렸다.

"바다로 배를 타고 나가 새우를 잡는다는 것은 과연 어떤 기분일까?"

가만히 숨죽이고 있다가 그가 다시 한숨을 몰아쉬고 나서 말했다.

"밤하늘에 그물을 풀어 별들을 무더기로 끌어당기는 느낌이지.

운이 좋으면 가끔 달도 걸려들고."

흠, 그래서 돌아갈 수밖에 없는 것이로구나.

"바다는 언제나 고독한 계절이지. 별이 쏟아지는 밤에 배 위에
누워 있으면, 바다와 하늘의 구분 따위는 곧 사라지지. 그러니까
나는 배를 타고 하늘 어딘가에 떠 있거나, 바다 어딘가에 떠 있거
나…… 흐흐."

그의 말을 엿듣고 있으면 나는 뜬 눈으로 꿈을 꾸는 기분이었
다. 하지만 그때까지만 해도 그에 대해 남다른 감정을 품고 있었던
것 같지는 않다. 그는 매우 바쁘게 지냈고 종종 학교에도 나오지
않았다. 특히 가을이 되면 아버지 일을 돕기 위해 울도에 가서 머
물다 돌아오곤 했다. 그러다 그가 나보다 한 학기 먼저 입대를 해
버리는 바람에 자연스럽게 연락이 끊기고 말았다.

내가 다시 그를 떠올리게 된 것은 제대를 얼마 남겨두지 않은
시점이었다. 내가 속한 대대大隊에서는 일 년에 두어 번 군부대 내
에 있는 식당에서 철 지난 영화를 단체로 관람하게 했다. 그날 본
영화가 바로 〈포레스트 검프〉였다. 그 영화는 1994년 가을에 한국
에서 개봉했는데 당시 고등학생이었던 나는 볼 기회가 없었다. 미
국 홍보용 영화에 해당하는 작품이었으므로 군인들에게 관람시키
기에 뭐 적당하다고 할 수도 있었다.

그 영화에서 나는 전우였던 두 남자가 제대 후 다시 만나 새우
잡이 배를 타고 바다로 나가는 장면을 보게 되었다. 그리고 만선이

되어 항구로 돌아오는 대목에서 어쩔 수 없이 그의 얼굴을 떠올리고 있었다. 당시 나는 제대를 앞두고 불투명한 장래에 대한 생각으로 극도의 막막함에 사로잡혀 있을 때였다. 이를테면 삶의 방향을 상실한 상태였다. 차디찬 콘크리트 벽면에서 움직이는 흐릿한 영상들을 쏘아보며 나는 어느 결에 감정이 격앙돼 있었다. 그들이 새우가 가득 들어찬 그물을 끌어올리는 장면은 내 안에 잠복해 있던 뜨거운 꿈을 자극하고 있었던 것이다. 더불어 맹렬한 탈출 욕구를 불러일으켰다.

제대를 하고 나는 곧장 학교로 찾아가 그를 수소문했다. 나보다 먼저 제대를 했을 것이므로 나는 당연히 그가 복학생 신분으로 학교에 있을 거라고 짐작했던 것이다. 하지만 그는 학교에 없었다. 과사무실로 찾아가 조교에게 확인해보니 여전히 휴학 상태라고 했다. 게다가 학적부에는 연락할 전화번호조차 제대로 기록돼 있지 않았다.

다음날 나는 인천에서 울도로 가는 배에 올라탔다. 훗날 돌이켜보기를, 그때 만약 그가 학교에 있었다면 그후에 벌어진 일들은 아마도 피해 갈 수 있었을 것이다. 또한 그가 울도에 있기만 했었더라도. 저녁 무렵에야 바다에서 돌아온 그의 늙은 아버지와 만나 밥과 술을 얻어먹으며 얘기를 나눴다. 그는 벌써 몇 개월째 전라남도 신안군에 속해 있는 임자도라는 섬에 가 있었다. 거긴 왜요? 라고 되묻자 그의 아버지는 남의 집 자식 얘기하듯 덤덤하게 말했다.

"봄에 제대를 하고 돌아와서 바로 그쪽으로 내려갔어. 가을까지 새우잡이배를 탈 거라고 하더군. 지금 남쪽은 추젓용 새우잡이가 한창일 때지."

"왜, 여기서 배를 타지 않고 그 먼 데까지."

"여긴 오래전에 어장이 폐허가 되다시피 했어. 다 옛날 얘기지. 새우떼고 민어떼고 더이상 여기까지 올라오지 않아. 그저 잡히는 대로 내다파는 정도지. 그나마 꽃게가 있어줘서 버티고들 있는 거지."

"학교는 어쩐다고 합니까?"

"그야 지가 알아서 하지 않겠나? 내가 군이 상관할 일도 아니고."

내가 임자도로 떠난 것은 그해 10월 중순이었다. 당분간 그곳에 머물지 몰라 나는 겨울용 옷가지를 챙겨 신안군 지도읍에 있는 점 암선착장에서 임자도로 건너가는 농협 철부선에 몸을 실었다. 떠나기 전에 알아보니 임자도는 국내에서 생산되는 새우젓의 반 이상을 차지하는 곳이었다. 철부선은 곧 진리선착장으로 들어섰다.

접안을 마친 배에서 내려 나는 곧장 전장포구로 가는 공영버스에 올라탔다. 철부선 안에서 만난 주민들에게 물어보니, 그곳에 가서 수소문하면 외지에서 돈벌이를 하기 위해 들어온 사람들의 소식을 들을 수 있을 거라고 했다. 전장포구로 가는 길은 개펄과 염전의 연속이었고 그 때문에 오히려 황량해 보였다. 그러다 반대편 차창으로 끝없이 펼쳐져 있는 대파밭이 나타났다. 그렇게 임자도는 새우의 섬이면서 소금과 파의 섬이기도 했다.

전장포구는 배들로 가득차 있었고 온갖 사람들로 넘쳐나고 있었다. 방금 포구로 들어온 새우잡이 배에서 젓통을 내리는 사내들, 그것을 인근 토굴로 옮기기 위해 대기하고 있는 트럭들, 그물에서 쏟아낸 새우를 양동이로 퍼날라 크기별로 선별하고 잡어를 솎아내는 아낙네들, 김장용 젓갈을 확보하기 위해 분주하게 오가는 상인들, 구경 삼아 찾아온 가족 단위의 관광객들, 그 사이를 국수와 어묵을 팔러 다니는 리어카가 지나가고 고양이와 개 들까지 몰려나와 한데 뒤엉켜 있었다. 그 엄청난 활기에 압도당한 상태에서 나는 아득한 생각에 사로잡혔다. 이런 곳에서 어떻게 그를 수소문한단 말인가. 그러다 지푸라기라도 잡는 심정으로 뱃사람 두엇을 붙잡고 물어보니 이내 튀어나온 말이 어업조합으로 가보라고 했다. 외지에서 배를 타러 온 사람들은 어업조합과 관할 파출소에 신고를 해야 한다는 것이었다. 하지만 바다에 배가 나가 있는 상태면 얼마를 기다려야 할지 모른다고 했다. 대개는 출어 기간이 열흘에서 보름 정도지만 조황이 좋지 않은 경우에는 기름값을 아끼기 위해 한 달 만에 돌아오는 경우도 있었다. 중간에 운반선인 상고선이 왕복하면서 그쪽에 연료와 식량을 공급하고 잡은 새우를 포구로 실어나른다는 얘기였다.

어업조합 사무실도 붐비기는 마찬가지였다. 그중엔 동남아 사람들로 보이는 외국인 노동자들도 더러 섞여 있었다. 예감대로 그

402

는 오 톤짜리 동력선을 타고 바다에 나가 있는 상태였다. 일주일쯤
됐다고 했다. 조합 직원은 그가 타고 나간 배가 언제 돌아올지 정
확히 알 수 없다고 확인시켜주었다. 그렇다면 상고선을 얻어 타고
내가 그쪽으로 갈 수밖에 없었다. 물론 그조차도 수월한 일은 아니
었다. 그전에 무전 교신을 통해 그 배의 선장에게 승선 허가를 받
아야만 했다. 밖으로 나오니 그새 어둠이 내려와 있었다. 아까참의
그 부산한 활기는 온데간데없고 차다차고 적막한 기운이 포구 전
체를 내리누르듯 감싸고 있었다. 눈에 어렴풋이 보이는 것은 발에
채일 듯 수시로 나타났다 사라지는 고양이들과 방파제에 드문드
문 어깨를 움츠리고 서 있는 낚시꾼들뿐이었다. 낮의 활기는 다름
아닌 식당과 술집으로 옮겨가 있었다. 왁자하고 흥청한 분위기 속
에서 나는 다시금 입대를 앞둔 심정으로 국밥에 소주 한 병을 비우
고 여관을 찾아 들어갔다. 자리에 눕자 비로소 내가 멀고 외진 곳
에 와 있다는 실감이 되살아났다. 그리고 불현듯 어머니의 얼굴이
눈앞에 떠올랐다. 그제야 나는 제대를 하고 나서 아직 어머니를 찾
아가지 않았다는 사실을 깨달았다. 밖에 나가 전화라도 걸어봐야
하나? 라는 생각을 되풀이하는 동안 나는 잠이 들었고, 어수선한
꿈들에 쫓겨다니며 밤새 몸을 뒤척이고 있었다.

다음날 상고선이 나를 데려간 곳은 포구에서 두 시간쯤 떨어진
바다 한가운데였다. 배에는 선장을 포함해 다섯 명의 뱃사람들이
타고 있었다. 일손이 부족했던 터여서 나는 쉽게 승선 허가를 받

은 편이었다. 선원 중에는 태국에서 온 내 나이 또래의 청년도 있었다. 하지만 선원들은 서로에게 아무 관심이 없었다. 겪어보니 자신을 의식할 겨를조차 없는 상황에서 남이 눈에 들어올 리 없었다. 물때에 맞춰 조류가 형성되는 지점에 배를 대고 커다란 주머니처럼 생긴 낭장망 그물을 다섯 틀씩 내렸다 올리기를 하루에 네 번씩 반복하는 일이 바로 젓갈용 새우잡이라는 것이었다. 잡은 새우는 잡어를 골라낸 다음 배에서 곧바로 소금으로 간해 젓갈을 담근 후 포구로 들여가거나 상고선이 오면 옮겨 실었다. 그러므로 두세 시간 일하고 두세 시간 자는 일을 하루 네 번 매일 반복해야만 했다. 휴식이 있다면 밥때와 선실 바닥에서 새우처럼 웅크리고 자는 몇 시간의 불규칙한 수면 시간뿐이었다. 어지간한 풍랑경보나 주의보 속에서도 새우잡이 배는 일을 멈추지 않았다. 그 엄청난 노동을 되풀이하다보면 자신에 대해 의혹을 갖는 것조차 무의미해지게 마련이었고 타인과 나의 구분도 사라지고 말았다. 그리고 육체에 대한 증오와 분노의 순수한 감정만이 남게 되는 것이었다. 내가 그 낡아빠진 동력선에 올라 그의 얼굴에서 보았던 것도 바로 그러한 순수한 허기로 번들거리는 눈빛이었다. 그는 얼른 나를 알아보지도 못했다. 그는 대체로 무감정한 얼굴이었고 오랫동안 말을 한 적도 없는 것 같았다. 내가 누구라는 걸 알고 나서도 그는 별다른 감정 표현을 하지 않았다. 다만 여기까지 어떻게 왔어? 라는 한마디 말로 모든 질문을 대신했다.

뱃일을 해본 경험이 없었으므로 나는 선원들의 끼니를 마련하는 식사 당번에 배치되었다. 그런 나를 선원들은 '화장'이라고 불렀는데, 거기엔 배의 막내라는 뜻이 포함돼 있었다. 그렇다고 설마 그 일만 하도록 내버려두지는 않았다. 닻이 달린 그물 틀을 내리고 올릴 때는 물론이려니와 그밖의 조업과 관련된 모든 일을 함께 거들어야만 했다. 잠시라도 손을 놓고 있으면 누군가 다가와 다리를 걷어차거나 장작이라도 패듯 등짝을 후려쳤다. 단 하루 만에 나는 허리가 끊어져나가는 듯한 통증 때문에 서 있는 건 고사하고 앉거나 눕기조차 힘든 상태가 되고 말았다. 새우 더미 안에서 잡어를 골라내 그중 쓸 만한 생선은 끼니때에 맞춰 회를 뜨거나 튀기거나 국을 끓여내는 시간이 내게는 차라리 휴식에 가까웠다. 이윽고 내가 뱃멀미에서 해방되었을 때 바야흐로 사리 물때가 찾아와 바다가 거칠어지기 시작했다. 선원들은 잔뜩 긴장하고 있었다. 풍랑경보 속에서 그물을 끌어올리는 동안 너울이 가차없이 배를 덮쳐왔다. 밤바다의 체감온도는 질리도록 몸을 무력하게 만들었다.

다음날 바람이 가라앉은 틈을 타 상고선이 다녀갔고 사십대 초반의 사내 한 명이 우리가 타고 있는 배에 합류했다. 잠시 바람이 잦아들긴 했으나 보름중 조수 간만의 차가 가장 큰 시기였으므로 바다는 여전히 거칠었다. 물론 조황이 가장 좋은 시기도 바로 이때였다. 선원들이 선실로 내려가 잠시 눈을 붙이고 있는 동안 마침내 그가 나를 찾아왔다. 그때 나는 선원들의 저녁 끼니를 준비하고 있던 중이었다. 도와줄 게 있나 해서 찾아왔는데, 라고 그는 말문을 열었다.

"새우잡이라는 게 듣던 대로 낭만적이지 않지?"

"그러게. 어디서 난데없이 끌려오거나 잡혀온 신세와 별반 다를 게 없군."

나는 배가 언제쯤 포구로 돌아가게 되느냐고 그에게 물었다. 그러자 그가 이를 드러내고 잠깐 웃었다.

"배가 고장나거나 그물에 이상이 생기지 않는 한 당분간 어장을 떠나지 않겠지. 지금이 새우가 가장 많이 나오는 철이니까."

"……"

"조금 물때가 되면 바다도 잠깐 휴식기에 들어가지. 선장의 판단에 따라 어쩌면 포구로 들어갔다 나올 수도 있겠지. 왜, 견디기 힘든가?"

"자넨 언제까지 임자도에 있을 생각인데?"

"겨울이 닥치기 전에 울도로 돌아가야지. 꽃게잡이가 시작될 텐데, 그 일을 하게 될지 어떨지는 아직 모르겠어."

"학교는?"

"그건 봄이 되면 생각해보려고. 알다시피 여기서는 그런 생각을 할 여유가 없어. 다만 그날그날이 전부지. 안 그래?"

조금 물때가 됐는데도 배는 포구로 돌아가지 않았다. 헤아려보니 내가 바다에 떠 있는 것도 그새 열흘이 지나 있었다. 그리고 그

달 음력 8일이 되자 바다가 장판처럼 가라앉았고 그물을 보수하고 손질하기 위해 조업을 하루 쉬는 날이 찾아왔다. 일단 포구로 들어 갔다 나오자는 말들이 선원들 사이에서 조심스럽게 오갔으나 배를 움직이는 건 어디까지나 선장의 권한이었다. 동요의 기미를 감지했음인지 저녁참이 되자 선장은 가지고 있던 술을 풀었다. 안줏거리를 준비하는 건 선원들에게 아무 일도 아니었다. 이윽고 술이 한 순배씩 돌자 일시에 배 안이 술렁거리기 시작했다. 마치 강요된 잠에서 기지개를 켜며 깨어난 짐승들처럼 각자 표정을 되찾으며 저절로 목청이 높아졌다. 그렇다고 당장 무슨 일이 일어난 건 아니지만, 나는 본능적으로 긴장하고 있었다. 만약 불필요한 자극이 오가게 되면 언제든 칼부림이 일어날 수 있는 분위기였다. 선장이 술을 입에 대지 않는 이유가 있었던 것이다.

그와 나는 나이가 어린 축에 속했으므로 고물 쪽에 따로 비켜 앉아 술을 마시고 있었다. 얼마 후 태국에서 온 청년이 우리 쪽으로 기웃거리며 다가와 어울리기를 청했다. '심찐다'라는 이름을 가진 그 친구는 태국에서 트롤어선을 타고 몇 년간 새우잡이를 한 경험이 있었다. 젓갈용 새우가 아니라 미국이나 유럽으로 수출하는 타이거라는 별칭을 가진 왕새우였다. 오직 돈을 벌기 위해 그는 삼 년째 한국의 서해, 남해를 옮겨다니며 어선을 타고 있었다. 이러한 얘기 끝에 그는 '꺼이(새끼손가락)'라는 열여섯 살 된 막내 여동생이 보고 싶다며 갑자기 훌쩍거리기 시작했다. 어선에서 눈물을 보이는 건 명백한 금기였다. 배를 타고 있는 동안에는 울기 좋아하는 닭도 심지어는 달걀도 먹지 않았다. 부정을 탄다고 믿기 때문이었다. 대뜸 주의를 주자 심쩐다는 이내 소리를 죽였으나, 그의 울음은 순간 그 자리에 함께 있던 다른 두 사람의 예민한 감정 부위를 자극하는 원인이 되고 말았다. 그를 달래 선실로 들여보내고 난 뒤 그는 소주를 두어 병 더 얻어왔다. 시간이 지나 선장을 포함해 이물에 앉아 있던 사람들까지 잠을 자두기 위해 선실로 내려간 다음까지 우리는 술잔을 주고받으며 토막난 대화들을 주고받았다.

밤바다는 무섭도록 고요하고 적막했다. 불길한 느낌이 들 정도로 배조차 흔들림이 없었다. 조금이었으므로 하늘엔 반달이 떠 있었다. 커다란 빗자루로 쓸어놓은 듯 별들이 하얗게 무리를 이뤄 포물선을 형성하며 이동하고 있었다.

"이봐, 자네 눈에도 별들이 이동하는 경로가 보이나? 별들의 행로가 말이야."

고물 바닥에 드러누워 있던 그가 바람결처럼 중얼거렸다.

"이쪽으로 와서 나와 함께 누워보지그래."

그는 어부의 자식답게 별자리와 그들의 행로에 대해 아주 잘 알고 있었다. 나는 그의 옆으로 다가가 비스듬히 누웠다. 그때, 서로의 손과 몸이 엉키듯 스쳤다. 순간 저절로 숨이 멎었다. 돌연 내 몸이 거칠게 반응하고 있었던 것이다. 뒤미처 걷잡을 수 없이 가슴이 두근거리기 시작했다. 순식간에 내 몸은 통제가 불가능한 상태로 변해 있었다. 그런데 놀랍게도 마치 구원처럼 그가 내 손을 더듬어 잡아왔다. 아래 선실에서 누군가 잠꼬대를 하는지 짐승이 울부짖는 듯한 소리가 간헐적으로 들려왔다. 그 소리는 우리를 더욱 거친 흥분의 상태로 몰아넣었다. 그의 떨리는 목소리가 내 귓속으로 흘러들어왔다.

"하얀 달 위에 우리 둘만이 외롭게 남아 있군. 달은 원래 이렇듯 적막한 세계인가보이. 안 그런가?"

나는 더이상 참지를 못하고 그의 바지 속에 손을 넣어 성기를 거머쥐었다. 그도 이미 뜨겁게 변한 상태였다. 단말마의 고통스런 웃음소리가 다시 귓전에서 울렸다. 저쪽 심연 아래를 내려다보니 바다 한가운데 조그만 동력선 한 척이 떠 있었다. 그리고 거기 두 남자가 누워 애타게 사랑을 나누고 있었다. 그가 몸을 돌려 내 입술을 찾았다. 이어 주저하는 기색 없이 내 바지춤 속으로 손을 집어넣었다. 한때의 서늘한 바람이 불어가면서 배가 기우뚱 흔들렸다. 이어 두 사람은 하나의 맹렬한 불꽃으로 타오르기 시작했다. 그리고 동시에 숨죽여 사정했다. 순간 서로의 영혼이 파괴되는 소리를 들었다.

이후 나는 오랫동안 고뇌하고 번민했다. 거기엔 나 자신의 성적 정체성에 대한 의문도 함께 포함돼 있었다. 하지만 그보다 시간이 더 지난 뒤에 생긴 일들을 생각해보면 그것과는 상관없는 일이었다는 걸 알 수 있었다. 그도 나와 사정이 같았을 거라고 나는 믿고 있다. 한데 왜 그런 불가해한 일이 일어났던 것일까. 두려울 정도로 아름답고 공허했던 밤에 어쩌면 우리는 거대한 우주의 순수한 허기를 견디지 못했던 게 아니었을까. 그런데 그것이 정녕 사랑이었을까? 나는 그를 잊지 못하는 상태로 몇 년을 지냈으며 때로 견디기 힘든 그리움에 사로잡히기도 했다. 하지만 집착하는 마음은 생기지 않았다. 그걸 원치 않는다는 걸 서로가 알고 있었다.

나흘 후에 나는 상고선을 타고 전장포구로 돌아와 임자도를 떠났다. 그 나흘 동안 우리는 일절 아무 말도 주고받지 않았다. 다만 난데없는 꿈에 사로잡혀 있었다고 생각했다. 그렇게 생각하기로 마음먹었다. 그로부터 세월이 흘러서야 나는 그날 밤 그와의 관계가 사랑이었을지도 모른다는 생각을 하고 있었다. 어떤 여자와 막 사랑에 빠져들고 있을 무렵이었다. 그즈음 나는 매일매일 하나의 거울을 들여다보고 있는 느낌에 사로잡혀 있었다. 누군가를 사랑한다는 일은 그런 것이었다. 요컨대 나라는 거울을 통해 매 순간 상대를 찾고 그리워하는 일이 바로 사랑이었다. 또한 상대를 통해 나라는 존재를 찾아내는 일이었다. 알고 보니 그것은 누구한테나 우주와의 경이로운 일체감 속에서만 가능한 것이었다. 그날 밤 그와 내가 그러한 순간에 처해 있었던 것처럼. 이제 와서야 말할 수 있지만, 별들의 생성과 소멸처럼 우리도 어느 순간 파괴되면서 동시에 다시 태어나는 것이다.

샛별이 등대란다 길을 찾아라

서른이 되던 해 나는 한 여자를 알게 되었다. 직장에서 만난 사람이었다. 두어 해 함께 근무하는 동안 나는 그녀의 고향이 강릉이라는 것을 알게 되었다. 사시사철 동해의 푸른 바다를 보고 자라서 그런지 속내가 맑고 깊은 사람이었다. 비록 자신은 그런 사실을 모르고 있었지만 수평선을 바라보듯 늘 무언가에 대한 그리움을 안고 사는 사람이었다. 어느 봄날 주말에 같은 부서의 사람들과 인천 을왕리 바닷가로 바람을 쏘이러 간 적이 있었다. 노을이 지는 해수욕장을 단둘이 걷다가 그녀가 말했다.

"봄인데도 서해는 너무 어둡고 쓸쓸해요. 노을조차도 말예요."

그녀는 을왕리로 차를 타고 오면서 보았던 개펄을 뒤덮고 있는 붉은 풀들이 무엇인지 내게 물었다. 소금을 먹고 자라는 함초라고 나는 말해주었다. 동해에서는 볼 수 없는 식물이었기에 궁금했을 것이다.

"그게 노을빛과 같더군요. 근데 아름답긴 하지만, 역시 사람 마음을 되게 쓸쓸하게 만들어요. 거기 내려와 있는 갈매기들까지도."

잠자코 듣고 있다 나는 언제 함께 강릉에 갈 수 있으면 좋겠다고 말했다. 나로서는 문득 고백을 한 셈이었다. 매우 뜻밖이라는 듯 그녀가 이렇게 반문했다.

"왜요?"

"……"

훗날에야 알게 되지만 그녀는 당시 만나는 남자가 있었다. 또한 그 사람과 계속 만나야 할지 아니면 헤어져야 할지 고민을 하고 있던 중이었다. 이유를 알 길 없으되, 만나면 늘 힘들고 고통스럽다고 했다.

가을이 되어 나는 그녀와 함께 강릉에 가게 되었다. 집에 들르러 가는 그녀와 임시 동행을 하게 된 셈이었다. 하지만 그녀는 자신의 부모에게 나를 소개시켜줄 생각은 갖고 있지 않았다. 언제든 때가 오겠지. 나는 바다가 내려다보이는 현대호텔에 숙소를 정하고 혼자 저녁을 먹고 술을 마시고 들어와 잠이 들었다. 다음날 정오 무렵에 그녀가 왔다. 그때 나는 경포해수욕장 앞에 있는 커피숍에서 그녀를 기다리다, 밖으로 나와 횟집 수족관에 가득 들어차 있는 왕새우들을 들여다보고 있었다. 엷은 붉은색 몸통을 가진 왕새우들은 저마다 긴 수염을 곧추세우고 서로 몸을 겹친 채 가만가만 호흡을 하고 있었다.

"뭘 그렇게 들여다보고 있어요?"

뒷전에서 스물일곱 살 먹은 귀에 익은 여자의 목소리가 들려왔다. 그제야 나는 내가 동해에 와 있음을 새삼스럽게 자각했다. 나는 돌아서서 그녀에게 물었다.

"근데 왕새우가 왜 강릉까지 와 있는 거지?"

"그게 왜요?"

"왕새우는 꽃게처럼 서해에서만 나는 갑각류잖아."

그녀는 아주 이상하다는 표정을 짓고 말했다.

"그럼 동해에 사는 사람들은 왕새우를 먹으려면 서해까지 직접 가야겠네요."

말뜻을 곧 알아들었지만 나는 사실 그래야 하는 거 아닌가? 라고 고지식하게 반문했다. 그렇듯 내게 있어서 왕새우는 서해에 있어야만 하는 것이었다. 경포대와 대관령이 강릉에 있어야 하듯이. 서울로 돌아오는 길에 나는 그녀에게 말했다. 남쪽으로도 곧 단풍이 내려올 테니, 북한산이 붉어질 무렵 서해에 함께 가자고.

그해 10월 음력 8일에 나는 그녀를 조수석에 태우고 당진에 있는 조그만 포구로 왕새우 소금구이를 먹으러 갔다. 조금 물때이므로 날이 맑으면 밤에 반달이 뜰 터였다. 그 포구는 오래전 내가 어머니와 함께 와서 하룻밤을 묵고 떠난 곳이었다. 그녀가 서해를 더이상 쓸쓸한 풍경으로 바라보지 않았으면 하고 나는 바라고 있었다.

그새 팔 년 전의 일이 될 터인데, 신기하게도 주인 아주머니는 나를 기억하고 있었다. 그날 아침에 잡아온 왕새우 소금구이를 먹으며 나는 오래전에 어머니와 함께 이곳에 와서 하루 묵어갔던 얘기를 그녀에게 들려주었다. 그녀는 무언가 곰곰이 생각하는 눈치였다. 술기운 탓이었을까? 아니, 내가 그녀의 존재를 간절히 원하고 있었기 때문이겠지. 나는 울도가 고향인 대학 때의 친구 얘기를 하고 있었다. 젊은 날에 그와 함께 나눴던 경이롭고 아름다웠던 순간들에 대해서도. 하지만 동력선 위에서 그날 밤 우발적으로 사랑을 나눴던 얘기까지는 하지 않았다. 알다시피 그럴 필요까지는 없는 것이다. 내 얘기를 귀기울여 듣고 있던 그녀가 이윽고 한숨을 몰아쉬고 나서 조심스러운 표정으로 말했다. 어쩌면 확인하고 싶었는지도 모른다.

"그런데, 왜 저한테 그 모든 얘기를 다 하는 거죠?"

나는 그녀의 눈을 응시하고 말했다. 오랫동안 내 얘기를 들려줄 수 있는 사람을 찾고 있었다고. 혹은 들어줄 수 있는 유일한 사람을. 그러자 그녀는 얼굴을 붉히더니, 고개를 끄덕거렸다. 밤이 되어 우리는 빨간 등대가 있는 방파제로 바람을 쏘이러 나갔다. 어머니와 함께 왔던 밤처럼 하늘엔 하얀 반달이 떠 있었고 별들이 무리지어 강물처럼 흘러가고 있었다.

"하늘 반, 별 반이네요."

저 많은 별들 중의 하나가 앞으로 내 삶의 방향을 가리켜줄 수 있다면 좋겠다고 나는 생각하고 있었다. 하늘을 올려다보고 있던 그녀가 문득 물어왔다.

"그런데, 그 울도가 고향이라는 친구는 지금 어디서 뭘 하고 있죠?"

"벌써 몇 년 된 얘긴데, 원양어선을 타고 나가 참치를 잡는다고 들었어. 지금쯤은 돌아왔을지도 모르겠군."

임자도에서 돌아온 후 그와 나는 가끔 소식을 주고받았는데, 연락이 끊긴 지 어느덧 삼 년이 지나 있었다. 나는 그녀에게 혹시 〈반달〉의 가사를 다 외우고 있느냐고 물어보았다. 외우고 있는 게 아니라 그냥 알고 있는 거죠, 라고 그녀가 고쳐 말했다. 2절 가사도 아느냐고 나는 되물었다.

"그럼요."

한번 불러주면 좋겠다고 나는 그녀에게 말했다. 내게는 지금 2절 가사가 필요했다. 왠지 그렇다는 생각이 들었다. 잠시 쑥스러운 표정을 짓고 있다가, 그녀는 목을 가다듬고 나서 가냘픈 소리로 노래를 부르기 시작했다.

은하수를 건너서 구름나라로
구름나라 지나선 어디로 가나
멀리서 반짝반짝 비치이는 건
샛별이 등대란다 길을 찾아라

그즈음 어머니는 상태가 몹시 좋지 않았다. 삼 년 전에 어머니는 병이 깊어져 학교를 그만둔 미술 교사를 집으로 데려와 오랫동안 병간을 하며 살았는데, 작년에 그가 간암으로 세상을 떠나는 바람에 크게 낙담해 한동안 술에 의지해 살아온 터였다. 그러다 몸이 쇠약해져 휴직을 한 상태로 지내고 있었다.

일 년 뒤에 복직을 하고 나서 어머니는 오래 살아온 집을 팔고 아파트로 이사를 했고 몇 년이 더 지나서는 퇴직을 했으며 지금껏 그곳에서 혼자 지내고 있다. 가끔 시와 수필을 쓰고 있다는데, 기회가 되면 개인 문집文集을 한 권 갖는 게 소망이라고 한다.

그녀와 나는 서해에 다녀오고 나서 일 년 뒤에 결혼을 했다. 그리고 이듬해 아이를 낳아 내년이면 초등학생이 된다.

삶의 길을 잃고 헤매던 젊은 날이 있었다. 그 시절을 돌아보면 덧없는 꿈이니 고독한 환상이니 화염 같은 고통이니 하는 말들이 두서없이 떠오른다. 하지만 그렇게 길을 잃었었기 때문에 어쩌면 사랑이 가능했고 가까스로 삶의 길을 찾을 수 있었던 게 아니었을까. 내가 알던 주위의 사람들이 모두 그러했듯이 말이다.

그는 내가 아이를 낳던 해에 울도로 돌아가 소꿉친구였던 그녀와 결혼을 했다. 그리고 죽은 아버지에게서 물려받은 낡은 풍선배를 몰며 철 따라 새우와 민어를 잡고 농어와 병어와 꽃게도 잡으며 살고 있다. 임자도에서 헤어지고 나서 서로 만난 적은 없으나, 지금도 해마다 가을이 되면 스티로폼 박스에 싱싱한 생선을 넣어 택배로 보내오거나 가끔 휴대폰 문자메시지를 전송해오기도 한다.

(2013)

겨울에서 봄으로

조연정(문학평론가)

1

지나온 삶의 특정 시기를 각별하게 추억하도록 배경음악이 되어주는 노래들이 있다. 어떤 노래는 마들렌의 맛과 향보다도 더 강력한 것이 되어 이미 잊히고 흐려진 먼 곳의 장면들을 우리 앞에 아련히 펼쳐놓곤 한다. 윤대녕에게는 〈꿈은 사라지고〉가 그런 노래 중 하나일지 모른다. 「꿈은 사라지고의 역사」에서 중년의 나이에 접어든 '나'는 어린 시절 삼촌이 불러준 그 노래를 오랜만에 다시 불러보며 꿈 없이 살아온 지난 삶을 불현듯 자각한다. 「상춘곡」의 '나' 역시 술자리에서 한 여자가 부르는 그 노래를 들으며 흐려진 기억이 "왕겨를 털어내고 먹는 겨울 찬 사과 맛"처럼 선명해지는 것을 느낀다. 윤대녕의 인물들이 대개는 음악이나 시와 강력한 친

연성을 지닌 낭만적 성향의 인물들이라는 사실은 분명하지만, 이처럼 특정한 노래들이 지난 기억을, 특히나 지난 시절의 잊힌 열정을 낯선 느낌 속에서 꺼내보게 하는 신비로운 입구가 되기도 한다는 사실은 특히나 흥미롭다.

누구에게나 그런 노래들이 있을 것이다. 그런데 우리는 과거를 추억하기 위해 수시로 어떤 노래를 꺼내 듣기도 하지만 일부러 그 노래를 멀리하기도 한다. 아픈 과거라면 그로부터 헤어나오기 위해 시간이 필요하기도 하고, 반대로 오랫동안 잊고 싶지 않은 애틋한 과거라 해도 그때의 특별한 감정을 그대로 보존하기 위해서는 오히려 그로부터 거리를 둘 필요가 있기 때문이다. 모든 과거가 단지 돌이킬 수 없다는 이유만으로 아름다울 수는 없다. 과거의 어떤 장면들은 현재의 관점을 덧씌우지 않은 채 설명할 수 없는 것으로 남겨두어야 가까스로 아름다운 것이 될 수 있기도 하다. 자꾸 꺼내 들여다보면 도무지 이해할 수 없었던 지난 시간들이 이해할 만한 것으로 받아들여지며 평범해지거나, 아무리 들여다보아도 결국에는 이해할 수 없는 것이 되면서 추해져버리기도 한다. 많이 기억할수록 점점 평범한 것으로 잊히거나 환멸만을 키우게 되는 과거가 있는 것이다. 지난 시간을 가장 아름답게 추억할 수 있는 방법은 그저 오랫동안 잊는 일뿐이다. 이같은 이유로 내 인생의 금지곡이 생겨나기도 한다. 결코 잊지 않기 위해 잊혀야만 하는 시간들이 있고, 그래서 멀리하게 되는 노래도, 물론 책도 있다.

자기 삶의 특정 시기를 윤대녕의 소설과 함께 누리고 견뎌온 어떤 독자들은 그의 소설을 금지곡의 목록에 추가했을지도 모를 일이다. 「상춘곡」을 다시 꺼내 읽으면 봄날 흐드러진 벚꽃처럼 주체할 수 없었던 마음속 "화톳불"이 어김없이 떠오르는 누군가가 있을 것이고, 「지나가는 자의 초상」을 다시 읽으면 "조금은 설레고 조금은 달콤하고 또 조금은 춥고 서글픈 마음"으로 지나온 한 시절이 아프게 환기되는 누군가가 또 있을 것이다. 그의 최근작 「통영-홍콩 간」(『도자기 박물관』, 문학동네, 2013)의 선문답 같은 대화를 읽으며 회한에 젖는 사람도 분명 있을 것이다. 누군가에게 자동 반사적으로 어떤 마음을 환기시키는 힘에 관해서라면 윤대녕의 소설은 이미 노래에 육박해 있다고 할 수 있다. 이미 잘 알려져 있는 윤대녕 소설의 여러 특징들을 말해볼 수 있다. 한 남자와 한 여자가 이상하리만치 자연스럽게 만나고 헤어지는 연애에 관한 설정들('연애'는 한 인간이 지닌 마음의 스펙트럼을 가장 다양하고 투명하게 보여줄 수 있는 장치이다), 발 딛고 있는 현실에 적응하지 못한 채 언제나 '먼 곳'을 향하고 있는 인물들, 이미 시에 육박해버린 대화나 윤대녕 특유의 낯설고도 정확한 비유들, 은어, 제비, 찔레꽃, 벚꽃, 탱자, 반달 등 작품 전체를 신비롭게 감싸며 상징에 도달해 있는 이미지들. 윤대녕의 단편 미학이 완성형에 이르는 사이, 그에 관한 평문들도 이같은 특장들을 빠짐없이 알려주며 유독 윤대녕의 소설이 독자와 친밀하고도 내밀한 관계를 맺을 수밖에 없었던 이유를 해명해주었다.

물론 윤대녕의 소설이 쓰이기 시작한 90년대라는 시절의 특수성이 고려되지 않을 수는 없다. 시대적 조건의 변화로 인해 사회 역사적 상상력이라는 프레임과는 무관하게 한 개인의 내면에 온전히 집중할 수 있는 기회가 생겨났고 90년대의 우리는 윤대녕 소설과 더불어 비로소 그 자유를 충분히 누릴 수 있게 되었다. '내면성' '진정성' 등 90년대 문학을 규정하는 비평적 키워드가 윤대녕의 소설로부터 가능했다는 사실은 부정할 수 없다. 그의 소설은 독자의 내면과 밀도 높게 만나며 이른바 '마음으로 읽는 소설'의 한 전형이 되어버린 셈이다. 물론 윤대녕 소설이 90년대의 변화된 감수성을 단순히 증언하고 있는 것만은 아니다. 오히려 그의 소설과 더불어 새로운 감수성이 계발되고 더 나아가 소설을 읽는 방식마저 새롭게 고안된 것이라고 말해야 맞다. 윤대녕의 소설에서 다른 무엇보다 연애의 관계가 눈에 띨 수밖에 없었던 이유도[1] 우리가 그의 소설과 더불어 비로소 개인과 사회의 관계가 아닌 한 개인과 개인의 순도 높은 만남에 주목할 수 있게 되었기 때문일 것이다. 초기 소설이 묘령의 여인과 낯선 공간에서 만나고 헤어지는, 다소 비일상적인 이야기를 자주 그린 것도 그저 한 마음과 한 마음이 만나고 헤어지는 일이 반복되는 보편적 인간관계와 인간 실존의 양

---

1) '연애'라는 테마로 윤대녕 소설을 유려하게 관통한 평문으로는 서영채의 「윤대녕의 연애, 그 철없음의 시」(『미메시스의 힘』, 문학동네, 2012)를 참조할 수 있다.

상을 보다 투명하게 들여다보기 위한 것이었을지 모른다. 이런 식으로 그의 소설은 자신이 바랐던 대로 "보편성과 지속성을 지닌 소설" "유통기한이 정해지지 않은 소설"[2]이 되고자 했을 것이다.

나이가 들며 우리의 외양이 바뀌듯 마음의 무늬도 점점 변해간다. 마음의 무늬가 변함에 따라 이미 맺은 특정한 관계의 모양도 바뀌어가고 과거를 기억하는 방식도 자연스럽게 변하게 된다. 낭만성으로부터 일상성으로, 청년 시대의 알 수 없는 불안으로부터 중년의 돌이킬 수 없는 무기력으로, 작가가 나이듦에 따라 이십여 년간 자연스럽게 변모해온 윤대녕의 소설이 독자의 삶을 증언하고 예언하는 텍스트로 읽힌 것도 어쩌면 당연하다. 오랜만에 읽는 윤대녕의 전작들에서 시대나 세대가 아닌 소설을 읽고 있는 바로 나 자신이 투명하게 비쳐 보인다는 사실을 새삼 확인하는 독자들도 많을 것이다. 90년대를 윤대녕의 소설과 함께 건너온 사람들이라면 그의 전작들을 다시 읽으며, 그동안 자신을 스쳐간 만남들과 그에 대한 감정이, 그리고 숱한 만남들로 이루어진 삶에 대한 이해가 시간의 흐름을 통과하며 어떤 식으로 변화해왔는지 차분히 그려볼 수도 있을 것이다. 그의 어떤 소설들이 자기 삶의 특정 시기들을 장식하는 배경음악이 되어왔다는 사실을 새삼 깨닫는 독자들도, 가까스로 아름답게 추억하기 위해 애써 잊고자 했던 어떤 봄

---

2) 윤대녕·정홍수, 「시간과 함께 익어오다」, 『문학동네』 2010년 여름호, 50쪽.

날의 기억들이 윤대녕의 소설 안에 차곡차곡 접혀 있었음을 복잡한 심정으로 깨닫는 독자들도 있을 것이다. 그들 중 누군가는 지난 유행가를 다시 꺼내 듣는 심정으로 이 책을 읽으며 자신의 지난날을 아련히 추억할지도 모른다. 또 누군가는 애틋한 과거를 오랫동안 잊지 않기 위해 기억의 자동재생 장치인 이 책을 덮어둔 채로 그저 쓰다듬기만 할지도 모르겠다. 나 역시 오랫동안 애써 외면하던 노래를 비로소 다시 꺼내 듣는 심정으로 윤대녕의 전작들을 읽는다. 그때 그 시절의 나는 지금 어디에 있고 지금의 나는 또 어디로 가고 있을까.

2

윤대녕의 많은 소설들은 과거를 환기하는 방식으로 쓰인다. 윤대녕의 인물들이 떠올리는 기억은 살면서 자연스럽게 잊힌 것이기보다 애써 묻어둔 것에 가깝다. 나이를 막론하고 그들이 현실에 밀착하지 못하고 어느 정도 부유하는 삶을 사는 듯 보이는 것은 언제나 현실과는 다른 곳을 지향하고 있기 때문일 텐데, 이들의 촉수가 향하는 곳이 가깝든 멀든 과거의 어느 한 시점인 경우가 많다. 해바라기밭으로 쏟아지는 빛이나 찔레꽃의 향기, 혹은 삼촌의 노래 등 유년 시절로부터 지금까지 자기 삶을 관통해온 특정한 이미지를 끊임없이 환기하거나(「빛의 걸음걸이」「찔레꽃 기념관」「꿈은 사라지고의 역사」), 주체할 수 없는 열정이 갑자기 들끓고 갑자기 사그라진 청년 시절의 어느 한 시점을 아프게 추억하거나(「상춘곡」「꿈은 사라지고의 역사」), 고모나 삼촌 혹은 어머니 등 자신보다 몇 발 앞서 있는 자들의 인생을 이전과는 다른 마음으로 복기해 보는(「탱자」「반달」) 식이다. 현실을 부정하며 더 나은 미래를 꿈꾸던 이전 시대의 열망이 무너진 바로 그곳에서 시작된 윤대녕 소설이 다소간 패배적이고 퇴영적인 소설로 읽힐 가능성도 컸지만, 이러한 현실 부적응의 패배적 태도를 오히려 새로운 시대의 세련된 감성으로 뒤바꿔 제시하고 과거로 향하는 퇴영적 경향을 "존재의 시원으로의 회귀"[3]라는 재생과 구원의 관점에서 보여주었다는 점은 윤대녕 소설의 성과라 할 수 있다.

『반달』에 실려 있는 소설들도 모두 과거로 향한다. 예외적인 소설이 있다면, 이 책의 첫머리에 놓인 「January 9, 1993. 미아리통신」이다. 광고 사진 찍는 일을 하는 이혼남 세종, 생계가 불안한 전업 작가 뚜생, 그리고 방송국 스크립터로 일하는 전직 시인 베티, 이렇게 삼십대 초반의 남녀 세 명이 겨울비가 내리는 정초부터 카페에 모여 하릴없이 시간을 축내다가 "우리 점이나 보러 갈까요?"라는 베티의 말 한마디에 미아리로 점을 보러 가는 이야기이다. 그저 한나절 동안 일어난 일이 서술되는 이 소설은 윤대녕의

---

3) 남진우, 「존재의 시원으로의 회귀」, 『신성한 숲』, 민음사, 1995.

단편 중 어쩌면 가장 짧은 시간만을 담은 소설이라 할 수 있다. 과거의 어느 한 시점을 추억하고 복기하는 윤대녕 소설 특유의 설정도 여기에는 등장하지 않는다. 그저 이들에게는 한 치 앞도 내다볼 수 없는 암담한 현실만이 존재할 뿐이다. 카페 앞에서 누군가를 기다리고 있는 푸른 스타킹의 여자에게 과연 기다리는 사람이 나타날 것인가라는 하등 의미 없는 일에 내기를 걸어볼 뿐, "우물 밑바닥에서 올라오는 소리" 같은 맥없는 대화를 나누던 이들은 그저 재미 삼아 자신들의 미래를 점쳐보러 미아리로 향한다. 어쩐지 음험해 보이는 동네에서 마땅한 점집을 찾지 못해 헤매던 이들이 "국화정사"라는 간판에 이끌려 들어간 곳에서 들은 이야기는 사실 별다를 것이 없다. 그저 자신들이 현재 건너고 있는 무기력하고 수치스러운 삶의 진상을 재확인할 뿐이다.

점을 보는 일, 즉 자신의 인생이 모르는 남 앞에서 완전히 까발려지는 것을 견디려면 "좋게 말하면 삶에 대해 겸허해져야 하고 나쁘게 말하면 완전히 탈진하거나 몰락한 상태여야 한다"라는 언급처럼 삼십대 초반의 이 세 남녀가 바로 그런 상태에 처해 있기는 하다. 새해부터 추적추적 내리는 비를 맞으며 마치 "쓰다 버린 소설을 닮아 있"는 듯 비감한 분위기를 풍기는 거리를 헤매고 있는 이들에게는 과거를 돌아볼 여유도, 미래를 내다볼 용기도 없는 듯하다. 87년 시위를 주동하다 쫓겨 산속 절에 숨어들었다가 스님에게 사주 보는 법을 배워 점집을 차린 국화라는 여자의 처지도 이들과 크게 다르지는 않다. 몇 년의 수감생활 끝에 재작년 출감한 그녀의 애인은 한밤중에 전화를 받고 그녀를 만나러 오는 길에 교통사고로 죽었다. 출감한 지 이틀 만에 일어난 사고였다. "남자를 잡아먹을 사주"대로 애인을 떠나보낸 국화나, 지금 그녀 앞에 마주앉아 도화살이 끼었다는 자신의 수치스러운 사주를 듣고 있는 베티나 모두 끔찍한 자학의 시절을 건너고 있는 삼십대일 것이다. 이미 이십여 년 전에 쓰인 이 소설은 당시의 시대적 상황과 맞물리면서 "희망의 밥그릇은 비워진 지 오래고 혁명을 꿈꾸기에는 벌써 나약해져 있는" 세대의 풍경을 그리는 후일담소설의 전형으로 읽히지만 이 소설에서 보여주는 무기력하고 아득하고 막막한 정서는 시대와 무관하게 여전히 현재적인 것으로 다가온다. 시대 혹은 세대와 무관하게 누구의 삶에든 그런 시절이 있기 때문이다. 어떤 희망도 가능성도 모두 종료된 채로 다가올 미래가 "검은 뻘밭"처럼 아득하게만 보이는 시절 말이다. 작가의 나이와 유사하게 주로 1960년대 초반에 태어나 1980년대에 이십대를 보낸 인물들이 등장하는 윤대녕의 소설에서는 이들이 맞은 1990년대가 바로 이같은 "검은 뻘밭"의 시절이었을 것이다.

「January 9, 1993. 미아리통신」은 윤대녕의 소설이 이처럼 현재의 캄캄함과 미래의 아득함으로부터 시작되고 있다는 사실을 일러주는 소설이다. 잘못된 길로 접어들었다는 인식과 결코 돌이킬 수 없다는 판단 뒤에 남는 것이 이같은 막막함이다. 더 먼 미래의 시점으로 보자면 조금 나약해져 있을 뿐인 시절인지도 모르지만 말이다. 이러한 상황에서라면 서로의 미래를 의탁하는 어떤 만남도 시작조차 불가능하다. 십 년간 가까운 거리에서 만나오며 각자의 사랑이 끝나면 항상 서로를 찾아 돌아왔지만 한 번도 사랑을 터놓고 확인한 적은 없던 베티와 세종 사이의 만남도 아마 한동안은 불가능할지 모른다. "베티, 그녀는 지금 춤겠다"라고 생각해보는 것이 세종이 할 수 있는 일의 전부이다. 모든 것이 새롭게 시작되고 있다지만 내 마음만은 겨울비를 맞으며 낯선 동네를 헤매는 듯 춥고 서글프고 피곤하고 외로운 기분이 드는 것. 이런 마음이 어떻게 90년대만의, 혹은 삼십대만의 정서일 수 있을까. 인간이라면 누구나 언제든 집을 잃은 듯 마음 한구석이 서늘해지는 기분을 불현듯 느끼곤 한다. 결코 메워질 수 없는 이러한 내 마음속 구멍이 누군가의 마음에도 분명 존재한다는 사실을 확인하는 것이 윤대녕 소설이 보여주는 만남의 정체라고 말해볼 수도 있겠다.

「지나가는 자의 초상」의 황동우에게 그를 스쳐간 두 명의 여인 김은애와 서하숙이 가르쳐준 것 역시 인간 삶에 실재하는 메울 수 없는 심연에 관한 것이다. "삶이란 아무리 낮게 엎드려 있어도 때로 조사관처럼 어떤 응답을 요구해오게 마련"이라는 사실, 그리고 그 응답의 자리를 채우는 것은 어김없이 또다른 질문일 뿐이라는 사실을 윤대녕의 초기 소설이 우리에게 일러주었다. "무대를 잘못 찾아온 피에로 꼴"로 인생의 어느 한 시절을 당황과 체념 속에 흘려보내던 누군가는 윤대녕의 소설 속에서 또다른 피에로를 발견하며 "조금은 춥고 서글픈 마음"이 일시적으로나마 "조금은 설레고 조금은 달콤"한 마음과 뒤섞이는 경험을 했을지도 모른다. 물론 윤대녕 소설이 지닌 이러한 힘은 지금도 여전하다.

3

현재가 막막하고 미래가 그보다 더 암담한 사람들이 할 수 있는 일은 무엇일까. 당연히 과거의 어느 한 시점을 추억하는 일이겠다. 앞이 막혀 있다면 뒤를 돌아볼 수밖에 없기 때문에. 물론 앞도 뒤도 둘러보지 않고 그저 살아 있는 일 자체에 무감해진 채로 주어진 일상을 마주하는 방법도 있다. 윤대녕의 인물들은 이 사이 어디쯤엔가 있다. 그들은 삶에 대한 열정과 집착을 많은 부분 거세한 소극적 인물이 되어 지금과는 달랐던 지나온 어떤 시절을 기억해보곤 한다. 윤대녕의 소설을 통틀어 가장 절절하고 아름다웠다고 할 만한 시절을 회상하는 소설이 바로 「상춘곡」이다.

헤어진 여자와 열흘 전 칠 년 만에 해후한 서른여섯의 남자는 그녀와 십 년 전 처음으로 인연을 맺었던 선운사에 내려와 있다. 벚꽃이 피면 다시 만나자 했던 약속을 마냥 기다릴 수만은 없었던 '나'는 벚꽃과 함께 북향할 요량으로 이미 벚꽃이 피어 있는 남쪽으로 내려온 것이다. 그곳에서 '나'는 여자에게 편지를 쓰고 있다.

며칠에 걸쳐 쓰인 편지에서 '나'는 십 년 전의 인상적인 첫 만남에서부터 얼마 전 갑작스러운 해후에 이르기까지 자신과 그녀 사이 운명적 만남과 어긋난 인연을 담담히 복기하고 있다. '나'와 그녀 사이에는 어떤 역사가 있었는가. 그녀와의 인연에 매개가 되어준 사람은 고등학교 시절 사제지간으로 만나 대학 진학 이후 호형호 제하게 된 인옥이형이다. '나'는 인옥이형의 첫 개인전에서 그의 고종사촌 란영과 처음 만났다. 군에서 제대한 직후 스물여섯이 되던 해의 일이다. 미숙하고 어리석은 복학생이었던 '나'는 빈틈없이 자존심 강해 보이던 그녀와 단번에 사랑에 빠진다. "전공만 확실히 정해지면 나 거기다 목숨 거는 사람이야!"라는 '나'의 엄포와 "이제 속이 후련해? 니가 뭔데!"라는 무장해제의 답변이 오고가며 "갑작스럽게 시작된 무모한 사랑"이었던 만큼 그 사랑은 재빨리 식어버린다. 애초에 어긋난 만남이었던 것이다. '나'는 모든 것이 흑백으로 보이던 그 시절에 그녀의 육체로부터 분홍과 연둣빛을 보며 새로 시작되는 봄을 느꼈다. 그러나 열혈 운동권이었던 그녀는 6·29 선언이 있던 해의 혼란 속에서 '나'로부터 "뭔가 위대한 대답"을 원했던 듯하다. 서로에게 무엇을 원했던 것인지 아마자신들도 명확히 알지는 못했을 것이다. 그 알 수 없음의 불안으로 인해 애초에 어긋날 수밖에 없는 관계였던 것인지도 모른다. 그렇게 충동적으로 사랑하고 맥없이 헤어진 이 둘은 인옥이형을 매개로 칠 년 만에 해후한다. 몇 년 전 이혼하고 아이마저 빼앗긴 서른

여섯의 란영은 변한 듯 변하지 않은 모습으로 내 앞에 앉아 있다.

그녀와의 해후 이후 복잡한 심경으로 선운사로 내려온 '나'는 "지금 생각하면 내게 그런 시절이 있었다는 게 마치 전설처럼 아득할 뿐"인 그 시절을, 첫 만남 이후 선운사에서 재회하여 열렬히 사랑을 나누던 그 시절을 담담히 회상하고 있다. 십 년 만에 다시 찾은 그곳에서 등에 사내를 업은 아낙네와 애를 밴 여인네, 그리고 길모퉁이의 아기 돌부처가 유독 '나'의 눈에 띈 것은 십 년 전 다른 남자와 함께 자신의 아이를 지우러 병원에 갔던 그녀의 모습이 회한 속에서 떠올려졌기 때문인지도 모른다. 십 년 만의 선운사 행은 '나'에게 과연 어떤 의미의 여행이 될 것인가. 그녀를 향한 이 편지는 어떤 말로 끝맺음될 것인가. 한번 어긋난 인연을 돌이킬 수 있을 것인가라는 막연한 생각에 시작됐을지도 모르는 편지는, 다시 만난 인연을 어떻게 받아들일 것인가에 대해 선명한 답을 얻은 채 끝나고 있는 듯하다. 지난 시절의 벚꽃을 생각하며 흐려졌던 마음이 지금 눈앞에 흐드러진 벚꽃을 마주하며 선명해진다. 상춘객들 사이에서 우연히 만난 미당 선생이 "나는 벌써 보고 가네"라고 했던 말의 의미도 어렴풋이 이해하게 된다. 미당 선생이 이야기해준 선운사 대웅전 앞의 만세루를 바라보며 흐려졌던 마음이 불현듯 환해지는 것을 느끼며 어떤 깨달음을 얻은 것이다. '나'는 어떤 해답을 얻고 있는가.

이제 우리는 가까이에선 서로 진실을 말할 나이가 지났는지도 모른다고 말입니다. 우린 진실이 얼마나 무서운 것인가를 깨달은 지 이미 오랩니다. 그것은 한편 목숨의 다른 이름일 겁니다. 그러니 이제는 아무때나, 아무 곳에서나, 아무한테나 함부로 그것을 들이 댈 수 없다는 것도 잘 알고 있습니다. 아니, 오히려 가까운 사이일 수록 그것은 자주 위험한 무기로 둔갑할 수도 있다는 것을 여기 와 서 알게 됐습니다. 이제 우리는 그것을 멀리서 얘기하되 가까이서 알아들을 수 있는 나이들이 된 것입니다. 그리고 난 다음에야 서로 의 생에 대해 다만 구경꾼으로 남은들 무슨 원한이 있겠습니까. 마음 흐린 날 서로의 마당가를 기웃거리며 겨우 침향내를 맡을 수 있다면 그것만으로도 된 것이지요.(161쪽)

타고 남은 것들을 조각조각 이어붙여 다시없는 걸작을 탄생시 켰다는 만세루 앞에서 '나'는 아마도 이미 어긋난 만남을 완벽히 돌이킬 방법이 없다는 사실을 깨달은 듯하다. 어긋난 인연과 각자 의 지나온 삶과 그리고 앞으로 살아갈 삶의 진실도 모두 각자의 마 음속에 있을 뿐이라는 사실도, 그리고 그 마음을 나누기 위해서는 그저 말없이 서로의 생에 대해 구경꾼이 되는 방법뿐이라는 사실 도 깨달았을 것이다. 한번 어그러진 인연을, 그리고 그로 인해 어 그러진 삶을 또 한번 망가뜨리지 않기 위해서는 그저 어그러진 채 로 그것을 온전히 받아들이는 방법뿐이라고 「상춘곡」은 말해주는 듯하다. 「상춘곡」은 이렇게 청춘의 불안과 그 이후의 체념과 그리고 여유까지, 인생의 모든 것을 담고 있다.

벚꽃 피는 봄마다 어김없이 생각나는 이 아름다운 소설에서 그저 어리석고 불안했던, 그래서 더 애틋했던 청춘 시절만을 아프게 읽어내던 때가 있었다. 오랜만에 다시 읽은 「상춘곡」에서는 "마음 흐린 날 서로의 마당가를 기웃거리며 겨우 침향내"나 맡겠다며 그저 담담해져 있는 마음이 유독 도드라져 보인다. 그 마음을 어렴풋이 이해할 수 있을 것 같은 이 기분이 서운함인지 안도감인지는 아직 잘 모르겠다. 오랜 시간이 더 흘러 다시 읽은 「상춘곡」에서는 어떤 마음이 또렷해질까. 윤대녕의 어떤 소설은 이처럼 두고두고 인생의 교본이 되어주기도 한다.

4

「상춘곡」이 실린 그의 세번째 소설집 『많은 별들이 한곳으로 흘러갔다』(1999)로부터 이제 읽으려고 하는 「대설주의보」가 실린 여섯번째 소설집 『대설주의보』(2010) 사이에는 십 년이라는 시간이 흘러 있다. 이 기간 동안 윤대녕은 삼십대를 통과해 사십대 후반의 나이가 되었다. 어긋난 인연에 대해 "서로의 생에 대한 구경꾼"으로 남아도 여한이 없다던 삼십대의 남자는 어떤 모습으로 나이들어가고 있을까. 분홍빛과 연둣빛으로 기억되는 벚꽃 핀 선운사의 소설 「상춘곡」과 하얀 폭설이 내린 백담사의 소설 「대설주의보」는 윤대녕의 자연스러운 변모를 가장 뚜렷하게 확인할 수 있는 짝패가 되는 소설이라 할 수 있다. 봄의 소설 「상춘곡」과 겨울의 소설 「대설주의보」 사이에 윤대녕의 모든 이야기가 놓여 있다고 해도 과언이 아니다.

1996년 이십대 후반의 나이에 만나 1997년 사소한 오해로 헤어진 윤수와 해란 사이에 연락이 다시 시작된 것은 2002년의 일이다. 눈꽃 축제가 한창인 일본의 아키타에서 윤수를 우연히 목격한 해란이 그로부터 몇 달 뒤 윤수에게 연락을 해왔고, 그 이듬해 가을 윤수는 그저 바닷바람이나 쐴 요량으로 속초에서 약국을 하고 있던 해란을 찾아 나섰다. 이후 이 둘은 "늘 그리워하지는 않아도 언젠가 서로를 다시 찾게 되고 그때마다 헤어지는 것조차 무의미한 관계가 있다"는 것을 증명이라도 하듯 몇 년에 한번씩 불쑥 서로를 찾는다. 만나서 하는 일이라고는 별게 없다. 묵호항이나 대포항의 민박집에서 혹은 백담사의 요사채에서 마주앉아 각자 상세하게 기억하고 있는 그들 사이 만남의 역사를 차분히 확인하거나, 서로의 삶에 대해 간단한 안부를 묻는 정도이다. 별다른 긴장도 없는 "고분고분"한 "해후"를 십이 년간 지속해오고 있는 셈이다.

십 년 만에 만난 남녀가 앞으로 어떤 인연을 이어나가게 될지 그저 "침향내" 정도의 이미지로 암시하고 마는 「상춘곡」과는 달리 「대설주의보」는 첫 만남 이후 십여 년간 별다른 긴장 없이 그저 습관처럼 만남과 헤어짐을 반복하고 있는 또다른 연인의 모습을 다분히 일상적인 시선으로 그려낸다. 오랜만에 재회했지만 서로에 대해 어떤 절박함도 없어 보이는 이들의 관계가 그저 통속적인 만남처럼 그려지며, 체념과 허무가 적절히 뒤섞인 사십대 후반의 보편적 삶의 태도가 은연중 환기된다. 작가의 표현대로 「대설주의보」는 분명 "나이가 쓴 소설"[4]이라고 할 수 있다. 그저 평범한 불륜의 관계로 보일 뿐인 만남을 "되찾은 꿈인 듯 소중하게" 여기는 「꿈은 사라지고의 역사」의 중년 역시 「대설주의보」의 인물들과 크게 다르지 않다. 윤대녕의 근작은 이처럼 이미 인생의 절반 이상을 살아온 나이에서 기댈 수 있는 '꿈'이란 사라진 꿈을 추억하는 일뿐이라는 사실, 혹은 엉뚱한 곳에서 이미 잃은 꿈을 보상받는 일뿐이라는 사실을 말해주는 듯하다.

하지만 이토록 무미건조해 보이는 관계로부터 윤수와 해란은 각자의 삶을 지탱할 수 있는 최소한의 절박함을 마련해온 것이 아닐까. 결혼도 하지 않고 안정된 직장도 없이 글쓰고 여행을 다니며 남들과는 사뭇 다르게 살고 있는 윤수에게 해란은 "좀 구체적으로 살면 안 돼요?"라고 힐난하듯 말해보지만 어쩌면 띄엄띄엄 이어지는 둘 사이의 만남이 이들에게는 자신의 삶을 가장 구체적인 것으로 확인할 수 있는 통로가 되었던 것인지도 모른다. 눈으로

---

4) 윤대녕·정홍수, 같은 글, 65쪽.

뒤덮인 백담사, 눈꽃 축제가 열린 아키타, 눈의 나라 스위스 등 주로 "어둡고 추운 곳"의 새하얀 이미지를 펼쳐놓는 이 소설을 읽다 보면 중년의 통속적이고도 무미건조한 만남이 비일상적인 차원의 만남으로 격상되고 있음을 느낄 수 있다. 특히 윤수가 해란을 처음으로 소개받기 직전에 보았던 '죽음의 행렬'과, 새하얀 폭설을 뚫고 해란이 윤수 앞에 나타나는 마지막 장면이 오버랩되면서 이 소설은 다른 차원을 열어 보이게 된다.

옛날 일본인들은 죽음이 가까워지면 대개 여행을 떠났다고 해. 그중 한 부류는 벚꽃이 필 때 남쪽에서부터 열도를 따라 북쪽으로 계속 올라가는 거야. 벚꽃을 따라 벚꽃이 질 때까지 말이야. 지금도 그런 사람들이 있다고 해. 또 한 부류는 베옷을 입고 죽음이 찾아오는 바로 그 순간까지 무작정 걷는 거야. 그날 내가 본 무리는 스님들 같았어. 순간 나는 무엇에 씐 사람처럼 나도 모르게 그들의 뒤를 따라갔지. 아마 반나절 정도는 걸었던 것 같아. 마치 죽음에 입문하듯이 말이야. 그때 난 겨우 스물아홉 살이었어.(308~309쪽)

어디까지 왔을까. 계곡을 가로지르는 돌다리 위에서 윤수는 발을 멈추고 캄캄한 눈 속을 노려보았다. 어디쯤일까. 멀리 솜뭉치 같은 부연 빛이 윤수의 눈에 빨려들어왔다. 벌써 백담사 가까이 온 것은 아닐 텐데. 실눈을 뜨고 재차 노려보니 그 빛은 이쪽을 향해 느리게 미끄러져 내려오고 있었다.

　그것이 전조등 불빛이라는 것을 깨달은 것은 잠시 후였다.

　차가 다가올 때까지 윤수는 그 자리에 우두커니 서 있었다.

　이윽고 눈을 잔뜩 뒤집어쓴 알브이 차량이 체인을 쩔렁대며 그의 앞에 다가와 커다란 짐승처럼 멈춰 섰다.

　운전석에는 젊은 스님이 타고 있었다.

　이어 조수석의 문이 열리고 해란이 차에서 내렸다.(339~340쪽)

　아베 고보의 『모래의 여자』에 나오는 돗토리 현의 사구砂丘를 취재하러 간 여행에서 스물아홉의 윤수는 "무엇에 썰 사람처럼" 죽음의 행렬에 동참해본 적이 있다. 그는 그곳에서 죽음에 다다르는 여행을 떠난 듯한 스님들의 무리를 뒤따라 반나절을 걸었다. 그리고 일본에서 돌아와 "삶의 연속성이 결여"된 듯 공황상태에 빠져 지내던 그에게 해란이 나타났다. 해란과의 만남을 통해 윤수는 자신도 모르는 사이 자연스럽게 삶으로 복귀했던 것이 아닐까. 그로부터 십여 년이 흐른 겨울, 윤수는 해란을 만나기 위해 어두운 눈밭을 걷고 있다. 캄캄한 눈 속을 걷고 있는 윤수의 모습은 마치 죽음에 입문하듯 흰 베옷 입은 사람들의 무리를 무작정 뒤따르던 스물아홉의 그를 연상시킨다. 그리고 어김없이 그 새하얀 죽음의 눈밭에서 윤수는 해란을 만난다. 눈이 그친 다음날까지 기다리지 못하고 마치 약속한 듯 한밤중의 폭설을 뚫고 서로를 향해 걸어오는 이들의 모습에서는, 죽음에 가까운 일상으로부터 가까스로 삶의 빛을 건져보려는 안간힘이 감지된다.

윤대녕의 소설이 오랜 시간의 흐름을 통과하며 점점 일상적이고도 현실적인 영역으로 건너온 듯 읽히는 것은 물론 사실이지만, 즉 알 수 없는 충동과 꿈과 신비가 이제는 그야말로 아주 먼 곳의 일이 되어버린 건조한 삶의 모습을 그리고 있는 것도 사실이겠지만, 삶에 내재해 있는 구원과 재생의 순간을 발견하려는 그의 손길은 쉼없이 여전하다고 말해야 할 것이다. 우리의 삶은 어떻게 구원받을 수 있을까. 잊힌 꿈을 되찾는 일은 과연 어떻게 가능할까. 윤대녕의 소설을 읽다보면 언제나 이같은 삶의 근본적인 질문과 마주하게 된다. 그리고 우리가 실감할 수 있는 구원은 그저 이미지에 불과하다는 사실마저도 깨닫게 된다. 윤대녕의 소설이 아무리 삶의 낮은 곳을 향하더라도 언제나 미학적 긴장을 드러내며 신비로운 분위기에 감싸일 수밖에 없는 것은, 그가 구원의 이미지를 결코 포기할 수 없는 작가이기 때문이기도 하며, 동시에 이미지로만 존재하는 삶의 구원이나마 그것을 결코 포기할 수 없는 한 명의 인간이기 때문이기도 하다.

5

삶의 구원이 이미지로 존재할 수밖에 없다는 것은 그것이 이미

지나간 혹은 앞으로 도래할 것으로서만 존재한다는 말이기도 하고, 결국 우리가 삶의 구원을 결코 실현할 수 없다는 말이기도 하다. 인간 삶의 근본적인 불안과 고독이 바로 여기서 시작된다. 90년 대의 후일담소설이 시대적 조건과 더불어 더욱 선명하게 자각할수 있었던 것이 바로 이러한 사실이다. 모든 인간에게 필연적으로내장되어 있는 불안과 고독을 대하는 삶의 태도는 여러 가지가 있을 수 있다. 체념과 무기력으로 불안과 고독을 잠재우려 할 수도있고, 불안하고도 외로운 삶을 그저 긍정하거나 애써 극복하려는의지를 내보일 수도 있다. 이러한 여러 가지 삶의 태도는 한 인간의 삶 안에서도 때와 조건에 따라 다양하게 나타날 수 있다. 그동안 우리가 윤대녕의 소설을 통해 확인한 것은 언제나 조금은 불안하고 조금은 외로울 수밖에 없는 삶의 본질에 관한 것, 완성할 수도 포기할 수도 없는 삶의 구원에 관한 것, 그리고 이에 대처하는여러 가지 삶의 태도에 관한 것이라 할 수 있겠다. 시간의 흐름을통과하며 변한 듯 변하지 않은 윤대녕의 소설이, 역시나 또다른 시간의 흐름을 통과해온 독자에게 변한 듯 변하지 않은 것으로 읽힌다는 사실은 참으로 흥미롭다. 이제 마지막으로 최근작 「반달」을읽으며 윤대녕 소설에서 오랫동안 변하지 않은 것이 무엇인지 확인해보자.

"단 한 번 어머니와 둘이 여행을 떠난 적이 있다"라는 문장으로시작되는 「반달」에는 자기 존재의 기원이 부재한 자리에서 시작되는 한 청년의 쓸쓸한 삶이 그려진다. 네 살 무렵에 아버지가 죽고 '나'는 홀어머니 밑에서 자란다. '나'는 아버지의 부재라는 조건으로부터 시작된 알 수 없는 삶의 불안을 유년 시절 내내 어머니에 대한 적의로 표출해왔다. 그런 아들에 대해 어머니는 어느 정도 무덤덤한 태도를 보인다. 다 각자의 삶이라는 듯 어머니는 '나'의 적대에 무심한 채 몇몇의 남자와 만남을 이어오며 그저 자신의 삶을 산다. "타인 간의 유대처럼 모자 사이에서도 공평하고 원만한 관계"가 이루어져야 한다고 생각했던 것이다. 어른이 되어 어머니로부터 완전히 독립할 날을 학수고대했고 결국 서울에 있는 대학으로 진학한 이후 한동안 집을 찾지 않았던 '나'는 군 입대를 앞두고 어머니의 제안에 따라 함께 여행을 떠나게 된다. 목적지도 없이 떠난 그 여행을 통해 '나'는 비로소 어머니와 완전히 이별했다는 사실을, "온전히 혼자가 되었다는 사실"을 쓸쓸히 깨닫게 된다. 언제나 부유하는 느낌 속에서 살아왔던 '나'에게 그 여행은 자기 삶의 근원적인 고독을 확인하는 상징적 의례가 되어 준 셈이다.

「반달」은 그의 삶에 있어 결정적인 계기가 되었던 또다른 사건을 제시한다. 어머니와의 여행이 인간의 실존적 고독을 확인하는 과정이 되어주었다면 제대 후 "단 한 번 예외적인 사랑에 빠진" 경험은 고독한 삶에 일시적인 구원이 완성되는 순간적 체험을 제공했다고 할 수 있다. 제대 후 '나'는 같은 과 동기를 찾아 새우잡이배를 타게 된다. "그는 내가 어렸을 때 마루 기둥에 걸린 거울 속에서 찾던 그런 존재", 즉 아버지가 남긴 거울 속에서 찾던 그런 존재였다고 '나'는 회상한다. 새우잡이배에서의 고된 노동 끝에 "육체에 대한 증오와 분노의 순수한 감정만 남게" 된 상태로, 밤바다 위를 흔들리는 배 위에서 선명한 반달을 바라보며 술을 마시던 이 두 남자는 "마치 구원처럼" 사랑을 나누게 된다.

한데 왜 그런 불가해한 일이 일어났던 것일까. 두려울 정도로 아름답고 공허했던 밤에 어쩌면 우리는 거대한 우주의 순수한 허기를 견디지 못했던 게 아니었을까. 그런데 그것이 정녕 사랑이었을까? 나는 그를 잊지 못하는 상태로 몇 년을 지냈으며 때로 견디기 힘든 그리움에 사로잡히기도 했다. 하지만 집착하는 마음은 생기지 않았다. 그걸 원치 않는다는 걸 서로가 알고 있었다. (……) 누군가를 사랑한다는 일은 그런 것이었다. 요컨대 나라는 거울을 통해 매 순간 상대를 찾고 그리워하는 일이 바로 사랑이었다. 또한 상대를 통해 나라는 존재를 찾아내는 일이었다. 알고 보니 그것은 누구한테나 우주와의 경이로운 일체감 속에서만 가능한 것이었다. 그날 밤 그와 내가 그러한 순간에 처해 있었던 것처럼.(410쪽)

명확한 말로 설명 불가능한 그날의 사건을 '나'는 이렇게 이해해본다. 인간의 삶이 내내 "우주의 순수한 허기"와 마주하는 일이라면, 인간 삶의 구원은 "우주와의 경이로운 일체감 속에서만 가능한 것"이라고, 그날 밤 자신이 그러한 순간에 처해 있던 것이라고 말이다. 윤대녕은 「반달」이라는 아름답고도 몽롱한 소설을 통해 모든 인간의 삶이 결국 "우주의 순수한 허기" 속에서 "우주와의 경이로운 일체감"을 찾는 일이라고 말한다. 이처럼 거창하고도 모호한 비유가 인간의 삶에 대한 가장 정확한 표현일 수밖에 없다는 사실을 윤대녕은 이미 알고 있었을 것이다. 그간 윤대녕이 써온 소설은 삶에 관한 저 거창한 명명을 평범한 일상으로부터 증명해내는 일을 해온 것이 아닐까. 그리하여 우리는 윤대녕의 소설을 읽으며 범속한 세계 안에서 구원을 발견하는 일이 어떻게 가능한지 알게 되었고, 더 나아가 우리의 보잘것없는 일상이 세속의 차원을 벗어나는 신비로운 경험도 하게 되었다. 그렇다면 종교를 대체한 문학의 한 사례로 윤대녕의 소설을 꼽는 일도 가능해진다. 윤대녕이 지난 이십여 년간 써온 소설은, 그리고 그가 앞으로 쓸 소설도 역시, 평범한 인간의 삶을 이처럼 가장 아름답고 경이롭게 증언한 사례로 남을 것이 분명하다.

한국문학의 '새로운 20년'을 향하여

문학동네가 창립 20주년을 맞아 '문학동네 한국문학전집'을 발간한다. 1993년 12월 출판사 간판을 내건 문학동네는 이듬해 창간한 계간 『문학동네』와 함께 지난 20년간 한국문학의 또다른 플랫폼이고자 했다. 특정 이념이나 편협한 논리를 넘어 다양한 문학적 입장들이 서로 소통하는 열린 공간이고자 했다. 특히 세기말 세기초에 출현하는 젊은 문학의 도전과 열정을 폭넓게 수용해 한국문학의 활력을 높이는 데 이바지하고자 했다.

돌아보면 세기말은 안팎으로 대전환기였다. 탈이념화를 중심으로 디지털 기반 정보화와 신자유주의 세계화가 서로 뒤엉켰다. 포스트 시대의 복잡성은 광범위하고 급격했다. 오래된 편견과 억압이 무너지는가 싶더니 도처에 새로운 차이와 경계가 생겨났다. 개인과 사회를 하나의 개념으로 묶어내기 힘든 형국이었다. 많은 시대가 겹쳐 있었고, 많은 사회가 명멸했다. 과잉과 결핍이 롤러코스터를 타고 전 지구적 일극 체제를 강화했다.

지난 20년간 문학을 둘러싼 환경은 호의적이지 않았다. 새삼스럽지만, 문학의 위기, 문학의 죽음은 언제나 현재진행형이다. 그래서 문학의 황금기는 언제나 과거에 존재한다. 시간의 주름을 펼치고 그 속에서 불멸의 성좌를 찾아내야 한다. 과거를 지금-여기로 호출하지 않고서는 현재에 대한 의미부여, 미래에 대한 상상은 불가능하다. 한 선각이 말했듯이, 미래 전망은 기억을 예언으로 승화하는 일이다. 과거를 재발견, 재정의하지 않고서는 더 나은 세상을 꿈꿀 수 없다. 문학동네가 한국문학전집을 새로 엮어내는 이유가 여기에 있다.

이번 전집은 몇 가지 특징을 갖는다. 먼저, 한글세대가 펴내는 한국문학전집이라는 것이다. 문학동네는 전후 한글세대를 중심으로 1990년대 이후 한국문학의 주요 생태계를 형성해왔다. 이번 전집은 지난 20년간 문학동네를 통해 독자와 만나온 한국문학의 빛나는 성취를 우선적으로 선정했다. 하지만 앞으로 세대와 장르 등 범위를 확대하면서 21세기 한국문학의 정전을 완성해나가고자 한다.

문학동네 한국문학전집의 두번째 특징은 이번 문학전집이 1990년대 이후 크게 달라진 문학 환경에 적극 대응해온 결과물이라는 것이다. 문학동네는 계간 『문학동네』의 풍성한 지면과 작가상, 소설상, 신인상, 대학소설상, 청소년문학상, 어린이문학상 등 다양한 발굴 채널을 통해 새로운 문학적 징후와 가능성을 실시간대로 포착하면서 문학의 영토를 확장하는 데 기여해왔다. 그래서 이번 전집을 21세기 한국문학의 집대성을 위한 의미 있는 출발이라고 해도 좋을 것이다.

셋째, 이번 전집에는 듬직한 동반자가 있다는 것이다. 김승옥, 박완서, 최인호, 김소진 등 작가별 문학전(선)집과 세계문학전집, 그리고 한국고전문학전집이 그것이다. 문학동네는 창립 초기부터 한국문학의 해외 진출을 위해 지속적인 노력을 기울여왔다. 문학동네 한국문학전집은 통상적으로 펴내는 작품집과 작가별 전(선)집과 함께 한국문학의 특수성을 세계문학의 보편성과 접목시키는 매개 역할을 수행해나갈 것이다.

새로운 한국문학전집을 펴내면서 '문학동네 20년'이 문학동네 자신의 역량만으로 이루어졌다고 자부하려는 것은 아니다. 문인, 문단, 출판계, 독서계의 성원과 격려가 없었다면 문학동네의 오늘은 불가능했을 것이다. 그러므로 오늘, 문학동네 성년식의 진정한 주인공은 문학인과 독자 여러분이어야 한다. 이 자리를 빌려 거듭 감사드린다. 창립 20주년을 맞아, 문학동네는 한국문학의 더 나은 미래를 위해 한국문학전집 1차분 20권을 선보인다. 문학동네는 해를 거듭할수록 그 가치를 더해갈 한국문학전집과 함께, 그리고 문학인과 독자 여러분과 함께 '새로운 20년'을 향해 한 걸음 한 걸음 나아가고자 한다. 많은 관심과 성원을 부탁드린다.

문학동네 한국문학전집 편집위원
권희철 김홍중 남진우 류보선 서영채 신수정 신형철 이문재 차미령 황종연

윤대녕

1962년 충남 예산 출생. 단국대 불문과 졸업. 1990년『문학사상』신인상을 수상하며 작품활동을 시작했다. 소설집『은어낚시통신』『남쪽 계단을 보라』『많은 별들이 한곳으로 흘러갔다』『누가 걸어간다』『제비를 기르다』『대설주의보』『도자기 박물관』『누가 고양이를 죽였나』, 장편소설『옛날 영화를 보러 갔다』『추억의 아주 먼 곳』『달의 지평선』『미란』『눈의 여행자』『호랑이는 왜 바다로 갔나』『피에로들의 집』, 여행산문집『그녀에게 얘기해주고 싶은 것들』, 음식기행문『어머니의 수저』, 산문집『이 모든 극적인 순간들』『사라진 공간들, 되살아나는 꿈들』『칼과 입술』 등이 있다. 오늘의 젊은 예술가상 이상문학상 현대문학상 이효석문학상 김유정문학상 김준성문학상을 수상했다. 현재 동덕여대 문예창작과 교수로 재직중이다.

문학동네 한국문학전집 011

반달

ⓒ 윤대녕 2014

1판 1쇄 2014년 1월 15일
1판 4쇄 2024년 1월 12일

지은이 윤대녕

펴낸곳 (주)문학동네 | 펴낸이 김소영
출판등록 1993년 10월 22일 제2003-000045호
주소 10881 경기도 파주시 회동길 210
전자우편 editor@munhak.com | 대표전화 031) 955-8888 | 팩스 031) 955-8855
문의전화 031) 955-2696(마케팅) 031) 955-2675(편집)
문학동네카페 http://cafe.naver.com/mhdn
인스타그램 @munhakdongne | 트위터 @munhakdongne
북클럽문학동네 http://bookclubmunhak.com

ISBN 978-89-546-2333-9 04810
         978-89-546-2322-3 (세트)

www.munhak.com